知音动漫图书·时代坊
ZHI YIN COMIC BOOK 荟萃名家·品读经典

命中注定，我们到哪里都会在一起。

目录

第一章　吵架　001

第二章　侦查　013

第三章　躁狂　026

第四章　虎穴　039

第五章　牢房　053

第六章　支配　069

第七章　迷宫　084

第八章　神庙　099

第九章　前路　112

第十章　回家　125

番外 Viva la Vida	235
第十八章 时间之轮	221
第十七章 死亡	212
第十六章 执念	199
第十五章 回溯	188
第十四章 幕后	177
第十三章 记忆	163
第十二章 囚因	151
第十一章 跨年	137

第一章 吵架

"那就……"周洛阳也不知道怎么办了,只得说,"你招惹的麻烦,你自己想办法解决。"

"随便他们怎么想。"杜景继续低头看他的书,"我不在乎。"

"可我在乎。"周洛阳无奈地说,"不是在乎我自己被说什么,我只是不想他们总是这么议论你……杜景。"

周洛阳搬了张椅子,双手搭着椅背,跨坐在杜景面前。

杜景没有看他,只凝神看着他的书,却很久都没有翻过一页。

"我不想再这样下去。"杜景忽然抬头。

周洛阳一怔,没想到杜景的思维如此跳跃。

杜景:"我觉得很烦。"

周洛阳马上道:"好吧,随便他们怎么想……"

"我觉得你很烦。"杜景说变脸就变脸,一刹那眉目间都带上了戾气,但他仍在控制自己,身体因激动而有些发抖,"你很烦,周洛阳!"

周洛阳马上不作声了,沉默了几秒后,他说:"你现在不舒服吗,杜景?"

杜景深吸一口气,竭力控制住情绪,让自己平静下来。他躺到床上去,戴上耳机。

"咱们出去走走?"周洛阳问,他知道杜景听得见。

"我想退学。"杜景说。

周洛阳:"……"

杜景转躁狂相了,周洛阳在几天前就有感觉。这是周洛阳第一次看见杜景转阶段的情形,也是第一次感觉到他的攻击性。

数日前,杜景难得地说了不少话,不是对周洛阳,而是对"那个人"。

那个人叫孙向晨,是个大一的男生,他们的小师弟。

大二开学后,射箭社要招新,社长便想方设法地把招牌神射手杜景忽悠过去,希望能借他的高超技术为社里多招几名小师妹、小师弟。

杜景本来不太想去,奈何拗不过社长,便答应在招新场上表演三箭,并拒绝了左右开弓的要求。

那天周洛阳一下课就去社团帮忙,招新场上人山人海,水泄不通,全在看杜景表演射箭。三下连珠箭,正中靶心。所有人都炸了,周洛阳自己也炸了。

周洛阳心想,我的妈,杜景又要出名了!

距离上次病情风波已有大半年,渐渐地,已无人再提这件事。今天杜景穿戴齐所有的装备,社长还特地为他借来了一套金光闪闪的锦衣卫服饰。杜景头发很短,脸上的面具挡住了伤痕,露出高挺的鼻子。古装自带禁欲与自律气质,一上身,衬得杜景身材笔挺,尤其精神。

当天学校论坛里全是杜景的三百六十度无死角照片,社长圆满完成了接下来好几年的招新任务。

当然,不少人只是来看杜景的。而且社团人一多,场内太吵,杜景与周洛阳就不怎么想去了。

射箭表演后的第三天,有个小师弟加了周洛阳的微信。周洛阳起初还没反应过来,以为是哪个女生托他来要联系方式,但不久后,这个叫孙向晨的男生就找上他了。

他和周洛阳气质有点像,干干净净的。起初在食堂吃午饭时偶遇,孙向晨便端着盘子和他们坐到一起。

"我是向晨啊。"孙向晨对周洛阳说,"你看见我发的朋友圈了吗?"

"哦——"周洛阳说,"是你啊。"

杜景:"?"

孙向晨找他们的理由是讨教射箭技术,周洛阳便耐心地指点了他,但他没有把

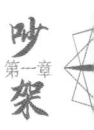

这种小事告诉杜景,因为孙向晨自己也绝口不提杜景。

孙向晨给杜景与周洛阳买了饮料,周洛阳便欣然接受了,觉得他还挺懂事。接下来,只要周洛阳与杜景两人行动,便总是能碰到他。有时他和杜景打篮球,孙向晨也会带着球过来,加入他俩。

周洛阳很快就和孙向晨熟了起来,杜景却依旧保持着生人勿近的姿态,几乎不和孙向晨说话。孙向晨无论对他说什么,杜景都只是冷淡地点点头。

"你让他给我带的饭?"某天回到寝室后,杜景问周洛阳。

"啊,对。"周洛阳说,"中午交作业时,他问我怎么没去食堂,又问你吃什么,我就麻烦他给你带上来了。"

杜景不太喜欢别的人来寝室,但既然麻烦孙向晨跑腿,就没说什么。

周洛阳感觉到杜景也许是因为被人闯入生活空间有点不太自在,便道:"下回不麻烦他了,你早上没课,我怕你饿着。他说什么了?"

杜景说:"问能不能借书看,我借了本给他。"

周洛阳"嗯"了一声。

翌日,周洛阳看见杜景在回消息,一看对方头像就知道是孙向晨。

"他终于加上你了。"周洛阳打趣道,"他是你的迷弟。"

杜景一怔,问:"你怎么知道?"

这很明显,每次孙向晨虽然找的是周洛阳,关心的却总是杜景。问他们怎么没去射箭社,问出不出来打球,问去不去看展……

周洛阳与杜景去听讲座时,孙向晨还会提前过去,帮他俩占位子。

"他是真的很崇拜你,想搬到咱们寝室来。"

杜景说:"我和他不熟。"

"我看看你们聊什么?"周洛阳看了眼杜景的手机,杜景便把手机递给他。

孙向晨一直在给杜景分享有趣的东西,杜景没怎么搭理他,只有在提到球队时,杜景才忍不住反驳他几句。

孙向晨与杜景喜欢同一个球队,周洛阳支持的却是他俩的对家。原本周洛阳与杜景什么都能说到一起,唯独足球与篮球,聊起来总容易吵架,于是彼此便默契地不再提各自的本命队伍。

但孙向晨的出现填补了这个空白,他喜欢的球员恰好是杜景喜欢的,于是他便开启了上天入地的无脑吹模式,杜景曾经看过NBA的比赛现场,便偶尔发表几句看法。

"哟。"周洛阳酸溜溜地说,"你们球队的粉丝。"

周洛阳翻了翻杜景的聊天记录,这小子何止崇拜杜景,简直是把杜景当成了偶像。

"他和我说话时可不是这个语气！"周洛阳震惊于孙向晨的热情，哭笑不得道，"你看这患得患失的小心思，绝对是铁粉。"

杜景说："我和你说话时不也是卑躬屈膝的吗？"

周洛阳听到这话就想摔手机，说："哪有！这明明是我的态度！我平时和你说话，从来都是看你脸色。"

杜景说："你没发现么？你给我发消息我从来都是秒回，就像这小子一样。我给你发消息，你总把我晾着。"

"喂，那是我在忙好么。"周洛阳笑道，"上课我总不能一直掏手机。"

"我再忙，看见你的消息也会第一时间回你。"杜景说。

杜景把手机放着，不想理孙向晨，便打开电脑，帮周洛阳做他的编程作业，说道："我还得帮你做作业。"

周洛阳实在很烦编程课，他本来没打算选这门，是因为杜景选了，他才陪他选的。上课枯燥得要命，讲师又是个老太太，直让他打瞌睡，最后只好把作业扔给杜景，让他做两份。

孙向晨是个阳光的大男生，周洛阳能感觉得到他真的是非常、非常、非常崇拜杜景。他为杜景做的事，周洛阳与他一比较，简直汗颜——

包括但不限于选修课占座、打饭，打球时买饮料，坐在射箭场边替杜景看衣服，读杜景常看的小说，买和他一个牌子的衣服、球鞋，找好吃的餐厅先去尝尝，再约他俩一起去，甚至找到在国外念书的朋友，为杜景去要他喜欢的球星的签名海报，落款是"To: Vincent"。

但杜景大部分都没有收，尤其那张海报。

再后来，孙向晨还想送杜景一部新款的手机。

孙向晨不是什么富二代，就是个普通家庭出身的小孩，这样花钱，换成周洛阳都有点吃不消。杜景确实很有钱，却不怎么在意金钱。诗人父亲留给他不少遗产，撞坏法拉利以后还剩下不少，买双名牌球鞋对他来说就像在小卖部里买瓶水般轻松。

孙向晨若按着杜景的消费水平来，铁定得吃土。

"新手机？！"周洛阳看见杜景桌上未拆的手机时，顿时傻眼。

"他说他抽奖抽到的。"杜景轻描淡写地说，"他已经有一部，就说送我了。明天你帮我拿去还他，让他卖了。"

"要还你自己还。"周洛阳擦着湿透的头发，说道，"别人送你的东西。"

"我明天去复诊。"杜景说，"他要去上计算机课。"

"这么好的事，居然没落在我头上？"周洛阳道，"这太区别待遇了！"

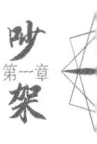

"你想要？"杜景说，"那你拿去吧。"

周洛阳说："算了，别人送你的。"

杜景抬头，瞥了一眼周洛阳。他把手机放在一旁，两人没有就此再作任何交谈。

"他对你也太好了。"周洛阳唏嘘道。

"是的。"杜景又拿起手机，低头给孙向晨回消息，说谢谢他的手机，但他不能收。

周洛阳忽然有点不高兴。从前没有其他人在乎杜景，两人便顺理成章地同进同出，他知道自己是杜景唯一的朋友，杜景离不开他。周洛阳仗着两人熟了，便为所欲为，使唤他做这个、做那个。

当然周洛阳还是很在乎他的，会随时注意他的病情，一旦确认他没有犯病，就不在乎别的事了。热水器让他去修，烟让他下楼买，游戏让他帮打排位上分，作业不懂的全问他，看书看得头疼，让他先看，看完再讲给自己听。

杜景向来逆来顺受，晚上偶尔失眠，还要给周洛阳的游戏挂机练级。

直到孙向晨出现，周洛阳才忽然意识到，其实自己对杜景并不怎么好。

"你干吗对他那么好？"有次上课时，周洛阳忍不住问孙向晨。

孙向晨说："景哥超酷的啊，人又很正直，他读了很多书，是我的偶像！"

"杜景。"这天晚上，周洛阳看了眼桌上的手机，对他说道。

杜景转头看了眼周洛阳。

周洛阳说："下楼帮我买包烟，我不想出去。"

"上次买的抽完了？"杜景茫然地问。

"不喜欢这个牌子的。"周洛阳提出他的无理要求，"太呛了。"

杜景起身，拿了钥匙下楼去。

周洛阳心理稍微平衡了一点，使唤杜景可以有效地让他心里的那点不爽消失，还有点窃喜。让孙向晨的男神帮自己买烟，挺好的。

杜景给他买了一整条烟，问："上次买到假的了？"

周洛阳其实很少抽烟，只有考试前才抽一两根，也不在寝室里抽，他知道杜景不喜欢烟味。但有时到阳台上去抽烟实在太冷了，去年冬天，杜景主动要求他留在寝室里，把空气净化器打开，让他随便抽。自此，周洛阳便习惯在寝室里抽了。

杜景疑惑地找出周洛阳之前抽剩的半包烟，抽出一根，放在鼻子下闻。

"闻什么，你又闻不出来。"周洛阳踹了杜景一下，说，"还回来。"

杜景说："扔了吧。"

周洛阳说："留着我还要……还我！"

杜景说："一条还不够你抽的？！"

杜景要把剩下的半包烟扔进垃圾桶，周洛阳却忽然生气了，说："拿来！"

杜景没有说话，仿佛感觉到了什么。他把扔掉的半包烟捡出来，还给周洛阳，然后沉默地坐回位子上。

"多少钱？"周洛阳问，"我转给你。"

"我有点不舒服。"杜景忽然说，"可能要发病了，别和我说话。"周洛阳倏然担心起来，想过去看看杜景，却又怕自己说什么不该说的话。

杜景沉默了一整晚。第二天周洛阳醒来时，杜景已经离开了寝室。

周洛阳拿起杜景桌上的手机，准备带去教室还给孙向晨，但这天上午，孙向晨也没有来上课，不知去了哪儿。

周洛阳心不在焉地上了半节课，便翘课出来。

周洛阳先去了孙向晨寝室，把手机放在他的桌上，又向他室友交代了缘由。路过校园正中央的广场时，看见移动公司办学生卡的摊位上有抽奖活动，一旁放着六部叠起来的手机。他给杜景发消息，问他情况怎么样。

杜景秒回：在开车，待会儿说。

不多时，孙向晨也给他发了条消息：我和景哥在一起，我陪他来复诊了。洛阳师兄待会儿出来一起吃午饭不？

哦，原来是约好了吗？周洛阳觉得有点不舒服，毕竟认识这么久，杜景从来没有让自己陪他去医院复诊。事实上，周洛阳为了尊重他，也没有主动提过这件事。但这个念头很快就被周洛阳抛到脑后。他检讨了一下自己，觉得确实需要对杜景好一点，否则他的室友就要被孙向晨"抢走"了。

周洛阳在摊位前站了一会儿，想了想，决定出学校一趟。

杜景给周洛阳连着发了一堆消息，让周洛阳到校门口来，他开车来接，三人一起吃饭。周洛阳没有回复他。分明是小得不能再小的事情，周洛阳却根本无法放下。

中午2点，杜景回寝室了。

周洛阳躺在床上，瞥了他一眼，正要说话，杜景却道："你最近对我有什么意见？"

周洛阳："复诊结果怎么样？"

"起来！"杜景皱着眉头，说，"告诉我，我哪里得罪你了？"

"你干什么？！"周洛阳终于也毛了，"我又哪里得罪你了？"

"我在学校大门口等了你一个小时！"杜景说，"怎么不回消息？"

"你就给我发了三条消息！"周洛阳说，"没回就是不想去，不懂么？！"

周洛阳很想骂他一顿，"你让孙向晨陪你去复诊，却从来没让我去。到底有没

有拿我当朋友?""你跟孙向晨说了什么?你们现在关系很好啊。""不用理我了。"之类的话,但这么说又有些不合适,于是最后他选择了不说。

杜景怒气冲冲地坐下,把书全部扫到一旁去,发出一阵声响。他坐在书桌前喘气,接着蓦然拿起订书机,开始砸自己的手。

"杜景!"周洛阳意识到杜景是真的不舒服,这是他第一次看见杜景用暴力的方式自残。

周洛阳马上从背后抱住杜景,把杜景连着转椅从书桌前拉开。

"对不起!"周洛阳说,"对不起!杜景!"

周洛阳知道,自己一定不小心刺激了杜景,或者说,自己明知道这样会让杜景很难受,却仍忍不住刺激了他。

"我错了。"周洛阳道,"不要这样!我……我……"

订书机掉在地上,杜景极其痛苦地不住喘气。

"我心里不是这么想的。"周洛阳终于说了实话,"不是这么想的,杜景,我只是嘴上……故意气你。"

周洛阳有点不知所措,直到杜景稍稍平静下来,看着窗外的景色出神。

"我有一点在意。"周洛阳说,"我……"他承认了,"你和孙向晨走得太近了。"

"嗯。"杜景冷淡地说。

周洛阳收起订书机,低头看杜景的手。还好没有出血,但先前杜景砸的几下都在手背,力度很大,令手背淤青了一块。

杜景仿佛通过这个举动把积郁多日的情绪一下宣泄了出来。

"听到你这么说,我好多了。"杜景恢复少许,但仍在喘息,"我跟他说了。"

"什么?"周洛阳茫然道。

杜景说:"开车送他回来的时候,我都说清楚了,让他以后不必这样。"

周洛阳还没听懂,问:"说什么了?"

这天早上,杜景复诊完从医院出来,孙向晨正等在医院门外,笑着叫他:"景哥!"

杜景一怔,问:"你来这里做什么?"

孙向晨出示手里的药盒:"帮朋友拿点药。一起回去吧。"

杜景沉默地走到车旁,孙向晨坐上副驾驶座,问:"你没什么问题吧?"

杜景知道孙向晨一定打听过他的事,于是冷漠地说:"没有。"

孙向晨问:"咱们回学校吗?洛阳师兄呢?"

杜景把车开出去,说道:"我先办点事。"

"我陪你。"孙向晨说,"午饭一起吃吗?"

杜景没有回答。这时,周洛阳给杜景发来消息,杜景回了。孙向晨看见周洛阳的头像,便也主动给周洛阳回消息。

杜景在一家手机店外停车,那是他第一次和周洛阳一起买手机的地方。他下车买了东西,又上车,再给周洛阳发消息,让他到校门口来。

周洛阳没有回复,杜景便把车往学校开。

孙向晨问:"怎么又买了一部手机?"

"买给洛阳的。"杜景说。

孙向晨笑:"是不是我只送了你没送他,师兄他不高兴了?"

杜景挂挡,简明扼要地答道:"是。"

孙向晨拍了一下杜景挂挡的手,打趣道:"下回我一定……"

"不用了。"杜景马上抽回手,打断了他的话,"以后别再给我买东西了。"

"哦。"孙向晨一怔,"对不起,我以为景哥你……是我太冒昧了。"

杜景不留情面地说:"你这样会让我们吵架。"

孙向晨没听明白杜景的意思。

"就这样。"杜景把车开到校门口,说,"谢谢你给我买的礼物,我把钱转给你。我知道手机是你给我买的,不是抽奖抽来的。"

孙向晨没有再说什么。

"收钱。"杜景说。

孙向晨说:"不用了,我确实……算了,这话也没必要多说。"旋即他笑了笑,"景哥,你一定……"

"收钱!"杜景倏然喝道。

车里空间狭小,杜景这么一吼,孙向晨顿时被吓着了。他摸出手机,收了杜景转过来的钱。

杜景没有再与孙向晨交谈,只按开车门锁,看着车前,等周洛阳出现。

周洛阳听完以后嘴角抽搐,哭笑不得地说:"你那样说,他听得懂才有鬼了!"

"管他的。"杜景的声音小了些,他转头看周洛阳,眼里带着少许愧疚。

周洛阳大致能明白杜景的意思,虽觉得好笑,却有点感动。

"我给你买了这个。"杜景拿出新买的手机,说,"原来的还他了。"

"我给你也买了。"周洛阳也拿出一部手机来。

两人沉默片刻,周洛阳说:"呃,向晨他……其实也是好意……"

"不要再说他了。"杜景说,"过去式。"

周洛阳"嗯"了一声,拿过杜景的病历开始看。指标不太好,但仍在可控范围内,需要注意观察,短期内有再次转抑郁相的可能。

既然杜景已经跟他说清楚了,周洛阳便不再提这件事。

然而据说孙向晨那夜回到寝室后,心情不好,和寝室里的兄弟聊了聊这件事。其中一个兄弟又告诉了隔壁寝室的同学,接着孙向晨所在的整个班,连着系里都有不少人知道了。

"咱们去射箭吧?"当杜景表现出烦躁时,周洛阳提议道。

周洛阳没有让杜景一个人待着,躁狂阶段与抑郁阶段不同,不能让他独自待着,必须让他尽快发泄出来。

周洛阳做过大量的功课,知道躁狂一发作,杜景的精神便会处于波涛汹涌的状态中,随时可能砸东西或者自残。强行压抑相当于筑起堤坝,将海啸拦起来,一旦堤坝崩溃,后果不堪设想。

"那去练拳击?"周洛阳又提议道,"打沙包怎么样?"

杜景没有说话,瞥了一眼周洛阳。

周洛阳耐心地说:"你会好起来的,就那么一会儿而已,坚持住。或者咱们去跑步?"

杜景坐在转椅上不动。

周洛阳拿来球鞋,单膝跪地,帮他穿上,抬头看他,说:"走,走吧。"

杜景终于开口了,说道:"别的人怎么说我不在乎,你为什么也会说这样的话?!他们说什么,只要别到我面前来说,我通通可以当作不知道!"

他们走下楼去。周洛阳没有解释,只道:"对不起,刚刚是我口不择言……"

"不要走在我前面!"杜景粗暴地按住周洛阳的肩膀,让他落到自己身后。

周洛阳只好跟着他:"杜景……"

杜景转身,眼里有着愤怒:"你如果介意别人议论,现在就给我滚!滚!换寝室!"

周洛阳没有生气,只回道:"我不会滚的,我知道这不是你的真心话。"

杜景和周洛阳面对面安静地站了一会儿,之后杜景转身,开始跑步。

"等等我!"周洛阳追了上去。

杜景跑得很快,离开校区后,他跑进了杭州市植物园。周洛阳追在后面,大喊:"我跟不上!慢点!"

一眨眼,杜景就不知道跑到哪儿去了,像风一样,瞬间没影。

周洛阳在植物园里跑得上气不接下气,面前多条岔路,他茫然地站在岔路口上,喊道:"杜景!杜景!人呢?"

"什么颜色的?"一名大妈牵着金毛犬的狗绳,问周洛阳,"和我们家球球打架的德牧吗?"

"不是狗。"周洛阳哭笑不得地说,"是人!高个子,穿红色运动服,您看见他往哪儿跑了吗?"

大妈指了个方向,周洛阳便追了上去。

跑了足足十公里,周洛阳实在没力气了,他感觉自己真的是来遛一只不听指挥的神经质大型犬的。

"不行了……跑不动了。"周洛阳体能并不差,然而用这速度连续跑十公里也实在撑不住,何况他还没吃中饭。

周洛阳筋疲力尽地坐在路边花坛上,自言自语道:"真是太能跑了,体力怎么这么好?"

他用手指扒开少许泥,把一条掉在水泥地上的半死蚯蚓放回泥土里去。

他抬头看天,阴云密布,快下雨了,气压的涌动令他胸口发闷。植物园里阴暗潮湿,池塘里的锦鲤纷纷跃出水面大口喘息,接连发出声响。

"回去。"杜景浑身是汗,在周洛阳背后说道,"快下雨了。"

周洛阳转头看他,问:"好点了?"

杜景点头,周洛阳强打精神,说:"跑,继续,走吧!到西湖边上去!"

杜景问:"你可以?"

"七月的风,八月的雨,卑微的我喜欢遥远的你……"周洛阳起身,唱道,"你还未来,怎敢老去,未来的我和你奉陪到底……"

杜景:"……"

"走啊!"周洛阳喊道,跑在了杜景的前面。

杜景戴上耳机,追上周洛阳。这次他们并肩跑上了北山路,杜景放慢速度,与周洛阳开始了环湖长跑。

"下雨了!"杜景对周洛阳说。

大雨倾盆而下,铺天盖地的雨水一瞬间把两人淋湿。狂风大作,西湖卷起浪涛,游人全去躲雨了。杜景慢慢走了几步,回头看周洛阳。

两人对视的瞬间,周洛阳便知道,杜景的躁狂病症缓解了。这场暴雨的降临,让杜景的厌烦情绪烟消云散。

周洛阳没有说话,跟杜景沿着西湖继续跑。两人浑身上下湿透了,终于到周洛阳跑不动时,他们已跑到了净慈寺外。

周洛阳瘫在咖啡店的茶座上不住喘气,杜景去买了杯热茶,让店员把空调温度开高点。店内全是躲雨的游客,闹哄哄的像个菜市场。

杜景回来时已经没位子了,周洛阳便朝一旁让了让,两人挤在一张狭窄的小沙发上。

"别脱衣服,小心感冒。"杜景说。

"没关系。"周洛阳说,"我身体很好。"

周洛阳让杜景前倾少许,用身体挡着自己,他脱了短袖T恤,再把运动外套穿上。

杜景让周洛阳喝了点端着的热茶。

杜景说:"我这衣服是你的。"

周洛阳说:"哦,换回来吗?"

那衣服是上次他们一起买的,只有码数的区别。

杜景把手揣进衣服兜里,竟掏出一根橡皮筋。

"这是什么?"杜景意外地问,"哪个女孩给你的?"

他俩都是短头发,从来用不着橡皮筋。

周洛阳说:"上回在射箭社捆箭时顺手拿了一根,本来想着给你用的。"

杜景:"?"

看见杜景右手手背上的淤青时,周洛阳忽然懂了。

周洛阳慢慢地培养了一个习惯,即试图用杜景的逻辑去理解他。

狂躁与抑郁双相混合发作时,他们的行为都令外人难以理解,外人只会觉得很可怕。但不管他们做什么,都有其潜意识里的内在动机,譬如杜景发疯砸手的这个动作。也许连杜景自己都没有意识到,但周洛阳马上就想通了——为什么杜景拿订书机砸的是右手手背,而不是其他地方?

因为孙向晨在杜景开车时拍的是杜景右手的手背。而杜景在情绪难以宣泄的那一瞬间,通过猛砸手背的动作,来达成"断去联系"的自我心理保护。

"左手。"周洛阳示意杜景伸手。

杜景:"?"

周洛阳把橡皮筋戴在杜景的左手手腕上。

杜景明白了,说:"用处不大,我试过。"

那是一种自我惩罚机制,对情绪失控的惩戒。当情绪无法控制时,精神障碍患者可以用橡皮筋弹一下自己的手,借着轻微的疼痛短暂地清醒过来。

周洛阳在论坛上看见有人分享,虽然他也觉得没用,但他要的不是惩罚杜景或让他自我惩罚。

"你自己不能启动。"周洛阳说,"只能我来启动。"

说着,周洛阳拉起皮筋,松开,一声轻响,皮筋弹在了杜景的手腕上。

"知道了。"杜景喝着茶,出神地望向咖啡厅外。

雨渐渐小了,风却仍然很大。西湖湖畔的树在风里飘摇,巨大的落地玻璃窗挡住了风雨声,外面犹如一部无声的电影。

"那是什么歌?"杜景忽然问道。

"七月的风,八月的雨……"周洛阳从杜景的兜里拿出他的手机,为他下载了这首歌,"跑回去吗?"

"先吃晚饭,吃完打车回去。"杜景说,"当心感冒。"

回到寝室后,周洛阳洗过澡,不出意外地感冒了。

他已经有好几年没有生过病了,这次感冒来势汹汹,他半夜发起了烧,烧得全身滚烫。杜景马上找来温度计。

"41℃。"周洛阳虚弱地说,"破纪录了,太牛了。"

杜景:"……"

杜景说:"必须马上去医院。"

周洛阳说:"别管我,我吃颗退烧药,再睡一觉就……"

"去医院!"杜景怒吼道。

"好好好……"周洛阳勉强爬了起来,说道,"对病人这么凶,你到底有没有良心……"

他们没有去校医院,杜景横抱起周洛阳下楼去,把他放到车上,给他系好安全带,然后满脸烦躁地一踩油门,车子冲了出去。

打方向盘时,周洛阳伸手摸到杜景手腕上的皮筋,弹了他一下。

杜景瞬间安静下来,身上散发的危险气息逐渐收敛,犹如狮子收起了他的鬃毛。

"慢点开。"周洛阳闭着眼,无力地吩咐道,"当心撞树上。"

那天晚上,周洛阳输了一整晚的液,杜景则安静地坐在他的床边发呆,病房里只有皮筋的轻响。

周洛阳实在无聊,又睡不着,杜景还不让他玩手机,他就只能玩杜景手腕上的橡皮筋。

"痛。"杜景说。

周洛阳看着天花板,随口道:"哦。"却没有停下,只是力度小了点。

玩了一会儿,周洛阳睡着了。杜景双眼发红,低头摸了摸自己手腕上被弹得通红的那一小块皮肤。

第二章 侦查

许多年后，手腕上的橡皮筋换成了周洛阳送他的手表。

飞机的轰鸣声中，杜景仍在熟睡。周洛阳从回忆中醒过神来，去洗手间洗漱，出来时看见黄霆看完了一部电影，正望着机窗外发呆。

一轮明月照耀着云海，银光闪烁。离飞机着陆还有一个小时。

黄霆见周洛阳回来，忙朝他打手势，指指自己身边的空位子。

周洛阳看了一眼旁边盖着毯子的杜景，再看黄霆，接着坐到黄霆身边。

"怎么了？"周洛阳问。

"你认识林狄吗？"黄霆压低声音说，"那位美女顾问。"

"不算很熟。"周洛阳问，"你想问什么？"

黄霆沉默片刻，想了想，说："她结婚了没有？"

"不——算——很——熟。"周洛阳重复道，继而意识到了什么，"你想追求她？"

黄霆的表情有点奇怪，他说："不一定，就想问问。"

周洛阳对黄霆不怎么了解，他们从认识到现在都没见过几次面，他只得说："我爱莫能助。"

"没有找你帮忙的意思。"黄霆不自然地说。

周洛阳想起某个重复的二十四小时里黄霆与林狄的对话,便好奇地问:"你还没结婚?"

"女朋友都没有。"黄霆说,"结什么婚?"

"不应该啊。"周洛阳打量黄霆,"作为一个外貌协会成员,我认为你长得半点不像交不到女朋友的人。"

黄霆无奈地一笑,说:"先前确实没认真想过,生了一场大病之后,我的许多想法改变了。"

周洛阳说:"回北京以后,我试试约她出来?"

周洛阳看过林狄的朋友圈,她看上去不像有男朋友的样子,经常满世界飞,也从来没有人给她拍照。

"那真是太好了。"黄霆诚恳地说,"请收下我最真挚的谢意。"

"前提是你没有什么别的意图。"周洛阳说。

"绝对没有。"黄霆马上回道,"我……实不相瞒,周老板。"

"叫我洛阳就行。"周洛阳说。

"你相信一见钟情吗?"黄霆认真地问道。

周洛阳:"……"

周洛阳转头看了眼杜景,杜景醒了。事实上在周洛阳离开座位时,杜景就已经醒了过来。此刻他没有摘眼罩,听着手机上的音乐,也没有找周洛阳,似乎在想事情。

"相信。"周洛阳对黄霆说,"一见钟情是爱情的唯一方式。"

黄霆万万没想到,周洛阳的回答居然如此直接。

"是吗?"黄霆笑了起来,说,"我问过许多人,你是第一个这么说的。"

周洛阳说:"不过每个人都有自己对感情的看法,因人而异吧。林狄对你感觉怎么样?"

"不讨厌我。"黄霆用手指抓了抓自己头顶茂密的头发,说,"但我不知道她是不是喜欢我,反正我是喜欢女孩的。"

周洛阳:"?"

周洛阳不太明白他为什么突然说这种话,黄霆却仍在自言自语:"你们俩呢……"

"打住。"周洛阳对黄霆说,"我俩不是你想的那种关系。"

黄霆说:"我知道。"

黄霆自然明白周洛阳没必要去否认什么,说不是就真的不是。

黄霆说:"我看得出来,好歹我也是当刑警的,恋人不是你们这种感觉。"

周洛阳"嗯"了一声，有点出神，黄霆却又补了句："你们是比恋人关系更好的朋友。"这下轮到周洛阳有点意外了。

"因为我也有一个这样的兄弟。"黄霆笑了笑，说，"是个读书人。"

黄霆说："我们之间发生过一些很复杂的事，与我接手的案子有关。"

周洛阳忽然来了兴趣，黄霆的身边也有一个像他与杜景这样关系的男生吗？

"你走错路，他会追在你身后，带你回家。"黄霆出神地说，"他走错了路，哪怕前方再崎岖，我也会找到他。我们什么都可以为对方做。"

"他结婚了吗？"周洛阳问。

"没有。"黄霆回过神来，说，"不过我感觉他也快要谈恋爱了。我们相识有十来年了，中间分开过一段时间……"

周洛阳说："我与杜景也分开过一段时间。"

黄霆严肃地"唔"了一声，说："再见面时，你就明白，他还是他。"

周洛阳又问："然后呢？抱歉，我问得太多了，我不是有意的，我只是……"

黄霆叹了口气，一本正经地说："没想到我也有当别人情感顾问的一天。"

黄霆清楚，周洛阳一定是有烦恼，才会好奇别人的事，想借以对照自己，了解自己。

"顺其自然。"黄霆说，"我的另一个兄弟告诉我，不管感情怎么发展，我们可以想做什么就做什么，不想做什么，则不用去勉强。当然，'我偏要勉强'的情况不在讨论范围内。而当你明白什么是爱情的时候，你就去追寻。"

过了一会儿，黄霆接着说："昨晚，我告诉他我碰上了一个女孩，他一听就懂了，说'恭喜你，兄弟'，所以我决定努力一把。只是女孩子对我来说，着实有点……呃……像是另一个世界的……另一个物种，我经常……不知道她们在想什么。"

在那一瞬间，周洛阳忽然在黄霆的话里放下了某种执着。

"你说得对。"黄霆说，"一见钟情是爱情的唯一方式，只是它有时藏得太深，需要你花时间去认识自己的情感。"

飞机开始降落，他们没有再聊，周洛阳坐回自己的位子上。

杜景调整座椅靠背，摘下眼罩，脸上的伤痕在射灯下尤其醒目。

"从现在开始，你当我的助理，是个实习生。"杜景对周洛阳说，"咱俩换身份，你就不用演戏了。"

周洛阳怀疑地打量杜景："你确定？你对高棉历史……"

杜景伸出手，周洛阳想了想，与他击掌，默契地接受了他的提议，没有再说半句废话。

下了飞机，杜景与周洛阳向黄霆道别。

黄霆有他的任务，即查洗钱案里古董的走私渠道。他们约好了联络方式，黄霆便拦了辆出租车，前去国际刑警在胡志明市的办事处。

"所以你可以命令我为你做任何事吗？"周洛阳说，"老板给我发多少薪水？"

杜景稍稍凑过来，在周洛阳的耳畔低声说："这要取决于你的表现，看你愿意为工作做到哪一步了。"

周洛阳："……"

杜景戴上墨镜，周洛阳拖着箱子，也去拦了出租车，找地方先住下。

胡志明市正值雨季，阴雨连绵。杜景的公司为他订了一个在郊区的民宿，距离市区二十分钟车程，在半山腰上，本地人提供饭食。两室一厅，落地窗外是个游泳池，拉起窗帘便能看见外面的农田。

庄力比他俩早到一天，已提前接上民宿里的网络，停用了所有的监控。

杜景对周洛阳说："随便休息，大部分时候不需要你出面，就当来玩了。"

"好的老板，是的老板。"周洛阳轻松了许多。

远方丘陵上笼罩着朦胧的雾气，民宿老板为他们准备了咖喱蟹与米饭，以及用木签串着的烤鸡肉。玻璃餐桌上摊满了资料，还有一张失踪人口的游玩路线图。

"最好追查的人仍然是这个网红小伍。"庄力说，"我发现了，他在马蜂窝上有一个小号，注册名是他的邮箱，而他彻底失踪前，在胡志明市的马里阿曼寺前打过一次卡。"

"他是在马里阿曼寺里或者离开这座寺庙后不久失踪的。"庄力最后说，"因为胡志明市的景点不多，景点与景点之间的距离也比较近，一般游客不会在马里阿曼寺逗留太久就去下个景点了……可他没有在其他任何一个景点继续打卡，也就意味着这里是最可能的失踪地点。"

庄力用期待的眼神看着杜景，想得到上司的一两句褒奖，杜景却懒得搭理他。

"所以你的计划是把马里阿曼寺查一遍？"杜景说。

周洛阳说："在寺庙里找个安静的地方，下手把人……弄晕，再带走？可是要带到哪里去呢？我觉得这么做不太现实，毕竟寺庙里游客很多。"

庄力说："如果是两人一起游览，另一人完全可以诱骗目标。譬如说……唔，买一瓶水，放点麻醉剂进去让目标喝，再带目标到没人的地方，等他晕倒，最后神不知鬼不觉地把人运走。"

"扛着一个人从寺庙里出去。"杜景说，"到处都是游客，庄力，你能不能稍微用一下脑子？"

庄力:"呃……我设想,是不是寺庙里有一个……像暗门之类的地方或者密道,把人弄晕之后,从密道运走。"

杜景简直忍无可忍,周洛阳却觉得庄力的推测很正常,换了他,他也会这么想。当然这一切推论都建立在小伍的失踪地点确实是寺庙的前提下。

周洛阳观察杜景,再看庄力,说:"有什么不对么?我觉得这很合理啊。"

庄力:"?"

周洛阳一插嘴,杜景反而不好骂庄力了,只得耐心地对周洛阳说:"合理在哪里?你觉得这个推论合理?!买通一个寺庙的僧人,大张旗鼓地诱拐外国人需要多大成本?走漏风声的可能性又有多大?"

"是……这样。"庄力也觉得有点不合理了,"但是如果寺庙里的僧人和这个组织有牵扯,譬如说捐献金,他们也许会睁一只眼闭一只眼,还是说……"

"对。"周洛阳说,"很有可能!万一他们勾结在一起呢?"

杜景已经快要绝望了,周洛阳想不通没关系,而庄力是他的下属,却也想不明白。

"为什么一件很简单的事情要做得这么复杂?!"杜景终于失去了耐心,对庄力吼道,"拐到人以后怎么带走?!你告诉我!"

庄力很怕杜景,支吾道:"直接运走?"

"用麻袋扛着走么?!"杜景说,"用车!"

"对!"庄力马上附和道,"开车运走,景哥。"

杜景:"买通黑车司机就能做到的事,搞得这么复杂做什么?还在庙里修密道?!你是不是疯了?"

庄力与周洛阳如梦初醒:"对!对啊!"

满室寂静,足足一分钟后……

"他们一定有至少一个转手据点。"杜景说。

"对!"庄力附和,"先把目标带到旅游景点附近,逛完就带上车,车里可以直接上麻醉,然后把目标送走。"

旅游景点附近常有拉客的黑车,尤其是面包车。多人拼车很正常,目标身为单身男性,更不会提防饮水与食物。诱拐者上车后将目标弄昏迷,载到转手点,交给下一波人。

周洛阳起初疑惑,为什么不在抵达机场或从酒店出门时拐人,但现在他知道了——机场里大多是正规车辆,而且抵达胡志明市时,他们一定订好了当天的酒店,不去入住,相当于留下可供追查的线索。

黑车如果停在酒店门口,也很容易被监控拍到,更容易引起受害人的警觉。想来想去,选择在抵达胡志明市的第二天逛的第一个景点处下手,确实是最合理、最高效的——小伍与诱拐者先在酒店住下,翌日上午将行李托管给前台,出门游玩。最后小伍被迷晕带走,诱拐者则回酒店取走行李,善后。

但要追踪这条线路,实际上相当困难。

"让你带的东西呢?"杜景说。

"景哥放心,"庄力说,"都带着呢。"

庄力打开一个小小的黑色盒子,说:"多亏周哥的考古邀请函,我们带过来的所有东西都没被海关刁难。"

"这是什么?"周洛阳吃着午饭,好奇地看了一眼,盒子里全是圆形的贴片。

这天下午,他们去马里阿曼寺前走了一趟,这是一座印度教的寺庙。出来时,庄力找到机会,在拉客的黑车上全部贴上了这种贴片。

回到民宿后,庄力打开电脑,十七辆面包车各自行进的路线全部显示在了屏幕上的大地图上。所有在热门景点前拉客的黑车都被庄力成功追踪了。黑车穿梭于胡志明市的大大小小酒店与重要景点之间,形成一张四通八达的、发光的网。

杜景开始分析行驶路线。白天,每辆黑车去过的地方都被标记出来,清一色的民宿、餐厅、酒店、景点。白天结束,黑车开始到处乱窜,晚10点后,就各自回到司机的家中。

"逛逛吧。"杜景摘下墨镜,看了看四周,说,"罗马不是一天建成的,劳逸结合,带你四处逛逛。"

周洛阳与杜景在四周漫无目的地闲逛,还穿上了观光客风格的花衬衣、白短裤、运动鞋。

"咱们以前倒是从来没约过一起来越南玩。"周洛阳忽有所感,对杜景说。

杜景在天后庙前买了果汁,顺手给周洛阳买了一包当地烟。周洛阳已经很久没抽烟了,他拆开试了一下,觉得不太好抽。

"那个糖看上去不错。"周洛阳说,"烟的口感不行。"

杜景便把烟扔了,又给他买了包咖啡糖。

"胡志明市没什么好玩的。"杜景说,"游客大多会去芽庄。"

旅行团在胡志明市安排的项目大多是一日游,第二天就会去芽庄等热门地区。

周洛阳很喜欢这里,哪怕只是行走在大街小巷,看看法国殖民时期种下的梧桐树以及建筑。

"可我很喜欢。"周洛阳说,"因为它还有另一个名字,叫作西贡。"

杜景出神地说:"我认识你,永远记得你。那时候,你还很年轻。"

"你居然还记得！"周洛阳说。

"当然。"杜景说，"我向你借的第一本书就是《情人》。"

两人并肩走着，杜景忽然跳了起来，摘下头顶树梢上的一朵花，再递给周洛阳。周洛阳接过，把它插在路边的栅栏上。

今天他们准备去拜访胡志明市的文物保护协会。文物保护协会是个官方组织，靠越南政府的拨款养着，办公地点很小，是栋两层的小楼。上次失窃案后，门外临时增设了警卫岗哨，但也只是做做样子。

周洛阳进去与协会主席寒暄，对方已经从陈标锦处得到消息。协会主席的英语有很重的口音，翻来覆去说的无非是文物保护问题，陈标锦还在香港没有回来。

周洛阳离开时，站在协会一楼的大厅里，扫了眼里面的摆设。

"这些古董值钱么？"杜景问。

"价值连城。"周洛阳答道，"但就这么随随便便地锁在大厅里，满是灰尘，难怪会被人调包。应该让黄霆过来调查一下。"

杜景取出手机，拍了几张照，也没有工作人员阻止他们。

他们离开协会，在穿过一条洒满阳光的小巷时，周洛阳忽然戳了戳杜景，示意他看。

他们背后停着一辆破旧的面包车，司机站在车外抽烟，不经意地朝巷内望来，看见的只有杜景的背影。

司机便没有多看。但仿佛感受到了危险，他吐掉半截烟头，上车离去。

杜景把手机从兜里掏出来，头也不回地伸手，探出小巷拍了张照。手机收回来时，屏幕上已经有了车牌的照片。

"我怎么感觉好像在哪里见过那辆车？"周洛阳说。

也许在天后庙，也许在马里阿曼寺，本地拉游客的黑车长得都差不多，破旧肮脏的车身上贴着斑驳的广告。

"你眼神不错。"杜景平静地与周洛阳对视，说道，"这确实是其中一辆。"

"你全记得？"周洛阳道。

"大部分。"杜景拨通庄力的电话，同时将照片发过去，说，"看下这辆车打算去哪儿。"

周洛阳无意的一眼发现了某条至关重要的线索。这辆面包车不去拉游客，停在文物保护协会外面，本身就有点可疑，附近又没有景点，它来这里做什么？

庄力找到对应的追踪器，说："S3A201车牌，今天没有载客，离开你们所在位置后往陶迭区的方向去了。"

"持续追踪。"杜景吩咐完,就挂了电话。

他们在路上找了家咖啡馆,坐下开始吃午饭。

"这里风景真好。"周洛阳说,"今天居然没有下雨。"

"风景有这么好看?"杜景问。

周洛阳吃着春卷,将目光移到杜景脸上,盯着他吃饭。

"总看着我做什么?"杜景又问。

"那你让我看哪儿?"周洛阳说,"看天花板吗?你还不是老盯着我看?"

周洛阳从下飞机开始,便一直在想黄霆的话。

他和杜景在一起的时候,除非必要,都很少用手机,要么说话,要么看看风景。他也有些奇怪,每次与杜景在一起时,他的"手机病"便会自然而然地被治愈。

"我要征用一下你的手机。"杜景说。

"老板请。"周洛阳说。

杜景接过周洛阳的手机,思索片刻,然后输入几个数字,成功解锁。

"还是那个密码。"杜景说。

"用习惯了,懒得换而已。"周洛阳回道,"你要做什么?"

"看一眼陆先生的朋友圈。"杜景说。

"陆什么?"周洛阳问。

"陆仲宇。"杜景道,"你的仰慕者。"

周洛阳哭笑不得地说:"别乱开玩笑。"

要不是杜景提起,周洛阳差点忘记这人了,他又问:"你不是也加了他么?"

"他把我屏蔽了。"杜景答道,一边点开了陆仲宇的聊天界面,看到了周洛阳与陆仲宇之前的聊天记录。

"你喜欢格鲁特吗?"

"是的,我喜欢他。"

"但我感觉你好像不太喜欢他。你在密室里挺高冷的,对他爱理不理,不像装的。"

"随便你怎么想吧。"

杜景抬起头,看着周洛阳,目光深邃而复杂。

周洛阳沐浴在窗外投进来的阳光下,梧桐树叶茂密,日光在风的吹动下犹如闪烁的繁星。他的头发,他的睫毛,他清澈的双目,他帅气且带着少许忧郁的表情,都蒙着一层绒绒的光。

周洛阳:"?"

杜景忽然问:"你是不是被我折磨得也有点抑郁了?"

周洛阳奇怪地看了杜景一眼，说："没有，为什么这么问？"他喝了口白咖啡，忧郁的神情瞬间化作茫然与不解，继而他笑了起来。

"你以前很少有这种表情。"杜景拿着手机，嘴唇微动，似乎在努力掩饰什么，语速变快了许多，"是不是我总让你觉得不知所措？"

周洛阳答道："没有，真的没有，我只是……只是……"

"只是什么？"杜景眉头稍稍皱了起来，握手机的手有点发抖。

"你怎么了？"周洛阳发现了杜景的异常，"不舒服吗？"

"没有。"杜景回过神来，不自然地答道，"只是什么？告诉我！"

"喂。"周洛阳说，"老板，你没事吧？"

周洛阳在桌下轻轻地踢了他一下，杜景神色恢复了正常。他摇摇头，仿佛想将某个想法从脑海中挤出去。

杜景拇指点了几下，删掉了周洛阳与陆仲宇所有的对话，接着点开陆仲宇的朋友圈。

周洛阳感觉到杜景也许又要转阶段了，但他没有说，免得对杜景造成心理暗示。他伸长脖子，看见了陆仲宇发的朋友圈。

"他也来了！"周洛阳惊讶地说。

陆仲宇发的是胡志明市的景色，还附带定位。

杜景按捺住自己的烦躁，说道："很有效率。"

周洛阳难以置信："他把那小祭司带了过来？我没有加受害人的微信，早知道……"

"什么？"杜景不解地问，"受害人？"

周洛阳与杜景对视，杜景解释道："他就是受害人。"

周洛阳："！"

周洛阳这才知道，原来他一直搞错了！

"那……诱拐他的人会是谁？"周洛阳说，"那小孩不是玩电竞的么？为什么……"

"他是越南裔，他的母亲是越南人，父亲是中国人。"杜景说，"庄力拿来的调查资料你没看？就在桌上。"

"我……"周洛阳确实没看，毕竟他不想知道太多杜景的事，尤其当着庄力的面，免得让他们为难。

这下周洛阳全明白了——真正的目标受害人是陆仲宇，而那个扮作祭司的小孩则是越南这边派出的骗陆仲宇上钩的人贩子！

"他会在酒店休息一下午,明天再逛市区,接着被抓走。"杜景说,"现在还来得及。"

恰好此刻庄力来了电话:"景哥,那辆车开到了陶迭区的一个地方,那儿没有明确的谷歌定位,距离司机家有二十二公里远,也不是修车厂,而是一个橡胶加工厂遗址。"

杜景戴着耳机,不等他下令,庄力又说:"我还查到了另外一条线索,景哥。还有三辆车,这三辆车现在分别在天后庙、三角洲、马里阿曼寺,它们都去过这个地方。我怀疑这里就是他们的中转站。"

"瞎子也能看出来。"杜景冷淡地说,"定位发到我手机上,把车开到我现在所在的地方。"

杜景摘下耳机,看了周洛阳一眼。

周洛阳说:"侦查吗?我和你一起去,走吧。"

庄力把车开到咖啡厅外,两人上车,庄力盯着放在副驾驶座上的电脑屏幕,继续追踪那辆车的位置。那辆车在中转站只停留了不到三分钟,现在已经离开。

"我要转阶段了。"杜景在手机上打了一行字,给周洛阳看。

我的天,这下怎么办?周洛阳心想。

"躁狂吗?"周洛阳问。

"嗯。"杜景打了一个字。

周洛阳握住了杜景的手。杜景五指收紧,反握住他的手。

杜景的力度有点大,握得他手指发疼。他知道杜景正在忍耐,此刻一定很想大喊大叫或是毁坏什么来发泄,然而当着庄力的面,他在努力地忍耐着。

越野车停在一个小村庄外,庄力下车去买水,顺便侦查附近的情况。杜景则快步上了村后的山坡,拿着望远镜眺望。

"没有建筑物。"杜景说,"树林里看不清楚。"

"别过去。"周洛阳说,"我怕附近有监控。"

五百米外有一处围着铁丝网,里边还堆着废弃的轮胎做路障,靠近中心则全是树,一侧还有个水塘。

杜景跃下山坡,周洛阳说:"等等,杜景!"

杜景一指山坡,让周洛阳等着。周洛阳怕他忽然撞上对方的人,便跟在杜景后头。

荒地上有几条车辙印,通往树林中央,杜景看了一眼,继续往前。

周洛阳用望远镜看了一眼,突然焦急地喊道:"杜景,回来!"但杜景没有听见。

　　杜景不断地接近树林，正要跃过一条水泥沟，攀上铁丝网时，周洛阳却敏捷地追了上来，把他拖到水泥沟里，按住了他。

　　杜景挣扎了一下，周洛阳赶忙说："树林里有人，刚才你没看见！"杜景不动了。

　　两人同时听见了枪械上膛的声响和交谈声。周洛阳心脏狂跳，杜景眼神稍变，翻过身，面对面地压在周洛阳身上，顺手捂住了他的口鼻。

　　杜景另一只手伸进裤兜，戴上指虎。周洛阳则把手按上凡赛提之眼，正要旋转时，却听见脚步声离去了。

　　周洛阳松了口气。杜景没有说话，探出头看。两个本地人端着冲锋枪上了一辆车，离开了。

　　"这是他们接头的地方。"杜景说。

　　周洛阳说："如果刚才他们朝这道沟里开枪，咱们就死了，你用背挡着也没用。"

　　水泥沟外是铁丝网，杜景如果骤然跃起，定会被铁丝网挡住。子弹却是挡不住的，几枪就能把他们扫死在沟中。

　　"是的。"杜景说，"不知道咱们如果死了，凡赛提之眼还能不能发挥作用。"

　　他们最大的倚仗就是时间的回溯。时间一旦回溯，死去的人会复生，一切都会回到二十四小时前的模样，虽然最后仍然会造成死亡。而如果启动时间回溯的人，也即他们俩死了，结果会怎么样呢？周洛阳不敢轻易尝试。

　　杜景从水泥沟里拖起周洛阳，缓慢地退回山坡上，与此同时，另一个身影从山坡的右侧向他们跑来。

　　"那是谁？"周洛阳疑惑地问道。

　　"黄霆。"杜景拿起望远镜看了一眼。

　　"你们怎么来了？"黄霆背着一杆长条物，快步上了山坡。

　　杜景没有搭理他，从越野车后备厢里取出一个黑色的匣子。

　　周洛阳用询问的眼神看向黄霆，黄霆便道："我从国际刑警的线人处得到了一张货单，知道他们会定期往广西凭祥市运送工艺品。早上我去装卸处逛了一圈，发现了一辆无牌照车，然后顺着车追了一路，还半途追丢了两次，最后到了这里。他们在这里做了什么？"

　　"这是个接头地点。"周洛阳答道，"但接头的双方都已经走了。"

　　黄霆听完，大致明白了，说："得监视这儿。你们有多余的人手么？或者想办法过去放一个摄像头，我去借台无人机……"

　　杜景打开黑色匣子，取出一只巴掌大小的飞鸟标本，然后打开手机上的软件。

　　周洛阳与黄霆一起看着那标本，发现这只飞鸟的骨骼是轻金属制成的，身上缀满了厚厚的羽毛。杜景触碰手机上的启动按钮，飞鸟便扑打翅膀飞了起来。

黄霆羡慕道："有钱就是好，什么仿生设备都有。"

杜景仍不理他，把手机扔给周洛阳。

周洛阳说："我不会……怕撞坏了。"

"撞坏就撞坏了。"杜景沉声道，然后走到一边，给庄力打电话。

周洛阳试着操控，那鸟儿飞得倒是很稳健，呼啦啦飞进了树林里。

周洛阳问："这设备多少钱？"

"不知道！"杜景怒气冲冲地说，"别什么都问我！"

"停在树梢上看看。"黄霆善解人意地打了个圆场。

周洛阳试了几次，勉强让鸟儿停稳，接着让它的头转向树林中央的空地，开始侦查。

黄霆与周洛阳看见了树林内空地上的景象。

"杜景。"周洛阳的声音发着抖，"你过来看一眼。"

空地上有人，庄力被反绑着双手，堵着嘴，一根枪管抵在他的额头上。

杜景旋转了一圈凡赛提之眼的日期轮，然后摘下它，扔给周洛阳。

"上车，把车开到大路上等我。"

"等等！"黄霆喝道，但他对杜景的阻拦没有起到任何作用。

"你疯了吗？"黄霆完全无法接受杜景倏然爆发出的同归于尽的疯狂。

眨眼间，杜景已翻过了铁丝网。周洛阳一怔，然后拉开车门冲上车去，发动越野车。

"走！"周洛阳选择在这个时候相信杜景。自己若跟着冲进树林，杜景与黄霆还要设法保护他，这样只会给他们带来更多麻烦。

周洛阳猛打方向盘，越野车调转车头，沿着山坡驶下。他拿着望远镜回头看了一眼，顿时全身的血液快要凝固了——

杜景就这么赤手空拳地摸过去，而树林里冲出来的两名本地人各持一把PKM，朝杜景开枪！

杜景一个翻滚，地上登时泥土四溅，他不断接近那两人。

"看路！"黄霆蓦然吼道。

时近黄昏，周洛阳又转头太久，越野车险些撞在树上。

黄霆大声道："你专心开车！支援交给我！"

黄霆坐在副驾驶座上，解开用黑布裹着的长条物。"咔咔"几声，他顷刻间组装出了一把狙击枪。

"别看我！"黄霆说，"尽量靠近点！"

周洛阳一踩油门,绕着山坡驶上大路。黄霆摇下车窗,将狙击枪架在窗沿上。此时杜景已飞跃到树林边的灌木丛前,一拳放翻了持枪的武装者,抢到了一把PKM,继而转身躲到一棵树后,将树当作掩体。

然而树林内几声枪响,子弹铺天盖地地飞出树林。

周洛阳把越野车开到最高速,直接冲破铁丝网,从路障上碾了过去。

黄霆把杜景的手机架上,手机上显示着侦察机传回来的树林里的景象。黄霆眼望屏幕上的监控,调整狙击枪,在越野车高速行进的过程中朝树林里盲开了一枪。

"砰"的一声巨响,震得周洛阳耳膜剧痛。

顿时,树林内枪声停了,杜景果断地冲了进去!"砰砰"几声枪响过后,杜景将庄力从树林里拖了出来。周洛阳一颗心提到了嗓子眼,一切都发生在一瞬间。

"当心背后!"周洛阳一个漂移,把车横停在树林外。

黄霆道:"你差点把我甩出去了!"

周洛阳飞速打开车门,然后猛踩油门,后轮空转,扬起漫天泥水。时间掐得刚刚好,杜景拖着庄力冲到车前,树林内有人追着出来。

黄霆再开一枪,打中追兵,追兵顿时一声惨叫,摔倒在地。

杜景把庄力推上车,吼道:"让你们在大路上等!"

"别废话了!"周洛阳倒车,掉头,将油门踩到底,越野车撞破另一侧的铁丝网,直冲了出去,还差点撞上村里的手扶拖拉机。

"小心开车!"黄霆道。

不少村民听到声音,纷纷从家中奔出来观望。越野车在无数人的注视下扬长而去。

第二章 躁狂

车里一片安静,只有杜景急促的喘息声。

"景哥?"庄力喊道。

杜景没有回答。

"你来开车。"周洛阳把车一停,让黄霆坐到驾驶座,自己翻到后座上,推了下庄力,"到前面去。"

杜景半躺在后座上,周洛阳借着窗外的灯光低头看了一眼,杜景的肋侧、腰上全是血。

"他中弹了。"周洛阳颤声道,"得去……去看医生。"

"不去。"杜景说。

周洛阳吼道:"你疯了?!"

黄霆开着车,问:"严重么?"

"严重……"周洛阳说,"相当严重。"

周洛阳按住杜景的伤口,伤口正在不断流血,就像不久前在维港逃亡时,被素普一枪打中后一样。

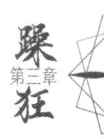

杜景一手握紧了周洛阳的手腕，注视着他的双眼，没有说话。

黄霆说："得找家安全的医院。KCR在胡志明市的消息渠道非常广，这场枪战结束，他们估计已经知道了，医院一报警，他们就会把咱们所有人都抓起来。"

庄力的声音发着抖："你们找个地方下车，我带景哥去医院，这样不至于全部被拘留，回头你俩再想办法捞我们。"

黄霆说："一旦被控制，你不可能成功越狱。"

"KCR是什么？"周洛阳问。

"越南反叛军。"黄霆把着方向盘，倾身看了眼杜景的伤势，沉声道，"与美国关系密切，洗钱案、失踪案都与他们有关。"

"我带他去，我们的身份是考古访问学者，你们先找地方躲着。"周洛阳道，"别啰唆了，黄霆去中国大使馆，庄力去法国大使馆。"

庄力说："就怕我去没有用，反而是……"

"听他的安排。"杜景终于开口，说道。

天已经彻底黑了，并开始下起雨来。车在医院前门停下，庄力没有再说什么。周洛阳满手是血，半抱着杜景下车。黄霆没有耽搁时间，当即把车开走。

进了医院，医生、护士赶紧把杜景推进手术室。

周洛阳跟在杜景病床边，低声焦急地喊着："杜景？杜景！别睡！"

杜景腹部中了弹，伤势比上次更严重。他睁着双眼，目光有点涣散，但还是看着周洛阳。周洛阳心脏狂跳，只希望杜景能撑住，至少也要撑到午夜12点。

手术室关上了大门，一旁的患者纷纷看着周洛阳。医护人员过来，说的话他听不懂，但大致能明白是让自己去缴费。

周洛阳抬头看向墙上的挂钟：晚上10点25分。

缴费窗口前，周洛阳从反光的玻璃窗上看见背后来了四名军人，为首之人对他说了几句话。

"你是周先生吗？"一名军人用中文翻译道，"请跟我们走一趟。"

"我的老板正在动手术。"周洛阳说，"我必须先给他缴费。"

"我们会为你解决。"那翻译道，"不用担心，请。"

周洛阳还想拖延时间，翻译却道："不要敬酒不吃吃罚酒，你们那一套对我们没有用。"

周洛阳看了一眼手术室，只得放弃。四名军人押着他离开医院，上了医院外停着的越野车。

一上车，两名军人便开始搜周洛阳的身。

"请不要碰我。"周洛阳说,"我身上有考古机密文件,看了不该看的东西,你们会被中、法两国大使馆联手找麻烦。"

其中一名军人用探测仪细致地扫过周洛阳全身,似乎只是为了确认他是否携带武器,没有扫到枪械,便不再搜他的财物。

"把你的护照交出来。"

周洛阳没有不识趣地对他们动手,车里空间狭小,自己也绝不是他们的对手。他拿出护照交给两人。

下车后,他被带到了一个昏暗的办公室里。天花板上的电扇转个不停,室内日光灯投下惨白的光芒,办公桌后坐着一名五十岁左右的越南军官。

"请坐。"那军官竟会说中文,他对照周洛阳的护照打量他的脸。

"你们来这里做什么?"军官慢条斯理地问道。

周洛阳没有回答,抬头望向墙上的挂钟,还有半分钟就午夜12点了。

30秒、20秒、10秒……时针、分针、秒针重合。

周洛阳在黑暗中猛地翻身,杜景有力的手臂马上抱住了他。

"我在。"杜景说,"没事了。"

周洛阳喘着气,杜景则紧紧地抱住他,把头埋在他的肩上。两人保持着相拥的姿势,一动不动。

前一天夜里,他们很早就睡下,万万没想到,随之而来的二十四小时里会发生如此严重的事。

周洛阳把手放在杜景的腰侧,低声问:"痛吗?"

杜景没有回答。

两人的身体紧贴在一起,周洛阳的心情却很平静。谢天谢地,都过去了,杜景撑到了最后一刻。

虽然他不知道杜景若在这二十四小时里因失血过多死亡,结果会怎么样,但他绝对不想再来一次,也不愿去做任何实验。

"好了。"周洛阳放松下来,说,"没事了。"

两人分开,周洛阳打开台灯。杜景侧头稍稍避开光线,眼里仿佛含着泪水。

周洛阳说:"明天绝对不要再去那个地方了。"

杜景抬手挡住眉眼,说:"把灯关了。"

周洛阳关了灯,杜景却在黑暗中起身,说:"睡不着,我到外面坐一会儿。"

周洛阳被吓得够呛,现在反而困了,他"嗯"了一声,说:"有事随时叫我。"

那夜杜景在阳台上安静地坐着,直到快天亮时才回来睡下。

翌日,杜景与周洛阳没有再去拜访文物保护协会,而是早上直接驱车前往昨天傍晚发现的 KCR 接头地点。

庄力一脸茫然:"景哥!你到底是怎么……怎么知道这地方的?太神了!真是太神了!"

周洛阳还有点困,昨夜做了一堆梦,翻来覆去地,没睡好。他疲惫地蜷在副驾驶座上,心想,都读档重来了,当然知道接头地点。

杜景没有回答,他打开黑匣子,取出仿生鸟侦察机,递给周洛阳。

"给你玩。"杜景漫不经心地说。

周洛阳说:"待会儿我撞坏了别骂我。"

"坏了就算了。"

周洛阳接过杜景的手机,操纵那鸟儿飞进树林,像昨天一样停在树枝上——敌人还没有来,树林里的空地上堆着几个箱子。按昨日的时间算,KCR 的人要等到他俩喝完咖啡、吃过午饭后才会出现。

"走。"杜景看了眼手机屏幕,说道。

"不在这里监视吗?"庄力道。

杜景说:"还想让我再中一次弹?"

车里的气氛顿时紧张起来,庄力感觉到危险,却不知道原因,茫然问道:"什……什么?你中弹了吗,景哥?"

"你干吗?"周洛阳用责备的眼神看着杜景,说,"莫名其妙。"

杜景没有再说什么。前一个二十四小时里,他们甚至没有问庄力是怎么被抓走的。想也知道,多半是庄力在四周乱逛,打听消息,引起了敌人的警惕。但在这重复发生的二十四小时里,庄力是无辜的,他什么都没有做,自然也没必要怪罪他。

庄力开车离开山坡,杜景又吩咐道:"让黄霆不用追踪了,把监控内容共享给他。"

庄力的表情充满疑惑,周洛阳知道他一定在想:"你怎么知道黄霆也在追踪的?"

而黄霆更是迷茫——杜景怎么会知道他的行动?

"我跑会儿步。"杜景对周洛阳说。

杜景打开民宿里的跑步机,再过几个小时,他就要转阶段了,周洛阳知道他现在一定已经开始觉得不舒服了。

杜景勉强支撑着办完所有的事,让庄力自己出去闲逛,然后便上了跑步机,将

速度调到最高。

"我陪你。"周洛阳说完,去换了运动服。

杜景说:"别又感冒了。"

两人开始大步奔跑,发出沉闷的声响。从上午11点开始,杜景足足跑了四个小时。周洛阳没一会儿就败下阵来,喘着气躺到沙发上。

杜景的T恤已被汗水湿透,他索性脱了上衣,打着赤膊,继续跑。背脊上瘦削的肌肉,健硕的长腿线条,以及他闭着双眼、戴着耳机,沉浸在奔跑中的专注表情,犹如迷蒙山雨中的一个幻象。

几个小时后,他终于筋疲力尽地停下来,"砰"的一声躺到木地板上。

"杜景!"周洛阳赶紧过去看他。

地板上满是汗水,周洛阳险些打滑摔倒。杜景却马上坐起来,扯住他的手臂。

"洛阳。"杜景坐在木地板上,低声说,"那天,我听见了你的声音,是你,那个人是你,我不会认错人。"

周洛阳茫然道:"什么?什么声音?"

杜景与周洛阳沉默对视,周洛阳回过神来,说:"好点了么?"

周洛阳起身,杜景握着他手腕的右手却不放开。杜景的眼神在这一瞬间有点奇怪,令周洛阳茫然不解。

那眼神充满了攻击性,周洛阳忽然想起他见过杜景这种眼神。重逢后,在澡堂里,他按着自己脖子的那一刻。

"你想做什么?"周洛阳感觉到了危险。

杜景左手扼住周洛阳的咽喉,右手托着他的后颈,沉默地打量着他,那神情仿佛是想俯身下来,咬住他脖颈上的动脉,又像是想抵着额头,在自己的注视下,掐死他。

他要发疯了?周洛阳意识到一个严重的问题——杜景是会偶尔发疯的,尤其在躁狂发作的时候,不能用常人的逻辑来判断他的思维,也不知道他会做出什么事来。

——必须设法让他恢复清醒。

于是周洛阳一口咬在杜景的肩膀上,杜景瞬间脸色一变,怒了。

周洛阳一手按着他的头,把他推到一边去,脱身站起来。

"你要做什么?"周洛阳冷冷地问道。

杜景张开双腿,沉默地坐着,稍低下头,汗水滴在身前的地板上。

周洛阳说:"杜景,我感觉到……你刚才是不是想杀了我?"

杜景说:"有这个念头。"

"为什么？"周洛阳的声音有点抖,"你恨我吗？"

杜景抬头看他,眼里的危险已消失得无影无踪。

"不,不是恨,是我犯病了。"杜景坦然道,"就那么一瞬间的念头,我控制不住自己,我也不知道为什么。"

门铃响了,应该是庄力回来了。

杜景忽然问周洛阳:"我要是真的动手了,你会挣扎么？会害怕么？会恐惧么？"

周洛阳说:"失手杀了我以后,你也会自杀的。"

"对。"杜景道。

周洛阳走过去把门打开,除了庄力,回来的还有黄霆。

果然,黄霆的第一句话是:"杜景,你怎么知道我在追踪KCR？"

杜景没有回答,起身去洗澡。周洛阳示意黄霆别多问。黄霆充满疑惑,与庄力一起看向杜景,却正好看见杜景肩上被咬的痕迹。

黄霆皱眉,再看周洛阳。

"住我们这儿？"周洛阳看了一眼黄霆背着的用黑布裹起来的狙击枪,说,"一起行动吧。你和同事接上头了？查出什么来了吗？"

黄霆看了眼民宿环境,说道:"你们这待遇也太好了,出差还能住酒店式民宿。我根据他留下的消息,找到了这把枪,人还是没见着。"

周洛阳知道,杜景今天处于几乎无法思考的状态,索性大方地招待黄霆入住。本想如果黄霆找到协助者,说不定接下来能轻松点,没想到黄霆还是一个人,独来独往的。

算了,国际刑警说不定有他们自己的一套行事方法。

黄霆说:"那就叨扰了,我与小庄住一个房间就行。来交换下消息？"

杜景洗完澡换了白T恤与短裤,周洛阳与黄霆已交换过双方的消息。

"这些线索你们是怎么得来的？"黄霆难以置信地说。

"这你就不用问了。"周洛阳说,"你的线索呢？"

黄霆摊开胡志明市的地图,上面有几个地方被标记了。

"洗钱案基本上已经水落石出了。"黄霆如是说,"换走湿婆铸像的是文物协会里的人,具体是谁还不清楚,总之,他们用一尊铸像调包了湿婆像,然后交给KCR的运输司机,从后门运出去,送到接头地点,也就是你们仿生鸟侦察机在的地方。"

杜景烦躁地按了几下回车,调出监控录像。在仿生鸟的监控下,那辆被追踪的黑车驶进树林里,司机取出装着货物的手提箱,交给持枪的守卫。

"海洛因、文物、现金都通过这一渠道进行走私。"黄霆说,"在胡志明市内,类似的渠道一共有四条……杜老板？"

黄霆察觉到了杜景的异常。

说时迟那时快，周洛阳弯起手指，用七成力在杜景手背上弹了一下。

被周洛阳弹中的地方红了一小块，杜景意识到了，收回手，不再在笔记本键盘上宣泄自己的烦躁。

黄霆标记出几个接头地点。

"你查出的线索比我们的详细。"周洛阳代替杜景说道。

黄霆说："这是我的同事在胡志明市卧底将近三年的成果。你们只用了短短一天就追踪到了那辆车。"

庄力看着杜景，察觉了他的不对劲。但自从庄力认识杜景并跟着他学习办案以来，杜景几乎就没有"对劲"过。作为下属，杜景给了他很高的自由度——虽然表面上不苟言笑，却从不介意他在任何场合发表自己的看法。

哪怕庄力是个新得不能再新的新人，杜景也把他视为同事。庄力从来不怕因说了不该说的话而得罪领导，也不用拍杜景的马屁。

"用这些路线来交易毒品、军火与古董，"庄力鼓起勇气道，"也就意味着，还可以交易……"

"人。"周洛阳接上了话头。

"对。"黄霆说，"我想，接下来的局势已经相对明朗了。我需要找到湿婆铸像与其他文物的买主，这个人估计就是幕后洗钱方。"

杜景终于开口了。

"你想把他抓回去？"杜景冷淡地说，"我们帮不了你。"

"不。"黄霆说，"我要从他那里得到分布于中国境内的协助他进行洗钱活动的组织名单，只要找到人，我们自然有同事会负责去接近他。"

三人看着黄霆。

黄霆又说："你们的目标是救出那个叫'小伍'的，如果有可能，还要顺手救出其他人，前提是他们都还活着。"

周洛阳都快忘记他们这次的任务是什么了，于是点头道："是的。"

"那么接下来，我们可以一起行动。"黄霆看向众人，"你们同意吗？"

周洛阳说："你在你们组织里也是个领导吧？"

黄霆说："小领导，怎么样？"

杜景一行三人自然以他为首，但他这时明显按捺着自己，不说话。

周洛阳考虑片刻，替他说："同意。"

于是众人议定完明天的行动细节，庄力又点了吃的让人送来，晚饭后，就各自回房休息。

"你明天能行动吗？"周洛阳说。

杜景不答，反而道："我想去蹦极，陪我去蹦极。"

周洛阳说："我的天，这大晚上的，去哪里蹦极？"

杜景闭上双眼，背着两手，站在落地玻璃窗前。他们住的民宿坐落在半山腰上，暮色中，夕阳即将沉下群山。

"我全身的血管都快要爆炸了。"杜景沉声道，"有股力量在胸口不停冲撞，要找一个出口。"

周洛阳说："吃药了吗？"

"吃了。"杜景说，"明天也许会好起来，但现在我想……我想……"

他闭上眼，说："我想撞破这面玻璃，从山崖上跳下去。"

杜景看着窗外的景色。这是一种疗法，当躁狂难以抑制时，患者想象自己的行为，让情绪通过另一种方式得到适当宣泄，但身体上的痛苦无法减轻。杜景确实病得更重了。

周洛阳说："一起出去走走？这里能跑酷吗？"

"跑不动。"杜景说，"我已经快没力气了，去拿把椅子来。"

周洛阳："……"

周洛阳没有违拗他，出去拿了把桧木椅，放下时两手都在抖。

"你想做什么？"周洛阳说。

杜景说："把我的眼睛蒙上，两手反绑，把门锁上。"

周洛阳依言照做，找了块黑布把杜景的眼睛蒙上。

杜景在巨大的落地窗前双膝跪下，跪在木地板上，面朝绛紫色光芒笼罩的群山。

"用椅子打我。"杜景沉声道，"打坏为止，我没法还手，手被捆着，你放心打。"

周洛阳没有回答，走近杜景。

杜景只沉默地跪着，而后又说："听见了没有？"

周洛阳跪在杜景面前，眼眶发红。他抬起手抚摸杜景的脸颊，看着杜景蒙着黑布的眉眼下那道明显的伤痕。

"快。"杜景嘴唇动了动，又说。

周洛阳道："别动，我抱着你。"

周洛阳知道，杜景眼下的难受源于精神亢奋，因无法得到宣泄，行为会不自觉地带有攻击性。

"坚持住，你会好起来的。"周洛阳低声说。

杜景把头埋在周洛阳肩上，发出隐忍而痛苦的闷喊。周洛阳紧紧地抱着他，杜景持续喊着，周洛阳则更用力地抱住了他。

像被折磨的猛兽一般，伴随着喊声，杜景不安分地挣扎起来。

周洛阳把手探到他的背后，解开了捆绑他的绳索。

杜景两手发着抖，不知所措地抬起来，最后他轻轻地抱住了周洛阳。

喊声停了，杜景全身尽是汗，连带着周洛阳的T恤也湿透了。仅仅十分钟时间，却仿佛一个世纪般漫长。

外头有人敲了敲门，黄霆的声音传过来："你们在做什么？没事吧？"

周洛阳马上道："没事，我们在用枕头打架。"

黄霆"嗯"了一声。

杜景筋疲力尽，放下双手，数秒后，再次轻轻地抱了一下周洛阳。

周洛阳接收到了他释放的信号。结束了，杜景最痛苦的时刻过去了。

"再去洗个澡吧。"周洛阳说，"你需要多喝点水。"

杜景"嗯"了一声。周洛阳为他解下蒙眼布，这一天，他感觉自己过得比杜景还累，他去浴室为杜景放水，再去厨房为杜景倒水喝。

黄霆正躺在沙发上，闻声看了一眼周洛阳。

周洛阳若无其事地问道："怎么出来睡了？"

"小伙子在和女朋友视频。"黄霆说，"不想干扰他，也免得人误会。"

周洛阳说："哈哈，你还挺细心的。"

周洛阳将矿泉水倒在一个大杯子里。

黄霆忽然问："杜老板是不是有精神障碍？"

周洛阳停下手里的动作，看了黄霆一眼，知道瞒不过他。

"BP？"黄霆又问，"躁狂发作了，我猜得对不对？"

周洛阳说："不会影响工作。"

黄霆沉声道："在某种程度上，已经影响了工作。做我们这一行，你知道，不能出半点差错。"

这也是周洛阳一直在想的事。杜景可以做别的工作，可为什么偏偏要当探员？双相情感障碍对一名调查员的影响非常大，万一在出任务时转阶段，后果不堪设想。

"不会出差错的。"周洛阳说。

"恕我直言，他不适合做这行。"黄霆说，"他的病有点严重，你应该劝劝他。这不仅是对他负责，也是对他人的负责。"

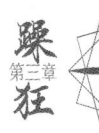

周洛阳说:"我改变不了他,也不想改变他,我尊重他的每个选择。"

黄霆:"活着不比死了好么?有什么比生命更重要?"

"不要这样。"周洛阳说,"黄警官,你不知道我们以前发生了什么,虽然……我也不知道他为什么选择了这行,但你觉得他会不知道吗?咱们现在讨论的,他一定比任何人都清楚。"

黄霆不说话了。

周洛阳又道:"他这么坚持,一定有他的理由,至于这个理由是什么,他既然没有告诉我,我就不会去多问。我相信他,毫无保留地相信。"

黄霆沉默片刻,说:"交浅言深,是我冒犯了。"

"不冒犯。"周洛阳说,"谢谢你。"

这确实是周洛阳的真心话。这世上除了自己,居然还有人会关心杜景,而且他们才只有数面之缘。

但杜景的病情确实比以前更重了,哪怕服用药物也没有丝毫改善。这令周洛阳非常害怕,他怕有一天连他也控制不住杜景,也许杜景真的会死。

杜景洗过澡,躺在床上发呆。

"我好多了。"杜景说。

周洛阳检查他的药盒,确认他都吃了。

杜景说:"我再吃一次。"

"不行。"周洛阳说,"既然撑过去了,就不要加药。晚上能睡着么?"

"不好说。"杜景答道,"现在有点……有点……亢进了。"

周洛阳看了杜景一眼,杜景马上别过头去,避开了周洛阳的目光。

"睡吧。"杜景深呼吸,翻了个身,背对周洛阳,说,"明天还有安排。"

周洛阳关了灯,黑暗里,他继续下午的那场对话,说:"我不会害怕。"

"我知道。"杜景回道,"你在我面前从来没有流露过厌恶与恐惧。"

周洛阳说:"因为我早就习惯了。"

"不。"杜景翻了个身,平躺着,在漆黑的床上沉声说,"自从咱们第一次见面,你就不介意,你接受了我的一切。"

周洛阳没有再说话,侧身对着杜景。虽然看不见他,却知道他真实地睡在自己的身边,寂静无法夺走他的呼吸,黑暗无法掩盖他英俊的容貌。

"晚安。"周洛阳轻轻地说,"杜景。"

第二天阴雨连绵,周洛阳睡得不想起床,实在太困了。

"喂。"周洛阳推推杜景，说，"老板，起来了。"

杜景难得地还在熟睡，睡容像个小孩一般，被周洛阳叫醒后带着几许茫然。

"几点了？"杜景问，"怎么不叫我？"

周洛阳："10点半，该出门了，定好的11点。"

杜景马上一阵风般开始洗漱。周洛阳准备去做早饭，突然想起这是在外头度假，不用伺候杜景三顿饭。

黄霆已经醒了，正在客厅里看中文报纸，说："庄力先去监视了。"

周洛阳忙道歉。越南天气炎热，杜景出来只穿了短袖T恤，凡赛提之眼戴在手上尤其显眼，黄霆便多看了两眼。

"好东西。"黄霆说，"哪儿来的？"

"别人送的。"杜景答道。一夜过去，他已完全恢复了，喝着咖啡，开始看一份法语报纸。

周洛阳不客气道："你能不能稍微快点吃？"

"那不吃了。"杜景说，"现在出发。"

周洛阳马上道："别，麻烦赶紧吃完，要迟到了。"

杜景说："你这么在乎他的性命？"

周洛阳道："否则呢？我能看着他去死吗？"

黄霆大致明白两人对话的意思，说道："来得及，慢慢吃。"

周洛阳将面包抹上黄油，递给杜景。杜景接了，揣上指虎，边吃边走，说："出发吧。"

马里阿曼寺外，庄力正在买鲜榨石榴汁喝。越野车停下，杜景与周洛阳下车，黄霆则把车开走。

在不远处盯梢的庄力给杜景发了张照片，是陆仲宇与小祭司走进马里阿曼寺的背影。

陆仲宇被人成功地骗到了胡志明市，在市内的酒店住了一晚上，再结伴同游市内的几个景点。

杜景走过路边摊，看见卖烟的小铺，想了想，又给周洛阳买了包糖，就像昨天一样。

"进去看看。"杜景沉声道，"马上就能看到结果了。"

周洛阳不知为何有点紧张，他总感觉四周仿佛有人在盯着自己。

杜景拉着周洛阳，另一只手拿着手机，做出拍照的模样，四处张望，活脱脱的游客形象。

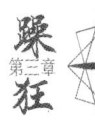

周洛阳被杜景带着进了马里阿曼寺,几名印度教的僧人走过中庭,没有人注意到他们。

周洛阳看见小祭司了。小祭司无意中一瞥,也发现了他俩,他马上推了推陆仲宇。陆仲宇正在抬头看寺庙建筑,转头看见他们,现出惊讶的笑容。

"嗨,"陆仲宇惊讶道,"这么有缘?"

"嗨。"周洛阳也假装惊讶道,"你们也来了?太巧了!"

"格鲁特!"那小祭司同样惊讶道。

杜景礼貌地点了点头,说:"有缘。"

四人站在中庭,面面相觑。陆仲宇不住感慨太巧了,周洛阳也故作惊讶地笑了起来,区别只在于一边是真惊讶,另一边则是假惊讶。

"你们接下来打算去哪儿?"周洛阳问。

"去天后庙,你们呢?"陆仲宇完全没想到他们会来。

"还不知道你名字呢。"周洛阳朝小祭司笑道。

"我叫阮松。"小祭司答道。他显然很紧张,已经快掩饰不住了,似乎完全没想到会在这里碰到认识的人,开始有点害怕了。

"咱们合一张影吧?"陆仲宇说,"逛完晚上一起吃饭?"

"晚上要去芽庄。"阮松提醒道。

"你们去吗?"陆仲宇拿起手机拍照。

阮松盯着杜景的手机,但杜景与周洛阳并未用自己的手机拍,这令他松了口气。不会留下证据,就还有希望。

四人各比了个手势,杜景依旧面无表情。

"我还没想好。"周洛阳说,"说走就走的旅行,没有事先做攻略。"

陆仲宇说:"我们也没有,走到哪算哪。你们住在哪个酒店?"

四人一起走出马里阿曼寺,天上下起雨来。游客们纷纷撑起了伞,杜景打了把大伞,往周洛阳那边偏了偏。周洛阳从知道陆仲宇不是诱拐者而是受害人那一刻开始,就放下了对他的成见。

"东边。"杜景说。

阮松不住打量两人,表情带着疑惑。

"只有你们俩来了吗?"陆仲宇见外头下雨了,便拉起帽兜,说。

"是的。"杜景正色道,"只有我们俩。"

杜景看向陆仲宇,礼貌地点头,然后说:"回头见,有缘的话。"

陆仲宇笑着朝他们摆手,说:"回头见!回头见!"

杜景的目光越过周洛阳，投向马里阿曼寺门口。阮松正与门口几名拉客的黑车司机讲价，陆仲宇两手揣在兜里，在一旁淋雨等着。

议定价格后，阮松把陆仲宇带上了车。

随后，杜景和周洛阳到了一辆越野车前，庄力正蜷在驾驶座上睡觉，杜景抬脚踹了他一下。

"下车，干活。"杜景面无表情道。

庄力睡眼惺忪，马上下车去。

杜景发动车子，按上车窗，打开音乐。

周洛阳坐上副驾驶座，音乐声响起，越野车驶离路边，朝着接头地点驶去。

第四章 虎穴

"一队呼叫二队。"黄霆在通信频道里说,"你们那边情况如何?"

"正往接头地点去。"杜景看了眼追踪屏幕,那辆黑车也正驶往接头地点。

周洛阳叹了口气,他原本以为阮松也许会心软,打消将陆仲宇带走的念头。但哪怕撞见了熟人,阮松依旧没有放弃,要将陆仲宇卖给 KCR 组织。至于他能得到多少酬劳,周洛阳就不清楚了。

接下来,黑车将载着陆仲宇前往陶迭区的树林,在那里完成交接,再由另一辆车带陆仲宇离开。

"你们呢?"杜景问。

黄霆:"我到了。KCR 接人的车停在树林里,你可以切镜头看一下。"

杜景把车开往接头地点,却没有离那山坡太近。庄力开着另一辆车过来,两辆车会合,驶上大路。

从仿生鸟的监控里,他们看见黑车司机下车,与阮松合力提着一个留了通气孔的装尸袋,借着树林的掩护,送上了另一辆无牌照的车。

KCR 的人点了几张美金,交给黑车司机。阮松坐上 KCR 的车,关上车门,车驶离树林。留下的三名守卫在树林里坐下，卷烟。

仿生鸟展翅飞走，于空中滑翔，跟在那辆车后。

"快没电了。"周洛阳说，"仿生鸟只剩下 21% 的电了。"

"得换电池。"杜景说，"等那辆车开上高速以后就操纵它飞回来。"

仿生鸟向着高速飞去，喉部的摄像头锁定了那辆无牌照车。

黄霆道："他们往柬埔寨的方向去了，看样子是去金边。仿生鸟能接收信号的最大范围是多少？"

庄力与黄霆在同一辆车上，这时答道："好像最远是三十六公里，超出三十公里就有点危险了。"

前一天晚上，仿生鸟一直处于待机状态，除了发回监控信息之外没有交互。金边距离胡志明市大约两百公里，中间还要经过崎岖的丘陵道路，仿生鸟一旦追丢，他们就前功尽弃了。

"别跟太紧。"杜景说，"放他们十公里。"

"你们能调用卫星吗？"黄霆说。

杜景说："你送我一个？"

黄霆只得说："我去联系柬埔寨方，看看能不能借到一辆直升机。"

"你们更有钱好吧。"周洛阳专心地看着屏幕，说道。

黄霆说："柬埔寨有钱的中国人多，合作关系。"

他们两辆车一起上了高速路，往柬埔寨边境行进，一时通信频道里十分安静。

"周洛阳。"杜景专注地开着车。

周洛阳说："怎么了？"

杜景平时只叫他"洛阳"，几乎没有连名带姓地叫过他，反而周洛阳一般叫他"喂"或者"杜景"。

被这样连名带姓地一喊，让周洛阳有种被点名的紧张感。

"没什么。"杜景说，"随口叫叫你。"

"有病。"周洛阳现在很紧张。他们正在追踪陆仲宇，如果陆仲宇没被带走，事情或许会简单得多，前来接人的车没有接到人，当然也得回去，他们只需追踪空车就可以了。但现在陆仲宇在车上，万一不慎失去目标，说不定又得赔上一条人命。他必须集中注意力，盯紧那辆无牌照车。

偏偏这时候，杜景忽然说："怎么有股咖啡的味道？甜的……"

周洛阳掏出兜里的咖啡糖，剥开一颗，塞进杜景嘴里。

"哦。原来是它。"杜景漫不经心地吃着咖啡糖。

"嗯,是啊。"周洛阳道,"喜欢这味道吗?"

杜景说:"喜欢。"

周洛阳说:"喜欢你就多吃点。"

"二队。"黄霆说,"我们到边防检查站了,根据监控推测,他们要进柬埔寨。"

"庄力手头有免检签证,你们走外交通道,去柬埔寨境内等着。"杜景说,"我要把仿生鸟召回来换电池。"

这个操作相当危险,万一 KCR 的无牌照车在过境前转向,他们就会追丢对方了。

但黄霆没有质疑杜景的决定,说道:"但我没有免检签证。"

"你在关口下车,"杜景说,"东西全放车上,跑过去。"

庄力哈哈笑了几声,杜景伸出手,在手机屏幕上点了一下,仿生鸟放弃追踪,飞向他们的越野车。

周洛阳摇下车窗,收进仿生鸟,看了眼时间——马上就到正午 12 点了。

"不需要。"杜景瞥了一眼周洛阳,知道他在看自己的表,"不会追丢,相信我。"

"不需要什么?"黄霆问道,"你们还留着后手?"

周洛阳:"……"

杜景一时竟忘了通信频道是打开的,也就是说他们的对话都被黄霆和庄力听见了。

"知道得越少,活得越长。"杜景戴上墨镜,对周洛阳说,"换电池,在黑匣子里。"

"怎么换?"周洛阳说,"太复杂了这东西。"

"你还学的机械。"杜景说。

"这技术课上根本不教好吗?!"周洛阳道。

杜景让周洛阳开车,自己摘下墨镜,俯身过来,接过薄片电池,拧那仿生鸟腹部的螺丝。

周洛阳只得也侧过身去,握着方向盘,两人身子交错,却没有离开各自的位置。杜景抬眼看路,踩了一脚油门,说:"当心车毁人亡。"

"别乌鸦嘴!不要乱踩油门!要撞上了!"周洛阳说,"你故意的!"

越野车朝着一辆大货车冲去,周洛阳马上打方向盘超车,对方愤怒地连按数声喇叭。

周洛阳被吓出一身冷汗,杜景却悠闲地吃着咖啡糖,换好电池后把仿生鸟塞到周洛阳怀里,再随手轻轻拍了一下他的头。

"放。"杜景又戴上墨镜。

"找不到了。"周洛阳说。

"耐心。"杜景说,"找不到算了,掉头回芽庄度假。"

通信频道里，庄力说："黄警官还没来，车来了，你们得快点了！"

"我在排队！"黄霆被堵在边检处，没脾气了。

"我尽力。"周洛阳道，"太远了！这鸟儿飞不快！"

仿生鸟飞过边检站，终于找到了那辆无牌照车，重新锁定。片刻后，杜景把车开到边检站前，掏出签证文件、两人的护照以及特殊邀请证明，并在护照里夹了两张一百美元的钞票，摇下车窗。

两名军人过来检查，周洛阳马上抬头。杜景一手按在周洛阳手上，挡住他手里的手机屏幕，另一只手递过文件。

对方检查过后，没有多问，也没有再检查他们的车辆，就拿着护照与文件去复印了。

周洛阳想看一眼手机屏幕，担心仿生鸟会失联。

杜景说："别紧张。"

杜景很耐心地等着，还顺手从周洛阳兜里掏出咖啡糖，又剥了颗自己吃了，然后一只手无意识地在方向盘上轻敲。

周洛阳知道杜景每次躁狂缓解后，都会保留一定程度的情绪高涨与兴奋，许多小动作是他自我纾解的表现。他从杜景的兜里翻出药盒看了一眼，确认他把今天的药吃了，便不再担心他。

护照与文件还了回来，周洛阳如释重负，他摇上车窗，杜景则把车开走。

"你们在停车场？"杜景瞥了一眼边检站外的车辆，在通信频道里问道。

庄力说："我在，黄霆，你还没过来吗？"

"至少还要二十分钟。"黄霆说，"二队先走，庄力等我。"

"他们上船了！"周洛阳说，"他们把车开到了船上。"

过了边检站，二十公里外，湄公河码头的渡轮停靠处，那辆无牌照车直接上了一艘小型渡轮。

仿生鸟沿着河畔飞去，周洛阳不敢让它靠渡轮太近，以免被发现。

"让它停在另一艘船的船尾，休息会儿。"杜景说。

仿生鸟在河上很不好操控，再加上天色已晚，周洛阳生怕不小心让它掉到水里去了。渡轮始终在行进，他只得小心翼翼地让它靠近一艘船，然后停下。

"开红外线眼。"杜景点了屏幕上的指令。

"好了。"周洛阳没那么紧张了，说，"先这样。"

他伸手去拿糖，却发现先前被杜景吃掉的是最后一颗。

杜景看了一眼，用手指夹着吃了一半的糖在周洛阳眼前晃了晃。

周洛阳："……"

"你太亢奋了。"周洛阳关掉通信频道，低声说。

"过几天就好了。"杜景说，"有时我控制不住自己。"

杜景把车往湄公河岸边的道路开去，自言自语道："你更喜欢处于什么状态的我？告诉我实话。"

"每一个你，都是你。"周洛阳严肃地答道，"你是双相，又不是精神分裂，不存在多人格。"

"唔。"杜景道。

通信频道闪了闪，周洛阳把它打开，黄霆道："能不能别关通信？"

"不小心碰到了。"周洛阳说，"抱歉。"

黄霆说："距离你们三公里处有个旅游观光项目，能游览湄公河，把车开到那里去，我的同事已经安排好了。"

杜景说："船上包午餐么？"

周洛阳瞪他。

杜景举手示意投降，片刻后，他们找到一条上山的路，便沿着路驶上山去。周洛阳戴上耳机，黄霆说："直升机游览项目，听他们的安排。"

庄力说："天黑了，大哥，你终于过关了。报告老板，一队人到齐。"

"等你们？"杜景关上车门，环顾四周。

周洛阳只拿着手机，杜景则背着一个运动包，一起走向不远处停着直升机的停机坪。

黄霆说："我们沿河走，你们先去吧，找到地方以后别着急动手。"

周洛阳还是第一次坐直升机，杜景让他坐好，并帮他系好安全带。机师是个越南人，朝他们比了个拇指。

黄霆又说："告诉他们去哪里，让他们沿着河开就行。"

仿生鸟有操控距离限制，他们必须保持在它周围三十公里之内，只要找到无牌照车下船的位置，他们就能成功锁定第二个接头地点，抑或他们藏匿人质的基地了。

直升机的声响震耳欲聋，杜景关上舱门，与周洛阳并肩坐在一起，望着窗外的黑暗发呆。

"先沿着河开。"周洛阳朝前舱的通信器说道。

机师比了个拇指。

杜景侧头，看向周洛阳手上的手机屏幕，周洛阳把手机还给他，意思是问：你来操控？

杜景摆摆手，靠在座位上，眯起眼睛，开始思考事情。

"他们靠岸了。"周洛阳说，"那是什么地方？没有到金边，定位显示在波罗勉省，他们在做什么？卸货？哦不，在换车牌，换了块柬埔寨的车牌。"

船比车快，直升机又比船快，直升机快追上那辆车时，黄霆与庄力刚离开边检站。

仿生鸟又快没电了，只剩 13% 的电量。

"你的手机也快没电了。"周洛阳看了眼时间，快到午夜了。他们上午 10 点半出门，到现在已经过了足足十三个半小时。

"差不多了。"杜景说，"还有最后一块备用电池。"

周洛阳用手指轻轻敲了下凡赛提之眼的表盘，意思是问：要回溯吗？

杜景摇头，说："湄公河两岸大部分地区都是密林，哪怕提前盯梢也不容易发现目标，先找到确切地点再说。"

周洛阳点头，说："他们往苏翁县的方向开了。"

周洛阳对柬埔寨相当不熟，除了知道吴哥窟的所在方位，他对这里的风土人情，哪里乱、哪里治安好毫无概念。

"苏翁一带华人多。"杜景沉声道，"合理。"

"老板。"庄力忽然在通信频道里说，"麻烦了，我们这儿出事了。"

直升机停机坪上，一伙柬埔寨军人持枪包围了黄霆与庄力的车。

杜景没有说话，把手放在表盘上。

周洛阳往外看，直升机正飞过密林。就在此时，地面上突然射来一枚 RPG 火箭筒。

轰的一声巨响，飞弹击穿了直升机的驾驶舱。失重状态下，杜景与周洛阳同时飘飞起来，却被安全带扯住。杜景马上转身，抱紧了周洛阳。

直升机拖着熊熊大火在黑暗中旋转，向下坠落，擦过密林中的树木，缓冲了几下，油箱爆炸。

周洛阳手中的手机飞了出去，剧烈的旋转与失重令他一阵昏眩。

一声巨响，周洛阳眼前一片漆黑，他被爆炸的气浪甩飞了出去。

声音时近时远，眼前时而一片大亮，时而尽是黑暗。周洛阳感觉自己的肋骨似乎被撞断了，他不断喘气，胸口一阵阵地刺痛，胸闷欲呕。

又一声爆炸，他挣扎着起来，拖着座椅——安全带还扣在他的身上。

周洛阳解开安全带，耳机已不知飞去了何处。

"杜景？"周洛阳喊道，"杜景！"

杜景躺在火海里，周洛阳踉跄着冲了进去，四周的树木全部着火了，浓烟呛得他睁不开眼。

周洛阳扑灭杜景身上的火焰，用肩扛着他的手臂，把他从火里拖了出来。

杜景额头上的血淌过他的半张脸，显得触目惊心。

"杜景！"周洛阳吼道，"快醒醒！"

背后枪械声响，一把AK抵上周洛阳的后脑勺，数人围过来，说着高棉语。

周洛阳把手按在凡赛提之眼的表盘上，尚来不及旋转，后脑勺上便挨了一枪托，昏了过去。

周洛阳睁眼时，听见外头淅淅沥沥的雨声。昏暗的病房里，一名护士正在给他注射药物。

他的手脚被皮铐捆在了病床上，身上换上了病号服，他尝试着挣扎了几下，全身却仿佛散架了一般，稍微一动就疼得厉害。

杜景呢？

护士说了句高棉语，他听不懂，想来意思是让他别乱动。

"你们给我打的什么针？"周洛阳颤声问道。

"止痛剂。"护士却听懂了，用生硬的中文回答他。

柬埔寨人常与中国人打交道，因此大多会说简单的中文，但在一个破破烂烂的小医院里，连一个护士也会说中文，这意味着什么？

在这之前，她接触过中国人。

药物发挥了作用，周洛阳身体上的疼痛减轻，他逐渐镇定下来。

杜景还活着吗？他们并不在同一间病房。周洛阳环顾四周，看见斑驳的墙壁以及一扇破旧的木窗，窗外是深绿色的树林。下雨天分辨不出具体时间，但看上去现在已经是白天了。

为什么他们会突然遭到攻击？周洛阳瞬间心脏狂跳，是黄霆出卖了他们？不，不可能，黄霆不像坏人。哪怕周洛阳看不穿黄霆的身份，杜景身为探员，不可能犯这种低级错误。

从北京到香港，再到胡志明市，黄霆没有表现出任何异常。

那么，是他的线人出卖了他们？不知道黄霆与庄力现在情况如何。

杜景也许就在附近的病房里，他比自己伤得更重，坠落的刹那，是杜景保护了他。而在坠机时，他们甚至来不及设置时间回溯。

杜景服用的药物与某些药有冲突，不能让他们给杜景乱用药……他必须尽快与杜景会合。现在是几点了？他在哪儿？

周洛阳尝试挣扎，手脚上的皮铐绑得不紧，却很难挣脱。

045

室内一片寂静，周洛阳听到不远处病床翻倒的声音，随即医生带着护士从病房外的走廊上匆匆跑了过去。

"杜景！"周洛阳隔空喊道，"是你吗？"

没有得到任何回答，周洛阳又喊了几声，病房门蓦地被推开，走进来两个人。

为首的是一名一脸凶相的东南亚士兵，他穿着迷彩服，身后跟着一名青年，正是阮松！

周洛阳静了下来，阮松出现的一刹那，他就知道完蛋了，他们落在KCR手里了。他没有再挣扎，只平静地看着阮松。

那士兵对阮松说了句话，阮松便走过来，打开了周洛阳手腕和脚腕上的皮铐。

"给你准备了衣服。"阮松指了指病房一侧的储物柜，说，"你可以换上。"

周洛阳心底涌起不祥的预感，但他没有问。储物柜里放着他已经破损的衣服，护照与从素普处收缴来的口红枪被收走了，旁边则放着一套柬埔寨的民族服饰。

"换好衣服就出来，跟我们走。"阮松又说，"别想逃，这附近有很多守卫，外头全是树林，树林里还有电网，你一跑，他们就会开枪杀了你。不是和你开玩笑，只有配合，你才有活命的机会。"

周洛阳说："格鲁特呢？"

阮松说："他不会有危险，至少现在没有，接下来就看你的表现了。"

士兵向阮松问了句话，语气仿佛很不满意，阮松便跟他解释了几句，士兵没有再说话，用高棉语粗暴地斥责周洛阳，周洛阳听得出，那意思是让他快点。

周洛阳被带出走廊时，看了眼不远处的病房。他怀疑杜景现在就被关在那间病房里，咫尺之隔，他却不敢贸然行动，他知道他们真的会开枪杀人，并非恐吓。

死在这里，不会有人来过问，只会被当作又一起人口失踪案。

周洛阳被带出医院，上了一辆越野车，越野车开进了没有路的密林中。他发现开车的士兵没有使用任何导航，专往树林里无路之地开。

阮松又说："这里全部做了通信屏蔽，只能连他们的无线网络，不会有人来救你的。"

周洛阳"嗯"了一声："谢谢你的提醒。"

接着，阮松拉上四周的车帘，升起与驾驶室之间的隔板，这样一来，车外的环境就看不到了。

"为什么这么做？"周洛阳问。

阮松没有回答。

漫长的沉默里，阮松说："你们到底是什么人？关你们什么事？在北京好好活

着不好么？为什么要来柬埔寨找死？"

周洛阳没有立刻回答。

"看到有人不知不觉地走向死路，想试着救他一命。"说完，他认真地看着阮松，问道，"为什么？"

阮松说："我妻子在他们手里，欠了赌场两百多万。"

周洛阳总算明白了，哭笑不得道："两百万，至于么？"

阮松眼里突然迸出愤恨，低声道："至于么？至于么？！你拿得出两百万？拿得出来，你会愿意给我？你知不知道两百万可以买什么？可以买好几条人命！"

阮松的表情随之扭曲，周洛阳深呼吸，想了想，最后还是没说什么。

"那你的钱挣够了吗？"周洛阳说。

"如果陆仲宇赢了，"阮松冷漠而残忍地说，"就够了。"

"赢什么？"周洛阳说。

阮松没有再说话。

周洛阳估计着时间，将近一个小时后，车停了下来，他又被押下了车。他回头看，但阮松没有下车，只在越野车上用带着几许阴冷的眼神看着他。

那是一座坐落于茂密的原始雨林中的奇特庄园，周洛阳刚要抬头看，后脑勺又挨了一枪托，是让他别乱看。门前是螺旋铁丝网卷成的安保藩篱，四处都有摄像头。周洛阳揣测，自己进来的地方应当是庄园的后门。他还看见了不少信号屏蔽车。

送他来的越野车开走，周洛阳沿着泥地走进一条地下水泥通道，进来时，他感觉到这里应当藏有不少军火。

地下的空间十分开阔，水泥顶上悬挂着吊灯，吊灯下，不少士兵正围在桌前玩扑克牌。看他们的军服，周洛阳无法把他们与任何一国的政府军联系起来。或许是雇佣兵。

周洛阳进了电梯，士兵掏卡刷卡，电梯里只有两个楼层的按钮。抵达后，士兵将他交给一名穿西服的保镖，保镖做了个"请"的动作，把他带过一条长廊，又进了另一部电梯。这部电梯直达庄园的另一层。

庄园内部的装修是殖民时期的欧式风格，有两名保镖守在门外。周洛阳看了一眼，根据杜景平时教他的，周洛阳对比保镖的容貌与训练痕迹，判断出他们都非常不好惹。

保镖为他开门，把他带进一个装潢得相当豪华的书房里。时值阴雨天黄昏，书房内灯火辉煌，一名四十岁上下的东南亚人正坐在书桌后，擦拭他的一把手枪。

他朝周洛阳投来一瞥，现出诡异的笑容，用中文说："你好，贵姓？我叫洪侯，你是华人，可以叫我侯哥。"

"免贵姓周。"周洛阳平静地说。

他开始打量这房间的布置，文物多得可以开个私人博物馆了。佛头、毗湿奴像、象神尊、青铜神龛、猴神哈努曼的绣毯、尼泊尔的佛塔、中国的瓷器、拜占庭的雕塑、近现代的抽象画……书架两侧还各有一把明治时代的武士刀，中央则悬挂着一把带箭的长弓，目测是暹罗时期的。

洪侯从抽屉里取出两张A4纸，纸上有周洛阳的照片，照片下是以高棉语记录的简单个人资料。

"你是个古董商？"洪侯问。

"我可以看看你的宝物么？"周洛阳说。

"可以。"洪侯大方地说，"中国人是我们的朋友，随便看。"

周洛阳走到武士刀前，将它抽出少许。

洪侯说："你喜欢它？"

周洛阳答道："明治时期，用玉钢打造的，也就是海绵铁。你从哪里得来的？"

洪侯一笑，说道："一位日本的大财主，打赌时把它输给了我。"

"赌场是暴利生意。"周洛阳说。

洪侯松了松手指，若有所思道："是的，暴利生意啊，不过因为你们中国人，现在生意也不好做了。"

周洛阳将武士刀退回鞘中，发出一声轻响，问道："你想要什么条件才放我们走？"

洪侯说："我们先来看看你的预选赛表现吧，坦白说，算不上太好，不过你在最后一刻的表现令我有点意外。"

洪侯按了一下办公桌上的按钮，周洛阳背后降下一台投影仪，书房内灯灭，投影仪投射出他们半个月前在北京那家密室内的监控画面。

镜头时而拉远，时而推近。不同的区域监控距离有区别，只几个瞬间，就凝练地表现出了周洛阳在密室里的一些抉择与重要时刻。直到最终，站在祭坛前，周洛阳必须选择朝其中一人开枪时，高分辨率的监控镜头直接打在了他的脸上。

周洛阳："……"

洪侯说："在预选赛阶段，我就注意到你了，当然，还有你的同伴。"

周洛阳万万没想到，自己与杜景去玩密室逃生，居然早就在洪侯的监视之下！

"你们……"周洛阳的声音发着抖，先前他们已做过相关猜测，但在谜底揭晓时，他仍极度震惊！

洪侯摊手，脸上现出诡异的笑容，说："今年第四赛季，起初我还怕凑不齐人，没想到你们却主动送上门来了，说到这个，请容我表示我由衷的谢意。"

他意味深长地看着周洛阳,说:"加上你和你的同伴,现在一共有六名玩家,第四赛季于是得以如期举行。咱们来订个协议,如何?"

周洛阳知道洪侯的办公桌上有枪,只是不知道自己有多大的概率能拿起武士刀冲过去,把他的一只手砍下来,再挟持他做人质。但他看上去不像毫无还手之力,周洛阳最后还是打消了这个念头。

"什么协议?"周洛阳沉声问。

洪侯按下另一个按钮,投影屏幕上出现了一段英文配音的宣传片,底下还有俄语、日语和西班牙语的字幕,航拍镜头下,宏伟的吴哥窟伴着旁白展现在他们的面前。

"神秘的高棉文化,众神降临之地,迷失千年的古老神庙……"

这是周洛阳曾经在北京的密室外看到的滚动播放的宣传片,讲述六名冒险者进入吴哥窟神庙内部探险,过程险象环生,直到最终抵达祭坛前。

"我邀请你与你的同伴一起正式加入我们的第四赛季游戏。"洪侯说,"规则很简单,和预选赛差不多,除了一点点微小的区别。"

周洛阳喃喃道:"除了随时可能在迷宫中丧命这点微小的区别?"

"是的。"洪侯靠在大皮椅上,两脚搁上办公桌桌面,现出擦得锃亮的军靴,靴畔还插着一把匕首,"正式场景,也不是简单的密室能相提并论的,你期待吗?"

不等周洛阳回答,洪侯又说:"也许你还可以决定最终谁活、谁死,不过你可得好好珍惜手里的机会,不要再像预选赛一样。"

周洛阳说:"如果我们活着出来了,可以得到什么?"

"所有参注方一成的赌注。"洪侯说,"将近两百七十万美金,目前这个数字还在不断攀升,或者从我的藏品里选一件带走。"

周洛阳不至于这么蠢,他知道哪怕自己赢了,这伙人也不可能让他活下来——否则他们在暗网上的血腥杀戮游戏的直播网址、现实藏身地以及所有的犯罪事实都会暴露。最有可能的是在比赛结束后,把他卖给出钱的幕后金主,让人在摄像头后下指令,将他凌虐至死。

"如果我拒绝参加呢?"周洛阳说。

"你不该问这个问题的。"洪侯笑道。

周洛阳想了想,说:"我需要说服我的同伴。"

"不必,他一定会来,作为一名国际刑警。"洪侯认真地说,"这是我们今年最大的重头戏,根据预选赛的表现,你俩是第四赛季的黑马,不要让我失望。"

"可以,但我还有一个条件。"周洛阳说。

洪侯示意周洛阳说。

周洛阳思索片刻，而后说："把我们俩的所有东西还给我们，我愿意与我的同伴配合参赛。"

洪侯说："那怎么行？你有一把消音手枪，虽然不知道你从哪儿弄来的，这太影响游戏平衡了。"

周洛阳说："原本游戏设定里我就有一把枪。"

洪侯在思考，周洛阳又说："手机你可以收走，反正直升机坠毁以后，手机也没用了。你怕我们与外界联络么？我们有一块表，一把手枪，一件指虎，把它们都还回来。"

洪侯从办公桌上的烟盒里抽出一根烟，说："那么我们就要修改游戏规则了，你可以带东西进去，别人自然也可以。"

周洛阳说："这很公平，你还可以给其他的玩家再配点装备，譬如防弹衣，我想那也许就更好玩了。"

洪侯说："不失为一种新玩法。"

周洛阳知道洪侯并不担心他们向外界发出信号，密室的信号隔离做得足够完善的话，里头哪怕有手机也发不出定位。

他们不可能大张旗鼓地在吴哥窟进行这场杀戮秀，唯一的可能，是在地底尽量复原一个像吴哥窟一般的空间。

"我会与设计师讨论。"洪侯说，"你可以下去休息了，三天后，第四赛季开始，在这之前，务必养精蓄锐，不要紧张得睡不着。"

周洛阳说："我要与……"

"比赛前不能见面。"洪侯说，"请。"

周洛阳知道拒绝洪侯的唯一结果，就是被蒙上眼带出去，到一个无人的密林里，当场枪杀。他没有再提要求，转身离开，外头已经有人等着，把他带到了一间客房里。

与此同时，杜景的双手被铐在身前，被带进了洪侯的书房。

"请坐。"洪侯显然知道，杜景的实力与周洛阳不是一个等级的。

"你似乎伤得有点重。"洪侯说，"手臂骨折了，内脏也有少许出血，软组织挫伤。只要这几天好好休息，参加三天后的比赛应该没有问题。"

杜景左手缠着绷带，打着夹板，头上裹着纱布，脸上贴着创可贴。

"地方不错。"杜景说，"挺会享受生活。"

"啊，聪明人。"洪侯说，"我最喜欢与聪明人打交道，尤其是聪明的中国人。"

洪侯拉开抽屉，取出两个透明的塑料袋，其中一个装着杜景的手表、U盘和指虎，

另一个则装着杜景与周洛阳的护照、介绍信。

洪侯一边翻看杜景的护照、介绍信,一边漫不经心地说:"托你的福,我们终于逮住了传说中的黄霆,你的前辈。我们仰慕这位大师级选手很久了,可惜一直没有缘分。"

洪侯看完杜景的个人资料,又打开另一个塑料袋,手指夹着凡赛提之眼的表带,翻来覆去地看。

"漂亮。"洪侯说,"很少见的表,不过我见过一模一样的另一块。"

杜景说:"我希望你别做出什么让自己后悔的事情来。"

"哦?"洪侯扬手把表扔了过来,闪光的表面在空中划出一道弧线。杜景抬手,稳稳当当地接住了它,他活动手指,把它戴在了手腕上。

杜景把表盘外围的日期转盘旋转一圈,再礼貌地看着洪侯,说:"现在我们来谈谈条件吧,你想要什么?"

洪侯又试戴了杜景的指虎,活动手指,尝试挥了几下拳,而后把它也扔了过来。

"别在我的地盘上用它。"洪侯说完,又拉开抽屉,取出第三个塑料袋,里头装着素普的口红枪,他将枪口指向自己。

杜景友善地提醒道:"当心走火。"

洪侯严肃地"唔"了一声,却没有把口红枪也扔给杜景。但杜景已经得到了对他而言最重要的凡赛提之眼,剩下的,就只有耐心等待了。

客房的窗户装了防盗栏,四周全是防火材料,门被反锁,天花板的四个角落和洗手间都有监控摄像头,除此之外,环境与高档酒店无二。

衣柜里有几套衣服,其中一套看上去有点奇怪,周洛阳想起来了——这是密室逃生宣传片里某个演员穿的,看来他们给自己安排的就是这个角色。

周洛阳拿起床头的电子钟看了一眼,晚上 7 点 50 分。

他们要求杜景参赛,也就意味着至少在这三天里,杜景是绝对安全的。

周洛阳仍然浑身疼痛,躺在床上不住喘气。片刻后,服务生送来了晚饭,都是柬埔寨本地菜,又给了他一张菜单,意思是可以随便点菜。

周洛阳随手勾了几道菜,草草吃过晚饭后,翻了翻房间里的旅游杂志,写的大多是金边的旅游项目。他挨个看过房间四角的监控,知道现在一定有人在密切地监视着他。

这是另一种意义上的密室逃生——周洛阳心想,必须想办法拿回凡赛提之眼。

11 点 59 分 58 秒。

59 秒。

所有数字归零的一瞬间，周洛阳忽然回到了直升机上！

耳畔响起杜景沉稳的声音："黄霆，离开那里，咱们暴露了。"

紧接着，RPG 火箭筒的发射声响起，周洛阳马上侧身，与杜景紧紧抱住了彼此。

巨响声中，火箭筒发射出的飞弹击中直升机驾驶舱。天旋地转，周洛阳一阵昏眩，继而抱紧了杜景的头。

"这时间节点选得太糟糕了。"杜景说。

"我让他们还给咱们所有的随身物品！"周洛阳在坠落的瞬间大喊道。

"你铺垫得很漂亮，我已经拿到了，迫降开始。"杜景在这个时候还有心情调侃，"三、二、一，降落伞不可用，祝您好运。"

杜景用胸膛抵住了周洛阳的额头，温柔地把他抱在自己怀里，抬头，眼里倒映出直升机解体的瞬间，漫天灿烂的星河。

巨响，坠地，解体，两人一起被甩了出去。

第五章 牢房

"杜景!"周洛阳这次摔得比上次轻,虽然眼前依旧时黑时亮,他却已很快扯开安全带,朝火海踉踉跄跄地冲去。

熊熊火焰吞噬了整片树林,周洛阳把杜景拖出火圈,拍打他身上着火的地方。

杜景较上一次情况好了不少,垂着左手手臂,右手搭在周洛阳的肩上。

狗叫声、说话声传来,KCR的人来了。

"他们到底是什么人?"周洛阳脸上带着淤青,困惑地问道。

"雇佣兵。"杜景喘息着说,"一定在哪个环节出了问题。"

周洛阳不敢勉强杜景逃跑,现在逃的话也逃不快,被发现了迟早会被追上。两人躲在树林深处,周洛阳小声将前一个二十四小时内发生的事向杜景飞快地交代了一次。

周洛阳说:"是不是……有人出卖了咱们?"

"有这个可能。"杜景言简意赅道,"但KCR直到现在都不知道我是什么身份,不是黄霆那边走漏的消息。"

周洛阳被这么一提醒,也瞬间意识到了这个问题——除了古董店老板这一身份,洪侯以为杜景还是刑警！判断的根据是什么？除了他们，KCR还抓住了黄霆与庄力，于是误以为他们四个是同事？

杜景说："只要黄霆与庄力成功逃掉，他们就无法确认咱们的身份了……洪侯约见我时，我骗到了凡赛提之眼。拿好，我去引开他们。如果成功逃脱，试试在中午12点后启动它；如果没逃脱，就在被抓到之前启动它，这样我们就会回到前一天的中午……"

杜景按着周洛阳，周洛阳却道："不，让我去。"

周洛阳推开杜景，低声说："你去找黄霆！务必确认他们还活着！在这种地方，我根本逃不掉，保护自己都有困难！"

杜景逃离现场的成功率显然比周洛阳要高不少，毕竟他受过野外求生的专业训练。

杜景紧紧握着周洛阳的手，与周洛阳沉默对视，他的嘴唇动了动，仿佛有话想说。

"洛阳。"杜景说。

周洛阳点头示意放心，转身跑向发出声音的地方。

杜景沉默地看着周洛阳远去的身影，他站在黑暗中，如同一头嗜血的豹子。

周洛阳抬起双手，缓慢地走向雇佣兵。敌人围了上来，给了他一枪托，周洛阳昏了过去。

再醒来时，周洛阳仍旧在病床上，然后再次经历了近乎一模一样的一天。

"你的朋友在哪里呢？"这次，洪侯礼貌地问，"你是不是觉得他一定会来救你？"

周洛阳想起上一次与洪侯的对话，这时杜景应该已经成功逃掉了。

哪怕知道洪侯接下来要说的话，他也没有做什么未卜先知的发挥，以免引起洪侯的警觉。

"我不知道你在说什么。"周洛阳说，"你们劫持学者，是会酿成外交危机的。"

洪侯蓦地哈哈大笑起来，说："外交危机？周先生，你来柬埔寨，真的是来考古的么？"

"否则呢？"周洛阳走到一旁，抽出洪侯书房里的武士刀，看了一眼，再推回鞘内。

洪侯取出一个透明塑料袋，里面放着素普的口红枪。

"那么麻烦你解释一下，"洪侯说，"一名考古学者为什么会持有这个？"

周洛阳轻松地说："总要有点防身的东西。"

洪侯说："我想，咱们不如做个交易，如何？"

接着，周洛阳又听了一遍游戏解说。

在洪侯想开口时，周洛阳却忽然道："要举办真人比赛，让金主们下注，你这场游戏，人够吗？"

"不够。"洪侯说，"还差一个。"

"我记得失踪的可远远不止六个人。"周洛阳说。

洪侯点头，说："不是每个人都愿意配合。当我们物色到合适的参赛人选，把他们带到休息区时，却发现有些人素质不高，实在不能胜任。游戏嘛，要的就是全力以赴，玩得开心，对不对？"

周洛阳："……"

洪侯又说："要筛选出优秀的选手也不容易，现在的观众比以前更挑剔了。"

周洛阳说："拒绝合作，或者你们觉得不合适的人，都被你杀了？"

"处理掉了。"洪侯说，"但你不在处理范围内。"

周洛阳的手稍稍发抖。这次，洪侯没有当场让他做决定。

"回去好好考虑一下。"洪侯说，"我觉得第六名选手应该很快就会来了。"

周洛阳再次被带到客房里，软禁了起来。他看了眼电子钟，现在是晚上7点半。这一次，杜景没有再回溯时间。

这一夜什么事都没有发生，周洛阳却知道，杜景与黄霆说不定已经会合了，正在搜寻他的下落。

信息变得错综复杂起来，零零碎碎的线索碎片仿佛构成了一张隐含深意的地图。在这底下，到底还有什么事情是他们不知道的？

周洛阳试着梳理了整件事的经过——就像杜景先前推测的，洪侯控制的组织从中国与其他国家境内诱拐有资质的人到柬埔寨，让他们参与真人密室逃生，供各国富豪取乐。

从宣传片的字幕上就能看出来，洪侯通过每个赛季售卖比赛的入场券和押注来盈利，毒品、军火、古董贩卖等对抗政府和养雇佣兵的钱，则通过暗网交易获得。

小伍、陆仲宇都是他们提前物色好的玩家人选，而洪侯将这些人玩密室逃生的过程称作"预选赛"，也即通过密室内的监控做出第一轮筛选。

周洛阳与杜景阴差阳错之下踏入了他们的预选赛，是以留下了记录。

但洪侯究竟是怎么发现他们的呢？他们在哪一个环节泄露了身份？

在接头地点引起警惕后，他们很快就回溯了时间。遭到袭击时，雇佣兵明显知道他们在直升机上。回想起这几天的经历，仿佛在马里阿曼寺时，周洛阳就有被监视的感觉，也许从那时候开始，对方就盯上他们了。

而在进入马里阿曼寺前，阮松还没见到他俩，理应不是阮松告的密。

所以唯一的可能是，有人知道他们从北京通过香港抵达胡志明市，并提前知会了洪侯。而洪侯无法在胡志明市准确地定位他们，迄今为止他都没提到黄霆就是证明。

是了！周洛阳终于找到了最重要的那个点——洪侯没有提到黄霆！

先前他说"你的朋友"，而不是"你的朋友们"！他不知道黄霆与庄力的存在，只知道自己和杜景！那么将消息报告给洪侯的告密人也许并不知道黄霆的存在。

还有一个更重要的问题：告密人似乎对杜景的真实身份毫无了解，或者，他故意对洪侯隐瞒了杜景的身份。

这人究竟是谁？

周洛阳整理完线索，却更迷惑了，他相信此刻杜景一定也在进行同样的分析。半睡半醒间，他迷迷糊糊地梦见了直升机坠落的瞬间，失重感令他从座椅上飞了起来。然而一眨眼，自己却出现在了杜景的法拉利上。

杜景驾车，速度提到最高，法拉利飞出悬崖的一刹那——周洛阳转头看着杜景。在这生与死的深渊前，杜景放开了方向盘，侧身抱住了他。

客房门被敲响，接着被打开。

周洛阳蓦地惊醒，被阳光照得睁不开眼，不住喘息。

"老板让你尽快洗漱，出来一趟。"一名保镖用英文说。

"你出去。"周洛阳眉头深锁，不耐烦地说。

庄园的服务很周到，把所有生活用品都为他准备好了。周洛阳匆忙洗漱，换上衣柜里的棉布内裤、白衬衣、黑色短裤，再换了运动鞋出来。

两名保镖带着他下楼。这座庄园比他想象的更大，似乎还有一大半区域在对外营业。

周洛阳听到汽车声，想往窗外看。保镖没有给他这个机会，一左一右地夹着他，沿着楼梯快步下去，来到一个金碧辉煌的大厅。

那是个巨大的赌场，到处都是赌桌、老虎机，周洛阳看出有人在玩百家乐，东南亚人、中国人与欧美人混在一起。

保镖把周洛阳带到一张牌桌前，为他拉开椅子。

洪侯正在另一侧的位子上，与杜景玩着德州扑克。

"人来了，接下来呢？赌什么？"洪侯对杜景说。

周洛阳没有说话，看了杜景一眼。杜景侧头，也看了他一眼，确认他没有受伤。

杜景眼角带着前一天摔进树林时造成的淤青，脸色好了许多，侧脸上贴着一张创可贴。

杜景没有与周洛阳交谈，而是问洪侯："你想赌什么？"

杜景上身白衬衣，下身西裤，他稍稍撸了下衬衣袖子，露出腕上的凡赛提之眼。

周洛阳看见时间已过12点，表还在杜景手上，便安心了些。

"赌他？"洪侯笑道，"你要是赢了，把人带走。"

杜景说："输了，我当然就陪他留下来了，很合理。"

洪侯点了根烟，说："赌么？"

"别。"周洛阳说。

杜景摆摆手，示意没关系。

周洛阳把手放到杜景手腕上，按住凡赛提之眼，正要旋转时，杜景却将另一只手覆在周洛阳的手背上，稳了下他的动作，意思是不需要。

荷官重新开局，杜景吃着糖，拿起手牌，以拇指抵着，让周洛阳看了一眼。

一张黑桃三。周洛阳没有说话。

双方开牌，洪侯笑了起来，向杜景展示自己的牌，杜景输了。

"很好。"洪侯说。

"很好。"杜景跟着说，"如果我死了，奖金全给他，让他活着离开。"

洪侯认真地说："最后赢的可不一定是你俩，不过只要赢的人是你们其中任何一个，我都会照做。"

"我会努力。"杜景漫不经心地说。

洪侯说："期待你们的表现，我们对自愿参赛的选手向来是很尊敬的。"

周洛阳说："你……"

杜景腾出一只手，搭在周洛阳肩上，侧身靠近周洛阳，嘴唇微动，呼吸中带着咖啡糖的气息。他认真地看着周洛阳的双眼，说道："命中注定，我们到哪里都会在一起。"

于是，杜景与周洛阳住进了同一间套房，距离比赛开始还有两天。

这一次，洪侯给了他们极好的待遇，监控仍在，食宿的规格却升级了，想必是杜景主动送上门的缘故。毕竟自愿参加这种比赛，也即意味着必须承担自己所知的后果，大多都是奔着钱来的，勇气可嘉，KCR自然也会给予明知必死还赴死的人足够的尊敬。

周洛阳说："以往有人自愿参加吗？"

"也许有，只是咱们无缘得见。"杜景进了房间便开始解衬衣纽扣，脱衣服，"毕竟如果每个参赛的人都刚进大逃杀就精神崩溃，哭喊不休，会极大影响比赛的质量。"

"他们又是怎么判断我适合的？"周洛阳实在不解。

杜景看着镜子里自己半裸的身体，前天坠机后，身上有不少擦伤。

"不清楚。"杜景说，"一看就觉得你很机灵？帮我上个药，背后够不着。"

周洛阳看着杜景，杜景拿来药水，背对周洛阳坐着。

周洛阳问："你怎么找到这里的？"

杜景说："很简单，在附近镇上站了半个小时，自然有他们的人找上我，把我带过来。"

周洛阳没有询问杜景是否做了安排，或是做了什么样妥当的安排，但他知道杜景既然成功进来，就一定准备了后手。

这一招确实非常漂亮，比起被抓回来，杜景在某种程度上抢占了先机。

洪侯根本不怕暴露他们的位置，也不在意杜景能做什么。他手握军力，又与越南政府关系密切，还为不少欧美财阀提供服务，只要中、美两国不派轰炸机来炸他的基地，哪怕是柬埔寨政府也奈何不得他。

外籍人口的失踪被他嫁祸给了越南，人是来胡志明市旅游才人间蒸发的。

周洛阳给杜景上了药，杜景穿上衬衣，敞着胸膛，转头看他。彼此对视，心下了然，房间里一定有监视与监听。

"在想什么？"杜景抬手。

周洛阳答道："现在要做什么？"他知道洪侯只要想看，随时都可以看到他们在做什么。

"睡觉。"杜景说，"困了，三十六小时没合眼。"

周洛阳躺上床去，杜景紧贴着他躺下，在他耳畔用只有两个人能听见的声音说道："他什么也不知道，只以为咱俩是来柬埔寨考古的，你是苏富比邀请的古董商，我是你的保镖。"

"不可能。"周洛阳也很小声地说，"他已经发现了素普的口红枪。"

周洛阳想问黄霆与庄力脱险了没有，但这个时候绝不能出半点差错，只得忍住。与此同时，他想到黄霆还有一名始终未露面的从维和部队退伍的同事，说不定这枚暗棋能起到出乎意料的作用。

"相信我，我已经猜到是谁把消息卖给他的了。"杜景嘴唇微动，调整了姿势，把他置于自己的保护空间下。

不一会儿，杜景闭上双眼，呼吸均匀，睡着了。

直升机坠落的那一瞬间，杜景为周洛阳抵挡冲击，肋骨骨折了两根。直到翌日睡醒，周洛阳才发现不对劲，因为杜景说话时气息有明显的停顿。

然而被囚禁在 KCR 的赌场中，实在没有条件去做检查。幸而骨折处是肋部，杜景学过如何处理，他向保镖要来弹力胸带，简单束上，等一切结束后再去用 X 光检查。

"没事吗？"周洛阳担心地问道。

杜景检查 KCR 送来的匣子，轻描淡写地答道："不会有问题。"

这天清晨，雨难得地停了，阳光灿烂，工作人员在保镖的监视下送来了两人的装备——杜景得到了一套全新的指虎，想来洪侯发现了原指虎上有麻醉剂，不能还给他；除此以外，还有一套照着他的身材量身定做的西服和一副普通的墨镜。

"为了游戏平衡，"洪侯通过房间的内线电话向他们解释道，"两位的装备，我做了一点小小的调整。"

杜景的衬衣领子上用金线绣着一个英文代号：Hyp。

周洛阳得到了一套游客家束，白衬衣、黑短裤以及方便行动的白运动鞋。衬衣上也用金线绣了他的代号：Tha。

正当他思考这两个名字代表着什么时，杜景让他看了一眼匣子，匣子里放着那把口红枪。

周洛阳心领神会，将口红枪小心地揣进裤兜里。

"准备好了就请出发。"洪侯在电话里说，"但愿你们这几天休息够了。"

周洛阳轻松地说："还好。"

杜景戴上了凡赛提之眼。

"看来你很珍惜这块表。"洪侯说。

杜景道："如果我死在游戏里，请让它为我殉葬。"

"一定会的。"洪侯道，"不过也别太小看了自己，哪怕你受伤行动不便，实力依旧异常强悍。"

保镖做了个"请"的动作，带着两人出去。

他们走过一条长长的走廊，周洛阳没有问他任何有关黄霆的消息，杜景也没有说，只是稍稍转头，仿佛从墨镜后打量着周遭环境。

周洛阳本以为即将从地面出去，没想到进入地下车库后，车库深处竟然有一条水泥通道。月台上停着一辆观光车，保镖让他们坐上车去，自己却没有跟上车。

观光车自行发动，载着他们驶进了黑暗。没有半点光，前方刮来一阵阵的风。

周洛阳的心顿时狂跳起来，他总算知道为什么洪侯如此自信了，一旦进入这个被水泥封死的区域，所有的通信仪器都将彻底失去信号。他下意识地握住了杜景的手，杜景则翻过手掌，手指稍稍用了点力，示意不必担心。

观光车拐了几次弯，行进十五分钟了，地下水泥隧道的长度已经超过了一公里。

每当经过岔路口，周洛阳便猜想，现在跳车离开能否逃出去？但洪侯既然放任他们独自乘坐这辆观光车，想必早有准备，四处乱跑的下场很可能是在黑暗中饿死。

周洛阳不由得疑惑起来，要在柬埔寨的山区内开凿出这么一条隧道，得花多大的人力与财力？难道仅仅是为了举办比赛？也许是在地下遗址的基础上改造的？不对，什么地下遗址能绵延这么长？

"太远了。"周洛阳喃喃道，"像个蚁巢。"

杜景说："我猜这里曾是矿区。"

周洛阳顿时明白了，杜景又补了一句："后来成为红色高棉的游击基地之一。"

拐过众多曲折的弯道后，观光车终于在另一个亮着灯光的月台停靠，车里传来洪侯的声音："现在可以下车了。"

杜景看了眼表，对周洛阳说："开了三十分钟。"

观光车开走，月台上的扩音器响起洪侯的话音："往前走，各进一个门，门上已写了你们各自的名字。"

杜景与周洛阳站在八扇门前，七扇门上分别写着 Tha、Hyp 以及其余五名玩家的名字，最边上的第八扇门上则没有名字。

"那先这样。"周洛阳低声道，"待会儿就见面了。"

写有 Hyp 与 Tha 的门打开，杜景与周洛阳各自进入。

门关上，将周洛阳关进了一个狭小的房间里。

"请拿起你左手边的无线耳麦，并全程佩戴，这是你最重要的通信工具，不要丢失。"洪侯说，"接下来，就祝你好运了。"

周洛阳拿起放在桌上的小小耳麦，戴上，耳麦里传出一个合成的女性电子声。

"你好，塔纳托斯。"

听到这名字时，周洛阳当即明白了他与杜景各自的代号象征什么。杜景的"Hyp"是"修普诺斯"的缩写，他的"Tha"则是"塔纳托斯"——分别代表了希腊神话中的睡神与死神！这两名神祇是一对孪生兄弟。

这与他是唯一拥有能将人置于死地的武器有什么关系吗？

"看来我要忠诚地扮演一名死神。"周洛阳环顾房间内的陈列，除了那张桌子，什么都没有，桌子还是焊死在地上的，天花板上有一个监控摄像头。

电子声起初没有回答，数秒后才答道："是的。接下来请不要分心，认真听取你的比赛任务，提示信息仅播放一次，关系到最终的游戏胜负。"

周洛阳眉头微拧，思考这声音是人工智能的合成音，还是经过了处理的真人声，但仿佛都不是。电子声明显能判断他的问题并做出回答，只是会有延迟，是数据传输的问题吗？

"等待其他玩家就位。"电子声说。

周洛阳沉默不语，数分钟后，电子声再次响起："所有玩家已就位。"

"你是一名从小向往高棉文化的游客，醉心于吴哥窟的古老遗迹。你积蓄了一笔旅费，辞去工作，来到这个陌生的国度。"

周洛阳说："哦，这也太欺负人了，辛辛苦苦地攒了一笔旅费，目的地就是吴哥窟？我宁愿去罗马，你们柬埔寨人的文化自信简直比韩国人还夸张……"

"你在当地雇佣……哈、哈、哈……请不要打断。"

"搜索文本列表，回到句首。"

周洛阳："……"

那句"搜索文本列表，回到句首"是用英语说的，周洛阳马上知道了电子音的真相！这是人为操纵的！

尴尬的模拟笑声表示有人以文本方式输入，再通过翻译器转为语音，与周洛阳，也即玩家，进行沟通！而游戏规则的讲解则是事先输入的一段复制的文本，在不被打断的前提下，会完整地播放出来。

换句话说，现在这个电子声的背后，有一个操控者正在输入指令。

知道了这一点，看似没有用，但也许会在某些关键时刻帮上大忙。

"……当地的一名年轻人在雇佣兵生涯结束后，生活穷困潦倒。他不断请求，希望充当你的保镖，获得一笔钱以安葬他的战友。

"最终，你同意让他陪伴你进入吴哥窟遗址。他缺少必要的身份证明，但你没有怀疑。进入吴哥窟之前，你在入口捡到了一件掉落的武器……"

突然，房间开始剧烈抖动，轰鸣声响！

在那震耳欲聋的声音之中，周洛阳站立不稳，只好扶住桌子。

毫无感情波动的电子声持续道："你们进入遗址，开始探索，无意中触动了机关，在一条暗巷内摔进了地底……"

"等等！"周洛阳喊道。

这房间果然是电梯，电梯犹如跳楼机般飞速下坠，周洛阳的心脏有点受不了。

"……不见天日的地下世界中，你必须找到办法，活着离开这里。请尽快与保镖会合……"

房间蓦然翻转，门打开，借着那力度将周洛阳往外一甩，周洛阳顿时摔进了一条斜坡般的通道内，他大喊道："等等啊！"

"再次提醒,请在探险过程中时刻佩戴耳机,失去耳机将遭受死亡惩罚。

"请勿在赛场中与任何玩家交流任何现实世界的内容,包括但不限于名字等身份信息,否则将遭受惩罚。三次惩罚后,将结束你的比赛,你的生命只有一次,请慎重。

"预选赛中的人物关系已经做了调整,请勿套用预选赛中的仇恨模式。

"慎重起见,请勿相信任何人,包括与你拥有短期协同目标的队友,请勿告知任何人你的随身携带物。"

周洛阳滑过整条隧道,随着一声大喊,轰的一声撞开了一道暗门,摔进了一片黑暗里。

所幸黑暗之中有缓冲物,周洛阳摔下去后,马上被一团柔软的东西接住。那是一大块海绵。

"祝你顺利通关。"电子声说完最后这句话,陷入了沉默。

周洛阳按着海绵缓慢地站起身,四周一片黑暗。

他没有说话,忽然听见不远处一个声音道:"有人吗?"

"有!"另一个声音马上说,"放我出去!"

周洛阳起身,却没留神撞上了铁栅栏,发出一阵声响。

"这里有几个人?"又一个声音道。

"不要乱动。"杜景耐心的声音在黑暗里响起,"等双眼适应黑暗以后,再想办法出来。"

周洛阳听见杜景的声音,便安心了不少。他四处摸索,摸到的全是砖石墙壁,这是一个极度狭小的牢房,面前只有一道栅栏,栅栏上挂着锁。

双眼逐渐适应了黑暗,他看见对面不远处杜景手腕上发着荧光的表盘。不像预选赛,他们这次没有被关在同一个牢房里。

这里有一、二、三……七,一共七个牢房,七名玩家被分开关押着。

"Light。"有人开了灯,朝他们照过来。

惨白的灯光极其刺眼,杜景马上道:"别开灯,电省着点用。"

周洛阳很快恢复了镇定,试着动了一下栅栏上的锁,它比预选赛的更加沉重,看起来也更难破坏。

"我是你的支配者,成功脱离的关键线索与一号牢房有关。"这个时候,电子声从耳机里传来,"但现在,不要告诉一号牢房里的玩家。"

周洛阳心头一惊,果然有人朝玩家发出指令!是什么人?是观众吗?

"不要开口回答,接下来,你要想办法说服一号玩家为你打开牢门,救你出去。"

第五章 牢房

电子声又道。

周洛阳借着微弱的光亮，看见数间牢房里的人都抬手按住了耳机。唯独一号牢房里没有动静，那名玩家似乎没有得到任何指示，抑或是他背后的支配者缺失了关键线索。

"先报数吧。"一个熟悉的声音说，"咱们这里一共有多少人？能听得懂我说的话吗？"

那是陆仲宇的声音！总算碰上他了！

"对。"一个陌生声音从先前打强光的牢房里传来，"从最里面开始，你们都是中国人……"

话没说完，牢房外的走廊里传来英文警告。

"违反规则，轻度处罚，你的处罚次数尚余：二。"

顿时，那个牢房里的人发出一声惨叫！走廊陷入寂静，也没有人说话。

好一会儿后，那人喘息着说："这耳机有电！"

"别摘下来。"杜景说。

又一阵安静后，杜景道："好些了？当心点，报数吧。"

"一。"有人说，"我是一号吗？"

陆仲宇说："二。"

被电的人道："三。"

"四。"四号牢房里有人回答道。

之后一阵沉默，第五个牢房里没有人说话。

杜景说道："我是第六个，我对面有人，但他不说话，我听见声音了。"

周洛阳位于最里面的牢房，说："我应该是第七个。"

"现在是10点25分。"杜景说。

"这游……"一号牢房里的人说，"这探险不限时间。"

那被电了的男人仍在自言自语："我就像只畜生！"

"你们是做什么的？"周洛阳忽然问道，"我是来旅游的游客，另外，那个牢房里的是我雇佣的保镖。"

杜景轻轻踹了下牢门，牢门发出轻响，示意我是保镖，我在这里。

"我是植物学家。"一号牢房里的人说，"华侨。"

"我是雇佣兵队长。"二号牢房里的陆仲宇说，"进来调查遗址。"

"我是教授，神学教授。"三号牢房里，被电的男人显然还没缓过来，"来考察的。"

"我是越南人，考古学家。"四号牢房里的人说道。

五号牢房里依旧没有人说话。

这场比赛比先前的预选赛多了一名考古学家，而参赛的玩家变得更认真，话也更少。

此刻，周洛阳的耳机里传来指令："这些人里面有一名杀手，极度危险。一旦发现对方身份，你必须尽快设法杀掉他，但不要用枪。你只有一枚子弹，记得留到最后使用。"

所有人都不说话了，周洛阳心想他们此时一定也在听耳机里的指令，而他们的指令一定与他的大相径庭，毕竟只有他有一把枪。

陆仲宇说："先想个办法出去吧。"

"开不了锁。"一号牢房里响起当啷啷的声音，植物学家说，"这把锁不能暴力破解……喂，看锁上！锁上锁着一把钥匙。"

周洛阳摸了下锁，说："等等，什么意思？"

耳机里马上说："不要告诉他们你的锁上没有锁着钥匙。"

"每间牢房的锁，锁梁上都串着一把钥匙。"陆仲宇答道。

可周洛阳没有摸到锁上的钥匙。

"需要找到第一把。"杜景说，"应该在某一个牢房外的墙上。喂，五号，你还活着么？"

五号牢房里的应当是祭司，但他始终没有吭声。

陆仲宇说："钥匙的事，谁告诉你的？"

杜景没有回答，考古学家说："灯在谁手里？开灯看看。"

"教授？"周洛阳说。

教授道："现在我不想开灯。"

周洛阳怀疑这是教授的支配者给他下达的指令。

"告诉他，你知道线索在哪里。"耳机里又传来声音，"拿到钥匙以后，让他第一个打开你的保镖的牢门，再让你的保镖打开你的牢门。"

"我知道在哪里。"周洛阳当即说，"植物学家，你左手边的墙上有一把钥匙。"

一号牢房里的植物学家马上转身，说："我看不见。"

"我看到了。"陆仲宇说，"你左手边。"

所有人都看着植物学家，他伸手去够，却始终差了十厘米。

"找工具。"杜景说，"牢房里一定有工具。"

众人开始在黑暗的牢房里摸索，最后周洛阳发现自己牢门的栅栏上有一根可拆卸的铁杆，铁杆一头有一个圈环。

"来，用这个！"周洛阳把铁杆顺着地面滚了过去。

植物学家摘下了钥匙，伸出发着抖的手，尝试着开自己的锁。

"别紧张。"众人安慰道。

"打不开。"黑暗里传来植物学家粗重的呼吸声，接着他道，"这把钥匙只能开别人的牢房门。"

周洛阳马上就明白了，开门机制全是设计好的。

"让他先开保镖的门。"耳机里说。

周洛阳说："先开五号牢房的门。"

杜景说："把钥匙扔过来。"

植物学家没有动作。

"先开我的。"三号牢房里，教授马上说。

四号牢房里，考古学家也说："先开我的。"

杜景道："开我的，这是连环钥匙，所有人的牢房门都能被打开。"

植物学家说："我该听谁的？"

周洛阳答道："你自己决定吧。"

陆仲宇说："投票吧，我投五号一票。"

"你们认识？"教授疑惑地问道。

没有人回答，片刻后，植物学家说："五号三票。"

"那我也投五号吧。"教授最后说。

话音刚落，植物学家把钥匙扔给了杜景。杜景试着开锁，打开了，但就在拧开锁的一刹那，钥匙被卡死在了锁孔里，再也抽不出来。杜景用力拧了几下，想借再次锁上的动作抽出钥匙，然而并未成功。

所幸锁梁上扣着的另一把钥匙却脱离出来了，这么一来，杜景还是拥有一把钥匙。

"让你的保镖先开你的。"耳机里下达了指令。

周洛阳没有吭声，看着杜景走出牢房，没有任何迟疑朝他走来。

"去开别人的。"周洛阳对杜景说，"看看五号牢房里有什么。"

杜景伸手一摸锁，马上明白了，低低"嘘"了一声，然后转身朝陆仲宇的牢房走去。

"开我的啊。"植物学家摇晃了一下栅栏，说道。

耳机里的电子声道："你为什么不听我的命令？"

周洛阳没有回答，电子声道："我可以惩罚你，但现在觉得没有这个必要，你最好给我老实一点听命令。"

周洛阳还是没回答。牢房门声响，杜景把陆仲宇放了出来。

陆仲宇拿到他的钥匙，走向周洛阳，周洛阳低声说："去开别人的，我应该是最后一个……"

杜景问："你确定？"

陆仲宇没有说话，打开了周洛阳的牢房门，紧接着他被电了一下，大喊一声，倒在地上不断抽搐。

周洛阳说："你怎么了？！"

"违反了命令……"陆仲宇好半晌才缓过来，挣扎着爬起来，说道，"没关系，一会儿就好了。"

"老板，出来。"杜景说道。

牢房门被打开，杜景拉着周洛阳的手，把他带了出来。

周洛阳是唯一一个没有下一把钥匙的玩家，任务进行到这里卡死了。剩下的人被关在余下的四个牢房里，谁也不说话，看着他们三个。

突如其来地，周洛阳只觉这场景异常恐怖，就这样，剩下的牢房再也打不开了。

没有人说话，周洛阳、杜景与陆仲宇三人脱离了囚牢，站在走廊里。

"现在怎么办？"周洛阳的声音发着抖。

"这是一个很好的设计。"杜景自言自语道，"第一关就淘汰了四名玩家。"

陆仲宇环顾四周。

教授说："你们干的好事，剩下的人都要被关在这里活活饿死了。"

周洛阳忽然懂了，为什么洪侯反复强调玩这个游戏的人需要很聪明。只要他不说，就没有人知道开锁连环会到他中断，也即是说，如果植物学家第一个救的人是他，那么除了他和植物学家，其余所有人都将被淘汰。第几步轮到他，便决定了第一关存活下来的有几个人。

"想想办法。"周洛阳一筹莫展，说，"一定有办法的。"

"不见得。"杜景冷漠地说，"走吧。"

杜景走到走廊尽头，推了一下其中一块石板，现出它背后幽深的通道。这是第一关的出口。

"不。"周洛阳回头，说，"不能走，接下来的关卡还需要他们身上携带的道具。"

杜景说："等他们饿死以后再回来搜身就行了，先去探探前面的路。"

周洛阳："……"

四号牢房里的考古学家骂了句脏话，说："都是中国人！都是被抓来的人质！你们这样不得好死！"但话音刚落，他就被电了。

陆仲宇说："别骂人，我们去前面看看情况，待会儿会回来。"

杜景推了一下周洛阳,说:"听我的,走。"

周洛阳无论如何也不能接受把剩下的人扔在这里等死,但杜景拉起他的手,按在凡赛提之眼的表盘上。周洛阳马上想起来了,于是点点头,跟着杜景进入通道。

陆仲宇跟着进去,关上石门,再试着推了一下,想知道还能不能回到第一关。

"打不开了。"陆仲宇说。

杜景说:"那就让他们听天由命吧。"

周洛阳忍不住回头,正好看见陆仲宇。

他知道陆仲宇一定有不少话想说,只是顾忌耳机里的惩罚,不敢随意开口。事实上在周洛阳与杜景开口说话时,陆仲宇应当就辨认出他们来了,也猜出他们是来救他的,否则不会在拿到钥匙后,第一时间来开周洛阳的牢门。

"牢房里没有水和食物。"周洛阳说,"他们也许真的会被饿死。"

杜景云淡风轻地说:"第一关就淘汰四个人,这游戏只会被观众打差评、要求退款,如果我没猜错,很快就会有人提醒他们,还有一把备用钥匙。"

周洛阳沉默不语。

与此同时,余下的牢房里,教授叹了口气,坐了下来。

"我们还有一把钥匙。"一号牢房里,植物学家忽然说,"但我不知道在哪儿,大伙儿找找看?"

几个人重新看到希望,纷纷站了起来。

"在五号牢房里。"四号牢房中,考古学家按着耳机,朝对面说,"五号,你听见了吗?就在你的牢房里,仔细检查一下。"

教授说:"把所有的东西都检查清楚。"

五号牢房里的玩家没有吭声,片刻后,牢房里响起撕海绵垫的声音,继而一声轻响,是钥匙掉在地上的清脆声音。

"开我的。"植物学家说,"我的锁上挂着钥匙!"

"我们都有。"教授说,"不会再出现先前的问题,把钥匙扔过来,随便扔给谁。"

然而,五号牢门里的玩家用那把钥匙打开了自己的牢门,拿着锁上的钥匙走了出去。

杜景推开一扇门,门后是一个宽敞的大厅。

地底相当寒冷,大厅四周有熊熊燃烧的火盆,中央竖着一尊神像——容貌诡异的猴神,八手四面,手持铜锤,尾巴极长,在背后弯成扭曲的造型。

借着火光，周洛阳看清了陆仲宇的样子。陆仲宇身材高大，此时穿着一身越野军服，更有雇佣兵队长的气势了。不过较之先前，他的面容憔悴了不少，现在正用感激的眼神看着周洛阳二人。

周洛阳记得陆仲宇说过他喜欢户外运动与徒步，想来体力不错。

"这是什么？"陆仲宇问，"孙悟空？"

"解释一下。"杜景对周洛阳说，"你知道吗？"

"哈努曼。"地底空间虽然通风做得很好，压抑的环境却始终让周洛阳觉得有点累，他摘下鸭舌帽，说道，"印度教中的猴神。"

"尾巴是可活动的。"陆仲宇试着抽出尾巴，却拆卸不下来，"找一根杠杆，说不定能将先前牢房的石门撬开。"

杜景回头看了来处一眼，再低头看表，上午11点50分。

"你饿了吗？"杜景问周洛阳。

"有一点。"周洛阳说，"我渴了。"他早餐没吃多少，更要命的是水喝得不多，进入地底世界后，他开始渴了。

杜景说："应当会安排吃的，不过我看只有过了这一关才能吃到午饭。"

耳机里说："到下个密室你才能喝到水，时间拖得越久，对你们越不利。"

耳机里已经很久没声音了，此刻周洛阳没提防，被吓了一跳。

"先休息会儿。"杜景让周洛阳在一旁坐下，转头看去，只见陆仲宇又回到了狭长的密道里。

"去哪儿？"杜景皱眉问道。

等陆仲宇回到大厅中，他说道："门打开了。"

周洛阳抬头，陆仲宇说："剩下的关在牢房里的人都不见了。"

第六章 支配

12 点整。

杜景手腕上的凡赛提之眼的指针重合,散开回转,犹如宇宙中绽放的神秘莲花,时间的涟漪重重扩散,将两人同时带回了前一天的正午。

"杜景。"周洛阳说。

"唔。"杜景正坐在窗前晒太阳。

"好累。"周洛阳说,"我先睡个午觉。"

翌日,周洛阳做足了准备,喝下不少水,但这带来了另一个问题:密室里似乎没有洗手间,尿尿怎么办?但既然准备了饮食,想必也会有上厕所的地方。

重来一次,再被扔进牢房时,周洛阳早有准备,两手护住头,顺利地滑到了海绵垫上。时光回溯,一切重演,但这一次,当植物学家问"先开谁的牢门"时,他没有说话。

"开我的。"三号牢房里,教授说。

"开七号。"陆仲宇说。

"不。"周洛阳焦急地说,"你想把钥匙扔给谁就给谁。"说着指向对面,"任何一个人都可以。"

耳机里,电子声道:"Tha,你的手势代表什么?让他先开保镖的门,否则我要惩罚你了。"

周洛阳这次没有听从耳机里的指令。他已大致明白了,现在看着他们进行真人密室逃生的观众想必不少,每一方都在他们身上下了注,并通过耳机与翻译软件朝他们下达指令。

接着,周洛阳被电了。他痛得大喊一声,电流比他想象中的更恐怖,那耳机个头不大,没想到竟能放出如此强烈的瞬间电流,把他电得倒在地上,全身抽搐。

那一刻,周洛阳最强烈的感受是:我要死了。

忽然,六号牢房的牢门发出一声巨响!周洛阳躺在地上喘气,听见几个牢房里传来惊慌失措的大喊。

"省点力气!"

"别冲动!"

"冷静!"

杜景吼道:"洛阳!"

杜景犹如猛兽般狠撞牢门,周洛阳知道他的叫声把杜景吓到了,忙道:"我没事!我没事!没事……"

"被电了一下。"周洛阳喘着气,心脏因电击而痉挛,好不容易才平静下来。

紧接着,杜景因喊出周洛阳的名字也被电了,他却没有倒下,反而勉强支撑着,眼里射出仇恨的光。电流仿佛激发了杜景的躁狂冲动,只见他回身,继而蓦地抬起脚,狠狠地踹在了牢门上!

又一声震耳欲聋的巨响,牢门竟被踹得松动,头顶的混凝土落下砂灰。

周洛阳当即道:"别冲动!"

"警告。"走廊里电子声响起,"破坏游戏规则,将遭受死亡惩罚。"

杜景抓着栅栏,像头凶犬般不甘心地喘气。周洛阳知道自己被电击刺激了他,忙说道:"我很好!继续……开门是吗?快,咱们抓紧时间。"

植物学家将钥匙扔给三号牢房的教授,教授打开了自己的铁门,先过来察看周洛阳。

"我刚刚也被电了一下。"教授说,"待会儿就好了。"

周洛阳说:"最后再开我的,先救他们。"

教授打开了陆仲宇的牢门;陆仲宇拿到钥匙,开启四号牢门,放出考古学家;

考古学家放出植物学家，然后一起到五号牢房外，由陆仲宇打开了五号牢门。

"是你？！"陆仲宇在黑暗里说。

"是谁？"周洛阳问道。

那人依旧没有说话。教授敏捷地接住了钥匙，去打开杜景的牢门。杜景一阵风般冲了出来，放出周洛阳。

这么一来，七个人都脱困了。杜景做的第一件事，是摁着周洛阳的头，检查他的脖颈，动作相当粗暴。

"轻点。"周洛阳低声说。

杜景确认周洛阳没有受伤，收回手，周洛阳拍拍他的肩膀，意思是别担心。

"走吧。"周洛阳道，转身时却碰到了人。

"是我。"陆仲宇在旁边说。

大伙儿摸索着在黑暗中前进。杜景不说话，周洛阳心想糟了，千万别在密室里发病，否则接下来将会非常麻烦。

他一只手握紧了杜景的手，另一只手根据记忆在墙上四处摸，找到昨天的石板，推开，说："我们先进去看看。"

考古学家说："我打头吧。"

教授不知道对谁吩咐道："你俩走在最后，互相照顾。"

植物学家应了声。

陆仲宇问："你们没事吧？"

周洛阳没有回答，推开通往大厅的门，厅内大亮，众人被晃得有点睁不开眼。这下周洛阳看清了所有人的容貌。

教授他见过，正是小伍。比起抖音上美颜后的容貌，现在的小伍显得不修边幅了些，戴着一副圆框眼镜，面容憔悴。他席地而坐，捋了下头发，出了口气，抬头审视众人。

植物学家与考古学家不在失踪人口的资料上。接下来就是陆仲宇，以及阮松。

看见阮松的时候，周洛阳半晌没有说话，阮松也沉默地看着他俩，眼里带着明显的仇恨。

"你是祭司。"周洛阳喃喃道。

"是的。"阮松冷冷地答道，"我有一张地图。"

周洛阳本想问阮松为什么会进来，但那不重要，他已经来了，而提及场景之外的事，又将遭到一次电击。

七个人在灯光下开始了一场漫长的沉默。

"咱们都能出去吗？"陆仲宇忽然说。

植物学家是个高瘦的青年，说："出去是一定能出去的，区别只在于是活着还是死了。"

周洛阳忽然觉得很好笑，哪怕现在不是开玩笑的时候。

植物学家朝他们展示自己衣服上绣的字——"Kun"。

"叫你昆吧。"小伍说，"我觉得咱们不可能全部活着出去。"

阮松冷静地说："这个密室游戏一定会死人，不可能一个都不死，最后只有一个人能活着出去，运气好的话，最多两个。"

"是吗？"周洛阳不知道什么情况会引来电击，他逐步试探，"你玩过？"

"想也知道。"阮松冷漠地说。

"你的名字太难发音了。"陆仲宇对杜景说。

"叫他格鲁特吧。"周洛阳说完，没有等来第二次电击。

众人纷纷点头，杜景没有说话，只沉默地站着。

考古学家向他们展示自己的衣领，上面绣了"Denam"。

"邓或者德安。"考古学家说，"都可以。"

周洛阳的耳机里传来声音："抓紧时间破解第二关。"

周洛阳观察其他人，每个人的表情都有微小的变化，显然耳机里都传来了指令。他抬头，见天花板上有十二个监控摄像头，分别朝向不同的方位。

他看了眼杜景的手表，12点03分——这次没有回到二十四小时前。但他没有担心，只要他们想，接下来可以先回到这天的午夜，再启动一次，回到更前一天的中午，如此不断回溯时间。

现在既然七个人都活着闯过了第一关，就没有必要启动回溯。

"格鲁特。"周洛阳看了眼杜景。

杜景"嗯"了一声，站着不动。

"去想想办法，"周洛阳说，"怎么破解第二关。"

众人稍稍休息了一会儿，然后分散到密室的各个角落。陆仲宇认真地查看神像，其他人则抬头检视墙壁。

"这是什么？"陆仲宇问。

"猴神哈努曼。"周洛阳解释道，"印度教万神殿中的神明。"

小伍正在观察他们俩，周洛阳与他的目光一对上，他当即别过头去。而杜景安静片刻后，情况似乎有所好转，他走到神像前，开始认真破解谜团。

"我听不见你在说什么。"耳机里的声音道，"不过我们可以一起想办法破解这一关，不要再违抗我的命令，我比任何人都更想你活下来，毕竟我在你身上下了不少赌注。"

周洛阳猜测，支配者也许能通过摄像头看见房间里的布置，所以在先前的牢房中，他能看见自己视觉死角处的挂在墙上的钥匙。但抵达大厅后，支配者从监控里看见的和玩家视线所及的区域差不多，他们得不到更多的有效线索。

这是一场有趣的比赛，前提是不会丧命的话——周洛阳心想。

玩家错综复杂的身份、人与人之间的互不信任犹如巴别塔隔开了他们。每一个环节都有事先精心设计的机制，来造成玩家之间的彼此猜忌。除此之外，每名玩家背后还有一名支配者在朝他们下达指令。但这些指令并不能保证百分之百地被执行，而且玩家无法与背后的支配者进行直接沟通，玩家的声音被中途截掉了，支配者们只能通过传回来的影像判断玩家有没有忠诚地执行指令。

周洛阳凭直觉判断，一定还有另一个监控方，也即洪侯的团队，正在密切注意他们的动向，所有的声音与画面都会原封不动地传到他们面前。

每个支配者有三次惩罚机会，一旦用完，这名玩家也许会直接被电死出局。于是支配者也必须慎重考虑，如何让玩家听话，且不至于把他过早电死。支配者的指令并不完全明智，有些地方需要玩家自行判断，这就形成了一场博弈。

到处都是欺骗与博弈，大大小小的，玩家与玩家之间，玩家与支配者……周洛阳心想，如果乐遥知道他参加了这种比赛，不知道会怎么想。

希望杜景在进来之前已经安排妥当，周洛阳不希望见到任何一个人死亡。如果所有人都活着，一起通关，结局会怎样？这是一个高难度却很有挑战性的设想。

"格鲁特，"周洛阳想到这里，不安地问，"情况怎么样？"

"你为什么不靠近？"耳机里，支配者说。

周洛阳依旧不采取行动，他不愿太配合自己背后的支配者，只站在雕像的五米开外观察杜景。

镏金的猴神哈努曼半边脸庞藏在阴影之下，显得十分诡异。

"猴神的尾巴可以转动。"陆仲宇说。

"试试。"小伍与陆仲宇协力摇动哈努曼的尾巴，台座发出沉闷的声响，猴神开始旋转，转了一圈后，回到原位。

杜景抬头，检查猴神的面部，陆仲宇抖开给他配备的瑞士军刀，撬动哈努曼尾巴与身体的连接处。

"不要暴力破解。"昆说，"万一弄坏，会被电的。"

这一定是耳机里的提示。杜景、昆、陆仲宇、小伍与德安五人围在雕塑前，周洛阳与阮松则站在一旁。周洛阳看了阮松一眼，阮松避开了他的视线。

支配者说："看它的眼睛、武器，或者别的地方。"

周洛阳的支配者显然有点经验。

"我看看。"周洛阳终于上前观察猴神，猴神的双目望向对面墙壁。他转头看了眼墙壁，没有任何异常。

支配者说："转动呢？"

周洛阳说："再转一次？"

众人看着周洛阳，陆仲宇于是摇动猴神的尾巴，将它再转了一次。这时候，小伍说："等等。"

小伍按着耳机，想了想，说："我觉得猴神的眼睛是能发光的。"

"你们看这是什么？像个水槽。"昆指向猴神背后，众人过去看了一眼，猴神高高翘着的尾巴上有一个小孔。

杜景凑近看了看，哈努曼用宝石镶嵌的一红一绿的双眼内部似乎有孔洞，他转身望向火盆。

"很烫。"周洛阳说。

杜景摆手，示意无妨，躬身推动火盆，然而没有动静。

"用这个。"昆拿出一个带旋盖的玻璃瓶，拧下盖子，走到火盆前，火盆里是燃烧着的火油。

"会爆吧？"陆仲宇说。

"应该是耐热的。"昆说。

教授道："试试，别摔坏了。"

教授与杜景协力抬起火盆的一边，让它倾斜，将里面的火油缓缓地倒进了玻璃瓶里。

火油还在燃烧，周洛阳道："够了！地上漫出来了！"

火油烧着了地面，但只有一小摊，燃烧片刻后便会自行熄灭。接着，他们将火油倒进了哈努曼的尾巴，点着了油，火焰顿时飞蹿起来，环绕着猴神像，发出一阵浓烟。

杜景脱下西服，捂着周洛阳的口鼻，让他退后少许。

猴神双目发出两道光，投在了墙上。

"什么都没有。"阮松终于说话了。

周洛阳按照支配者的吩咐，说："再旋转一下看看，慢一点。"

众人再次旋转猴神像，光芒扫过墙壁，在照到东北方时，墙上现出了一扇小小的、反光的窗户。窗户被固定在墙上，颜色与墙壁一模一样，只有反光时能让人看清。

"里头有什么？"众人于是开始研究那扇小小的玻璃窗。

"看不见。"杜景说，"单向玻璃。"

每个人都伸手摸了一下，不知道该如何打开。解开第一道谜后，流程又卡住了。

德安忽然站出来，说："暴力破解试试？"

"暴力破解会被电。"陆仲宇说。

"电就电吧。"德安说，"我还没被电过，陪你们一次。"

周洛阳的支配者忽然在耳机里说："不要靠近它。"

这时，杜景起身，戴上指虎，用西服外套包住了拳头。周洛阳拉住了杜景，他决定听支配者的。杜景从周洛阳被电过后就很少说话，周洛阳担心他在此时转抑郁相。

但总要有人去试试，德安说："武器给我，我来。"

杜景看了德安一眼，把东西递给他。

德安说："你们让让。"等众人退后少许，他戴着指虎一拳打上那玻璃小窗。玻璃窗发出轻响，朝内碎裂。

"嘿。"德安又试了下指虎，说，"好东西。"

杜景看着德安，德安把指虎还给了他，然后伸手进玻璃窗里摸，说："应该有把钥匙……哎！"

德安大叫一声，其他人都被吓得跟着猛地大喊，只见德安从玻璃窗里拖出来一条蛇！那蛇咬住他的手背，瞬间缠住他的右手。

周洛阳当即上前救他，昆吼道："带到火边去！当心别溅上了！"

周洛阳马上把德安带到火盆前，蛇被灼烤，掉进火盆中，沾满了火油，紧接着它飞蹿出去，带着火焰在地面上不住翻滚挣扎。

蛇被烧死了，德安手背上却已被咬了一口。看他脸色惨白，周洛阳马上咬着衬衣下摆撕下一条布条，飞快地缠在他的手腕上阻断血流。

"挤一下看看。"小伍也慌了。

德安开始用力吮吸手背，吐出毒血。

支配者在耳机里对周洛阳说："他死定了，不用管他。去看看柜子。"

杜景忽然说："你在柜子里摸到了什么？"

德安说："没有……只有这条蛇！"

"我说你，"杜景冷漠地说，"祭司。"

瞬间所有人都望向站在一旁的阮松。周洛阳当即明白了——德安被咬时，阮松趁着混乱去摸了玻璃窗里面。

"这个。"阮松从口袋里拿出手,摊开,手里有一把黄铜钥匙。

"找锁孔。"陆仲宇说,"找个地方让德安休息。"

"你怎么样了?"周洛阳焦急地问德安。

德安摇摇头,额头上出了不少汗。蛇已经死了,他们甚至来不及辨认那是什么蛇、有没有毒,但那些人将它放在这种地方,想必也不会准备血清来救他们的性命。

"你能照顾他吗?"小伍对周洛阳说。

"可以。"周洛阳说,"交给我吧。"

德安吃力地说:"我没事,没事……这蛇说不定没有毒,你看,血是红的。"他使劲吮吸手背上的伤口,吐出殷红的鲜血。周洛阳一时也无法判断,只能扶着他站起来。

杜景很快找到了锁孔,对阮松说:"过来。"

阮松将钥匙插进锁孔,第二道石门被开启。

"进。"杜景言简意赅。

周洛阳将德安的胳膊搭在自己肩上,带着他进了石门。离开前,陆仲宇又特地去摸了一圈玻璃柜,确认里面没有任何遗留物。

第二道石门后是条曲折的走廊。

德安说:"我自己能走。"

面前出现了一间造型奇特的屋子,推开门后,手边是个台座,中间有一张长桌、七把椅子,长桌上放着一根越南法式面包长棍,底下垫着纸。这看起来像是一间简陋的休息室。

"你可以在里面休息两个小时。"支配者说,"补充体力。"

周洛阳松了口气,看来支配者也是要休息的。根据杜景的表,现在已经是下午4点了。

"你怎么样?"周洛阳担心地看着德安。

德安勉强点头,说:"让我坐会儿,一会儿就好。"

他脸色苍白,呼吸声更粗重了。所有人都看着他,却没有人再说话。

屋子后面挂了一张浴帘,陆仲宇揭开帘子看了看,里头是个马桶。

忽然,屋子的一角传来英文广播:"各位玩家,请摘下你们的耳机,放在入口处的台座上进行充电。"

周洛阳摘下自己与德安的耳机。大家上前,依次把耳机放了进去。所有耳机都嵌入台座时,洪侯的声音响了起来。

"非常意外。"洪侯说,"你们有着卓越的团队意识,破解第二关后,居然没有减员。看来我们这个赛季一定会很精彩。"

没有人说话。周洛阳抬头，视线扫过房间的四角，并未找到监控。

"在这里，你们可以尽情休息。"洪侯说，"一个小时后，安全屋将熄灯，届时你们就要戴上耳机出发了。放心，安全屋里没有监控，你们可以自由对话，我不会偷听你们的对话，老大哥言而有信。"

惨白的灯光下，大伙儿筋疲力尽，各自坐了下来，看着桌上的法棍，谁也没有动。

"吃点？"小伍看了眼昆，说道。

昆摇摇头，摘下学者帽，躬身捋了下头发。

"不饿。"昆说，"很渴。"

周洛阳比上一次进来时好多了，他知道在密室里人高度紧张，会不停地出汗，渴得比平时快。

"没有水。"周洛阳检查了一遍，见安全屋里只有食物而没有水，想来也是故意的，说不定待会儿会让他们为了争抢饮用水而大打出手。

"歇会儿。"陆仲宇说，"待会儿走的时候，把面包带上就行。"

杜景今天话少得极不正常，陆仲宇也发现了，他瞥向杜景，问："格鲁特，你不舒服吗？"

"他不太喜欢在封闭的场景里。"周洛阳替杜景答道，"待会儿就好了。"

杜景深呼吸，说："我没事。"

"你们认识？"小伍终于问出了疑惑。

这个时候无论说什么都不会受到惩罚，他们终于可以聊天了。

周洛阳心想：何止认识，我和杜景是为了你才来的。

昆转头一瞥，说道："这是安全屋，没有摄像头。"

小伍说："但我猜还是有人在监听，不能相信他们。"

杜景说："没关系，我俩与你们的情况一样。"

杜景总算开口说话了。他的手指在桌上有节奏地敲了敲，说道："接下来，听清楚，我只说一次。"

周洛阳忽然察觉到了不同寻常之处，昆、小伍、阮松、德安与陆仲宇同时露出认真的表情，朝杜景望去。

"我会尽最大的努力，让你们每个人都活下来。"杜景对众人说。

怎么回事？杜景刚才的沉默是装的？为什么一来到安全屋，他的状态就恢复了？周洛阳疑惑地瞥向杜景，杜景做了个简单的手势，示意他不要说话。

"你是什么人？"小伍问道。

陆仲宇却似乎明白了，说道："行，接下来我听你的。"

"不要打断我。"杜景低头，看了眼表，继续说，"时间不多了。但如果不是每个人都能活，我一定会优先保证我俩能活着。"说着，他一指周洛阳，向余下的人表明了态度。

没有人说话，杜景又道："但只要能活着通过最后一关，坐上回去的车，我就有把握让大伙儿全活下来。"

"到那时候，你自然已经赢了，赢了就能活命，这是废话。"阮松不客气地说。

周洛阳反问道："你真的这么认为吗？你觉得参加了这个游戏，知道了他们的所在地，他们会放过你？"

陆仲宇问阮松："你为什么会出现在这里？"

周洛阳产生了疑惑：陆仲宇知道阮松的真实身份吗？他与阮松来到越南，离开景点时，陆仲宇被骗走，按理说他并不知道阮松后来怎么样了。寻常人只会觉得阮松也是受害者，但陆仲宇似乎比他想象的要聪明点。

昆望向陆仲宇，有些无奈地笑了笑，说："你们俩又是什么情况？"

阮松说："我不认识他。"

席间再次陷入沉默。小伍看了看周洛阳与杜景，又看了看陆仲宇与阮松。

这时，德安的呼吸声更粗重了些，他问："有水吗？"

"没有。"周洛阳低声说，"再坚持一会儿，待会儿离开安全屋后说不定能找到水。"

"要么先走？"杜景问众人。

"休息会儿。"小伍疲惫地说，"体力跟不上。"

现在是下午4点半，他们已经连续行动六个小时了，而看这情况，后面的环节似乎还很长。

"你要上洗手间吗？"周洛阳忽然想到了什么，说，"马桶里说不定有水，我去看看。"

周洛阳检查了马桶，却发现它是真空式的，这就意味着地底没有排污管道，他只得放弃。

外面，杜景正踩在长桌上，抬头看天花板上的灯。

浴帘后，德安直接在马桶的一侧半躺了下来，他低声对周洛阳说："你……你叫什么名字？你是……中国人吗？"

"是的。"周洛阳跪在他身边，把耳朵凑近，答道，"我是。"

"你是哪里人？"德安的声音十分虚弱，"我拜托你一件事。"

周洛阳感觉到德安确实中毒了，而且情况相当严重。

"别说话。"周洛阳说,"你会好起来的。"

周洛阳摸了一下他的额头,喊道:"格鲁特!"

"嗯。"杜景在浴帘外答道。

"他在发烧。"周洛阳说,"德安在发烧。"

"这个……给你。"德安说,"待会儿……别管我了。"

德安摸出一个黑皮本子,周洛阳大致翻了翻,发现大部分页面都是空白的,前十页上画着五线谱,还有不少音符。

"如果你活着出去了……"德安低声说,"跟我姐姐说一声,她……"

"你多大了?"周洛阳问。

"二十二。"德安的声音更小了,"我刚辞职没多久,几乎不和家里联系了……我学计算机的,我……之前喜欢赌,不是好习惯,花掉了家里不少钱。后来,我来了缅甸……"

"这里是柬埔寨。"周洛阳提醒道。

"柬埔寨吗?"德安苦笑,"哦,是柬埔寨了……我不知道。"

德安显然也是被抓过来的,他断断续续地说:"我的真名是……蔡杰。我想……赢点钱,赢了两百多万,最后一把结束,我想收手,却被赌场抓了。告诉我姐,我……对不起她,有笔吗?有……我给你一个电话号码,你能记住吗?"

"杜景!"周洛阳又喊道。

杜景拉开浴帘看了一眼,见德安脸色苍白,正不住地喘气。他单膝跪地,用手指撑大德安的眼睑,看了眼瞳孔。

德安蓦地抓住周洛阳的手腕,报出一串电话号码:"很好记,好记的,千万别忘了……"他被蛇咬过的手背已肿得紫黑。

"我记住了。"杜景平静地说,继而转身走了出去。

德安疲惫地点头,笑了笑。

周洛阳只好安慰道:"你休息一会儿,没事的。"

"洛阳,出来。"杜景在外面喊道。

周洛阳出去时,陆仲宇正在用他的瑞士军刀分面包,说:"每人一份,饿的时候吃。"

每个人都得到了一块,阮松面无表情地看着面包。

陆仲宇把德安的那份给了周洛阳,说:"考古学家的,你们替他收着。"

周洛阳疲惫地出了口气,趴在桌子上。杜景看了眼表,时间已经过去一个小时。他们既渴又疲劳,关键还没有水,大家只好少说话,以保持体力。

"他在骗你们。"阮松忽然说。

"谁?"小伍警惕地说。

"杜景。"阮松终于说出了杜景的真名,又朝杜景说,"你叫杜景,是不是?"

杜景戴上指虎,没有回答。

周洛阳说:"小祭司,我们究竟是哪里得罪你了?"

"你没有得罪我。"阮松说,"这个游戏已经提前解释得很清楚了,想要活命,就得想办法杀掉其他人。"

陆仲宇没有回话,只死死地盯着阮松。小伍则保持了沉默。

"对。"昆说,"这是支配者的提示。"

阮松说:"我要是观众,就绝不想看选手们其乐融融,一团和气,携手合作,一路闯关到大结局。"

"当然。"杜景漫不经心地说道,"一定要斗个你死我活才有意思,是不是?"

"所以他俩是一伙的。"阮松无视杜景,继续说道,"他只是想取得我们的信任,好让我们接下来都听他们的安排。"

然而杜景突然转身,一拳狠狠地揍在了阮松的侧脸上。

"别打人!"小伍吼道。

昆则站了起来,不悦地说道:"有话好好说!别动手!"

"别打人。"陆仲宇没有起身,只慢条斯理地说,"他不是你的对手,这么一拳也够他受的了。"

阮松被杜景那一拳揍得满脸是血,狼狈不堪地爬到角落去。周洛阳对他没有半点同情,毕竟若不是因为他,陆仲宇不会陷入险境,阮松相当于杀人犯的帮凶,哪怕有再多不得已的理由,他也是该死的。

只是周洛阳万万没想到,阮松为了钱,竟然主动报名来参加这场游戏。

"把你的地图交出来。"杜景淡定地说。

"别这样对他!"小伍说。

"你不知道他做了什么!"周洛阳见有人反对杜景,忍不住出声。

显然,昆与小伍都对恃强凌弱的行为看不下去,只是昆比小伍更谨慎些,猜测他们之间一定有恩怨,毕竟杜景、周洛阳、陆仲宇与阮松四人在第一关里就表现得像是彼此认识。

周洛阳望向陆仲宇,扬眉示意:该你说话了。

陆仲宇疲惫地笑了笑,向昆与小伍解释:"他把我骗到胡志明市,绑上了这伙人的黑车。"

两人当即明白了,他们也是被骗到越南的,说是拐卖也不为过。他们当即一个箭步冲到阮松面前。

"你是他们的人？！"

"还有谁！"

"别动手，听我说！"周洛阳反而出声保护阮松。杜景出手是有分寸的，只想教训他，让他听话。小伍与昆被拐卖者骗到如今境地，若真下手，为了泄愤，一定会往死里揍。

"都回去。"杜景挡在阮松身前，认真地说。

小伍与昆的愤怒难以抑制，小伍不住地发抖，昆则双眼通红，眼里含着屈辱的泪水。

"先把地图交出来。"杜景说，"咱们再慢慢研究，想活命，就看你自己了。"

阮松没有再做徒劳的抵抗，拿出了一张喷绘的地图。

地图上显示的是个极其庞大、复杂的空间，上面有相当杂乱的线条，还带着阮松的鼻血。杜景把它摊在桌上，看了眼手表：还有四十五分钟。

"现在，来研究研究这张地图吧。"杜景漫不经心地说，"离开安全屋之前，把地图记在脑子里，东西依旧还给他，这样一来，支配者不会知道。"

几人朝正在充电的耳机看了一眼。周洛阳心想：支配者不知道，但洪侯一定知道，他绝对在监听与监视，只是不吭声而已。

杜景每次的安排都是一环套着一环，虽然不知道骗过支配者有什么用，但周洛阳相信他。

"这是什么意思？"小伍说，"看不懂。"

地图比他们想象中的更复杂。根据比例尺估算，第一关牢狱与第二关哈努曼猴神只占了整张地图约3%的大小，但以蓝、红二色线绘出的区域也只占全地图的10%左右。剩下的部分全是灰色线，也即未开启范围。

昆想了想，说："这个迷宫还没开发完，说不定是他们自己想做的娱乐项目。"

"这代表什么？"小伍指着上面的某条线，问道。

"通风管道。"杜景与昆同时答道。

接着，昆抬头看了眼杜景，两人对视，都有点意外。

杜景说："你是做什么的？"

"建筑设计师。"昆说，"你呢？"

"开店，私营业主。"杜景随口答道。

杜景与昆都能看懂地图。地图上标记了后三个区域，区域与区域之间用加粗黑线相连，又标记着数个奇异的符号。

小伍说:"我是直播博主,没有一技之长,只能跟着你们了。"

昆很善解人意,拍了拍小伍的肩膀,说:"不一定,说不定到了后面反而得靠你。"

陆仲宇说:"下一个区域是这里,看着挺大的。这个标记是什么意思?"

第三关的符号大家都看不懂。

杜景回头道:"洛阳?"

周洛阳跪在帘子后,眼眶里含着泪水,摸了摸德安的额头。

"他要死了。"周洛阳说。

众人离开桌子,围到德安身边。杜景再一次检查德安的瞳孔,发现已完全扩散,便又低头看了眼表。

"抓紧时间。"杜景说。

周洛阳放开德安的手,让他躺平,至少躺得舒服一点。德安正在走向死亡,而这并不是周洛阳第一次看见死人的场面,他不知道德安距离完全死去还有多久,不知道他能不能撑到午夜。

"我觉得祭司说得不对。"陆仲宇忽然说,"这个场景需要合作。如果我们在牢狱里扔下同伴不管,存活率只会更低。你们想,第二关哈努曼猴神,没有昆的瓶子,怎么装火油?"

"不,"杜景淡然反驳道,"祭司说得对。回想一下牢房里的情况,昆是第一个拿到钥匙的人,不管他救出了谁,作为回报,那人的第一反应都会是去救昆,那么他们就能成功脱离牢房了。"

小伍说:"那剩下的呢?"

杜景摊手:"也许还有备用钥匙。总之不可能在第一关就淘汰五个人,否则只会被观众打差评、退票。准备出发了,洛阳!"

陆仲宇把地图塞回阮松怀中,众人拿好面包,各自去拿耳机。洪侯的声音又响了起来。

"看来你们很守时。"洪侯说,"非常自觉,我相当欣慰。"

周洛阳说:"因为这里没有水,大家都很渴了。"

洪侯说:"马上就会有的。来,出发吧,祝你们好运。我们稍后会设法救治考古学家,或者你们希望带着他继续前进,也行。"

众人没有表态,默认这个时候要将德安留下,毕竟带着他也是死路一条,说不定洪侯真的会大发慈悲救他。

周洛阳摸了摸德安的额头,说:"我们先走了,再见。"

昆回道:"应该说……永别。"

德安与这里的人都只认识了寥寥数小时，除了周洛阳，其他人并不知道他是谁、从哪里来、做过什么。

戴上耳机前，周洛阳听见背后的陆仲宇忽然问了一句："你为什么会来？"

周洛阳正想回头，却发现那话问的不是他。

阮松答道："为了钱。在路上我提醒过你不止一次，你太容易相信人。"

陆仲宇说："我也说过可以帮你，是你太不容易相信人。"

阮松用纸巾堵住被杜景打出来的鼻血，说道："我要养老婆和小孩，你不懂的。"

陆仲宇轻松地笑道："哟，老婆都有了。"

杜景率先打开门，与周洛阳并肩迈进了安全屋外无边无际的黑暗中。

第七章 迷宫

顺着来时的长廊继续前进,面前是新的密室。这间密室十分昏暗,里面竖满了奇特的柱子,每根柱子顶端放着三盏小小的油灯,油灯已经快要熄灭了。

紧接着,他们听见了水声。

周洛阳已经很渴了,他从早上到现在一直都没喝过水,其他人一定也一样。

"有水了!"小伍率先说道,并加快了脚步。

"别冲动。"陆仲宇说。

杜景马上道:"都别动!"

周洛阳止住脚步,面前是一道横梁,而横梁底下则是幽暗的、见不到底的深渊。横梁两两相通,架在一个巨大的深坑上,形成了错综复杂的桥,水声从深坑两侧传来。

横梁只容一人通行,而且没有护栏,稍有不慎,就会跌落深坑。

"Light。"身后,小伍的声音响起。

声控手电筒亮起,照向深不见底的深坑。

"得从这里过去。"杜景说,"还要找到水源。"

周洛阳的耳机里传来声音:"你好,Tha,我希望你休息够了。"

周洛阳没有回答。

几人安静地站在横梁上，各自听着耳机里支配者的指令。支配者也许喝了下午茶，也许刚吃过早餐，都已纷纷就位。

"你最好想个办法把剩下的几个人从这里推下去。"支配者说。

周洛阳在昏暗的灯光下忽然开口道："耳机里的人让我把你们推下去。"

"你疯了！"陆仲宇警告周洛阳，"什么都别说！"

"没关系。"周洛阳道，"他不可能电我，因为我只要一倒下，就会摔进黑暗里，他的游戏也就宣告失败了。"

周洛阳有把握，六名支配者不可能在横梁上惩罚玩家。

"不要透露他们的指令。"杜景一把抓住周洛阳的手腕，回身警告道，"否则离开这里之后，他一样会惩罚你。"

周洛阳没有说话，看了眼杜景。杜景说："先去找水。"

巨大的、纵横交错的横梁东西两侧分别有一个水盆。

"去拿东边那个。"支配者说，"与你的保镖分头行动，听我的，Tha，这样说不定能确保你俩的安全。"

"咱们分头。"周洛阳对杜景说。

杜景沉吟片刻，看了眼陆仲宇。陆仲宇说："交给我吧。"

"你跟我走这边。"杜景不太放心阮松。

于是，六人迈上横梁，分成两队向两侧进发。杜景带着昆与阮松去西边的横梁尽头；陆仲宇则带着小伍和周洛阳去往东边。他们需要异常小心，因为稍有不慎，就会摔下万丈深渊。

"灯快要灭了。"周洛阳提醒道。

"过去来得及。"杜景道，"回来就不好说了。"

最终，两队人在各自的水盆前停下了脚步，照亮密室的灯火逐渐暗淡。

小伍说："我要喝水，我渴死了。"

"等等。"陆仲宇说，"这水安全吗？"

没有人说话。周洛阳的支配者又下达了新的指令："不要第一个喝，观察他们的动作，水里也许有毒。"

"你们那边呢？"周洛阳朝杜景的方向遥遥喊道。

昆说："等等，我先观察一下！"

昆取出他装过火油的瓶子，舀了少许盆里的水洗过瓶子，然后将水倒进黑暗的深渊中，许久未听见响声。他又舀出些许，闻了闻。

"怎么样？"陆仲宇问。

"一股火油味。"昆答道。

明知不是时候，周洛阳却仍然忍不住笑了起来。

"我猜至少一个盆里的水是无毒的。"小伍说。

"也许两个都无毒。"陆仲宇说。

"如果两个都无毒，"小伍又说，"就没有必要这么设计。"

是的，周洛阳在心里赞同小伍的分析。在这种情况下，他们无法化验盆里的水，只能通过喝下去来判断水源的安全性。

这下连支配者也不知道该如何解决这个问题了。

"他们说什么？"周洛阳扬眉，问陆仲宇与小伍。

"让你们先喝。"小伍说。

陆仲宇答道："我的也是。"

两队人各自看着面前的水，都拿不定主意，但周洛阳知道，杜景一定有解决办法，他们只要耐心等待就行。

"我不管了。"小伍说，"我要渴死了，让我来尝尝。毕竟有50%的概率没事。"

他的声音不大，另一队却听见了。

昆说："如果有毒，剂量不大，沾一点就能尝出来。"

杜景说："不可能让你毫发无伤地尝出来，打消这个念头。来，祭司，你先喝。"

阮松始终沉默着。

杜景又对众人说："或者我们投票让谁先试喝？祭司，你可以选择一个水盆。到对面去？"

阮松说："我就知道。"

"不要这样吧。"周洛阳不安地说。

小伍说："投票吧，得票最多的人喝，可以选择喝哪个盆里的。"

我的天……周洛阳心道。

杜景气定神闲地说："那么……我投祭司。"

周洛阳发现杜景有时身上带着一股不易察觉的邪气。在这不见天日的地底，所有人想的都一样——阮松是杀人犯的帮凶，所以他该死；因为他该死，所以50%的死亡风险就得由他来承担。

"你们凭什么审判我？"阮松在黑暗里说。

"凭我们人多。"杜景说。

"我来吧。"周洛阳猜测这水应该不会一喝就死，舌头沾上少许，也许会麻痹。

就像德安一样,死亡将是一个缓慢的过程,好让支配者们欣赏这一经过,"戛然而死"缺乏观赏效果。而只要喝得不多,拖过午夜12点,时间一回溯,问题就解决了。

杜景沉声道:"别动!"

周洛阳单手掬起一点水,凑到鼻前嗅了一下,无色无味。

"我看德安刚才还没死,回去还能找到他么?"阮松说,"这水该他来喝。"

"冲着这话,我就投你了。"昆说。

小伍说:"我也投他,现在三票。"

阮松没有说话,陆仲宇却道:"算了,我替他喝吧。"

"你没毛病吧?"小伍说。

陆仲宇说:"我不忍心。"

周洛阳看了一眼陆仲宇,陆仲宇朝周洛阳笑了笑,说:"也不一定就死,二选一,盲选呢,每当碰到这种情况,我的运气一向很好。"说着,陆仲宇画了个十字,走到水盆前。

杜景却在另一边的黑暗里说:"等等,祭司喝了,你们先别动。"

水声传来,阮松就着昆的玻璃瓶喝下了三大口水,然后剧烈地咳了几声。

支配者在耳机里说:"观察他的情况。"

周洛阳看不到那边的情况,只能根据声音猜测。

"肚子有点疼。"阮松虚弱的声音从对面传来。

"是因为你太紧张了。"杜景沉声道。

而就在这时,柱上的油灯燃烧到尽头,灭了。

"情况怎么样?"陆仲宇大声问道。

"不好判断!"昆说。

小伍打开手电筒,照向对面。阮松蹲在横梁上,脸色苍白,不断地喘气,大家一时竟无法判断水中是否有毒。

杜景翻看他的眼睑,又捏开他的嘴。阮松的眼神有点涣散。

支配者在周洛阳的耳机里说:"祭司也许会假装中毒,想骗你们喝下另一个水盆里的水,先不要相信他。"周洛阳看了眼左手边的水盆,继续沉默。

杜景在黑暗里说:"不像是装的。"

足足四十分钟过去,黑暗里没有人说话,最终传来一阵猛然粗重的呼吸声。

小伍又问:"怎么样了?"

"他好像死了。"昆的声音发着抖。

陆仲宇说:"咱们联手把他杀了。"

"是的。"周洛阳叹了口气，说道。

杜景说："你们可以喝对面的水。"

小伍、陆仲宇与周洛阳安静地站着，谁也没有动。末了，昆说："喝够之后，用手电筒帮我俩照一下路。"

杜景说："用你的瓶子多装点水，后面还用得上。"

"好。"昆说。

小伍最先喝，喝过之后换陆仲宇，然后是周洛阳，接着又换小伍。

周洛阳说："手电筒给我，我替他们照横梁。"

"没关系。"昆说，"我们慢慢地过来了。"他们在黑暗里摸索，没有光亮，只要非常小心，也能通过。

"慢点。"陆仲宇提醒。

"我过来接你们。"周洛阳拿着手电筒小心地走过去。到达中央时，昆把玻璃瓶递给他，说："先去装水，装满。"

周洛阳接过玻璃瓶的一瞬间，横梁开始朝着东面缓慢地倾斜！

"什么声音？"周洛阳道。

杜景最先反应过来，说："回去！昆！回到西侧来！"

陆仲宇马上道："这是个跷跷板！小心别摔倒了！"

饮水的过程似乎触发了机关，水盆内的水位线一降低，横梁便朝着人多的那一边倾侧，阮松的尸体当即滑了下去。

小伍吼道："你们快回去！"

"不行！"昆说，"重量不等！重量！这跷跷板装置太灵敏了！"

陆仲宇对小伍道："往中间跑！"接着转向周洛阳，"给他们照路！咱俩在这边！"

巨大的横梁迷宫朝东侧翻了将近三十度，昆与杜景退回到西侧水盆前，小伍奔向横梁中央，周洛阳与陆仲宇退到东侧。周洛阳用手电筒照着路，为小伍捏了一把汗，只要踏错一步，人就会摔下去。

小伍站到横梁装置的正中央，与此同时，深渊底部传来了阮松尸体坠落的闷响。

"糟了。"昆说，"地图还在祭司身上。"

杜景道："地图只要记住了就不再重要，反而尸体在这一关的配重很重要。"

黑暗里，陆仲宇得到支配者的提示，接过手电筒，照向横梁迷宫的北侧，那里似乎有一扇锁着的门。

"看到那里了吗？"陆仲宇对小伍说，"教授，过去。"

小伍在众人的注视下走向横梁的尽头，手电筒只能照亮一小块地方，犹如舞台

上的聚光灯。

"有螺丝钉。"小伍说,"别晃,我看不清楚。"

陆仲宇稳住手臂。小伍说:"对面似乎有个栓,得把手伸进去,从里头打开。"

"当心又有蛇。"昆提醒道。

小伍一筹莫展,最终只得认命,说:"算了,死就死吧。"

这次没有蛇,也许同样的机关不会出现第二次。

"可以打开。"小伍说,"里头是个很窄的通道,但要把隔板拆下来,螺丝钉拧不动。"

陆仲宇把手电筒交给周洛阳,说:"我有工具,我过来。"

"当心跷跷板。"杜景提醒道,"这边也过去一个吧。"

昆与陆仲宇于是同时往中央走,周洛阳退后,杜景前进,在杠杆的两侧保持整个横梁迷宫的平衡。

"手电筒照好。"昆说。

两人小心地抵达中央,松了口气,再一前一后地前往出口。剩下周洛阳与杜景站在横梁跷跷板的两侧,遥遥注视着黑暗中的彼此。

片刻后,出口处传来一声金属碰撞的轻响。

"拆下来了。"陆仲宇说,"你们可以慢慢地过来,注意脚底。"

周洛阳用手电筒照向对面的杜景,看见他鼻梁上那道明显的疤。杜景稍稍眯起眼,不太适应突如其来的光线。

"我开始走了。"周洛阳说。

"嗯。"杜景说,"我跟着你的脚步。"

周洛阳将手电筒照向横梁上的道路,两人往中间走去。他俩是留在横梁上的最后两个人,背后再没有人能帮他们调节重量,但凡有一方踏错,横梁就会马上倾斜,导致两人一起摔下去,粉身碎骨。

"说点什么?"杜景道。

"不想说。"周洛阳回道,他能感觉到杜景正朝他靠近,"集中注意力。"

杜景轻松地说:"没关系,要死也是一起死。"

"我不喜欢你这样。"周洛阳忽然说,用手电筒照向杜景的脚下。

"不喜欢什么?"杜景说。

"不喜欢你强迫阮松喝水的行为。"周洛阳答道。他知道黑暗里,剩下的人都在听他们的对话。

杜景没有辩解,更没有反问周洛阳"那你想如何解决",因为他明白周洛阳并非对阮松有什么同情，或者觉得他罪不至死，事实上周洛阳想说的已经与阮松之死无关了。

"我就喜欢你不喜欢我这种行为而表现出的愤怒。"杜景漫不经心地说。

周洛阳说："不是说我觉得你不该这么做……"

"我知道。"杜景淡定地说，"而是我令你觉得我很陌生，你就像突然不认识我了。"

"是的。"周洛阳停下脚步，他们距离横梁中央已经很近了。

另外三个人都没有说话，安静地等待他俩过去。

"往中央跳。"杜景说，"我接着你，来。"

周洛阳沉默片刻，收起手电筒，四周顿时陷入一片黑暗，紧接着，他朝黑暗中飞身一跃。仿佛心有灵犀，杜景蓦然侧身，紧紧抱住了他。

凡赛提之眼，三枚指针重叠，午夜12点整。

时间瞬间回溯，回到了前一天的午夜12点。

周洛阳第三次进入密室，他甚至没有多看阮松一眼。离开牢房后，所有人的反应都与上次一模一样，直到他们到达哈努曼密室，一起望向装有毒蛇的单面玻璃箱时，杜景一脸淡然地戴好指虎，包上西服外套。

"退开点。"杜景对众人说，"保不准里面有什么。"

众人于是退开了少许，周洛阳却始终站在杜景身后。

"砰"的一声，杜景出拳揍爆了玻璃箱，碎片朝里飞去。德安上前要往里摸，却被周洛阳拉住了手臂。

"用这个。"周洛阳把从第一关牢房里卸下来的铁杆递给杜景。

杜景将铁杆探进玻璃箱中，抽出来时，上面盘着一条蛇。瞬间所有人大喊，那蛇犹如箭矢般弹射而出！陆仲宇速度却更快，出手犹如闪电，扼住了蛇的七寸！

陆仲宇提着蛇，其余人马上退开。杜景瞥了他一眼，说道："好身手。"

"好身手……"周洛阳心有余悸，哪怕做足了准备，仍然差点被咬。他与杜景早知道里头有毒蛇，反应得过来不奇怪，陆仲宇什么都不知道，却仅凭一个影子就准确地捏住了它的七寸。

陆仲宇说："小时候在老家，爷爷帮人捉过蛇，我就学会了。"

众人盯着陆仲宇，只见他提着蛇，走到火盆前，把蛇丢进去烧死。在大家的注意力都在蛇上时，周洛阳忽然道："祭司，你最好别偷偷去碰里头的东西。"

周洛阳挡在玻璃箱前，阻止了阮松去搜玻璃箱的举动。阮松意图被识破，也不反驳，只是走到一旁。

"里头有什么?"杜景问周洛阳。

周洛阳在所有人的注视之下伸手进去摸出一把钥匙,并朝其他人出示,证明自己没有私藏。

"还有东西。"周洛阳疑惑道,这是上次进密室时大家都没有发现的。他又摸出一小管针剂——抗蛇毒血清。

周洛阳瞬间转头望向阮松,眼神凌厉……里头是有解药的!上次阮松摸到解药后就再也没有拿出来!换句话说,他蓄意让德安死!

"为什么这么盯着我?"阮松莫名其妙。

"带上吧。"陆仲宇说,"说不定后面还有用。"

众人通过第二关,进入安全屋。这次德安毫发无伤,周洛阳感觉非常奇怪,得知他的身世与经历后,不由得多看了他几眼。

德安长得挺帅,像个聪明的大学生,只有二十二岁。被困在密室中时,他是最先自我调整过来的,也可能是乐天性格使然,他一时忘了自己身处险境之中。

"怎么老盯着我看?"德安打趣道,"我这么好看吗?"

周洛阳没有解释,看了眼杜景。杜景使了个眼色,意思是不要表现得太明显了。

杜景手指在桌上叩了叩,耐心地说:"我有几句话想说,听清楚,我只说一次。"

"当心监听。"德安说,"说不偷听,但洪侯一定在偷听。"

"没关系。"杜景沉声道,"我有对付他的办法,不要打断我。"

杜景把上次的话又重复了一遍,周洛阳瞬间明白了他的潜台词——黄霆与庄力这个时候一定也在行动!而他们参与密室逃生也许是杜景安排好的,他在设法引开洪侯的注意力,方便黄霆采取行动在外准备接应救人。

接下来,阮松反对杜景,又被揍了一拳,受力的位置都没有偏差。

"你不用一定揍在那个地方。"周洛阳说,"有误差是可以容忍的。"

"我有强迫症。"杜景随口道,"把地图交出来,不要逼我搜你的身。"

阮松发着抖,交出了地图。

两个小时后,他们再次抵达了横梁迷宫。这一次,杜景带着周洛阳和昆去了东侧。

"我先喝吧。"杜景对周洛阳说,"我死了你记得去领保险,受益人是你。"

周洛阳说:"给我也喝一口。"

陆仲宇说:"不要这样吧。"

所有人都看着杜景,杜景用昆的玻璃瓶装水,一脸淡然地喝了半瓶。

"怎么样?"昆紧张地说。

"一股火油味。"杜景答道,顺手把玻璃瓶递给周洛阳。周洛阳听到耳机里说:

"你们胆子非常大,这两盆水里,其中一盆被投毒了。"

周洛阳把玻璃瓶里剩下的水喝了,对其他人说:"虽然没有毒,但我总觉得这里的水不太干净,少喝点比较安全,你们要试试那边的么?"

"不了。"小伍说,"我们还是过来吧。"

"慢点。"杜景忽然提醒道。

横梁再次开始倾斜,一阵慌乱之后,站在中间的阮松不知所措,往横梁北侧跑去,最先脱离了跷跷板。

"一个一个来。"杜景说,"时间还很充足。"

接下来,他们开始轮流饮水,都喝够后,昆装满一整瓶水,放在挎包里。

众人来到出口前,出口处写了一行字。

"看得懂吗?"杜景问周洛阳。

"看不懂。"周洛阳说,"高棉语,你们看得懂吗?"

这里没有人懂高棉语,唯一可能会的人是阮松,但越南语与高棉语完全属于两种语言体系,周洛阳也无法判断。

阮松说:"我不懂。"

"麻烦你闭嘴可以吗?"杜景忽然朝着空气说,"影响我的判断。"

众人心惊,杜景顶撞了支配者,这句话实在太冲了,但由于玩家的声音被中途截掉了,所以什么事都没有发生。

"要钻通风管了。"陆仲宇朝里头看了一眼,问,"谁先来?"

"给我点水喝。"阮松眼里带着不易察觉的恳求。

昆想了想,打算把水瓶递给他,却被杜景按住了手腕。

"现在不行。"杜景说,"得看你接下来的表现。"

阮松不再说话了。周洛阳想起那支血清,对他的最后一点同情也没有了。

"我打头吧。"陆仲宇见没有人回应,自告奋勇道,"后面你们自己分配。"

陆仲宇先挤了进去,昆说:"你这块头实在太大了。"接着也进去了。

陆仲宇与杜景差不多高,却比杜景壮了许多,显然是平时经常健身的结果。周洛阳本以为在那狭小的通道里他会攀爬得很艰难,却没想到他的动作并不笨拙。

昆后面是杜景,然后是周洛阳,再然后是德安、阮松,最后是小伍。

一个小时后,队伍停了下来。

"怎么了?"后面的德安问道。

"岔路口!"陆仲宇说,"怎么走?"

"别分头吧!"小伍掏出手电筒向前照去,所有人都侧过身,看见前方有岔路。

杜景说:"你选一条。"

陆仲宇说:"我的感觉可不太妙,要么去个人看看另一条?"

"当心有机关,"阮松说,"把你斩成两半。"

"理论上不会有这么简单粗暴的机关。"周洛阳说。

耳机里再次传来支配者的声音:"跟着你的保镖走。不知道现在转押他还来不来得及。"

显然支配者已经看出来了,杜景这一路上发挥了队长的作用,面对所有难题都举重若轻。

周洛阳心想:废话,一模一样的剧情,我们已经重复第三次了。

陆仲宇最终选择了一条路,继续往前爬,但后面传来一阵讨论声,他只得回头道:"怎么了?"

"祭司自己去另一条路了!"小伍说。

阮松忽然加快了速度,脱离队伍,往另一条岔路爬去。

"你去哪儿?"德安说,"别脱离队伍!"

"跟着他吗?"小伍在通道里抬头,望向众人。

周洛阳没发表意见,支配者在耳机里说:"不要跟他走。"

"我跟去看看吧。"德安说。

"不。"杜景简明扼要地做了决定,说,"继续往前。"

又爬了一段路,前面再次出现了岔路。

杜景说:"左边。"

其他人没有问他是怎么选的,只跟着他前进,整队人都把命运押在了杜景身上。

"太安静了。"杜景说,"聊点什么吧。"

近两个小时的漫长时间里,他们一直在通道里爬行,前方看不到尽头,所有人都在出汗,但没有地方能停下休息。

昆说:"我感觉到前面有风。"

"有。"周洛阳说。

"咱们出去以后可以组个男团。"小伍说。

"当心被电。"周洛阳善意地提醒道。

这里的六个男生长得都不错,颜值远高于平均水平,身材也都算得上挺拔,弄个组合说不定真能出道……当然,周洛阳清楚这是不可能的,杜景绝对不会同意。

如果能活着出去,他们也许会成为好朋友,也可能从此不再联系,大家都试图忘记这里发生的噩梦般的过往,甚至需要接受心理疏导。

"左边。"昆说。

"你记得？"陆仲宇问。

"勉强。"昆答道。

"记得什么？"周洛阳意外地问，"你们来过这里？不可能吧！"

"地图。"杜景说，"昆的记忆力不错。"

周洛阳想起来了，那时他们只简单地看了一会儿，过后就把地图还了回去。

"到了。"陆仲宇把手从尽头的出口伸出去，拧开外面的螺丝，踹开铁栏。

又是一个新的区域，但依旧在神庙里，四处挂满了荧光花朵，中间供奉着一尊巨大的神像。

出口在距离地面两米高处，他们一个接一个地下去。就在周洛阳离开出口时，通道内远远传来一声惨叫。所有人立马转头，面朝出口。

"你们听见了吗？"德安说，"是祭司？"

"他死了。"周洛阳的耳机里，支配者说，"不用管他，你们的进度非常快，而且只有一个人丧命，简直太不可思议了。"

周洛阳转头望向神像，杜景没有关心阮松的死活，走到神像前。

"这又是什么？"杜景问。

"毗湿奴。"周洛阳答道，"印度教三相神之一，维护万物之神。"

古老的石雕神像四手张开，足有三米高，矗立于房间中央的祭坛上。

"我想回去看看。"陆仲宇说完，将瑞士军刀扔给杜景，"你们在这里想办法。"

"别去了。"昆说，"他自己选的路。"

"看看吧。"陆仲宇说，"我总觉得祭司选择另一条路不可能毫无理由。"

小伍说："万一是陷阱呢？"

他们确实自发地形成了团队，但这远远偏离了洪侯一方设计这个游戏的初衷，他们没有两两分组，而是其中六个人抱团。

陆仲宇再次钻进了通道里。杜景看了眼表，夜9点20分。

"你们的进度实在太快了。"忽然，毗湿奴神像里传出洪侯的声音，这一次，他的声音里带有着明显的怒气，"我建议你们放慢速度，否则你们很可能一个也活不下来。"

周洛阳看了眼杜景。按理说，他们第一次进入密室时的速度才是最适合观赏的，而这次他们几乎十分钟就破解一个密室的谜题，更没有因死人、等待而浪费多少时间。

"好的。"杜景说，"不过恕我直言，你一开始就该想到，让智商高的人来玩这个游戏，结果就会是什么问题都被当场解决，从而失去很多趣味。"

洪侯的语气变得危险："我的提醒非常认真，也希望你们认真考虑。"

毗湿奴神像恢复安静。

"到神像背后去。"支配者说。

横梁深渊那关中，支配者几乎全程没有说话，当然不可能是走开了，而是根本没有跟上杜景的反应，只能眼睁睁地看着他们摧枯拉朽般破解了小半个迷宫。

该发动的机关统统没有发动，过程中没有钩心斗角、互相陷害，更没有死人。显然这些财大气粗的观众对本赛季选手们的表现并不满意，于是有了洪侯怒气冲冲的警告。

周洛阳转到毗湿奴神像后，检查是否有隐藏的机关。耳机里又传来支配者的声音："我对你的身份非常好奇，你与你的保镖为什么像是知道这个游戏的布置呢？包括被下毒的水源与事先放在那里的毒蛇。"

"小心点总是好的。"周洛阳随口答道，虽然知道支配者听不见。

支配者接着说道："说实话，我有点怀疑你们作弊，事先拿到了所有的布置。"

"可是作弊了的话，"支配者又说，"不该联手消灭其他玩家，保证你们自己活到最后，顺利离开吗？"

周洛阳抬头，望向毗湿奴的四只手，那四只手各指向一个地方。

"现在让我看看，你还能带来多少惊喜吧。"支配者说。

忽然，通道出口处传来敲打声，分散在神像四周的玩家纷纷转头，只见陆仲宇拖着一具鲜血淋漓的身躯钻了出来！

周洛阳："……"

阮松痛苦地呻吟着，他的脚被从脚踝处切掉了，长裤裤脚上全是血液，切口平整无比，像是被什么机关一刀两断。陆仲宇喘着气，身上沾了不少血，说："我在另外那条通道里发现了他。"

"给他包扎。"杜景脱下西装外套，再脱下里头的衬衣，把衬衣递给周洛阳，复又穿上西装外套。

周洛阳撕开他的衬衣，尝试为阮松包扎止血。

陆仲宇又道："给他喝点水吧。"

阮松因失血过多而脸色苍白，昆拧开瓶子，给他喂了点水。

"另一条道上全是机关。"陆仲宇比了个"切"的手势。

"你为什么去那里？"周洛阳皱眉道，"支配者让你去的吗？"

阮松呻吟起来，没有回答。

"机关后面有什么？"杜景问陆仲宇。陆仲宇摇了摇头，他没有再往后爬。

支配者说:"没有止血药,他很快就会丧命,不要再管他了,去寻找解谜线索。"

周洛阳把阮松放到角落里,阮松依旧呻吟不止。

众人沉默片刻,显然都受到了支配者的催促,各自散开去找离开毗湿奴神庙的线索。杜景看了眼表,距离午夜12点还有两个多小时。

"不是这里。"支配者开始有点烦躁了,说道,"另一边,爬上去看看。"

周洛阳抬头,小伍已经爬上了神像,正单膝跪在毗湿奴的头顶,检视头部与肩部。一个小时过去,一无所获。

"这些发光的果子是什么?"昆忠诚地执行了他的人设,说,"还真是天然的。"

"你最好别乱碰。"陆仲宇提醒道。

"说不定能吃。"小伍说。

昆摘了一个下来,没有事情发生。那是一种浆果,他掰开少许,闻了闻气味,朝他们看来。周洛阳根据他的表情判断,应当是支配者向他下达了命令。

"留着照明吧。"小伍说,"万一手电筒没电了。"

昆说:"百香果,外面涂了一层荧光颜料。"

周洛阳也闻到百香果的气味了,于是他们将果实摘了不少下来,放在昆的挎包里。

杜景始终站在一旁思考,之后瞥向阮松。

"通道口上的那行字是什么意思?"杜景淡淡地说,"我知道你看懂了。"

"我不说,你能拿我怎么样?"阮松忍受着疼痛,虚弱地说,"杀了我吗?"

陆仲宇在阮松身前蹲了下来,看着他的双眼,说:"告诉我们,之前的恩怨一笔勾销,我原谅你了。"

阮松看着陆仲宇,不作声。陆仲宇说:"出去以后,我会想办法安置你的家人,说话算数,就像以前答应你的。"

"当心被电。"杜景提醒道,让陆仲宇不要说不符合游戏人设的话。

"渡过左岸河流,献祭死亡,将有新生;渡过右岸河流,进入永恒的美梦。"阮松最后说道。

"我觉得这一关说不定是个陷阱。"周洛阳终于道,"神像没有任何可充当机关的部位,它是一体的。"

"所以出去的路在另一边?"昆说。

小伍说:"但另一头有机关。"

陆仲宇说:"你们一直没找到机关?要试试看么?"

杜景说:"走吧,这次我打头。"

周洛阳听到耳机里说:"你们决定去另一条路上了?祝你好运,不过我认为,

你的保镖不应该走在最前面。"

大家再次进入通道,在这通道里根本无法转身,如果通道内突然出现铡刀,他们立刻会被切下脑袋,抑或身体被切成两半。

"给我手电筒。"杜景说,"你们还有什么任务道具,都可以拿出来了。"

周洛阳蓦然想起,昆的玻璃瓶、陆仲宇的瑞士军刀、杜景的指虎、阮松的地图、小伍的手电筒都用过了,而德安的道具还没出现过。

"德安,你是不是有什么道具?"周洛阳问。

德安说:"一个本子。"

"给我。"杜景说。

德安将黑皮笔记本从队伍倒数第三位递到最前面,杜景打着手电筒看了看,手电筒的光开始闪烁,快没电了。他扫了一眼,说:"走吧。"

"千万当心。"陆仲宇在最后,他脱下外套,绑住阮松的肩背,把他也拖进了通道里。

十分钟后,杜景停了下来。

"怎么了?"周洛阳问。

"我看见他的脚了。"杜景随口道,"祭司,你还想要鞋子吗?"

"哦,不要在这种时候开无聊的玩笑。"周洛阳实在无法想象通道中出现一双断掉的、穿着鞋的脚掌的场面。

杜景说:"这里有不少机关,接下来会随机发动。为了避免被切成两段,你们最好跟紧我,我停下来,你们也跟着停。"

"根据什么判断的?"周洛阳说。

杜景把黑皮笔记本递给周洛阳,说:"第一页,五线谱,会唱吗?"

周洛阳:"……"

那是一首四四拍的曲子,周洛阳低声唱了一小节,再望向通道深处。

杜景说:"节拍打好。"

周洛阳说:"不不不……这太恐怖了!"他已经预感到了接下来会发生什么!

杜景随手敲了敲通道壁,"唰"的一声,一把铡刀弹了出来。

"一、二、三、四。"周洛阳说,"二、二三四。"

节拍的空当,第二把铡刀弹出。周洛阳跟着五线谱打着拍子,在休止符处,所有铡刀同时"唰"地弹出!铡刀与铡刀之间间隔不到三十厘米!

无论玩家爬到哪里,只要身处机关区域,若不及时通过,瞬间就会被斩成六七段!铡刀的速度快得肉眼几乎无法捕捉,周洛阳能看见的,只有通道一瞬间被闪亮的金

属侧面封住去路的一幕!

周洛阳说:"我的天……我过不去。"

"只能走这条路。"杜景说。

"你最好确定。"周洛阳说,"否则要再爬过来,就更恐怖了。"

杜景想了想,说:"开始吧,别紧张。"

支配者在耳机里说:"很有意思,祝你们成功。"

第八章 神庙

周洛阳稍侧过身,背靠通道墙壁,抬头看杜景,杜景往黑暗之中缓慢地前进。小伍拿回了手电筒,照向杜景的去路。

"要不我先?"陆仲宇忽然道。

杜景答道:"我先。不要看我,打准节拍。"

紧张感在这一刻达到了极点,周洛阳吁了口气,开始按笔记本上的五线谱低声唱了起来。

"A la claire fontaine……"

"唰"的一声响,通道一侧弹出铡刀,擦过杜景的头顶,带起一阵劲风。杜景停下,只听黑暗中,周洛阳低沉的声线继续唱道:"M'en allant promener……"

机关先后被触发,接二连三地封住去路。杜景前进,停,前进,停,额上带着汗水。在这幽闭的空间里,其余的人甚至不敢喘气,只死死地盯着前进的杜景。整条通道内的动静,除了不断弹出的铡刀,就只有周洛阳发着抖的声音,以及小伍手中不住晃动的、惨白的手电筒光。

这是一首悲伤的法国民歌,歌名意为"清澈之泉"。周洛阳许多法语单词不会,只能照着英语的发音规则乱唱,只要节拍打对了,就不会有事。这首歌舒缓、低沉,伴随着杜景一点点地离开他,进入永恒的黑暗中,周洛阳忽然有种错觉——他没入了时间尽头,河流彼岸的另一个世界里。

他翻过一页,停下,歌唱完了。所有弹出的铡刀都收了回去。

"过了。"杜景的声音从很远的地方传来。

周洛阳松了口气,躺在通道内,问:"下一个是谁?"

没有人回答。杜景在远方说:"下一个是你。"

周洛阳:"……"

"跟着我的口令。"杜景说,"我说停,你就停;我说前进,你就前进。你相信我么?"

周洛阳说:"来吧。"

周洛阳没有怀疑杜景只听了一遍是否记住了节拍,反正他们也没有别的办法,让其他人拿着本子打拍子,出错的概率更大。

"前进。"杜景说。

这一刻,周洛阳已将自己的性命交给了杜景。

杜景横坐在狭隘的通道里,侧屈起一条腿,稍稍躬身,堵住了前路。他一手搁在膝上,漫不经心地玩着从腕上解下的表,抬眼瞥向周洛阳,平静地说:"前进,停,再停一会儿,前进。"

通道里一时只有周洛阳的呼吸声,他抬头看向杜景,杜景嘴唇微动,说道:"别分心,快到了,前进。"

周洛阳不知道他如果在这通道里身首异处,杜景会受到什么刺激,但他已无暇细想。短短的二十余米,他仿佛行进了一个世纪,直到他来到杜景面前。

杜景抬起一只手,轻轻地放在他的额头上,认真地说:"你越过了死亡。"

身后手电筒射来的最后一点微光中,周洛阳看见杜景的嘴角翘起了一个小小的弧度。下一刻,他紧紧抱住了杜景,两人一起屈在这么一个狭隘的通道之中。

杜景腾出一只手,轻轻拍了一下他的背,没有说话,把凡赛提之眼戴到他的手腕上。

那一瞬间,周洛阳做了一个决定。

如果在这个世界上,有一个人是他哪怕跨越死亡也要去救的,那就是杜景。

"没事了。"杜景平静地说,"下一个。"

"交给你们了。"陆仲宇说,"我先来吧。"

"他怎么办?"昆问道,意指阮松。阮松明显已不能再动了。

第八章 神庙

"我抱着他。"陆仲宇说。

陆仲宇脱下外套,把阮松捆在自己身上。周洛阳往来处看了一眼,翻开黑皮笔记本,先前的紧张感还未完全消退,令他手指发着抖。

杜景按住他的手,手指沿着五线谱划过。

"开始。"杜景说。

周洛阳在黑暗里唱起了歌,陆仲宇一人背负着两个人的生命,艰难地爬过了机关区域。

杜景与周洛阳挪到后头,看着地面上阮松的血迹。

周洛阳说:"下一位。"他觉得这辈子也忘不了这首歌了,说不定回去以后,还会在静谧的夜里做起有关这一切的噩梦。

德安、昆、小伍挨个离开了机关区域,毫发无伤。所有人同时舒了口气,只有二十多米,却耗尽了他们所有的力气。

"前面还有吗?"小伍说。

"应该没有了。"昆接过手电筒,朝前晃了晃,远处通道的出口处有一点光。

"给我点水喝。"周洛阳说。

大家在通道里将水喝完了,杜景始终没有说话。周洛阳推了推他,说:"走,到开阔的地方再休息。"

周洛阳看了眼杜景交给他的表:夜晚11点了。

这次换小伍打头,众人对死里逃生都心有余悸,不愿再回想那条夺命的通道。小伍踹开出口的栅栏,眼前顿时大亮。

这是一个与毗湿奴神殿十分相似的区域,出口外是个被固定在空中的不到二十平方米的平台,对面有个与之对称的平台,相距至少三十米。这两个平台的斜对面则是一个有祭坛的平台,祭坛前有一尊端坐的湿婆石像。湿婆石像足有十米高,四只手臂伸向祭坛中央,手臂犹如多头海蛇的脖颈。

他们收起手电筒。神殿里的光来自湿婆身后的火盆,很明亮。

"得想个办法到对面的平台去。"德安按着耳机说道。

支配者在通道里仿佛集体失声了,通道里的铡刀机关是洪侯所设计的最成功的环节。哪怕提前知道,玩家也无法再作弊,稍有不慎就会血溅当场,因死亡而彻底出局。每个支配者只能眼睁睁地看着自己投注的玩家通过九死一生的考验。直到这时,他们才慢慢缓过神来。

"去祭坛上看看。"周洛阳的支配者说。

他们所在的起始平台上有一座吊桥通到湿婆祭坛前,但祭坛所在的平台上却没有另一座吊桥通往对面的到达平台。而这三个平台都是悬空的,两两间隔三十米以上。

爬出通道后,周洛阳一直紧紧跟在杜景身边。

"祭坛上应该有机关。"昆说,"得想个办法把桥或者通道放出来。"

所有人都不太能集中精神,高度紧张的状态已持续很久了,他们需要休息。

"我看看。"小伍说。他走到祭坛上,与德安一起研究地面的石砖,石砖是凸起的。他站了上去,石砖下陷,神殿内传来巨响。

"当心!"德安马上把他拉了下来。

小伍一下来,巨响便随之停止了。

"等等。"杜景观察完,说道,"顶上有一座桥,看见没有?"

众人抬头看,昆跪下按了按石砖,说:"这应该就是机关了。"

德安研究片刻,说:"得有个人踩着它,把机关放下来。"

他们一起看向杜景,那举动也许只是询问杜景的意思,周洛阳却心头一紧。

这时,陆仲宇说:"我来吧,每次都是你们,不能什么都让你俩上。"

从牢房离开之后,破解蛇箱、试饮用水、过铡刀通道都是杜景去开启或破坏机关。

"我来。"小伍说,"你照顾祭司。先看看会发生什么,你们随时注意周围的情况,有不妥就喊我。"

小伍把手电筒扔给昆,站上了祭坛前的石砖。

"不!"小伍这次义正词严地拒绝了耳机里支配者的命令,"你惩罚我也没用。"

湿婆的手以诡异的姿态高举着,周洛阳正想叫小伍下来,小伍却胆子很大,抬头凝视着湿婆。在他们背后,天花板上缓慢降下一座木桥,通往到达平台。

"这就过了?"陆仲宇有些疑惑。

昆说:"去个人,站到木桥上,走!"

德安说:"都过去吧!"

"我在这里站着。"小伍说,"差不多了我再跑过去,来得及。"目测祭坛距离平台边只有二十来米,全力冲刺的话,他可以在最后一刻扑上木桥。

周洛阳的支配者说:"尽快通过,我怀疑这里有致命机关。"

木桥降下,杜景回头说:"差不多了!别让它降到底!"

"我知道!"小伍说,"走了!"

小伍刚走出一步,就在那一刻,湿婆高举的四只手臂瞬间从高处呼啸而下!速度实在太快,小伍躲闪不及,被重逾千斤的石像巨手砸在了底下!顿时一声闷响,血肉四溅,染红了整个祭坛!

昆狂喊一声,周洛阳脑中一阵空白,所有人都惊呆了。

杜景最快反应过来，吼道："走！"

木桥再次缓缓升起，目睹这一切的人都几乎要疯了，杜景再次喝道："走啊！"

杜景拖着周洛阳的手，把他拖上了木桥。接着反应过来的是陆仲宇，他抱着阮松冲上了木桥。

"不！"德安近乎歇斯底里地喊道。

"快走！"陆仲宇道，"来不及了！"

德安与昆最后冲过了木桥。周洛阳发着抖，转头看向祭坛。杜景马上用手蒙住他的眼，让他强行别过头去。

"他还活着吗？"周洛阳发着抖，问道。

昆说："他死了！他就这么……被砸死了啊！"

杜景说："站在机关上不会出事，死亡的到来是在离开机关的一瞬间，湿婆的四只石手封住了机关石砖外的去路。"

"你到底……"昆发着抖说，"你是不是怪物？这个时候还在想机关的事！"

周洛阳几次想看，却都被杜景阻止了。

"走。"杜景说。

周洛阳说："你确定他真的死了？要回去看一眼吗？"

杜景镇定地说："回不去，确定。"

小伍所在的位置，鲜血沿着地面蔓延开去，渗入石砖内。

杜景拉着周洛阳的手腕，看了眼表：夜晚11点30分。

"很好。"洪侯说，"这是第二个也是最后一个安全屋。"

他们抵达了第二个休息点，这里没有吃的，也没有水。众人筋疲力尽。

"你们可以在这里休息两个小时。"洪侯说，"顺便给耳机充上电，和上一个房间一样。不过我要提醒你们……"

"滚！"昆仿佛崩溃了，朝房间四处吼道，"我去你的！"

众人已摘下耳机，不住喘气。

"下一关才是最精彩的。"洪侯说，"无论你们这一路上闯过了多少难关，下一关里，都千万记得保护好自己。"

德安说："我不知道人居然能……有这么多血……"

德安与昆亲眼看到那一幕，现在既渴又困，神经高度紧张，精神濒临崩溃。德安勉强坐下，发疯般地喘气，昆则坐立不安，四处走动。

杜景拉了张椅子坐下，看了周洛阳一眼。

陆仲宇检查阮松的伤势，他一路上既抱又背，消耗了太多体力。

"下一关会是什么？"陆仲宇说，"地图呢？"

"也许是最后一关了。"周洛阳说，"最后一关，如果我没猜错，一定会出现第三位主神，印度教里的最高神。"

湿婆、毗湿奴都已出现，周洛阳几乎可以确认，等待在最后一关的，是那位创造世界的至高神、创生之主——梵天。

陆仲宇稍稍躬身，沉声道："就像预选赛一样，我猜最后那关是让咱们自相残杀。"

"是的。"杜景说。

"还有水吗？"德安问。

"没有了。"周洛阳答道，"全喝完了。"

昆终于坐了下来，开始自言自语，仍未脱离极度紧张的状态。毕竟亲眼看见小伍之死，对他们来说实在无法接受。

德安开始翻昆的包，翻出几个在毗湿奴神庙里摘下来的百香果。

"我要渴死了。"德安说，"我不管了，吃了要死我也吃。"

周洛阳正想制止他，但忽然想到，也许毗湿奴神庙里放置的百香果本就是为他们提供的补给，毕竟不一定每个人都会选择到那里去。

陆仲宇说："给祭司吃点，他快撑不住了。"

"还有很多。"德安说。

昆看了众人一眼，眼里有着恐惧。周洛阳尝试安慰他，说："好了，没事了。"

德安将百香果递给陆仲宇，陆仲宇用手掌拍开，喂给阮松。

"你们也来点吗？"德安说，又把百香果递给杜景。

杜景说："不了。"他望向周洛阳腕上的表，现在是夜晚 11 点 55 分。

众人安静片刻，稍做休整后，陆仲宇说："想想最后一关要求互杀的话，得怎么办。"

杜景看了眼周洛阳。

11 点 59 分 59 秒，12 点。

时间回溯，周洛阳第四次回到了前一天。

这一次，他们以更快的速度闯到了第一个安全屋。

"水没有补给。"杜景摇了一下瓶子，说，"在这里待得越久，接下来就越容易渴。我建议继续往前探索，先找水源。"

"我同意。"陆仲宇道。

大家都没有意见，于是他们只在第一个安全屋中休息了半小时。

"我建议你们还是休息够了再出发。"洪侯阴森森地说。

周洛阳道："我们没有破坏规则，对不对？"

洪侯没有再吭声了。

他们顺利通过横梁跷跷板，进入通道。这次，在杜景的刻意安排之下，阮松的前面是陆仲宇，后面是周洛阳。这下他逃不掉了。当阮松要独自一人爬向岔路的另一边时，周洛阳马上扣住他的脚踝，把他直接拖了回来。

"想去哪儿？"周洛阳说。

周洛阳并不是要阻止阮松去送死，只是他一旦被切断腿，丧失行动力，陆仲宇就会要救他并带着他走，徒增负担。

抵达毗湿奴神庙后，杜景对阮松进行了暴力拷问。

"不要又打他！"昆忍无可忍，他向来是文明人，对杜景的暴力行为简直无法忍受。

"告诉我们，"杜景说，"出口上的字是什么意思。"

阮松这次没有嘴硬，说出了高棉文字的秘密，也许与前一次受伤时相比，心境已有不同。

"这不是个好主意。"周洛阳再一次面临危机四伏的铡刀通道。

杜景说："我保证，不会再让你碰到这种难题了。"

有惊无险地通过铡刀机关，周洛阳手捧黑皮本打着节拍，耳机里忽然传来支配者的声音："只要你想，你完全可以在这个时候让他们全部被斩成两段。"

周洛阳没有回答，回答了对方也听不见，但支配者不停地说话，很让他分心。

支配者又说："你不想要最后的奖赏吗？是了，你想尽力救出所有的人。但是我不得不提醒你，你把这个比赛想得太简单了。"

周洛阳被干扰了，杜景却接过了黑皮本，打起节拍。最终，所有人都顺利通过。

他们再一次抵达湿婆神庙，站在那可怖的四只巨手前。

"我来吧。"小伍说，"每次都是你俩。"

"不。"杜景说，"换个方式。"

杜景背着手走近祭坛，伸出一脚，稳稳地踩在石砖上，施加了半个他的重量。接着，他望向周洛阳。周洛阳忽然明白了！他怎么就想不到这个办法？

杜景朝他伸出手，做了个"请"的手势。周洛阳释然，走了过去。

"不。"陆仲宇说，"这里一定有危险。"

他看懂了，说："如果有危险，你俩应当至少能有一个活着出去。"

"我们不在乎。"周洛阳笑了笑。

"嗯。"杜景漫不经心地说,"不在乎。"

"可我在乎。"陆仲宇道,"接下来会发生什么?为什么这一路上我总感觉你们似乎什么都知道?算了,不管怎么样,我来替他。我是雇佣兵队长,你是我的战友,这样很公平。"

杜景没有坚持,看了周洛阳一眼,点了点头。

周洛阳说:"其他人跟我来,咱们走。"

周洛阳把其他人带到平台边缘,陆仲宇也背着手一脚踩上石砖。他与杜景对视,身形纹丝不动。

"不要紧张。"杜景说,"也别走,谁先动,两个人一起死。"

陆仲宇笑了一声,道:"其实我挺羡慕你们的,愿意同生共死。"

杜景道:"这是保镖的职业道德。"

木桥降下,杜景说:"你们先过去。"

周洛阳带着其他人通过木桥,杜景又道:"你发指令,我们就撤。"

周洛阳:"一、二、三,撤!"

一瞬间,杜景与陆仲宇同时抽身,湿婆的四只巨手以迅雷不及掩耳之势砸了下来。而陆仲宇与杜景默契地朝远离石砖的方向就地翻滚,有惊无险地躲开了巨手!

果然与上一次小伍死之后杜景所推测的一模一样:站在石砖上不会有危险,而一旦他们离开地砖,机关弹回,湿婆的四只手就会同时砸下,发动夺命一击。

陆仲宇抬头,看着先前自己所站的区域,眼中满是震惊。

杜景把他拉了起来,喊道:"快走!"

机会稍纵即逝,机关已经无法再触发,木桥升上去之后不可能再降下来了。

杜景冲上了木桥。陆仲宇往空中一扑,上半身攀住木桥边缘,下半身悬空。杜景回身伸手,把陆仲宇拖上了桥。

周洛阳捏了把汗,昆喊道:"当心被夹住!"

木桥距离天花板已不到两米,杜景纵身一跃,落到到达平台上,紧接着,陆仲宇也跳了下来。

全员再次平安通过。先是通道内的铡刀机关,再是湿婆夺命之击,所有人都满身汗水,几近虚脱。

抵达安全屋后,洪侯一反常态,没有给出任何评价,支配者们也出乎意料地保持了沉默。

"你们可以在这里休息两个小时。"洪侯说。

众人纷纷摘下耳机。

"喝水吧。"周洛阳说,"现在可以喝了。"

"还有多久?"昆已经失去了耐心,朝阮松说,"地图拿出来看一下。"

"快抵达最后一关了。"周洛阳说。

"吃点东西,补充体力。"陆仲宇说。

他们分了百香果,杜景嗅了一下,说:"最好不要吃,我怕里面有迷幻剂。"

周洛阳看了眼时间,临近午夜12点,凡赛提之眼已经回到了杜景的手腕上,两人对视。

"睡会儿。"杜景说。

安全屋里亮着刺眼的白炽灯,周洛阳睡不着。

"最后一关还是自相残杀?"小伍说。

"不知道,也许吧。"昆说,"我觉得要没有他俩,我多半闯不过两关就死了。"

昆说的"他俩"明显指的是杜景与周洛阳。

"你们到底是做什么的?"小伍说,"也太厉害了。"

杜景手指在桌上轻轻敲了敲,道:"来救你们的。"

阮松的脸色瞬间变了,喃喃道:"怪不得。"

周洛阳使了个眼色,提醒杜景阮松还在场!现在说出身份,就不怕被洪侯听见吗?或者……杜景还安排了第四次时间回溯?

安全屋内,大家一听杜景亲口确认,犹如听见了希望。

"什么都别说。"杜景说,"等待,耐心等待,听我的安排。"

午夜12点,凡赛提之眼指针重合,四周瞬间一片漆黑。

不会吧!周洛阳只想说,又来一次?!但他忽然发现杜景手腕上凡赛提之眼的荧光水滴还亮着,自己也没有回到酒店房间的床上,而且还保持着坐姿!这是怎么回事?

紧接着,陆仲宇在黑暗里说:"停电了?"

"时间到了么?"小伍茫然道。

没有回溯!周洛阳猛地站起身,险些撞翻了椅子。杜景却道:"先坐着,不要惊慌。"

昆说:"时间还没到,咱们只休息了一个小时二十分钟。"

"停电了。"德安说,"发生了什么事?"

杜景说:"我的同事开始行动了。小伍,打开你的手电筒。"

小伍震惊了:"你知道……"

周洛阳瞬间明白,黄霆在外头采取行动了!

小伍亮起手电筒,陆仲宇说:"还有最后一关,我们唯一的办法就是从那里出去。"

"是的。"杜景说,"外头会尽量给咱们争取时间,至少有一个小时。不要惊慌,走吧。"

杜景推开门,外面一片寂静。周洛阳抬头,只见所有监控摄像头的绿灯全灭了。

"不要妄想做什么。"周洛阳对阮松说,"别忘了,我还有一件关键道具,如果发现你有任何轻举妄动,我会第一时间杀了你。"

所有人带进来的道具都用过了,唯独周洛阳的没有。他们都参加过预选赛,一听就明白——他有一把枪。这把枪是决定最后谁活下来、谁死的关键。

阮松说:"你们很厉害,连洪侯都敢算计。"

"我不仅要算计他,还要杀了他。"杜景轻描淡写地说。

众人抵达最后一座神庙,面前顿时大亮,但这座神庙里同样没有电,光亮来自中央的火盆。火盆后,则是四面八手、持着法器的创生之神——梵天,梵天两侧摆放着印度万神殿的金箔神像。

"现在是真正的密室逃生了。"杜景戴上墨镜,审视着周围。

"我们也不知道这里会有什么机关,得尽快通过。"周洛阳说,"我想也许前面有部电梯,给赢家离开用的,咱们可以顺着电梯检修口离开。"

陆仲宇说:"外头只要一停电,铁定会派人进来查看。"

"是。"杜景说,"所以尽快。"

"机关和预选赛是一样的。"德安推了推金箔神像,发现可以滑动。

周洛阳站在梵天面前,面朝这创生之神,双手合十,闭上双眼,开始祈祷。

"你做什么?"阮松说。

"希望得到梵天大神、万物之主的保佑。"周洛阳说。

"不会有用的。"阮松说。

"试试。"陆仲宇说,"推动小神像。"

大家都玩过这一关,于是开始推动金箔神像,让它们在墙上投下影子。

周洛阳环顾四周,说:"我听见机关声了。"

数尊神像最后形成了一个"活人献祭"的投影,而众多神像环绕的中央祭坛上出现了一个小孔。

然而下一刻,远处传来脚步声——有工作人员前来查看了!

小伍打着手电筒,朝祭坛的小孔内部看。

"水，"周洛阳说，"需要足够的水来开机关。还记得预选赛里湿婆背后的钥匙不？"

可是他们已经没有足够的水了，昆说："要不回去用玻璃瓶再舀点？"

"来不及了。"杜景说，"外头有人，冲着咱们来的。"

"这里要死一个人，用血来打开机关。"阮松说，"就看谁愿意了。"

听见门外传来拉动枪械保险栓的声音，杜景比了个"嘘"的手势，众人沉默不语。

"再不决定，咱们都要死在这里。"阮松说。

周洛阳掏出素普的口红枪，递给杜景。

一分钟后。

两名蒙着面的雇佣兵各持手枪，缓慢步入梵天神庙，但眨眼间，门后杜景与陆仲宇一左一右蹿出，各扑向一人。杜景先是将对方绞住，再掀得他撞在墙上；陆仲宇却没能制服另一人，被他挣脱，那人侧肘撞中杜景的腰！

突然枪声大作，子弹四处飞射。周洛阳与其他人藏身于神像后，听见震耳欲聋的枪响声里还有两道消音枪的声音。陆仲宇抢到口红枪，将两名雇佣兵击毙。

更多的人在走廊里开枪，周洛阳探头查看情况，杜景喝道："别出来！"

杜景与陆仲宇捡起两名雇佣兵的手枪，藏身于门后。枪声停的一瞬，两人同时现身，朝外"砰砰"连开数枪，外头传来惨叫。枪声再响，杜景与陆仲宇则躲回神庙门后，调整手中枪支的弹匣。

周洛阳背靠梵天神像，不住喘气，其余人抱着头，各自找地方躲藏。

"枪法不错。"杜景说，"联合国教的？"

"你也不错。"陆仲宇冷漠地说，"NBA学的？"

外头枪声停下，脚步声逼近，杜景与陆仲宇又同时从门后现身，"砰砰"数枪，门外霎时人仰马翻。

周洛阳又探头看了看，杜景在门后换着弹匣，漫不经心地瞥了他一眼。

"当心点。"周洛阳说，"把防弹衣穿上。"

陆仲宇正在上子弹，见状说道："怎么不关心关心我？我也在干活。"

周洛阳终于猜到了陆仲宇的身份，这家伙一定就是黄霆口中那个从未出现的维和部队退伍的同事！只是他为什么来这里仍是个谜团。

"你是个骗子。"周洛阳冷漠地说。

陆仲宇还想再调戏周洛阳几句，杜景却把枪抵在陆仲宇的额头上。

"干活。"杜景说。

陆仲宇只得不再招惹周洛阳，杜景便收起枪。两人再次从门后现身，走廊里来的第三批人也在他们神乎其技的枪法之下被击毙。

走廊里已没有声音了。众人松了口气，纷纷从躲藏的地方出来。陆仲宇将几具尸体拖进神庙，全是被他与杜景一枪爆喉的。

"防弹衣脱了给他们穿上。"杜景对陆仲宇说，"待会儿搞不好还有枪战。"

其余人换上防弹衣，再看杜景与陆仲宇时，眼神已有不同。

"你……"阮松喃喃道。

陆仲宇没有与阮松说话，只时刻监视着门外的动静。杜景给周洛阳换上防弹衣，周洛阳道："你自己也穿上。"

众人准备完毕后，小伍与德安将一具尸体抬到祭坛上。

"够了。"周洛阳拉下尸体的面罩，见是名越南人。杜景又把他的面罩拉起，蒙住了他的头。

"退开点。"杜景说完，将枪抵在尸体的腹部，一枪打穿。血液在祭坛上蔓延，流淌进小孔。

"感谢梵天大神的庇佑。"周洛阳再次站在梵天面前，又对阮松说，"你看，还是有用的，不是么？我们全部活着通关了。"

回想整个过程，他依稀明白了洪侯的设计与布置——如果没有意外，最终活着到此处的应当是他与杜景。但要开启这最后的机关，他俩必须死一个，让血液流淌进祭坛中，剩下的那个才能活着出去。

轰然声响，出口被打开。与此同时，角落里降下一个斜台，斜台上是一个打开的手提箱，里面码着满满的美金，至少有五十万。

"你不是缺钱么？"陆仲宇对阮松说，"带走吧。"

阮松看着那笔钱，半晌没有作声。

杜景整理好枪支，给每个人配了一把，说道："走。"

周洛阳没有看那笔钱，快步跟着出去，紧接着，其他人也走了，只剩下陆仲宇和阮松两人。陆仲宇懒懒地将冲锋枪扛在肩上，看着阮松，又用枪口戳了戳他，示意他尽快决定。

"我……我是想你活着出来，"阮松说，"我才主动向洪侯报名参赛。"

"我知道。"陆仲宇说，"所以我没有杀你，不是么？你良知未泯。"

阮松说："我本想，如果我死在里面，你能活着出去……带着这些钱，给我的妻儿……"

陆仲宇打断道："你确定要在这儿婆婆妈妈地废话？想拿就拿，不想拿就走，别拖累大伙儿。"

阮松点点头,没有再说什么,走过去合上手提箱。

陆仲宇说:"自己拿好。人为财死,鸟为食亡,我可不帮你提这箱子。"

杜景带着周洛阳走出隧道,看见几扇门,全是密码控制的。

"密室逃生。"杜景说,"这才是重头戏。"

"走不了。"周洛阳说,"换个地方。"

铁铸的大门厚重严实,不可能被暴力破解,杜景便快步走向走廊的另一头。

"这是个配电箱。"小伍打开旁边的一扇小门,说道。

"这里有通风口。"昆说,"但打不开。"

陆仲宇扔去瑞士军刀,昆接过,飞快下了螺丝。

陆仲宇道:"我先进去,你们跟上,以防再有人来……"

忽然,杜景那边传来几声枪响。周洛阳道:"他们来的方向说不定有路……"

"太危险了。"杜景说,"不能有闪失。"

陆仲宇先爬进通风口,接着众人依次进去。

德安说:"当心机关。"

"停电了,有机关也用不了。"杜景说。

陆仲宇说:"你同事那边还能坚持多久?"

杜景说:"不知道,只答应了至少一小时,咱们还有四十五分钟。"

话音未落,陆仲宇用冲锋枪抵着通风管道下壁一顿扫射,管道被打穿,他飞身跃下。

"这又是什么地方?"周洛阳出了管道,看见一尊蛇神像,底下是黑乎乎的水塘。

陆仲宇嘴里衔着手电筒,往水里照去。杜景朝黑暗里开了几枪,枪声震耳欲聋。不一会儿,水面上翻出了几只庞然大物。

"鳄鱼。"德安颤声道,"这应该是没用上的关卡。"

"不。"周洛阳说,"我猜这是另一个第二关,密室的某条支线。"

"我要喝水。"阮松说。

"游过去。"陆仲宇说,"可以喝个够了。"

"这水不干净。"周洛阳脱下衬衣,涉水到了岸边。杜景又往水里开了一枪,又击毙一只鳄鱼。

昆说:"杀保护动物要罚款的。"

"这里没有动物保护人士吧。"陆仲宇说。

第九章 前路

　　周洛阳猜对了。杜景踹开一扇门,看见里头又是一个设计精密的关卡——一个足有二十米高的空间,空中有许多轨道,上面还有个近一吨重的水泥球,但在这停电的时刻,所有机关都停止了运转。

　　杜景回身,比了个"嘘"的手势,因为底下有雇佣兵在用探照手电筒到处照。一分钟后,杜景与陆仲宇跃下地面,解决了巡逻队。其余人顺着轨道快步下来。

　　小伍正在研究手枪,周洛阳说:"当心走火。"

　　杜景再开门,进入下一关。这一关里到处都是神龛,神龛前点着无数长明灯,犹如一个圣域。周洛阳感觉十分诡异,仿佛闯进了游戏开发者制作的隐藏关卡中,但他们已不关心关卡的内容是什么了。小伍找到螺旋楼梯,他们沿着楼梯上去。

　　"是条地道。"小伍躬身道。

　　"让我们到前面去。"周洛阳说,"雇佣兵队长殿后。"众人于是在一米余高的地道里互换位置。

　　抵达地道出口后,小伍望着头顶,说:"螺丝起子给我。我的手太大,伸不出去。"

　　德安也伸出一只手,探出栅栏,与小伍的手指配合,拧开头顶栅栏挡板的螺丝,然后推开。

他们进入了一个宽大的密室。

"这里有扇门。"阮松说,"但上锁了。"杜景过去开了一枪,踹开了门,回到了他们最开始待的牢房密室里。

"回来了。"杜景说。

"头顶有条斜坡通道。"周洛阳说,"通道连着下来的电梯。"

"嗯。"杜景考虑了一会儿,说,"可以从那里出去。"

"万一有杀手滑下来可不得了。"陆仲宇说,"要试试看么?一起走还是我们各带一队分头走?"

"一起走吧。"杜景说,"到地面上再分头。"

"行。"陆仲宇说。

摔进牢房的通道在三米高处,四周无法借力,他们将所有的海绵垫叠在一起,爬了上去,才勉强能抓住通道底部。于是杜景踩着下面人的肩膀先上去,再在上面拉人,大伙儿依次进了通道。

"几点了?"陆仲宇之前离开牢房去转了一圈,这时问道。

"时间差不多了。"杜景在通道里说。

陆仲宇道:"我找到他们的来处了,就在横梁密室的最底下,那里有扇小门,能让工作人员进来收尸。他们把绳子系在横梁上,爬了上来,被我收拾了三个。"

"尽快。"杜景说。

地面很滑,他们两手按在地上快速前进,抵达了电梯井的入口。

"这才是正儿八经的密室逃生。"周洛阳说。

"嗯。"杜景钻进电梯井,抬头望,找到了检修电梯的攀爬梯,"待会儿有空么?一起去金边吃个早饭?"

"我现在唯一的愿望就是洗个澡。"周洛阳说。

杜景先上,其余人排好队,沿着攀爬梯来到出口。

"电力恢复了。"周洛阳看到四周的仪表亮了起来,说道,"千万小心。"

外面传来嘈杂的人声,杜景说:"你抱着我。雇佣兵队长,军刀给我!"

周洛阳站在梯子上,伸手揽住杜景的腰。陆仲宇将瑞士军刀扔了上来。杜景空出两手,用瑞士军刀把电梯门撬开一条缝,然后将手枪抵在缝里,连开数枪。

硝烟弥漫,杜景彻底扒开电梯门,飞跃上去,门口的血泊中倒着两名守卫——他们回到了被观光车送进来后乘坐的第一部电梯前。

洪侯在如此隐蔽的地方做了个真人大逃杀的密室,自然让外面的人难以找到,却也给自己留下了麻烦，因为一旦密室中出事，监控设备失效，他们就极难找到脱逃的玩家。

杜景说："别急着走，先原地整备。"

周洛阳去搜那守卫的身，又搜出了两把冲锋枪。

"进来前我就奇怪，"德安说，"柬埔寨我不是没来过，怎么还有这种地方？"

"一个地底矿洞。"陆仲宇把多余的枪递了一把给杜景，另一把自己背在背上。现在只有他俩能输出，必须检查枪械，做好万全准备。他接着说道："后来废弃了，成为红色高棉的据点，最后被KCR收购，在上面建了赌场。"

"你到底为什么来这里？"阮松问。

陆仲宇说："为我的战友报仇。"

"很符合你的人设。"周洛阳说。

"成功了？"杜景沉声问。

"没有。"陆仲宇脸色如常，"但快了。"

杜景说："走。"

陆仲宇打头，说道："你们跟在后面！跟紧点！"说着快步跑进了观光车隧道，紧接着是杜景，然后其余的人也跟随他们奔进了隧道。

远方传来观光车运行的声响，杜景与陆仲宇迅速闪身进了两侧的岔道，在观光车经过时同时扫射。

杜景喝道："避开！"众人闪到两边，只见观光车拖着上面坐满的雇佣兵的血迹呼啸着开进了黑暗中。

杜景不为所动，与陆仲宇调换位置，沿着隧道继续向前跑去。周洛阳体力尚好，却知道其他人已经快跑不动了，全靠意志撑着。片刻后又来了一辆观光车，上面载满了雇佣兵，杜景与陆仲宇用同样的手法解决了敌人。

最后，他们跑进了一个巨大的水泥车库里，七人站在车库前，车库门紧闭着。杜景三枪打碎了悬挂在水泥天花板上的简陋灯泡，再连着数枪打爆了所有的监控，弹无虚发。

"最后一关。"杜景沉声道，"躲到柱子后面去，当心流弹。"

周洛阳藏身于柱后，朝外看了一眼，只见车库大门缓慢开启，驶进来一辆小卡车，不少本地人持枪从车上跳了下来。

枪战开始了，周洛阳手里拿着枪，却根本没有开枪的机会。流弹横飞，激出烟尘，黑暗里杜景与陆仲宇沉着应对，仿佛这种枪战对他们来说根本不值一提。专业的就是不一样……周洛阳心想。

五分钟后,满地尸体,杜景又补了一枪,将正在倒车的驾驶室内的司机打得鲜血飞溅。

"出不去!"陆仲宇说,"外头有火力压制。"

周洛阳说:"侧面有扇通风窗!"

杜景二话不说,朝周洛阳跑了过来。周洛阳两手搭着,杜景踩上他的手臂,飞身跃起,一手扒下通风窗的挡板,爬了出去。

"安全。"杜景说,"把车开过来。"

昆拖下驾驶座上的尸体,把小卡车开了过来,众人接连爬出通风窗。

离开车库的瞬间,周洛阳踏进了花园里,外头一片黑暗,天空繁星闪烁。他从来没有像当下一般觉得自然如此美妙。清新的空气,花园内泥土的芬芳,以及天际闪烁的银河,梵天所创造的这个世界正温柔地注视着他。

突然,一枚火箭炮从花园外呼啸而起,飞过他们头顶,撞向洪侯的巨大豪宅,发出震耳欲聋的爆炸声响!

玻璃被震碎,气浪席卷而来,杜景马上抱着周洛阳,以肩背护住他的头。周洛阳拉起杜景的手腕,看了眼凡赛提之眼——凌晨4点半。

"走!"杜景拉起周洛阳,往火箭炮射来的反方向跑去。

陆仲宇吼道:"前线在交火!往后方退!所有人跟紧我们!"

他们冲过花园,杜景飞跃而起,侧身一撞,撞破了大宅的玻璃,里头传来惊慌失措的叫喊。这是大赌场的厨房,只剩几个本地人,保镖们全都被派了出去。

"黄霆带来了多少人?"周洛阳问。

"不知道!"杜景说,"里头还有我们的人!"

"走这边!"陆仲宇跑出厨房,说道。

"这边。"杜景拉着周洛阳,面朝另一个方向。

陆仲宇道:"分头?"

杜景一时拿不定主意了。

陆仲宇说:"跟他们走。"

"你要去哪儿?"周洛阳说,"别在这儿死了。"

他们正迟疑时,又有人冲了进来。周洛阳一见那人,便马上喊道:"黄霆!"

黄霆看了他们一眼,说:"他们火力太强了,压制不住,你们得尽快从这里出去,外头有人接应。"

紧接着,保镖在走廊里出现了。周洛阳道:"快回去!"杜景丝毫不惧,也不躲避子弹,四枪点射,顿时将保镖击翻在地。更多保镖冲了过来,众人开始躲避,黄霆持枪回击，一片混乱中，杜景说："谁还有枪？没子弹了！"

周洛阳把最后一把枪递给杜景，陆仲宇忽然对黄霆道："陛下，还记得大明湖畔的夏雨荷么？"

周洛阳："……"

黄霆大声回道："记得！"

黄霆扔给陆仲宇一把枪，陆仲宇换了枪，开始扫射，边扫边退。

"接头暗号啊！"陆仲宇对周洛阳说。

"别解释了！"杜景见保镖实在太多，怎么都解决不完，烦躁地说。

黄霆道："你们带平民先走！我们俩殿后！"

"你们来了几个人？"周洛阳说。

"自己人里就我和他助理两个！"黄霆说。

周洛阳："……"

"还有一队本地人，和洪侯有仇的！"黄霆说，"他们分不清人，你们当心点！"

杜景道："跟我走！"

杜景带着剩下的人往前跑，阮松忽然道："可以从山上出去，往东面走。"

杜景看了阮松一眼，阮松说："我也想离开！我不会骗你们！"

走廊尽头，杜景一脚踹开门，周洛阳发现这儿居然是洪侯的办公室。

两名保镖正在办公室中值班，面朝窗外。杜景趁着两人还没回头，直接点射两枪，保镖一下子从窗口摔了下去。

小伍探出头去看了一眼，说："窗外有消防梯，可以通到天台，再从天台另一边下去，就到山上了。"

外头传来脚步声和枪声，周洛阳关上门，杜景拉开周洛阳，朝门板开枪，却只有咔嚓声。

"没子弹了。"杜景说。

周洛阳抽出武士刀，扔给杜景。杜景说："你们先走。弓箭拿着。"

周洛阳取下墙上的弓箭，挎在背后。

"千万小心。"周洛阳说。

洪侯独自前来，杜景持武士刀守在窗前。

"你竟然是一名雇佣兵。"洪侯沉声道，"真是失敬了。"

杜景说："不是。"

洪侯说："我搜寻了我记忆中所有的人，也没想到你这么一号。毕竟脸上带着

这么明显的伤疤，又有这样的身手，你应该早就出名了。"说毕，他走到办公桌一侧，抽出了另一把武士刀。

杜景右手持刀，听见天台上传来的对话声，知道他们已经上去了，便离开窗前，走到办公桌的另一侧。

洪侯右手运刀，画了几个圈，杜景同时运刀，刀刃飞舞，银光闪烁，隐隐带着"呼呼"的破空之声。只是杜景的刀势较之洪侯的要更生涩些。

"你不是我的对手。"洪侯说，"没认真学过？"

杜景谦虚地说："我就这么点岁数，总不可能样样精通，毕竟时间有限。"

洪侯说："所以现在拖延时间是为了让其他人逃脱，在密室里总是同生共死，怎么现在又不愿意一起面对死亡了？"

杜景没有回答，沉默地观察着洪侯的动作。

"那就如你所愿。"洪侯变换动作，双手持刀，朝杜景扑来！

杜景侧身，手腕翻转，干净利落地格挡住洪侯抹向他咽喉的一刀！冷兵器并非他所擅长，武士刀课程在他学习期间也教授得不多，杜景不得不用尽全力来观察洪侯肩膀和手臂的动作，不敢再说话。

只见洪侯抖开漫天刀影，杜景改用两手持刀，不住格挡、化解！洪侯个子不高，动作极其敏捷，杜景始终在防守，等待他露出破绽的一刻。高手对决，全力施为，武士刀碰撞的声响不绝于耳。

突然，洪侯一声暴喝，长刀劈下，将办公桌砍成了两半！杜景终于等到这一刻，趁着洪侯落刀的一刹那，一步错身，侧肩，横刀，顺着洪侯的刀刃斜挑上去，如行云流水！洪侯马上翻转刀刃，采取两败俱伤的应对方法，一刀斩向杜景的右臂。

两人各受一刀，鲜血飞溅！杜景右臂喷出血液，洪侯左胸则被划得鲜血淋漓！

杜景不顾自己受伤，又挥一刀。洪侯发出惨叫，持刀的手指被斩了下来，武士刀顿时落地！杜景改用左手持刀，一刀抵向洪侯的咽喉。突然，洪侯左手亮出手枪，指向杜景。

千钧一发之际，一箭破空而来，射穿了洪侯的手臂。洪侯尚未扣动扳机，手已被箭钉在了书架上！

杜景转头看了周洛阳一眼。周洛阳弯弓搭箭，第二箭上弦。

洪侯面目扭曲地笑了起来，说："果然还是回来了。"

周洛阳果断地再射出一箭，第二箭射中洪侯的脚踝，洪侯一个踉跄，跪倒在杜景身前，手依旧被钉在书架上。

"怎么样？"周洛阳说，"好几年没放箭了，还行吧？"

"徒弟总比师父练得好,这叫青出于蓝而胜于蓝。"杜景躬身捡起枪,对周洛阳说。

黄霆与陆仲宇从走廊推门进来,"人质呢?"黄霆皱眉问道,"你们就不管了?"

"到山上去了。"周洛阳说。

陆仲宇看了眼周洛阳手上的弓箭,再看向洪侯与地上的血迹。

"可以啊。"陆仲宇说,"走吧。"

"不管了?"周洛阳问。

四人围着洪侯,杜景说:"这里的藏品你要吗?拿点回去做纪念?"

周洛阳并不想要,说道:"走吧。"只要能活着,就是最好的结果了。

洪侯发出诡异的笑声,说:"算了,我认输,下一次别再来了。"

陆仲宇看着他,什么也没有说。

四人顺着办公室外的消防梯出去,这是洪侯给自己留的一条逃生通道,哪怕家大业大,也怕出意外。先前他正是因为大宅被围攻而回到办公室,希望从这条路出逃。

上了天台,周洛阳发现了一道滑索,滑索通往对面山体的山腰处。杜景让周洛阳抱着他的脖颈,他自己则一只手搂着周洛阳的腰,另一只手将金属扣扣上滑索,飞身而去。

黄霆、陆仲宇接连滑下,离开大宅区域。在半空中时,周洛阳回头看了一眼,只见那赌场四面的山头上都停有数辆卡车,正不住地朝豪宅发射RPG飞弹。

山腰上,庄力开了一辆车,说道:"我让他们先走,他们说要等你俩。"

车外,救出来的人质们都等待着。太阳升起来了,照着柬埔寨的群山。

"里头会不会还有人质?"黄霆问。

"都死了。"陆仲宇说,"带回来以后,他们觉得没用的人就会在医院里处理掉,这是最后的几个。RPG给我。"

庄力迟疑片刻,看了眼杜景。杜景吩咐道:"给他。"

"你们从哪儿找的这么多人?"小伍问,"都是咱们中国人吗?"

"不是。"黄霆说,"洪侯之前背叛红色高棉,出卖了不少他的战友才得到了现在的资本。这群人还在柬埔寨,一直想找他报仇。"

陆仲宇对杜景说:"我帮他搭的线。"

阮松沉默不语,躲在最后面。周洛阳望向远处前来攻击洪侯大宅的雇佣兵们。陆仲宇咬着弹,装上RPG,瞄准大宅一侧的办公室。

"万神保佑你。"陆仲宇沉声说完,扣动了扳机。

RPG飞弹呼啸而去,命中洪侯的书房。周洛阳心道:早知道还真该拿几件文物出来。

书房内,四面玻璃随着烈火爆碎、飞溅,置身其中的洪侯终于葬身火海。

陆仲宇收起 RPG,看也不看大宅一眼,上了副驾驶座。庄力发动车子,众人纷纷上车,车子沿着山路飞驰而去。

四个小时后,金边市的午餐集市上,黄霆给每个人点了一碗火车头。

"我得走了。"阮松紧张地说,"我不吃,谢谢你们。"

"去哪儿?"陆仲宇正色道,又随意地看了杜景与周洛阳一眼。

"太辣了。"杜景说,"别吃到泰椒。"

周洛阳把泰椒挑出来,又把果汁递给杜景。

"我……"阮松起身,说道,"回家。"他依旧提着那箱子,此时箱子却被陆仲宇与杜景同时按住。

杜景说:"这么急着走,不聊聊吗?"

阮松深吸一口气,说:"钱你们想要吗?可以分给你们,分成七份……不,九份。"

"我不要。"周洛阳说,"你留着吧。"

阮松说:"那我……"

就在这时,两名便衣警察走了过来。黄霆抬头打了个招呼,陆仲宇用英文跟他们聊了几句,对方便拿出手铐,铐住了阮松。

"东西我替你保管,会送到你老婆和小孩手上。"陆仲宇说,"你回去受审吧。"

阮松顿时睁大双眼,怔怔地看着陆仲宇:"你……"

黄霆说:"跟他们走,一人做事一人当,这点胆量我想你还是有的。"

阮松想挣扎,却已被铐住了手,何况就算他转身就跑,也无处可去。那两名便衣警察朝众人出示了国际刑警的证件,杜景便点了点头,让他们走了。阮松被押上车,然后车开走了。

周洛阳说:"他会被判多少年?"

"死刑吧。"陆仲宇说,"挺严重的。"

黄霆答道:"应该是死刑了。"

一问一答,两人的态度都很轻松,并未对阮松表现出任何惋惜。

小伍说:"所以费这么大力气把他带出来,就是为了判他个死刑?"

"不然呢?"陆仲宇说,"你觉得我该在密室里杀了他?他是该死,不过该怎么死,自有公道决定。人嘛,做什么事都要无愧于心,对不对?"说完,他看了杜景一眼。

杜景礼貌地问:"正义之神觉得,我要判几年?"

陆仲宇说:"我审判不了你。"

众人不再说话，考虑接下来的问题。昆欲言又止，黄霆却直接道："稍后我有安排。"

简单吃过午饭后，陆仲宇便起身，提起箱子，说："我还要去办点事。"

"去吧。"黄霆说，"我先带他们离开这儿。"

黄霆带着众人离开柬埔寨，前往泰国境内，因为担心被盘查，他们没有在金边坐飞机，而是由庄力开车，过关时出示特殊许可证。

昆、小伍与德安的护照都被搜走了，要找中国大使馆挂失。在车上时，黄霆给他们一人一个本子，说："你们是被谁骗到胡志明市的，都详细回忆、记录一下。回到北京以后，我们还要留档。"

深夜，众人抵达曼谷，黄霆用他的许可证在酒店开了房间。直到进入泰国境内，周洛阳才真正放松下来。

"就像一场梦。"周洛阳躺在酒店的大床上，说，"接下来一个月，一定会做噩梦的。"

"我刚开始执行任务时，"杜景说，"偶尔也会做噩梦，但很快就好了。"

"你们做了这么多心理建设，也会有创伤吗？"周洛阳洗过澡后出来，看着杜景。杜景正穿着浴袍坐在落地窗前吃巧克力，喝酒店提供的红酒。

"会有。"杜景说，"但每当噩梦进行到某个时候，你就会出现。"

周洛阳说："我记得你说过，你们会建立一个防御机制……"

杜景在逃离密室的过程中杀了很多人，每次开枪时，他冷酷得近乎杀人不眨眼。而周洛阳看在眼里非但没有惧怕，反而觉得他非常伟大。因为他每一次开枪都是为了保护他，保护他们。

"嗯，防御机制就是你。"杜景说，"喝一杯？"

"一点就行。"周洛阳说，"喝多了又要……算了。"

周洛阳坐在杜景身边，给自己倒了一点点酒。杜景要给他加一点，说："就喝这么点，你的酒量越来越差了。"

周洛阳用手挡着，说："不了，够了。你没有再回溯了吧？我可不想再经历一次。"

杜景扬了扬眉，没有说话。周洛阳看着落地窗外曼谷的夜景。从北京到香港，到胡志明市，到柬埔寨，再到曼谷，这一切就像一场波澜壮阔的梦。

"12点了。"杜景对周洛阳说。

时间千万年一如既往，缓缓流逝。

周洛阳开始觉得，不必再去经历惊心动魄的回溯才是幸福的。

周洛阳脸上带着微醉的红晕,侧头看着杜景:"你知道过铡刀机关的时候我在想什么吗?"

"想如果我死了,你怎么办。"杜景淡然答道,"或者想象我死在你面前的模样。"

"不。"周洛阳看着他脸上的伤痕,伤感地笑道,"都不是。"

杜景:"那是什么?"

周洛阳没有回答,足足沉默数分钟后,他喝完杯里的酒,起身道:"我睡了。"

"睡吧。"杜景道,"我再坐一会儿。"

翌日,周洛阳挂失并重新申办护照,在等待拿护照的这段时间里,周洛阳决定去朝拜曼谷市中心的梵天。

"这地方还有个名字。"周洛阳对杜景说,"你知道叫什么吗?"

"爱侣湾。"杜景答道。

他们拜过梵天像后,意外地碰到了陆仲宇。

陆仲宇戴着墨镜,穿着宽松的背心、短裤与球鞋。他也过来拜梵天,看见周洛阳与杜景时,朝他俩吹了声口哨。

杜景一手搭着周洛阳的肩膀,看陆仲宇朝梵天的四个面跪拜。之后陆仲宇道:"一起吃个饭、喝个茶什么的么?他们呢?"

周洛阳便发消息通知其他人。杜景的手机没了,他的手机非常特殊,必须重新定制,周洛阳则在曼谷买了部先凑合用着。

他们在一家酒吧外喝下午茶,彼此闲聊了几句。昆与德安都说了自己的真名,昆叫邵兴弘,德安叫蒋玉鹏。小伍则叫伍奉文。但对周洛阳来说,名字已经不那么重要了。

"回去以后你们还得接受一些调查。"陆仲宇解释道,"不知道黄霆说过没有。"

"知道的。"昆说,"会去做笔录。"

国内会追查那家密室以及洗钱案,但那是黄霆的事了。

"你不是刑警。"周洛阳说,"你和洪侯有什么仇?"

陆仲宇叹了口气,拿起冰咖啡喝了一口,想了想。

杜景看了眼手机,说:"我离开一下,有点事。"

周洛阳看见手机消息,是黄霆在找杜景,便点了点头。

"我在利比亚执勤的时候,有个关系很好的小兄弟。"陆仲宇说,"唔……也算同生共死吧。"

周洛阳不过是随口一问,意识到也许会勾起陆仲宇的伤心事,便道:"知道了。"

"不，不。"陆仲宇说，"本来也想告诉你们的，没什么，都过去了，还要谢谢大家替我报了这仇，否则全靠我自己，也不可能逃出密室。"

这倒是实话。

只听陆仲宇又说："他是越南人，有个女朋友。他比我先退役，说好等我退役，让我去西贡，一起做点小生意，开间咖啡店。后来他要结婚讨老婆，我是真的替他开心。"

周洛阳"嗯"了一声，陆仲宇摘下墨镜，看了他一眼。周洛阳心想：这家伙名字起得不错，气宇轩昂的，很加好感度。

"后来他老婆被洪侯手下的人……"陆仲宇说，"算了，具体细节不说了。接着他去找人，却被关了起来，被送到暗网上当远程宠物。"

所有人都露出了震惊的表情。

"什么？"小伍说。

"你们不知道？"陆仲宇说，"咱们这场比赛是在暗网上转播的，洪侯开了一个俱乐部。比赛结束以后，获胜的、没死的都会被带到另一个密室里，慢慢地直播虐待，一直到死。"

周洛阳大致猜到了，其他人却是才知道这件事，这才开始后怕。

陆仲宇一笑，说："没事了，不用怕了。"

"你看到了？"德安说，"我听说过这种事情。"

陆仲宇答道："是，我看了全程。最后我的好兄弟，被……反正死了，死得很屈辱，而我是半年以后才知道这件事的。"

陆仲宇说得很轻松，也没具体描述，周洛阳却知道他对洪侯的仇恨是无法消除的，哪怕洪侯死了，这种恨也一定还在。

"这个俱乐部现在被端了。"周洛阳说，"洪侯死有余辜。"

"还有很多相似的交易，人口贩卖之类的。"陆仲宇说，"我决定有空就去查查，你们有线索也可以联系我。"

"祝你成功。"周洛阳说。

"Give me Five！"陆仲宇笑了起来，像个阳光的大男生，他抬起手，众人纷纷与他击掌。

数日后，周洛阳拿到临时身份证明，终于与他们一起坐上了回国的飞机。

"想家了？"杜景问周洛阳。

"很想很想。"周洛阳没有什么时候比现在更想回到中国境内了。

飞机在北京降落时，每个人都如释重负，大家在机场互相拥抱、告别，约定有空再聚。

"回去以后，给这个人打个电话。"杜景对小伍说，"他为了你，悬赏一千万让我们出动。"

"知道了。"小伍有点郁闷地说。

周洛阳则与黄霆站在一起，等待庄力开车过来。

黄霆说："我不跟你们走，得回分部报备一下。"

周洛阳说："事情解决了？"

"那家密室被查封了，老板被抓起来了。"黄霆说，"接下来是搜集证据阶段，到时也许还需要你和在越南的陈标锦当证人。"

周洛阳疑惑地看着黄霆，说："要我出庭，给我什么好处？"

黄霆严肃地说："小同志，匡扶正义，铲除恶势力，是天下大义，你要什么好处？"

周洛阳不过是开个玩笑，听了这话，哭笑不得地说："你对每个人都是这样的态度吗？林狄小姐联系了没有？女朋友有着落了吗？"

黄霆马上道："忘了，这几天就找她。"

"做人要有趣一点嘛。"周洛阳说。

黄霆说："江山易改，本性难移，我做不到嬉皮笑脸。"

周洛阳说："有趣不代表嬉皮笑脸，你看杜景也板着脸，他就很有趣，是不是？"

黄霆说："这要看人，说不定林小姐也觉得我很有趣呢。"

周洛阳打量黄霆，说："我看很难。"

"说到这个。"黄霆想了想，忽然道，"杜景的病情，你有什么看法？"

周洛阳："？"

杜景从上一次躁狂发作结束后就好转了不少，周洛阳不明白黄霆的意思，问："你有医生要介绍给我们么？"

"医生……没有。"黄霆说，"但我忽然想起一些事，你尝试过催眠疗法么？"

周洛阳知道杜景的双相情感障碍是遗传问题，大部分时候体现在生理上，心理疏导作为辅助治疗是有用的，但能不能单靠心理上的治疗来根治还很难说。

"没有。"周洛阳沉声道，"我不敢让他乱试。"

黄霆说："我知道……嗯……一种情况，或者说一位催眠师，确切地说，是一类催眠师，能通过梦境的演绎与催眠来治疗人的精神问题。"

周洛阳说："梦境？他们还能控制人做什么样的梦么？"

"不好说。"黄霆道，"过程很复杂，我也不清楚，但如果有机会，你想不想让杜景试一下？"

"可以。"周洛阳仔细想过以后，说，"如果有这个机会，我愿意让他尝试接受治疗，但具体的过程与风险，我要与那位催眠师面谈。"

"我也不清楚他现在的情况。"黄霆说，"过段时间如果碰上了，我去为你们安排。"

"谢谢。"周洛阳非常感激。

黄霆说："记得替我在林狄面前说几句好话。"

周洛阳哭笑不得。黄霆与他道别，下楼去坐地铁。

小伍也走了，杜景背着个斜挎的运动包朝周洛阳走来。

今天北京的阳光很好，冬季灿烂的暖阳透过候机楼的玻璃墙投进来。周洛阳忽然有种错觉，仿佛回到了那年冬天他在徽州机场接放寒假回来的杜景的那天。

那时他们都只是学生，没有多少烦恼，周洛阳以为他和杜景会一直这样。

那天的杜景就像今天的杜景，头发也有点乱，脸上的伤痕在阳光下尤其明显，许久不见后更添成熟的魅力。

"晚上想吃什么？"杜景的话也与数年前一模一样。

"出去吃吧。"周洛阳想起了那年那天的回答，说，"不想做饭，喝点酒去，好久没见，太想你了。"

"十分钟而已。"杜景不解。

周洛阳笑了笑，杜景便搭着他的肩膀，去机场外打车回家。

第十章 回家

进入十二月,来自西伯利亚的寒流席卷了整个华北。冷空气来势汹汹,撞上大兴安岭,再顺着高耸的巨大山脊一路南下。寒冷的巨人扫过内蒙古高原,裹挟着雪花与冰晶跨过长城,在中国北方最大的城市外止步,往人类的世界里吹了一口气。铺天盖地的冰雪精灵簇拥着飞进城市中,一夜之间,全城粉妆玉砌。

乐遥尚未适应北京的冬天,北京与东京纬度相当,冬天却要冷得多。他穿着厚厚的毛衣,戴着手套,不安地捧着一杯咖啡,在咖啡厅的暖气中不停地出汗,有点不太舒服。

"你可以说了。"乐遥低声道,"这里没有别的人。"

素普朝周围看了看,仿佛在确认是否有人监听。乐遥的同学张亚伦离他们很远,在咖啡厅的另一个角落里做习题。除此之外,附近就只有他们俩。

乐遥被素普打量得很不舒服,从他出现的那一刻起,乐遥就有预感,仿佛有什么事不对劲了。不,也许是从杜景出现的那一天起,这种诡异的感觉就一直存在着。

这几天,素普一直在康复场的栅栏外看着他,这人很有耐心,被保安请走数次后,依旧找到了一个机会。

"我想和你聊聊,我叫素普。"这人说,"关于你的父母,关于那场车祸。"

乐遥沉默片刻,没有拒绝,约好时间,然后请求张亚伦带他出来,给他与素普单独说话的机会。

"我知道你不愿意想起往事,"素普说,"但这件事对你,甚至对你的整个家族来说,都非常重要。"

"为什么不去找我的哥哥?"乐遥皱眉道,"我们家是他在当家。"

"我找过了。"素普叹了口气,道,"因为杜景在他身边,所以他拒绝了我。我想先问你一个问题,从小到大,你感觉到过什么……异于常人的地方吗?"

乐遥答道:"我不明白你这话是什么意思。"

"譬如说……"素普优雅地撩了下头发,散发出香水味,"在某个时刻,你发现自己有了能看到短暂的未来的能力,或者,发生了时间无缘无故缺了一天,甚至好几天的情况。"

乐遥没有说话,只眉头深锁,注视着素普。

"这和我爸妈的死有什么关系?"沉默良久后,乐遥道。乐遥与素普的母语都不是汉语,交流起来有些费劲,勉强能听明白对方的意思。

"还是先让你看这个吧。"素普说,"这是我们的机密档案,看完以后,请务必保密。"

换了别人,素普不太相信一个十六七岁的小孩能保守多大的秘密,但对面坐着的是在一场车祸里失去双亲的乐遥。经历了巨大的人生转折后,人的心智会比同龄人成熟不少。

素普将手机递到乐遥面前,按下了播放。那是一段二十三分钟的视频。

"从羽田机场开始。"素普急促地低声说道,同时再次看了看周遭,"我们调用了这个区域所有的监控录像。事故发生后,这些视频只有少数人看过……"

"我知道。"乐遥的声音发着抖。他看过其中的一部分视频,内容是高速路上飞驰的车。

那天他与母亲从夏威夷度假回来,父亲开车来接,父母在车上发生了短暂的争吵,但争吵没有持续很久,两人便陷入了冷战。

在那之前,乐遥已经预感父母快走到离婚这一步了,只是没想到,这场突如其来的灾难把他们永远紧紧地绑在了一起。

"看见他了么?"素普低声说。

视频上,机场的停车场上,一个穿黑色西服、戴着墨镜的瘦高男人正低着头看手机,仿佛在发消息与人联系。

"是他。"沉默良久后,乐遥说。

素普点了点头,说:"他还有一名同伙,可摄像头始终没有拍到这个人……"

乐遥颤声道:"为什么会这样?"他看完了视频,带着震惊与恐惧注视着素普。

"为什么?"乐遥眼里含着泪水,"为什么会这样?"

素普收起手机,说:"因为你父亲的家族曾经与一起重要案件有关。我们还是开门见山吧,我保证不会有任何伤害你的举动,也不会伤害你的哥哥,以及任何对你而言重要的人……"

"现在回答我……"素普说,"我在卷宗上看到过,你们这个家族能使用时光逆流粒子来操纵时间,是真的么?"

乐遥眼睛通红,眼里还含着泪水,不知所措地看着素普。素普没有再追问下去,乐遥的反应仿佛已证明了一切。

"什么时候开始的?"素普按捺住激动,一只手微微发抖,"从你几岁时开始的?你觉得你的哥哥周洛阳也有这个能力么?"

"我不知道。"乐遥忽然道,"我要走了,我不能告诉你!"

乐遥操纵轮椅想离开,惊慌失措之下碰翻了咖啡。张亚伦闻声抬头,继而起身朝他们快步走来。

素普说:"冷静一点,Miyaky!冷静。我没有恶意!"

素普叫出了乐遥的日文名。乐遥迟疑了一下,张亚伦却已来到桌前,带着怒气说:"你要做什么?"

素普马上放开拉着乐遥轮椅的手,示意自己绝无恶意,而乐遥此时已完全无法集中注意力。

"走吧。"张亚伦没有问经过。

"等等!"素普说,"这对他来说很重要,再给我们一点时间!"

张亚伦看着乐遥,乐遥脸色苍白,嘴唇不住地颤抖。

"没事。"乐遥安慰张亚伦道,然后闭上双眼,擦了下眼泪。

素普再次说:"从什么时候开始的?"

乐遥睁眼看向张亚伦,点头道:"再给我们十分钟。"

"行。"张亚伦尊重乐遥的决定,"我就在那里。"

又过了一会儿,乐遥问:"你从什么地方的档案……看见这个的?"

素普答道:"我是杜景的前同事,但当我加入环太平洋探员协会时,他已经离职了。"

乐遥没有说话,眉头紧紧地拧着。

素普又说:"如果确实存在时光逆流,你的父亲也许就不会死,是不是?"

乐遥被说中了心事,猛然抬头看向素普。

"我不知道。"乐遥有些恐惧,"我真的不知道……我以为……只是幻觉。"

素普心里已经有底了,认真地问:"从头说起,什么时候开始?在什么情况下?"

乐遥说:"我不知道……我……"最终他下定决心,说,"就在……一个多月前,十月份,十月下旬,哥哥不在家。"

素普得到了一个万万没想到的答案,难以置信地说:"最近才发现的?"

乐遥说:"不是……不是你想的那样,我没有看见未来,也没有……回到过去。或者说确实是回到了过去。我有好几次被困在了同一天里,有时是中午,有时是午夜。而上周三……也就是你来找我之前的那天,我……经历了四次同一天,每次半夜醒来,都回到了前一天的晚上12点。"

素普:"……"

寒风呼啸,大使馆外的长街上,梧桐树的树叶已掉光,也被扫光了,余下两排光秃秃的树。

周洛阳在店里穿着风衣,烤着一个小暖炉,还是瑟瑟发抖。店里的暖气未检修完,室内仿佛冰窟一样。回到北京以后,他先挂失了电话卡,第一时间给乐遥发去短信。幸而乐遥并不意外,细算起来,从开始追缉KCR的目标到离开密室,失去手机的时间尚未超过一周。

周洛阳只告诉他手机在境外被偷了,乐遥便没有再多问。

幸而斯瓦坦洛夫斯基交给他的表还在,当时与行李一起放在越野车上,没有随身带上直升机。周洛阳把它取出来后,冻得手指僵硬,不敢在这个时候乱拆。

杜景回公司报到了,可以拿到寻人的悬赏,一千万去掉公司的抽成,再去掉税,想来还有不少能补贴生活。苏富比把他的两块表各拍了十来万,加在一起有三十万的进账,外加杜景的年终奖金,这个年末,周洛阳不用发愁了。还了钱,寒假说不定还能带乐遥出去度个假。

门上铃铛声响,周洛阳心情很好,说:"欢迎……这就下班了?"

杜景推门进来,他穿着风衣,系着围巾,四下看了看:"怎么这么冷?"

"再过几天就来暖气了,刚打电话催过。"周洛阳道,"快快快,我要冷死了!"

杜景脱了鞋,坐到茶榻上,周洛阳马上把手伸过去。

杜景里头只穿了一件薄毛衣,身体却比周洛阳暖和许多。

周洛阳打量杜景全身上下:"你怎么这么暖和?"

杜景从风衣内袋里掏出一个 Zippo 的煤油怀炉，递给他。

"谁送你的？"周洛阳疑惑地看了一眼。他知道杜景几乎不收别人的东西，也很少给自己买东西。

杜景轻松地说："老大给的，任务奖励。"

周洛阳不说话了，拿着那怀炉翻来覆去地看。

杜景则一副无所谓的模样，看了眼案上的凡赛提之眼，把手腕放上去做了个对比。

"还有么？"杜景说。

"这是世界上仅存的两块了。"周洛阳说，"仔细掂，重量有细微的差别。钱呢？拿到多少奖金了？"

"不知道。"杜景答道，"没问，老大说连年终奖一起发，这两天应该就到账了。生意怎么样？"

"一个多月没来店里，"周洛阳反问道，"你说呢？"

杜景说："这可不好，看来店要垮了。"

"是啊。"周洛阳无奈道，"也不知道东奔西跑地为了什么，连店都顾不上。"言下之意，自然是嘲讽杜景：要不是因为你，谁会扔着店不管？

但杜景的下一句话把周洛阳气得七窍生烟。

"不是为了钱么？反正这店开着也卖不掉东西。"杜景说，"等年终奖到手了，带乐遥出去旅游吗？"

"不去！"周洛阳哀号道，"还要还钱呢！"

时近年末，北京也变得懒散起来，尤其这片生活区，一到午后3点就没人上班了。而周洛阳的店开业到现在只卖出了两块表，还是因为上了拍卖行。

周洛阳本想早一点去接乐遥，没想到今天意外地来了生意。

"老板终于在了？"上门的是文玩协会介绍的生意人，他先递出协会会长的名片，又做了自我介绍，是个金融公司的副总，"来了好几次，代管店里的伙计都说老板没回来。"

周洛阳赶紧请人坐下。来人拿出两件古董，说："能不能寄放在店里卖卖？"

一串玉玺挂珠，一个小型的座钟。周洛阳欣然道："寄卖要收手续费，你的心理价位是多少？"有人会通过寄卖的方式来行贿或受贿，譬如官员将家中的赝品或是普通藏品放在古董店内，标个天价，一个月后再让行贿人来买走，这样钱自然就进了自己的口袋。

那人说了个数。周洛阳拿出分光镜，先看玉玺挂珠，再检查座钟，根据这个价格判断出他不是来洗钱的，于是说："给个能接受的最低价。"

寄卖通常有个保底价格，在这个价格以下成交只收很少的一点手续费，超出这个价格则能收到更多的提成。双方谈妥后，那人又拿出一块摔碎了表面的百达翡丽，说："你们能检修么？"

"可以。"周洛阳知道，这块手表有些年份了，不是不能送去返厂，但通常只要过了检修期，返厂的价格就很贵，等待的时间也更长。

"你看，这不是有生意了？"周洛阳对杜景说。

杜景说："经济环境不好，都在变卖家当了。"

"是啊。"周洛阳锁上门，让杜景放下卷闸门，笑道，"要不是你，我都不知道日子要怎么过，更别说还钱了。"

杜景用手指勾着车钥匙，漫不经心地说道："只要我好好活着，这一辈子你都不用担心钱的问题，只不知道我这病能撑多久。"

"别这么说。"周洛阳坐上副驾驶座，忽然有点难过，他看了眼杜景，"怎么，又要转阶段了？我来开车吧。"

"没有。"杜景答道，"只是最近总觉得有点不太对，说不出来什么原因。"

自打从柬埔寨回来，周洛阳明显地感觉到杜景不太想去公司上班了。毕竟这行确实是拿命在换钱，如果没有凡赛提之眼，他们也许……早已死了倒不至于，受伤是一定的，要救的人或许没一个能救回来。

若时光无法回溯，从余健强坠楼那天起，他们就得面临无穷无尽的麻烦了。但如果那天余健强真的死了，一切没有重置，他们还会找到吴兴平么？也许事情会朝着另一个方向发展。本应替余健强去死的勒索者得以脱身，搞不好还是会扔下吴兴平。而杜景遭受警方盘问后自然会被无罪释放，因为根本不关他的事，他们也许还是会去追吴兴平，结果就很难说了。

周洛阳没事总想把一切复盘，假设在柬埔寨的密室逃生中没有进行时光回溯，最后活下来的会是谁？自己和杜景也许无事，外加一个陆仲宇。

在湿婆密室中，小伍确实死了，然而在重新经历的二十四小时中，小伍却活了下来。按之前的逻辑，一定会有人替他死，这个人会是阮松吗？他记得陆仲宇说过，阮松会被判死刑，可这是在一段时间之后了。

"不对。"周洛阳说。

"什么不对？"杜景问。

周洛阳说："小伍还活着，按之前的规律，咱们七个人里……"

"又不是演死神来了。"杜景说，"你觉得有人逃掉了死亡，很不合理？"

周洛阳说："也不全是，只是这点总让我觉得……"

"你忘了洪侯。"杜景说，"最后一枚 RPG 送他上了西天。"

"啊！"周洛阳想起来了，这就说得通了。

"咱们别再用这块表了吧。"周洛阳说。

杜景没有说话，一只手按着方向盘，手指有节奏地在方向盘上轻敲。

车在乐遥学校的校门口停下，乐遥正在保安室里烤火，与保安聊天。

"乐遥！"周洛阳笑着上前。

"你终于回来啦！"乐遥的表情有点委屈。

周洛阳上前抱了抱坐在轮椅上的弟弟。乐遥越过周洛阳的肩膀看向杜景，表情非常复杂。杜景站在一旁，眉头微皱，端详着乐遥的表情。两人对视，都没有说话。

"好久不见。"乐遥对杜景说。

杜景也道："好久不见。"

"还顺利吗？"乐遥又问。

杜景"嗯"了一声，见周洛阳要抱他，便说："我来吧。"

乐遥说："我自己可以。"

乐遥上了车，杜景把轮椅收进后备厢，对周洛阳说："你坐在后面陪他。"

与弟弟再见面，周洛阳心情很好，他希望直到过农历年，杜景都不要再接这种令人惊心动魄的案子了。他决定找个时间与杜景好好谈谈，谈谈他们的将来。从离开神庙的那一刻起，周洛阳就有了这个念头。

"有心事？"杜景从后视镜里看着乐遥的双眼。

乐遥勉强笑了笑。他的脸上总是挂着这样勉强的笑容，仿佛他的喜怒哀乐只是为了配合身边人做出的反应。

"亚伦今天怎么没在？"周洛阳还给张亚伦带了东南亚的木雕，以感谢他照顾自己的弟弟。

"我让他先回去了。"乐遥说，"就快放圣诞假了，连着新年一起。你们还要出门吗？"

乐遥上的是国际学校，从 12 月 24 日开始放假，放到 1 月 4 日，但寒假时间就比较短了，只有两周。

"你哥说留在家陪你，哪里也不去。"杜景开着车，从容地说。

周洛阳说："杜老板说请咱们出去旅游，你想去吗？"

乐遥的脸色顿时一变，却马上笑道："好啊。"

杜景没接话。到家时，杜景径自去做饭，周洛阳看见家里收拾得很干净，问杜景："你又让人来打扫了？"

"没有。"杜景系着围裙，对着菜谱研究如何做盐焗鸡。新手上来就挑战这么高难度的菜品，对他来说，在枪林弹雨中冲锋陷阵显然比做饭还要轻松点。

"我收拾的。"乐遥说，"我花了三天时间把家里打扫了一遍。"

周洛阳："……"

乐遥说："不错吧？你看，我也能做家务的。"

这时，乐遥的手机响了，周洛阳看了一眼，正要接，乐遥却很快拿了过去。是个陌生来电，乐遥只"嗯"了几声，便挂了电话。

周洛阳疑惑地看着他，问："谁？"

乐遥表情不太自然，说："同学。"

同学的号码会是没有备注的陌生号码吗？乐遥先前接电话从来不躲他，周洛阳也早就习以为常，这种情况倒是头一次。

周洛阳意识到乐遥开始有不想说的事了，哪怕是亲兄弟，也要尊重对方的私人空间。他唯一担心的是牧野那群讨债的家伙，不是他们就没问题。

"你想去哪儿？"周洛阳问。

晚饭时，饭桌上异常地沉默。杜景自己倒了点葡萄酒，又给周洛阳倒上。周洛阳知道杜景是在庆祝他们平安回来，只是这话无论如何都不能当着弟弟的面说。

"喝点？"杜景说，"尝尝我做的饭。"

"不喝了。"乐遥说，但他转念一想，又说，"喝一点吧。"

周洛阳一整天心情都很不错，回到熟悉的环境里，哪怕雾蒙蒙的北京，也让他觉得很自在。唯独今天的气氛有点不对，杜景与乐遥都不说话，常常是他在自言自语，大部分时间除了喝酒，就是冷场。

"比我做得好。"周洛阳笑道。

"还行吧。"杜景漫不经心地说，又给自己倒酒。

周洛阳说："少喝点。"

乐遥努力地找了点话题，说了几句学校的事，三人之间又没话说了。

"你有心事么？"周洛阳问乐遥，他感觉自从杜景来了以后，乐遥的话就变少了。

"没有。"乐遥忙道，"我很开心。"

周洛阳问："旅游的话，你想去哪儿？"

乐遥说："你们定就行。"

周洛阳说："你有想去的地方么？"

"我想回日本，可以吗？"乐遥忽然说，"不一定要去东京，也可以去奈良，去京都。"

周洛阳有点意外，他其实不大想回日本，毕竟在那里发生了许多事，改变了他们的人生，他以为乐遥也不想回去，本来计划是去印度尼西亚或者斯里兰卡过圣诞的。没想到乐遥主动提出想回日本。

周洛阳望向杜景，杜景说："你们俩决定，我去哪里都行。"说着，杜景又拿了个碗，给他们兄弟俩剥虾，顺手再倒上葡萄酒。

周洛阳欣然道："当然可以。想去奈良泡温泉吗？顺便看看鹿，在大阪等跨年？"

那一刻，乐遥是真的有些高兴，说："我可以去看我认养的鹿了！"

周洛阳想起乐遥的母舅家就在京都，自从父亲车祸过世，他们就很少联系了，偶尔会在节日打来电话，问问乐遥的现状，周洛阳不太会说日语，只能让乐遥自己与那边聊。

"回去看看你舅舅吧。"周洛阳说，"买点礼品上门……杜景你这都喝多少了？别再喝了！"

杜景喝了两瓶葡萄酒，和没事人一样，沉默地看着周洛阳。

气氛有点不对，乐遥也感觉到了，却没有说话，只安静地吃着面前的菜。杜景把碗递过去，说："你吃这个。"

"我自己剥。"乐遥说，"给哥哥吃吧。"

周洛阳说："怎么感觉你们俩今天都有点不对，喂。"周洛阳在桌下轻轻踢了一下杜景，示意他有话就说。

"你不舒服吗？"周洛阳问杜景。

杜景没有说话，忽然笑了起来。在家里餐厅的灯光下，杜景的笑容很温暖，他穿着黑色的薄羊毛衫，手腕上戴着的凡赛提之眼折射出绚丽的蓝光。

周洛阳心想，这一点也不像精神病啊，简直帅死了。这是他为数不多地看见杜景笑，不知道为什么，这一幕给了他久违的家的温馨。

"没事就好。"周洛阳道。只要杜景不发病，他就不会去追究他有什么心事，反正该说的他都会告诉自己，不想说的，问也没用。

又是短暂的沉默后，杜景忽然道："因为今天我辞职了。"

周洛阳："！"

"你……"周洛阳难以置信，"你怎么到现在才说？"

杜景说："太危险了，不想做了。"

乐遥不说话，喝了点葡萄酒。

周洛阳没有说什么"你怎么不和我商量"之类的话，在杜景说出辞职的那一刻，他眼里的快乐简直无法掩饰。

"太好了！"周洛阳已经开心得不知道该说什么了，"太好了！你……你终于决定……"

"那个怀炉是老大送的工作纪念。"杜景说，"但凡当过昌意高管的人，都有这一份礼品。"周洛阳心道：难怪。杜景继续说："意思是给我挡子弹用。"

周洛阳顿时哭笑不得，喊道："太好了！"

周洛阳起身去拥抱杜景，杜景却仿佛有点不好意思，抽身起来，开始收拾桌上的餐盘，说："年终奖还是会给的。最后这个月，我还得偶尔去趟公司，帮他们做点文职方面的工作。"

乐遥问："那你接下来想做什么？"

"开店？"杜景随口道，"没想好，再说吧。"

周洛阳说："先休息一段时间吧，你在昌意也很累。"

杜景"唔"了一声。

周洛阳开心得一时完全忽略了乐遥，他追着杜景进了厨房，说："你去休息吧，我来。"

杜景说："这几天注意查账，钱会打过来，不够还的话，剩下的我再想想办法。"

"可以了。"周洛阳说，"休息到年后，再找份工作，或者索性看店吧，我有信心。"

杜景收拾好，把餐具放进洗碗机里，说："这样就不用再启动那块表了。"

周洛阳站在一旁，看着杜景的动作，心中忽然感慨万千。

"是的。"周洛阳说，"那天我感觉……实在太危险了。"

"害你陷入这么危险的境地，"杜景说，"是我的错……"

"不，不。"周洛阳马上道，"我从来没有这么想过，我只是希望……"

"我知道。"杜景打断了他，按下洗碗机的开关，说，"你只是希望能陪着我，至少不用在面对生死时，我只有我自己。"

周洛阳沉默不语，鼻子忽然有点发酸。

杜景往外看了一眼，说："晚点再说这个吧，去陪陪乐遥，你们分开太久了。"

周洛阳点点头，他有很多话想说，但同样地，他们也有很多时间可以说。

乐遥坐在轮椅上，面朝客厅的落地窗发呆，正是不久前杜景抑郁发作时坐的地方。

"你要先洗澡吗？"周洛阳带着酒意，在客厅里转悠了两圈。

"好。"乐遥说,"我这就去。"

周洛阳推着弟弟进了浴室,给他拿衣服时,看见他叠得整整齐齐的衣服。

"你们在香港发生了什么事吗?"乐遥用力扯下裤子。

周洛阳马上道:"没有,怎么这么问?"

"我感觉你们之间变得不太一样了。"乐遥说,"是不是经历了很危险的事?"

"没有啊。"周洛阳笑道,"你怎么这么想?"

周洛阳有点心虚,他知道自己这个弟弟大部分时候只是不问,实际上许多事以他的智商都能猜到——他们的护照、手机都丢了,而且是两人一起丢的,这不能用粗心大意来解释。周洛阳给出的说法是自己背着包,杜景的手机也放在他的包里,一转眼就被偷走了。

乐遥没有问,却明显能感觉到,他们一定发生了某些事。

"什么不太一样?"周洛阳说,"杜景一直都是那样吧。"

乐遥在浴帘后,坐在浴缸里开始洗澡,他平静地说:"就像两个一起经历过车祸与生死考验的人。你记得吗?醒来以后,我去参加了心理的意外创伤康复会,就是大家围在一起聊天的那种,里面有两个人也是这种感觉。"

"真的没有。"周洛阳道,"你想多了。"

乐遥"嗯"了一声,浴帘后传来水声。

周洛阳忽然觉得好笑,自己也是神经大条,没有经历过车祸,却实打实地坠过一次机,还是冲进树林的直升机!当时自己怎么就没感觉到留下什么心理创伤了?

乐遥说:"你是怎么认识杜景的?"

"啊?"周洛阳回过神,说,"我记得跟你说过的,我们是室友。"

乐遥说:"只是室友吗?"

周洛阳说:"就像你与亚伦一样吧。"

乐遥停下动作,说:"你们寝室里从始至终只有两个人?你没有交过班上其他的朋友吗?"

"没有。"周洛阳想起来了,他与杜景的关系非常排他,经过孙向晨那件事后,他们都意识到了。他们之间确实是非常坚固的友情,只是杜景的病导致了这种独占关系。

"没有别的人?"乐遥笑道。

"不是这样的。"周洛阳说,"只是大部分时候,我们觉得没有必要带上别的朋友一起玩。"他旋即意识到了乐遥话里的意思,补充说,"你不一样,他也把你当弟弟。"

"我没有别的意思。"乐遥道,"我只是好奇。"

乐遥说:"我只是有点好奇,我听说躁狂相会有一些表征……"

这时,杜景吹着口哨进来,按了两下剃须泡沫瓶,随手抹在脸上。

"杜景!"周洛阳不悦道。

杜景看了周洛阳一眼,递过手机,说:"两兄弟又在说我坏话?乐遥有电话。"

乐遥顿时有点紧张,他接过手机看了一眼,见是张亚伦,便接了电话。

杜景刮完胡子后就出去了。

张亚伦与乐遥聊了几句,大概是问晚饭吃了什么、哥哥们回来没有之类的话。周洛阳忽然觉得很有趣,就像以前少有的几次放假,杜景回西班牙,他们每天都会打打语音电话,说些毫无意义的见闻。

周洛阳也简短地与张亚伦聊了几句,问了学校的事,并感谢他对乐遥的照顾。

"乐遥平时没什么问题吧?"周洛阳接过电话,让乐遥自己穿衣服,"最近你们有逃课偷偷出去玩吗?"

张亚伦短暂地停顿了一下,然后说:"没有。"

周洛阳一听就知道他在撒谎,心道这俩肯定哪天逃课出去逛了,却并不揭穿,而是假装不知道。乐遥便道:"穿好了,电话给我。"

周洛阳还了电话,乐遥说:"我再聊会儿就睡了,你别管我了。"

"嗯。"周洛阳吻了吻他的额头,说,"晚安。"

周洛阳洗过衣服,关了客厅的灯,看着弟弟与杜景都坐过的位置,忽然心中一动,也去落地窗前坐下。他们坐在这里时,心里都在想什么呢?周洛阳不解。

今天喝的红酒后劲有点大,杜景把剩下的小半瓶拿到沙发旁,自己一个人全喝掉了。

周洛阳看了看瓶身的标签,有时觉得乐遥的眼神简直可以用锐利来形容。在面对弟弟无意的好奇时,周洛阳不禁回想起一些事。

那天,也是这样的一个夜晚,就在杜景离开他的不久前。

第十一章 跨年

那是大二下学期,又是一个春天,精神病患者的危险时间。春季荷尔蒙分泌旺盛,人就像动物一般,男生宿舍楼里常有人"嗷呜嗷呜"地叫,犹如野猫叫春一般。

这是周洛阳第二次和杜景一起度过春天,他已经做好了心理准备,猜测杜景会至少发一次病,甚至这学期他能不选的课也都不选了,留出尽量多的时间陪杜景散散心,晒晒太阳。

射箭社将送走社长以及不少老社员,大四的学长们面临毕业,大家都将天南地北,各去一方。于是社长提议,大伙儿一起聚餐,再唱歌,借以告别。再过几天,他们就要去各自的公司上班了。

周洛阳被这突如其来的离别搞得有点措手不及,在他的认知里,大四毕业还有很长一段时间。没想到时间以这样的方式,将走进社会的节点摁到了他的面前。

周洛阳、杜景二人对射箭社还是有感情的,他们与社团的关系甚至比跟班级的关系更紧密,于是决定一起去聚餐。

当夜,社长在聚餐时喝得烂醉如泥,周洛阳嘴角抽搐,只与杜景静静地看着。

大四的前辈们当年一起接过射箭社,把这个社团发展到如今的规模,感情自然不同寻常，想到要离别，个个哭得不能自已。

周洛阳看着这个大型精神病表演现场，心情相当复杂。虽然有句话是"人类的悲欢并不相通，我只觉得他们吵闹"，他还觉得有点好笑，然而忽然想到，自己与杜景在大四毕业那天说不定也会迎来这样的场面，登时就笑不出来了。他忍不住看了杜景一眼，再看其他人。

杜景全程不合群地坐着，不敬酒，但酒来了就喝，敬给周洛阳的，杜景也替他挡掉不少。

周洛阳说："别喝了，你喝了多少？"

杜景说："没关系，回去就睡，不唱歌。"

春天加酒精，周洛阳最怕的就是杜景出状况。后面再有人来找他们喝酒，周洛阳便主动喝了。

"你们俩感情这么好啊。"副社长搭着社长，伸手过来挠周洛阳。众人哄笑。

"工作加油。"杜景难得地说了句话，"接受社会改造，好好做人。"

"好！一定！一定！"社长说，"别忘了我啊！你们！"说着，他们勾肩搭背地走开，各提一瓶红酒，去别的地方喝了。

"别忘了他，"周洛阳打趣道，"知道吗？"

杜景没有说话，把自己的那份甜品给周洛阳，说："吃完就走吧，吵死了。"他喝得有点上头了，一只手撑着额头。

周洛阳不想吃了，要去扶他。杜景示意没事，自己能起来。

"我们先走了。"周洛阳说，"回头联系！"

虽说回头联系，可周洛阳知道，今天晚上过后，大家很可能不会再联系了。就像高中那顿散伙饭一般，天下无不散之筵席，说着联系，却慢慢地各自消失在风中，再过数年，连班上许多人的名字都叫不出了。

杜景走路勉强能走稳，身上带着酒气，一只手搭在周洛阳肩上。两人离开学校后门外的酒楼，经过校道。

周洛阳也有点醉了，一只手搂着杜景的腰，肩上搭着杜景的手，在夜晚 11 点，一边唱着"七月的风，八月的你，卑微的我喜欢遥远的你……"一边跟跟跄跄地带着杜景回寝室。

"啊啊啊——"周洛阳在那静谧的夜里喊道。

春风吹来，世界恢复了寂静。花朵盛开，草木破土而出。

"周洛阳。"杜景的头更低了点，在周洛阳的耳畔说道，"听清楚了。"

周洛阳说："嗯？"他想往前走，杜景却一个踉跄，用力让他站定。

两人面朝春夜里的长湖，湖面荡起微波。这夜的湖畔很明亮，一轮皎月犹如银盘，照在湖面上，整个湖面都荡漾着银色的光芒。

"周洛阳……"杜景凑到周洛阳的耳畔，说道，"别忘了我，别忘了我。"

周洛阳听到这句"别忘了我"，心中一时升起千般无奈、万般感触。也许人世间的每一段感情，无论是友情还是爱情，唯一的结果就是"忘记"。周洛阳注视着杜景的脸，注视着他脸上的伤痕。他们没有讨论过各自的未来，但在这一刻，他拍了拍杜景的肩，做了个虚虚的拥抱的动作，说："不会。"

杜景转眼间已抱紧了他。周洛阳想笑，想推开他或是踹他，好不容易他转过头，周洛阳说："好啦，够了，知道了。"

"咱们下去游泳吧。"杜景说，"我全身燥得很。"

"不不不。"周洛阳还保持着理智，"这湖里淹死过人的！"

"骗人！"杜景蓦地吼道，"没有死过人！"

周洛阳说："总之……嗯，不能下去！"

杜景说："如果淹死了人，那个人也只能是我。"

"走吧——"周洛阳拖着杜景走回寝室。

"周洛阳。"杜景念了几次周洛阳的名字，仿佛这对他来说是魔法咒语。

周洛阳还是第一次看到杜景喝得这么醉，但他的酒精代谢能力很好，喝多了只要过两个小时就能缓过来。

"去洗澡！"周洛阳说。

"开不了水！"杜景脱光了站在浴室里，"拧不开！停水了！"说着，还踹了下水管。

"那是灯的开关！"周洛阳推门进去，放了冷水，让他醒酒。

两人都刷过牙，洗过澡，吃了口香糖，身上已经没有酒气了，但酒意还在，伴随着春天万物复苏的温暖。

周洛阳头发还是湿的，躺在床上玩手机。杜景一副不耐烦的模样，长腿伸出被子，东挠挠，西挠挠。

"不舒服吗？"周洛阳问。

"没有。"温暖的台灯光下，杜景侧头看着周洛阳，眼神很温柔，"只是有点热。"

夏天要到了，得换被子或开空调。周洛阳说："明天把空调被找出来，今天先这样睡吧。"

各自玩了会手机，周洛阳忽然想和他谈谈未来。

"杜景，以后你想做什么？"周洛阳关灯前，问道，"想去哪个城市？有想去

的地方吗？"

"不知道。"杜景答道，"那要取决于以后的我怎么想。"

周洛阳沉默片刻，而后说："如果我说希望和你在一个城市找工作，一起生活，希望……希望我们不因毕业而分开，你会不会觉得……"

杜景侧过头，在静夜中看着周洛阳，他的眼睛很亮。

周洛阳自嘲地笑了笑，没有继续说下去。今天是他第一次如此真实地感受到离别，生出了太多的不舍之情，而现在酒醒了。

"觉得什么？"杜景问。

"觉得……"在醉酒的那一刻，周洛阳有种奇特的错觉，他自己都觉得好笑，"没什么。"

"觉得什么？"杜景继续问。

"觉得我太冒昧了。"周洛阳忽然有点忐忑。

杜景蓦然坐了起来，将被子盖在腰下，期待地看着周洛阳，似乎有话想说。

周洛阳说："嗯？"

杜景就这么看着他，却什么也没说，片刻后摇摇头，再次躺下。

"你在看什么？"杜景说。

"没有。"周洛阳马上把手机发光的屏幕按灭了，"随便看看。"

杜景说："睡吧，以后的事以后再说。"

"别忘了我。"

周洛阳坐在落地窗前，想起了射箭社社长分别时说的话。

确实，周洛阳不得不承认，他都记不得社长叫什么名字了。近六年的光阴一眨眼就过去了，那夜过后，他就没有再联系过离开的老社员们，如今联系方式也没了。但哪怕再多的人被遗忘，他也不会忘了杜景。

乐遥睡了。周洛阳听见杜景进了房间，便也去洗澡，坐到床上，杜景自然地让了个位置出来。

周洛阳玩了会儿手机，问："接下来想做什么？"

"没想好。"杜景说，"家里蹲一段时间。"

"表呢？"周洛阳说，"不当私家侦探，表可以收起来了。"

杜景示意周洛阳看那边的床头柜，凡赛提之眼已经被锁在里面了。

"你在看什么？"杜景问。

周洛阳没搭理他，翻了个身，不让他看自己的手机。

杜景又说:"你知不知道,其实咱俩任一个人上的网站、论坛,另一个人手机里都能看到。"

周洛阳说:"知道,因为我们用的是同一个苹果账户,在同一个WIFI下,我和你的手机会被判定成同一个人的不同设备。"

"嗯。"杜景说。

周洛阳正在二手古董交易平台上看鉴赏家的分享内容,想去日本买点东西回国内卖。杜景当然也在自己的手机上看到了。

翌日。

"悬赏一千万找小伍,"周洛阳难以置信道,"你就只有一百万的分成吗?"

杜景:"是的。"

周洛阳:"昌意要抽走足足九百万?"

杜景:"对。"

周洛阳:"你这么出生入死,只有10%的提成?!"

杜景:"你对资本家有什么误解?"

周洛阳本以为杜景的年终奖比他想象中的多,没想到只有这么点。当然,一百万也不能说是"这么点",如果没有欠债,一百万可以做许多事了。

他现在还欠着五百多万,不过有钱总是好的,他可以分批还钱,至少能坚持三个月,在过农历年期间不会受到讨债鬼的干扰。

卖掉两块表的三十万要留着当来年的部分铺租,杜景最后一个月的薪水留作生活费,奖金则用来偿债。

"咱们飞大阪吧?"周洛阳对弟弟说,"23日能出发吗?24日当天的机票太贵了。"

乐遥道:"好啊,我可以把作业带着。咱们还去京都吗?"

关西有不少乐遥的亲戚,周洛阳也已经一年多没见他们了,于是决定上门拜访。接着再从京都去奈良,在那里度过新年。

"老板呢,怎么说?"周洛阳问杜景。

早餐时间,杜景正在看报纸,随口道:"我没有意见,你们决定。今天不去店里吗?"

周洛阳得去修表,顺便等他的快递,却又想在家多陪一会儿乐遥,他们已经很久没在一起了。

乐遥忽然主动道:"杜景哥可以陪我,你去吧。"

周洛阳想给杜景机会,让他与乐遥更熟悉彼此,乐遥表面上很礼貌,想走进他的内心,被他完全接受却很难。

杜景看了眼乐遥，问："你想去哪儿？"

乐遥想了想，说："我想出门走走。"

杜景点了点头。

这天，周洛阳便径自去了古董店。快递上门，黄霆托人给他们送来了两件武器——一把玉钢打造的武士刀，一把暹罗阿瑜陀耶王朝时期的长弓。都是从洪侯的书房里抢回来的。

九死一生，闯过了神庙密室，这就当奖励了。周洛阳把长弓与武士刀洗干净后挂在店内，想着这两件武器加起来，运气好的话，说不定能卖个两三百万。什么时候来个金主把它们买走，就可以解他的燃眉之急了。

出门一趟，店里多了些东西，而麻烦在于，目前什么都卖不掉。

"可以便宜点处理。"杜景傍晚时过来，说，"反正是白捡的。"

周洛阳道："不能折价，否则别的东西也没法好好卖了。"他给两件新藏品拍了张照，发给林狄，决定回头约她，顺便叫上黄霆，大伙儿一起吃个饭。林狄倒是个识货的，一看便道好东西，让他先留着，她去为他联系买家。

而在杜景的再三坚持下，周洛阳招了一名店员。原因是杜景觉得店不能总要周洛阳时时盯着：一来没这个时间和精力；二来招一名店员薪水只要七千多，与欠款、铺租比起来简直是小巫见大巫。

周洛阳起初很不放心把店交给外头招的人看，但看见上门应聘的人后，便爽快地同意了——因为那个人是德安。

德安回到北京后，决定先找份工作，顺便考公务员。周洛阳看到他履历表上写的名字叫"蒋玉鹏"时还有点不太习惯。

"你不会把我的东西当掉，再拿去赌钱吧？"周洛阳还是有点不放心。

"你怎么知道我赌过钱？"蒋玉鹏震惊了。落在洪侯手里的原因他谁都没说，就连黄霆也只知道他是到缅甸旅游才被抓去的柬埔寨。

周洛阳说："当然知道，我还知道你有个姐姐。"

"放心。"蒋玉鹏没有对周洛阳的消息来源多追问，笑道，"戒了，其实我没有很大的赌瘾，我喜欢的是测算概率的那种感觉。你包我吃住，我至少可以给你打工一年。"

蒋玉鹏在江苏有个姐姐，但他不想去投靠她，而希望在北京自食其力。

"再说了。"蒋玉鹏丝毫不介意周洛阳对他的不信任，"哪怕我是赌棍，偷了你的东西，杜景不会追杀我到天涯海角吗？这儿有茶？两位老板坐，我来泡茶吧。"

周洛阳对蒋玉鹏的过往大致清楚，决定试用他一段时间。他对蒋玉鹏不完全放心，

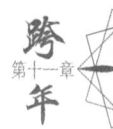

却对杜景的本事非常放心。观察了一段时间后，他发现蒋玉鹏很会察言观色，跟上门的客人总能聊几句，应该是个被编程耽误的销售人才。

数日后，周洛阳迎来了开张后的第一笔生意：蒋玉鹏替他卖掉了一个清代的花瓶。价不高，只有六万八千，却是他在店里做成的第一单生意。也即是说，长安古董店足足营业两个多月，总算正式开张了。

"我的天！"周洛阳感动得快要哭了，送走客户后，一时不知该如何是好。

蒋玉鹏乐呵呵地泡着茶，说："你看，我能干活儿的。"

周洛阳本来没指望蒋玉鹏能做什么，全是因为杜景坚持，结果他刚来不到一周，确实证明了自己有点本事。花瓶实价不到八千，按市场价卖，利润还是很高的。

早知道价格该再定高点。周洛阳亲自定的价，不敢比同行卖得贵，但人要知足才能常乐。

"有人会拿着票来取，把匣子一起送他。"周洛阳修完了所有的表，把它们放在一个木匣子里。

"圣诞时林狄会来看看，不知道带不带客户，挂在墙上的刀你拿下来让他们看就是，不用多嘴，林狄会负责介绍的。"

"好好。"蒋玉鹏笑着说，"二老板去吧，不用操心了。"

杜景打车来接周洛阳，离开时，周洛阳还是十分感动，对蒋玉鹏说："谢谢。"

蒋玉鹏把他们送出店外，转身进去。周洛阳忍不住感慨。

"古董行业这么暴利？！"杜景听到的时候有点难以置信。

周洛阳笑道："三年不开张，开张吃三年，你说呢？"

生意做成，让周洛阳这个年末过得轻松不少。度假的规划里没有东京，因为他不想再路过羽田机场。而一踏上日本的土地，乐遥便自在多了，偶有说不了英语的场合，乐遥充当翻译，反而还如鱼得水些。

乐遥的衣着、表情与性格始终很"日式"，周洛阳见他第一面时就感觉到了。

"还是这样啊。"乐遥坐在车上往外张望。

杜景说："你只离开了一年多而已吧，不会有什么变化。"

如果父亲还在就好了，周洛阳想起杜景还没见过他们的父亲，不，杜景甚至没有见过他的任何长辈。

"如果我爸爸还在，"乐遥说，"你们也许会谈得来。"

杜景不知该如何回答这句话，只得道："待会儿见了你外公该怎么说？"

"你想怎么说就怎么说。"乐遥笑道。

杜景租了车,从大阪开到京都,当天就去探望了乐遥的外公。与周洛阳上次来的时候一样,他们表面上都和气、礼貌,内里却带着少许不易察觉的疏离,哪怕面对亲外甥也是如此,也许他们并没有从心底接受乐遥。

外公家里放着女儿的遗像,没有女婿的。

周洛阳客气地放下带来的礼物,对方则客气地问了乐遥的学业与生活状况并表示关心,乐遥翻译了半天。最后,外公家没留他们吃晚饭,时间到了,杜景便说:"那么,我们就不打扰了。"

"下次见——"

一群人出来,向他们鞠躬送别。周洛阳感觉自己根本不是在走亲戚,而是在高级餐厅里消费完,被老板与服务人员簇拥着送客。

这家庭氛围比杜景西班牙的家还要疏离,周洛阳看得出杜景不太喜欢他们,但这是别人家的家事,乐遥开心就行。

"我外公比较严肃。"乐遥见气氛有点奇怪,说道,"真是不好意思。"

他们甚至连杜景是谁都没问过,除了乐遥做的介绍,就没怎么与杜景、周洛阳说过话。

"关西人,"杜景说,"可以理解。"

"你还知道这个?"周洛阳觉得好笑,"连见亲戚也做攻略了吗?"

"嗯。"杜景承认了,"大致上的。"

"我最喜欢吃这家的和牛火锅了。"晚饭时,乐遥笑着说道,"妈妈生前带我回外公这儿,我们总是会在这里吃饭。"

杜景说:"我本来以为他们会招待晚饭的,就没订位子。"

"他们要开店,"乐遥说,"要招待客人,都很忙的。"

周洛阳订了个町屋(日本传统的连体式建筑),入夜,杜景跪在榻榻米上铺床,自言自语道:"地方也小,房间也小,什么都小……"显然是被折腾得没脾气了。

周洛阳听到浴室里传来水声,只觉好笑,他扔了个枕头过去,砸在杜景脑袋上。

"你对来这儿度假很有意见啊。"周洛阳打趣道。

杜景拿起枕头拍了拍,威胁地看着周洛阳。周洛阳随时提防枕头飞过来,杜景却迟迟不出手,正因如此,才充满了威慑力。片刻后,杜景放下枕头,继续给两兄弟铺床。

"所以你知道为什么我没有让乐遥待在外公家了。"周洛阳说,"我实在不忍心。"

"嗯。"杜景说,"带他到中国生活是对的。"

周洛阳虽然没有太多时间陪伴弟弟,但至少在他们的家庭里,感情是真诚的。哪怕乐遥住校,一个月只回家四次,但只要回到家,仍旧能感觉到这是个有爱在流动的地方。

周洛阳说:"我不明白,他们平时在家里也这么客套、拘束,就不觉得不舒服么?"

"世界上有太多家庭是没有爱的。"杜景忽然说,"你觉得不寻常的事,反而才是寻常。"

"不可能。"周洛阳想了想,说,"虽然我是爷爷奶奶带大的,可是一个家里如果没有爱,又怎么……"

"我不就是?"杜景说,"这样的家庭还有很多,只是你没见过。"

周洛阳说:"你妈妈是爱你的。"

杜景说:"不怎么爱我。我唯一能感觉到的爱,来自我那个精神病父亲。"

周洛阳自知失言,没有再说下去。

杜景又说:"如果不是有幸认识你,我一辈子也不会有像现在这样的生活。"

周洛阳"嗯"了一声。等杜景铺好床,周洛阳问:"咱们去哪里跨年?"

杜景没说话,突然拿起一个枕头,将周洛阳摁在了身下。周洛阳顿时夸张地大喊起来:"救命啊——救命!"

接下来一连数日,周洛阳难得地彻底放松,和杜景带着乐遥在京都闲逛了几天。三人游览岚山,排队等拉面,路过特产店还买了不少东西。

跨年夜当日,周洛阳决定去大阪的心斋桥逛中古店,看看有什么二手货可以带回去卖。20世纪80年代日本签署广场协议引发经济大萧条后,不少日本人为了生活不得不变卖部分家传藏品,而收购这些东西的店铺就叫中古店。

心斋桥一带中古店最多,当然,店内货品大多是奢侈品包和手表。

"你该学学别人。"杜景看了眼金碧辉煌的中古店,游客进进出出,与长安古董店大相径庭,"这么装修,一看就让人很有购物欲。"

乐遥说:"对啊,想全部买下来呢。"

"是你该学习别人。"周洛阳反唇相讥道,"老板知道这里的铺租是多少吗?"

"我说装修。"杜景道。

"去给我们买饮料。"周洛阳说,"乐遥渴了,他要喝抹茶奶咖。"

杜景说:"他明明没有渴。"

"我渴了。"乐遥笑道。

于是杜景去排队买饮料，周洛阳推着轮椅停在一家中古店外，看着橱窗里的东西。

乐遥说："你支开他是想做什么？"

周洛阳说："你怎么这么聪明？有什么想买的东西吗？"

"我不用。"乐遥答道。

周洛阳一家一家地看过去，最后在一个橱窗里看见一块古玉，根据款式判定，应该是来自中国的。

"我想给你俩各买件东西。"周洛阳说。

"我真的不要。"乐遥说，"你都给我一块阿特拉斯的表了，多了我也戴不过来。"

"你觉得这个适合杜景吗？"周洛阳很喜欢那块玉，他从小就喜欢带着中国气息的东西——君子无故，玉不去身。在中国文化中，玉石有守护的力量。

杜景已经摘下凡赛提之眼了，虽然他出门还随身携带着，却已没有戴在手腕上，周洛阳觉得有必要给他一点别的配饰。

"你觉得适合就行。"乐遥说。

周洛阳从小养成的习惯决定了哪怕他经济有点吃紧，看见心动的东西时，也会去问问价格。他推着乐遥进了店，半小时后出来时，他面对的是杜景的怒火。

"你们到哪里去了？"杜景怒道，"眨眼的工夫跑了这么远？！怎么打电话也不接！"

"我不是在这儿么？"周洛阳哭笑不得，"这么凶做什么？"

乐遥马上说："是我想进店里看看……"

杜景无视了乐遥，对周洛阳说："你知不知道我在这条街上走了三遍！"

周洛阳意识到杜景可能会犯病，马上道歉："我错了，我逛得忘了时间。"

幸亏杜景只是正常的生气，没有转成躁狂，他不安地四处看了看，然后烦躁地说："算了。"

"对不起，对不起，不要生气。"周洛阳说，"奶茶呢？"

"扔了。"杜景冷漠地说，还想再责备周洛阳几句。周洛阳却摆出一副无辜的表情，杜景于是回奶茶店去拿他寄放的饮料。

"时间不早了，准备跨年去吧。"杜景上车，问，"买了什么？"

周洛阳整理着大包小包，说："回去卖的东西，还给你买了两件衣服。"

杜景把手揣进裤兜里，周洛阳意外地问："你也买了东西？我怎么没看见？"

"没什么。"杜景不自然地说。

他们要去环球影城参加这夜的通宵跨年活动。

"喂。"周洛阳说，"你还在生气吗？我们只是走丢了一小会儿。"

"没有。"杜景的神色有点异常,"不想说话。"

周洛阳问:"要转阶段了吗?"

整个十二月杜景都没有犯病,而根据周洛阳对他的了解,杜景抑郁结束以后,会有很长一段时间处于正常状态,直到躁狂突然发作,接着很快转为抑郁,再躁狂,再抑郁,两轮过去,最后进入平稳期。

"我不知道。"杜景说,"待会儿我要是表现得不正常,你们别理我,别让我毁了你们的新年。"

周洛阳欲言又止。队伍排得很长,看来出门跨年不是个好主意。

乐遥看了眼杜景,说:"你今天是不是没吃药?"

"吃了。"杜景说,"出门的时候吃的。"

"晚上可能会下雪。"周洛阳说,"我记得你冬天几乎不怎么发作。"

杜景说:"我喜欢冬天,但我害怕春天,春天一来,我就会变得不正常,像个疯子。想做什么你们随意,当我不存在就好了。"

他们进了环球影城,杜景说:"我不玩了,我去占倒数的位子,你陪乐遥玩,待会儿过来,注意手机。"

周洛阳没有勉强杜景,推着乐遥去排其他项目的队。今天在外逛了一整天,乐遥也累了,说:"我觉得咱们不该扔下他。"

"我也觉得。"周洛阳提议道,"咱们去找他吧。"

天色渐黑,环球影城里,璀璨的灯火亮了起来。杜景穿着一身黑风衣,在跨年活动的位子上坐定,沉默地望着远方发呆。两兄弟回来时,杜景看了他们一眼,没有说话。

天越来越黑,三人一起看着舞台上的灯光秀,游客陆陆续续地进来。

"冷吗?"杜景忽然道,"怀炉呢?"

"给乐遥了。"周洛阳问乐遥,"你冷吗?"

"一点也不。"乐遥说。

今天还算暖和,一场雪迟迟未下。

乐遥低头,在手机上打开红白歌会的直播,戴上了耳机。

周洛阳和杜景各自向对方倾了一个很小的角度。

"杜景。"周洛阳道,"你在想什么?"

杜景说:"想以前的事。"

天已完全黑了下来,杜景手里拿着不知什么东西翻来覆去地玩。

周洛阳问:"你拿着什么?"

"给你的。"杜景说,"买奶茶时加钱买的。"

杜景递给周洛阳,说:"新年礼物。"

那是一个很小的钥匙扣,钥匙扣里有液体与闪闪发光的纸屑,还有个站在雪地上摇来摇去的小雪人。

"我在心斋桥给你买了这个。"周洛阳拿出古玉,递给杜景。

杜景接了过去,周洛阳说:"讲价讲得忘了时间,对不起。"

杜景握着那枚古玉,欲言又止。

"没有……"杜景忽然有些拘束,说,"是我太着急了。"

"杜景。"周洛阳说。

乐遥从手机里抬头,看了两人一眼,又低下头去。

杜景说:"什么?"

周洛阳寻找着合适的措辞。这次出门前,他想了很多,想找个合适的时机与杜景聊聊。

"你……想过以后的事吗?"周洛阳说。

"多久的以后?"杜景说,"一年、十年,还是更远?"

"你问过我不止一次我想要的生活是什么。"杜景侧身挪了下位置,与周洛阳面对面坐着,"可我不能告诉你,因为……因为……"

周洛阳说:"为什么?我不明白。"

杜景说:"因为我有病,我的病治不好。"

"没有关系。"周洛阳认真地说,"真的没有关系。"

"没有关系?"杜景说。

周洛阳专注地看着他,重复道:"没有关系。"

"不。"杜景避开了周洛阳的注视,"有关系的。"

突然,所有游客一齐欢呼起来,第一波焰火升空,在夜空中绽放。

尚未到午夜 12 点,焰火是提前分批燃放的。在那欢呼声中,他们两人都没有转头,明亮的焰火照亮了杜景脸上的疤痕。而乐遥一直没有抬头,依旧低头看着手机。

杜景说:"我控制不了,我说过的,我的病无法治愈,还可能会伤害身边的人。"

"我知道。"周洛阳轻轻地说,"这样很好,你不必自责。无论发生什么,我都会陪在你的身边。"说着,他笑了起来。

杜景说:"可是你知道那天……我在想什么吗?"

"哪一天?"周洛阳问。

杜景说:"你可以把它当作我们相识之后的任何一天。"

"你在想什么？"周洛阳说，"这就是你离开的原因吗？"

"不完全是。"杜景说，"我想回到十八岁生日的那天……"

"……开着那辆车，你坐在副驾驶座上。"杜景仿佛在自言自语，"我打开音乐，响起的是 Emenium 的 *Stan*。

"我们一起飞出悬崖，一起冲向死亡。

"你问我，我想要什么样的未来，我只想回到那一天，你陪着我，我们一起轰轰烈烈地死去。"

杜景最后说："所以，我会控制不住毁了我自己，也会毁了你。"

周洛阳半晌没有说话。

"我知道你不想这样，我也知道你不能理解。"杜景说，"我是个疯子……"

"可以啊。"周洛阳打断了杜景，说，"可以的，杜景。"

"我愿意的。"周洛阳说，"你以为我会拒绝，或者用什么'人生很美好'的话来开导你吗？"

这一刻，环球影城里的游客们又欢呼起来，夜晚 10 点半，第二波焰火绽放。

"我愿意。"周洛阳再次认真地回答了杜景，"听清楚了，杜景，我愿陪你做这件事。所以你决定什么时候去做？我们一起去。"说毕，他抬头望向那转瞬即逝的焰火。

"人生天地间，犹如白驹过隙，忽然而已。"周洛阳笑着说，"我们不过是骑着白马的旅人，快一步，慢一步，又有多大区别？"

这是周洛阳第一次看见杜景哭。他不住地发抖，眼睛通红，嘴唇颤动，眼泪顺着他的脸颊淌下，淌过他的伤痕，淌过他的嘴角。

"洛阳。"杜景哽咽起来，转过头去。

乐遥拿出纸巾，递给周洛阳。周洛阳接过，却没有给杜景。焰火一波接着一波，呼啸着升上天空。

要接住他所有的情绪——周洛阳终于明白了这句话，只是要做到这一点，他们必须勇敢面对的不仅仅是日常生活中的喜怒哀乐，还有那浩瀚的时间长河里卷入的无数人的生离与死别。而他们不过是潮水冲刷之下的两枚小小的沙砾。

漫长的喧嚣之中，杜景终于平静下来。人群涌来，陆续占满了跨年焰火区。

周洛阳说："要倒数了。"

杜景还说不出话来，周洛阳觉得应当让他静一会儿。他转过头，看着乐遥。乐遥旁听了全程，却像没事发生一般。

周洛阳想要拍照，摸出手机对杜景说："你来拍一张？"

"我帮你们拍吧。"乐遥说。

"一起。"周洛阳说。

乐遥道:"他没事吧?"

杜景没有动,也没有说话。周洛阳道:"没事,他待会儿就好了。"

周洛阳坐在中间,竭力举高手。最后一刻,杜景抬头,瞥向镜头。

四周的人开始用日语倒数,同时,整个环球影城里响起了邓丽君的《我只在乎你》。

"……四!三!二!一!"

倒数声铺天盖地,大规模的焰火同时升空。周洛阳笑着按下快门,焰火照亮了他们的脸。周围的人一起挥舞着荧光棒,用日语大声合唱:"任时光匆匆流去,我只在乎你。"

"新年快乐,乐遥!"

"新年快乐,哥哥。"

"新年快乐,杜景。"

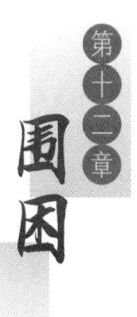

第十二章 围困

　　新年的第一天,凌晨2点,杜景开车回町屋,他们都太累了,决定不去看日出。停下车后,车里的广播还在响,邓丽君的歌一直陪伴着他们回来。先是环球影院在播,继而是红白歌会在唱,最后则是电台在放。

　　车内静了一会儿,大家听着歌,都不想下车。又一年到来了,在这跨年的时刻,陪伴在身边的人在流逝的岁月中有着特别的意义。

　　"这首歌实在太好听了。"周洛阳坐在车里,充满感慨地笑道。

　　乐遥道:"日本人很喜欢在跨年时听这首歌,中文名叫什么来着?"

　　"我只在乎你。"杜景说。

　　周洛阳说:"任时光匆匆流去。"他说的是日文版的歌名,恰好与中文版的是上下句。

　　歌停了,周洛阳提着今天购物的成果与乐遥的公仔,跟在两人身后进了町屋。

　　夜3点,乐遥在外头和张亚伦视频,周洛阳跪在地上铺榻榻米上的被褥。

　　"所以你决定好什么时候去了吗?"周洛阳放好枕头,看了眼杜景。

　　"还没有。"杜景在周洛阳身边跪了下来,说,"如果你只是一时冲动,回过神来后后悔了，就当那话没说过吧。"

"怎么可能？"周洛阳觉得今天的杜景很认真，认真得很有趣，"哪怕时光倒流二十四小时，你我也置身其中，说过的话就是说过了。"他笑了笑，起身取来乐遥的被褥，躬身放在榻榻米上。

杜景则依旧跪坐着，有点不知所措。

"感觉怎么样？"周洛阳侧头问他。

"像是在做梦一样。"杜景别过头，头发遮住了他的眉眼与那道伤痕，"不像真的。"

周洛阳说："是真的，我没有骗你。"

"我知道。"杜景说，"从很早以前我就知道。"

周洛阳铺好床，说："那尽量坚持一下，能走多远算多远。等到哪一天你觉得病情再也控制不住，我们就坦然一点，一起去办那件事吧。"

杜景不说话了，只跪在榻榻米上，看着周洛阳。

"乐遥，"周洛阳朝外头喊道，"睡觉了！明天再给同学们拜年吧！"

乐遥没有在町屋里用轮椅，听到声音，用两手手肘撑地，手里依旧捧着手机，慢慢地爬进卧室。周洛阳看着心疼，于是起身把他抱过来，放在被窝上。

"知道了。"乐遥不情不愿地放下耳机，说，"新年快乐，回头见。"

周洛阳想起了自己大学放假时与杜景远程视频的事，不禁觉得很有趣。

"你俩感情挺好。"周洛阳给弟弟盖上被子，笑道，"这才认识了多久。"

"有些人才认识几个月，却好像认识了一辈子，是这样吧？"乐遥看了眼哥哥，将手机锁屏，躺进被子里。

"新年快乐。"周洛阳也躺进被子里。明天就要离开日本回国了，他有点舍不得这段假期，但他们的未来还很长，还有很多可能。

杜景关了灯，也躺进被子里。

1月3日，假期的最后一天，杜景开车，和周洛阳一起把乐遥送回学校。

"下周见，哥哥们。"乐遥笑道。

"下礼拜见。"杜景朝乐遥挥手。

周洛阳说："想回家就回来复习。"

乐遥点了点头，被张亚伦推进宿舍。杜景的表情如释重负。

"怎么，"周洛阳哭笑不得道，"我弟弟在家给你造成了很大的心理负担吗？"

杜景马上澄清："没有。"他发动车上路。

"现在回家？"杜景问。

"我得去店里。"周洛阳说，"你不回事务所办交接吗？"

"不想去。"杜景有点烦躁，说，"想回家。"

"那你先回去？"周洛阳说。

杜景看了周洛阳一眼，没有说话。

周洛阳能感觉到杜景的病情最近稳定了不少，可能是因为这期间的生活十分平静，再多的伤痛都能被满满的幸福阻挡。

杜景把车停在长安古董店外，周洛阳说："晚上见。"

"办完事我就来接你。"杜景摇下驾驶座的车窗说。

周洛阳快步进了店里，蒋玉鹏正在直播卖店里的东西。

蒋玉鹏长得白白净净，年轻帅气，起了个网名叫"玉面小飞鹏"。是小伍给他出的主意，让他去当主播。他吸了不少粉丝后，开始试图卖货，在圣诞和新年的假期里还真卖掉了不少从四会珠宝市场进的玉饰。

"辛苦了。又在割你粉丝的韭菜吗？"周洛阳说，"看来你是个被编程耽误的网红。"

"卖得不贵嘛，老板。"蒋玉鹏说，"有人直播卖口红，有人直播卖农产品，你情我愿的事情，怎么能叫割韭菜呢？"

"感谢你为店里创收啊。"周洛阳笑道，"你可以放假了，这几天辛苦你看店了，有人来过吗？"

"景哥的助手，那个叫小力的来过一次。"蒋玉鹏收起手机，说，"大货问的人多，我让他们关注了我们店的公众号，正想试着推推。"周洛阳之前开了个公众号，打算写点关于古董的科普，顺便推销自己的货。

周洛阳跟蒋玉鹏交接了这几天的账，补放他三天假，便打发他走了。

今天，周洛阳准备了工具，决定拆开另一块凡赛提之眼看看，顺便尽力修复它。

如果不出意外，这两块表的内部构造应当是一样的，唯一的区别是有无能让时间回溯二十四小时的关键组件。

从柬埔寨回来后，周洛阳分析了许多次，也与杜景讨论过凡赛提之眼的运转方式。这是一块手表，毋庸置疑，它具有手表应有的一切功能，但多出来的时间回溯能力让他觉得相当不可思议。

世上有这么一件能让时光倒流的地外文明设备，暂且叫它时光机好了，那么制造这块表的工匠又是怎么窥见它的运作原理，并把它与地球上的人类发明出来的钟表结合在一起的呢？如果一名机械师想制造一辆能飞起来的汽车，那么首先他必须同时熟悉飞机与汽车的结构与原理。但时光机的存在本身已经远远超出了人类科学的范畴，制表工匠真的能理解它么？

周洛阳屏息，稳住自己的手，用镊子和特殊的螺丝刀小心地拆开表背钢壳，一个复杂、精巧且宏大的机械王国展现在了他眼前。

"做这一行，手要非常稳。"一个声音在身边说。

周洛阳知道来了客人，却没有听到门铃声。

"对。"周洛阳道，"我其实不该抽烟，有抽烟习惯的人手容易发抖。"

对一名制表工匠而言，手稳是入门级的要求。

周洛阳拿起手机，打开手电筒照着表内的结构，同时打开微信，单手给杜景打了一行字通知他。

"你为什么不选择其他的行业？"那声音又道。

周洛阳答道："你不觉得机械手表就像茫茫的宇宙么？"

那声音道："确实很美。"

"我爷爷说，这世界上有两种东西能让时间这一抽象概念显形，其中一样就是钟表，它们紧扣着时间，光阴从此脱离抽象，化作具象。"

那声音道："另一件呢？"

"光。"周洛阳道，"嗯……看来是表弦的传动轮卡住了。"

周洛阳用镊子把表弦拨转，再试着上弦。一圈圈的螺纹转过，推动制动齿轮，带得表弦缓慢弓起。

"这表摔过一次。"周洛阳说，"不少零件都有松动。"他开始调整零件，接下来的半小时里，来客没有再与他交谈。

周洛阳将表盖合上，松弦，上满弦，再松一次弦，最后上满。斯瓦坦洛夫斯基的凡赛提之眼再次开始转动。

"现在几点了？"周洛阳抬头问。

素普跪坐在茶榻上，在周洛阳的对面，说："马上就是正午12点。"他抬起手，朝周洛阳扬了扬自己的手表。

周洛阳核对了时间，把凡赛提之眼放在一旁，认真地说："所以你阴魂不散地从香港一路跟到北京来是想做什么？现在这里没有其他人，你想说什么可以说了。"

素普打量着周洛阳，说："你知道我对你没有恶意。"

周洛阳挑眉，说："我还知道你是杜景的前同事，如果今天我出了什么事，我想你与你背后的主使人，不管是谁，都会遭到杜景的报复。"

"不。"素普说，"不，周先生，没有主使人，真的没有。我之所以追查这件事全是我的个人意愿，至于为什么，那又是另一个故事了。如果在看完我出示的东西后你还愿意听，我可以原原本本、一五一十地告诉你。"

周洛阳没有回答，眯起眼，看着素普从随身的包里掏出一台苹果的笔记本电脑。

素普打开电脑，瞥了一眼周洛阳，说："你知道我想给你看什么？"

"我不知道。"周洛阳直截了当地答道。

"你知道。"素普说，"你一定知道。"

周洛阳正要否认，素普忽然说："否则你不会这么镇定，通知 Vincent 过来，再设法拖住我。"

周洛阳说："你既然是特工，那以你的本领，想来早就知道了。"

素普说："你镇定得不合常理，你没有经过我们的训练……"

周洛阳有点不耐烦了，说："你到底要给我看什么？"

素普接着说："唯一的解释是，你曾经在另一个时空里与我遇见过，并得知了事情的全部。"

周洛阳瞬间变了脸色，下意识地要起身，素普却道："坐下，周洛阳！我既然知道，就不可能对你做什么！"

周洛阳："……"

那一刻，他本能地产生了恐惧——秘密被他人窥破的恐惧与心虚。素普是怎么知道的？！

"你也……"周洛阳难以置信地说，"不，这不可能……另一个时空？"

周洛阳强行镇定下来，他忽然想到了一个关键问题：也许素普并不知道时间回溯的真相，也不认识凡赛提之眼，因为他来到这里时没有多看工作台上的手表一眼。

"你在开什么玩笑？"周洛阳说。

素普说："我掌握了关于你穿梭时间的线索，你是时间旅行者，但这不是我们现在要讨论的。先看看视频吧，看完以后，想必你就明白，我是可以相信的。"

周洛阳手心里满是汗，他看了一眼一旁的手机。

素普打开视频，将电脑放到周洛阳面前。

"这是两年前的羽田机场。"素普说，"你认得出摄像头前的人是谁？"

周洛阳："……"

中午 11 点半，杜景踏入昌意事务所。

庄力买好咖啡，递给杜景，说："老大正在谈事情，还要再等一会儿。"

杜景接了过来，顺手递给庄力一份伴手礼，说："你周哥给你带的。"

庄力顿时十分感动，当即拆了封，说："谢谢景哥！我一定努力工作……"伴手礼是一只招财猫。

"你算不上稳重。"杜景在正式离职这天难得地与庄力认真谈了几句,"不像他们。"

杜景喝了口咖啡,抬眉示意庄力看事务所里来来去去的同事,清一色一丝不苟的西服,擦得锃亮的皮鞋,在饮水机前三三两两地聚着。

庄力说:"是,是,我以后一定……更稳重些,景哥……"

杜景说:"但你这样很好,真的,很有性格,别变成他们那样。"

庄力一怔,杜景又说:"有时候,不必上头吩咐你做什么,你就做什么,相信自己的直觉,对探员来说,直觉才是最重要的。"

庄力神情复杂地看着杜景,然后转身,说:"景哥可以给我写一段话留念么?或者……签个名也行。"说着,他拿起自己的笔记本和笔递给杜景。

杜景接过笔,想了想,写了句赫拉克利特的话,签上名。杜景正准备合上笔记本,却无意中看到了前一页上的潦草的字,落款是"周昇"。

"前任?"杜景说。

"呃,这个说法有点让人误会。"庄力笑道,"不过,我确实在周少爷手下待了三个月。"

杜景没有细问。中午11点50分,一名中年人走出会议室,招了招手,让杜景进去。那人不是李良意,杜景微微皱眉,却没有多问,跟着进了会议室。

"我叫王舜昌。"那中年人隔着会议桌向前倾身,与杜景握手,握手的动作坚定有力。会议室里还有几名不认识的同事,显然是中年人带过来参加杜景的辞职述职的。

"大老板。"杜景说,"你好。"

"昌意事务所"以"昌""意"二字命名,大部分时候由李良意管理,王舜昌则只存在于传说之中。但高管离职,负责人是无论如何都要过来一趟,亲自做涉密审查的,毕竟做这行接触的东西太多,一旦出什么事,后果非同小可。

当然,杜景很清楚,只要是正常辞职,昌意哪怕有通天的本事,也不可能卡他。

"表挺漂亮。"王舜昌不经意地看了一眼。

"谢谢。"杜景说。

"有新的目标了?"王舜昌说。

"差不多。"杜景自然知道王舜昌想说什么。

做这行的,都是挣卖命钱,打着一旦财务自由就辞职的算盘,不可能做长久,事务所也没法强求。

"我们看了您的辞职报告，杜总。"一名同事说。

杜景看了眼凡赛提之眼，中午12点05分。他用右手盖住左手的表盘，两手搭在会议桌上，说："该说的我都在报告里交代清楚了。"

"是的。"一名同事说，"内容基本属实，根据我们的审查，没有问题。"

杜景做了个手势，示意那就结束了。

王舜昌说："其他都没问题了，找你过来，只是为了和你确认几件事。"

杜景扬眉。

王舜昌想了想，说："你在柬埔寨的一场密室逃生里救出了人质，并协助国际刑警瓦解了他们的洗钱犯罪集团。"

杜景点了点头，王舜昌又说："我反复读过整篇报告，以及所有参加者的口供，唯一不太明白的只有一件事，你是如何判断哪一盆水被投毒的？"

杜景说："马钱子碱的微弱气味。"

"水里被投放了马钱子碱么？"王舜昌说。

杜景没有回答，微微拧起眉头。

王舜昌说："但是你当时没有走到另一盆水前去确认。"

杜景没有回答。

王舜昌翻了几页报告书，说："你是怎么判断出墙内玻璃柜中有毒蛇的？"

"直觉。"杜景说。

"嗯。"王舜昌说，"相信直觉是很重要的。"说着，他把报告书放回桌上，意味深长地打量杜景。

杜景用力闭眼，睁开，仿佛在努力辨认着面前王舜昌的容貌。

"告诉我，明天，后天，或者一年后，将发生什么？"王舜昌忽然问。

杜景轻轻推了一下桌子，带着转椅后退。

"给你喝的咖啡里加了镇静剂。"王舜昌说，"配合一点，杜景，你胆子也太大了，还想在昌意动手。"

镇静剂开始起效，王舜昌与其他探员交谈的声音仿佛远在天边。

"他明显不知道即将发生的事。"

"这也就意味着……这是他第一次经历这一天……"

"不，我不明白您的意思……如果他现在通过所谓的跃迁离开，他会在我们的面前消失吗……"

"先带他下去……密切监视，把他所有的东西都搜缴了……"

椅子翻倒，杜景摔在会议桌下，挣扎片刻，两名同事上前架着他。王舜昌打开

会议室的门,杜景便被架着强行拖了出去。

外面的同事一起转头,看着垂头陷入半昏迷状态的杜景。

庄力蓦地站了起来,大喊:"景哥!"他要追出去,却被人拦住,他愤然挣扎。

王舜昌怒道:"你还敢在公司里动手?!无法无天!"

庄力吼道:"你们对他做了什么!"

声音渐远,杜景被拖出走廊,背后庄力还在喊:"他只是想辞职而已啊!"

被拖出走廊的瞬间,杜景一招回旋踢甩开左侧的人,箍着右侧那人的脖颈,将他的头往墙上一撞!

"咚"的一声响,办公室里所有的人都听见了,王舜昌瞬间变了脸色,冲了出去。

走廊里只留下两名昏迷的探员,远处传来安全通道的门"砰"地关上的声音。

"通知保安。"王舜昌道,"封锁大厦所有出口,拉警报。"

警报声大作。

中午12点半,杜景撞开玻璃门,冲进四楼的物业办公室,一步踩上办公桌,侧身往玻璃窗一撞。

"哗啦"声响,昌意的探员正从一楼往上逐层搜查,却不料杜景伴随着漫天的碎玻璃华丽地在空中转身,跃过数米距离,飞向大厦另一侧一个购物中心的玻璃连廊,然后一个滑步,从玻璃连廊滑进了购物中心。

探员们追上来时,杜景正跑过一家餐厅。正是午饭时间,到处都是来吃饭的白领,一时餐厅内大乱。

"接锅!"杜景掀起餐桌,火锅朝前来捉他的探员飞去,弄得满地都是油。

杜景转身给了拦路的探员一拳,那人被打得后仰,杜景精准地摘走了他手中的枪,转身指向从扶梯下冲上来的探员。所有人马上举起双手,往四周散开。

一看见杜景手中的枪,全场顿时炸开了锅。杜景转身,往购物中心的中庭一翻,下了二楼,再下一楼,从一家咖啡厅里冲了出去。

中午1点20分,长安古董店内。

周洛阳边看视频边问:"你们为什么会有这份记录?"

素普答道:"环太平洋探员协会提供的。当时后车的监控录下了全过程,这份视频最初在东京羽田町警察局里,我费了很大力气才拿到……"

视频中,仿佛为了闪避旁边另一辆车的袭击,父亲的车蓦然转向,在高速路上瞬间失控。雨天路滑,失控的后果是致命的,父亲的那辆丰田车飞了起来,在空中翻滚,然后车顶朝下,狠狠地掼在了路上。

下一刻，画面一片漆黑——后车撞上了前车，也即录像提供者的车撞上了翻倒的周父的车。

周洛阳在漆黑的屏幕上看见了自己悲伤而愤怒的脸。接下来就是他知道的，十余辆车连环相撞，酿成一场震动东京的车祸。

"看这里。"素普说，"你还好吗，周先生？"

素普转过电脑，拉动进度条，将视频定格在某一帧画面上，示意周洛阳看——那是杜景上车前，被停车场摄像头拍到的一幕。

"注意车牌号。"素普说，继而调出另一个窗口，播放车祸发生瞬间的视频。又是一帧定格，周洛阳父亲的车与杜景的车并排行驶着，车牌号与车型都正是先前监控拍到的。

"然后呢？"周洛阳说。

"注意这里。"素普圈出杜景所在的位置。

日本的车是右舵车，驾驶座上，也即杜景坐的地方，被不断放大后因清晰度不足而显得非常模糊，但周洛阳勉强看清了素普所指之处。

"这是一截枪管。"素普说，"手枪，他想在高速上开枪，杀死你的父亲。你父亲发现了，下意识地避开，结果车毁人亡。"

周洛阳盖上电脑，许久没有说话。

素普说："现在让我们来谈谈关于时间旅行的事吧。"

周洛阳说："我不知道什么时间旅行，恕我失陪了。"

"你不能走！"素普说，"接下来要谈的事对我们双方来说都非常重要！你现在想去质问 Vincent？没有用的！两年前他为什么要枪杀你父亲？他一定有他的理由！他回到中国，就是为了找到穿梭时间的能力！"

周洛阳朝素普怒吼道："给我闭嘴！否则我先杀了你！"

素普没想到周洛阳愤怒的时候竟如此恐怖，他下意识地退避。

周洛阳握着拳，气得直喘气。

素普勉强镇定下来："这是你第一次从我这里得知事情的真相？"

周洛阳没有回答。

素普又问："现在我需要清楚地知道，杜景是否已经得到了穿梭时间的能力？"

"我什么也无法回答你。"周洛阳道，"让路。"

素普站了起来，说："我在你的店里等了你两天，如果你一意孤行，坚持现在去见 Vincent，那我将不得不动用武力，你最好不要逼我用强。我知道我最多只有十二个小时，时间一到，你也许就会穿梭时间逃走……"

"打坏的东西记得照价赔偿。"周洛阳忽然道,然后转身要跑。素普却冲到了门前,抬起双手,摆出格斗的姿势。

周洛阳低估了素普,他虽是女孩模样,动起手来却绝不含糊。周洛阳没有经过训练,挨了他那一下,脑子里嗡嗡作响,摔倒在茶榻上。

周洛阳打不过他,却丝毫不怕他,起身将桌子上的砂铁壶如流星锤般朝冲上前的素普扔去。素普用手臂格挡,被热水一烫,动作迟滞,而周洛阳已跟跄逃开。

素普必须尽快将周洛阳制服,并让他配合自己,否则一旦被人发现报警,他会惹上很大的麻烦。

周洛阳开始在店内躲避,素普不敢动作太夸张,生怕砸碎了什么自己赔不起的古董,两人一个追一个躲。

素普怒了,喝道:"我是来救你们的!周先生!不要做蠢事!"

周洛阳沉声道:"你到底想做什么?"

"带我回去。"素普说道,"带我一起,让我穿梭回去。"

周洛阳一怔。

突然,庄力从门外冲了进来,素普刚一转身,就迎上了庄力的一招过肩摔!

"周哥!"庄力吼道,"景哥被事务所通缉了!"

素普给了庄力一拳,说:"原来昌意也开始行动了。"

下一刻,一箭呼啸而来,"唰"地穿过素普的肋下,带着他的衣服将他钉在了古董店的木墙上!

周洛阳架上第二箭,指向素普。

"刚才那一箭,只要我往上一点,你的命就没了!"周洛阳厉声道,"放开他!"

素普不敢反抗,举起双手,看着周洛阳。

"与我合作。"素普说,"否则你一定会后悔。"

"后悔药就在我的手里。"周洛阳沉声道,"有什么比时间回溯效果更好的后悔药呢?现在,马上,滚出我的店,否则我不介意动手杀了你。"

"什……什么?"庄力说。

"那是什么?"素普说,"是一件装置?是不是你祖父给你的?"

周洛阳站在两幅象征过去与未来的唐卡中间,身边是无数随着时间的流动"滴答滴答"响着的表盘。素普在这一瞬间忽然联想到了什么。

"那是……一块表?回答我,是不是!"素普马上转头,望向工作台上的凡赛提之眼!他没有见过斯瓦坦洛夫斯基的这块,只见杜景戴过一样的,便下意识地猜测能穿梭时间的装置就是它!

素普扑向工作台，周洛阳再放一箭，这一箭穿过他的手掌，鲜血四溅。庄力被吓了一跳。

"再不滚，下一箭就是心脏了。"周洛阳冷冷地说。

素普捂着手掌，慢慢地退了出去。

庄力已经糊涂了，说："这女的……在说什么？她是谁？"

素普趁机转身跑出店门。周洛阳推着庄力快步跑出去，问："杜景呢？"

傍晚5点，西四环，一家麻将馆外拉起了封路条，数辆警车停在外头，有人拿着喇叭朝里面喊话。

"放下武器！"警察说，"配合一点，出来吧，我们能保证你的人身安全。"

王舜昌也没想到事情竟然会闹得这么大，他之前看过杜景的材料，知道他有精神障碍，全靠药物抑制着。然而逃出昌意不是最夸张的，他居然还劫持人质，藏身民宅。这下事情一闹开，昌意也脱不了干系，上头可不管你是什么原因，过后一定会彻查。

这小子只要从这一天里脱逃，就再也拿他没有办法了。但王舜昌还有一点没有想通，假设他有穿梭时间的本领，12点一到，他还能从这个世界上无声无息地消失不成？

"杜景！"王舜昌大声道，"出来！我只是想找你谈谈！"

没有人回答。特警封锁了附近的街道，尚未有狙击手就位，而特警得到提醒，里头的家伙对付起来非常棘手，还有枪，他们不能轻举妄动。

王舜昌不敢乱来，万一人质被杜景杀了，而他人又消失了，那留下的烂摊子显然更难收拾。幸好，他最后的一招奏效了。

"杜景！"王舜昌说，"我们找来了你的朋友！"

周洛阳从车上下来，看见一间麻将馆，当即知道发生了什么事。

王舜昌看了眼周洛阳，说："你是周洛阳。"

周洛阳说："你们对他做了什么？"

"不管发生了什么事……"王舜昌说，"你能不能帮我劝他先出来？有话我们可以谈。"

庄力在车上已告诉了周洛阳一个大概。当然，庄力不知道事务所为什么会突然对杜景动手，这种事在昌意的历史上相当罕见，哪怕要进行权力斗争，也不至于拿杜景开刀，毕竟他只来了一年。

周洛阳瞥了一眼王舜昌，说："我去吧，他不会拿枪指着我。"

"你相信他么?"王舜昌说。

话里有话,周洛阳却无暇细想。杜景说过永远不会骗他,但素普给他看的视频明确地告诉他,杜景在这件事上对他有所隐瞒!

事情发生在杜景去美国受训期间,也就是说,当时杜景已从探员协会里得到了凡赛提之眼的秘密!

"我不知道。"周洛阳说,"如果他要开枪,就让他杀了我吧。死了倒好,死了一了百了。"

周洛阳背着弓箭走向麻将馆,说:"是我。"

里头没有人说话,周洛阳示意特警退开,说:"开门,让我进去。"

特警退到警戒线外,里头有人出来开门,周洛阳跟他打了个照面,发现居然是熟人,当即无话可说。

"来还钱的?"牧野打开防盗门,把周洛阳放进去。

杜景坐在一张椅子上,手里玩着枪,看见周洛阳时,说:"手机在开会时被缴了,通知不了你。"

几张乱七八糟的麻将桌上还摆着没打完的麻将,牧野打了个呵欠,坐在一旁,松了松手指。

"所以你现在是人质?"周洛阳问牧野。

"你说是就是了。"牧野道,"这是我开的麻将馆,这小子进来时,老子还以为被查了,吓得不轻。"

第十三章 记忆

"你出去。"周洛阳对牧野说。

牧野看看周洛阳,又看看杜景。杜景知道周洛阳有话想说,便对牧野道:"到隔壁房间去。"

"枪杀我你们也得还钱。"牧野说,"顶多换了别人来要债。欠债还钱,天经地义,是不是?"

"没有人要枪杀你。"周洛阳忍无可忍了,猜测牧野以为他们要商量怎么对付人质。

牧野倒是胆子大,这家伙真正做到了置生死于度外,他离开麻将室,去了一旁的茶水室,还顺手给他们带上了门。

杜景:"只要在这里等到午夜 12 点,问题就解决了。"

周洛阳:"你就没有话想跟我说么?"

杜景:"凡赛提之眼被发现了,我到现在还没想明白,王舜昌到底为什么会……"

"不是这件事。"周洛阳的声音很冷漠,"别的事。"

"别的?别的什么?"杜景带着疑惑与不解,起身朝周洛阳走来。他一只手拿

163

着枪，另一只手则伸向周洛阳，但周洛阳眼里带着愤怒与难过，躲开了他的手。

杜景不明白这短短的半天里发生了什么，但他感觉到了周洛阳的抵触。周洛阳的身体一动，他就马上收回了手，甚至没有碰到。

"我犯错了？"杜景说，"看来是这样。"

周洛阳简洁地说："是的。"

杜景走到一旁，重新坐下，带着少许不安，说："发生什么了？"

这是周洛阳第一次朝杜景发火，他几乎旁若无人地喝道："给我交代清楚！"

杜景安静地看着周洛阳："什么事？我不懂。"

周洛阳拿出一张打印的照片，放到杜景面前。他看着杜景，期待他露出疑惑与不解，甚至难以置信的表情，只有这样，他才能说服自己，杜景只是阴错阳差地被派去执行那个任务，并不知道对方是他周洛阳的父亲。或者，杜景在这之后失忆了。

然而杜景的反应最终指向周洛阳最不愿意接受的那个结果——他没有反应，只是沉默地看着照片。

"谁给你的照片？"杜景说，"离开前，我确认我已销毁了所有的档案。"

"素普。"周洛阳说，"他也许复原了资料，也许用了别的办法，但那不重要了。"

杜景把枪放在一旁，拿起那张照片打量。周洛阳走到窗前，外头传来王舜昌的喊话，"再给你们一小时……"

这件事千头万绪，但周洛阳仍勉强理清了线索，一定有人通知了昌意。眼前的事对周洛阳来说反而不那么重要了，不知为何，他想起了杜景离开的那天。

那天，他带杜景去看医生——方洲的叔叔方协文。

阳光从办公室的落地窗外照进来，杜景看起来干净且阳光，就像夏日里晾在池塘边上的一件短袖白衬衣。

周洛阳没有参与他们的谈话，谈完以后，他去缴费时，才顺便与方协文聊了几句。

"他最近病情稳定了不少。"周洛阳把缴费单给他，问，"没什么事吧？"

方协文若有所思，点了点头，说："让他自己消化吧。"

周洛阳本想把单子放下就走，没想到却从方协文处得到了一个模棱两可的答案，当即留在了办公室，追问："您觉得他哪里有状况吗？"

方协文说："我们只是随便聊聊，大部分内容都与你有关。"

周洛阳有点无奈，说："我以为他会说点别的。"

方协文说："他对你的过往很好奇。"

周洛阳从小就是同学长辈眼中的别人家的孩子，没人管，学习成绩还那么好，人也善良、温和。

方协文当然知道，便跟杜景说了些他知道的周洛阳的往事。

"如果是普通人，"方协文说，"这样的对话也许没有问题，但不要忘了，你的好朋友，他的逻辑和大部分人不一样。"

周洛阳没有说话，皱了皱眉头。

方协文说："他对你的过去好奇，理应先来问你，而不是从别人那里打听。"

"对。"周洛阳认为这确实不符合杜景的性格。

方协文说："我认为，他也许意识到了一些事。"

"意识到了什么事？"周洛阳不太明白方协文的话。

方协文摊了摊手，意思是他也说不清楚，又道："我只是随口问了一句，你们是不是经常在一起，你猜他怎么回答的？"

以周洛阳对杜景的了解，这个回答应该像他的一样，"对，我们是很好的朋友。"

方协文说："他说，他对你的依赖性太强，他很痛苦，但没有办法，他觉得你们现在的关系不太……不太健康？可以这么说吧。"

"你不该告诉我这个的。"周洛阳喃喃道，"方叔叔。"

方协文自知失言，他一时注意力都在杜景身上，周洛阳又是他的后辈，他向来不避讳他。

"不。"方协文马上道，"洛阳，你是个好孩子，你要知道，杜景大部分时候开口，说出来的话并不折射他的内心，或者说不完全折射。就像一个人口渴时，他不一定会说'我想喝水'，而可能说'你记得我们去过的一个游泳池么'，因为游泳池里有大量的水，能在心理上抚慰他'渴'的生理冲动，这正是'情感障碍'的一个表现。我们可以试着从另一个角度来理解它，我认为他的意思是……"

周洛阳示意方协文不要再说了。

方协文叹了口气，道："但不管从哪个角度理解，都不太乐观，所以你一定要有耐心。"

"我要自我消化一下，叔叔，等我想通以后再来找您。"周洛阳突然感觉很疲惫，他明白了，自己哪怕做再多的努力，杜景的病情也不会改善。

周洛阳离开办公室时，看见方洲与杜景并肩坐在沙发上。方洲还是一贯地开朗，不停地找着话题，杜景却沉默着不说话，也不看他。

周洛阳强打精神，笑道："你怎么来了？"

"我来给我叔送点东西。"方洲说。

周洛阳之前跟方洲聊过"我的一个朋友"，他知道方洲一定早就猜到了。

"刚好有点不舒服。"周洛阳没有多说,"回头来家里吃饭?"

方洲又换了个对象,正打算介绍给周洛阳认识,听到这话,立马说:"没事吧?你也不舒服了吗?要不我给你介绍个人,相亲去吧,我老婆有个姐姐……"

"能不能不要多管闲事?"周洛阳不客气地说,"我管过你谈了几个对象吗?"

方洲早就习惯了与周洛阳的这种对话方式,心情不好时,方洲也经常朝周洛阳发火,让他别管自己,周洛阳则会不管三七二十一地拖着他出门喝酒。

方洲挨了骂,反而感觉很亲切,他笑吟吟地说:"那回头再说,你快滚吧。"

周洛阳拉着杜景走了。

"我告诉他了。"杜景开着车,说。

"什么?"周洛阳回过神来。

杜景说:"我有病的事。方协文是他的叔叔?"

周洛阳说:"是的。"

"我的病好不了。"杜景说,"以后别再为我操心,不值得。"

周洛阳感到挫败而无力,但更多的是茫然,他发现自己仿佛不认识杜景了——这不是他想要的。

"是不是一直没有好转?"周洛阳终于问出了口。

"对。"杜景答道,"比以前更严重了,我自己心里清楚。"

当天傍晚,两人在餐桌前坐着,周洛阳仍然被自己的情绪影响着,可在杜景面前,他不能表现得太明显。

"洛阳。"杜景忽然认真地叫他。

周洛阳抬头看向杜景,眼神里有种复杂的感情一闪而过,甚至他都不知道那意味着什么,他对杜景居然有那么一点点的恨,可他说不出那恨意来自何处。直到很久以后,他才明白,但那时已经太晚了,而那天晚上,杜景一定感觉到了。

杜景低下头去,躲避着周洛阳的视线,忽然说:"对不起。"

"对不起什么?"周洛阳笑了起来。

"辜负了你。"杜景说。

周洛阳说:"只要你现在好好的就行了。站在我的角度,我也不想去找医生折腾,对吧?"

杜景想了想,说:"嗯,我想回马德里一趟。"

周洛阳点了点头。

杜景似乎在等待什么,但周洛阳始终没有开口,按往日的对话,接下来应该是"我陪你一起去吧"。

第十三章 记忆

"去吧。"周洛阳猜测杜景也许想一个人回去,"什么时候回来?"

"开学前就回。"杜景说,"那我订机票了。"

周洛阳又点了点头。杜景在手机上订好票,说:"好了,我走了。"

周洛阳:"等等,什么时候?"

杜景起身收拾东西,说:"今晚11点的机票,我现在开车回杭州去。"

"这么快?"周洛阳说,"说走就走?"

杜景想了想,说:"嗯。"

周洛阳说:"……"

他感觉到哪里不对,但他依旧遵循了一贯以来的原则,说:"那我给你……收拾行李。"

"没有多少东西。"杜景说,"都是你给我买的衣服,不用送了。"

周洛阳上楼,说:"我陪你去机场吧。"

杜景站在楼下,环顾四周,没有说话。周洛阳看了眼他的背影,不知为何感到了落寞。

收拾杜景的健身包时,周洛阳突然听到楼下传来车子发动的声音,"杜景!"他在阳台上大喊,然后快步冲下楼。

杜景什么东西都没带,就这么开车走了。

"疯了,疯了!你到底想做什么?!"周洛阳自言自语道,拿起手机,给杜景打电话。

杜景不接电话。这家伙可是有开车自杀的前科!万一在高速上出了什么事,后果简直不堪设想!

周洛阳冲出门,骂了句脏话,马上给方洲打电话。

"你跟他说了什么?"周洛阳上车时朝方洲吼道,"开车去萧山机场!"

方洲一脸茫然:"我没说什么啊。你们又吵架了?这真的不关我的事,洛阳……"

周洛阳说:"他去机场了,说要回马德里。"

方洲说:"他这是离家出走?你们不是一个寝室的么?他还要回来读书的吧?"

周洛阳一想也是,这能算离家出走吗?开学还会见面的吧……

"不行!"周洛阳说,"我怕他路上出什么事!"

周洛阳打开交通广播,一路不住地祈祷,生怕杜景发疯做出什么不可挽回的事来。但他知道杜景有一点是好的,无论如何,在发病时都会努力控制住自己,不会伤害别人。所以,哪怕他现在有什么想不开的,也不可能在高速上乱撞护栏。而且他走的时候根本没有发病的征兆——无论是躁狂还是抑郁。

.

"你们到底怎么了，洛阳？"方洲开着车，说，"有种什么症状，是用来描述心理医生与患者之间产生感情的，叫什么来着……"

周洛阳说："我不喜欢这样，方洲。"

方洲说："哦，对不起。"

周洛阳说："因为存在精神病症，就武断地否认了两个人的相处，否认了他们在生活中产生的羁绊，把所有的情感关系用一种病理性的现象来进行简单解释，一句话就否认了所有。"

方洲说："好吧，是我的错。"

他们下了车，周洛阳看了眼手表，一路跑进机场。杜景领完登机牌，正在排队安检。

"终于赶上了。"周洛阳跑得气喘吁吁。

"你怎么来了？"杜景有点意外，却没有更多的表示。

周洛阳很想给他一拳，但忍住了，笑了笑，说："给你送东西。怎么不等我就走了？"

杜景看了眼包，周洛阳努力装出若无其事的样子，道："回去照顾好自己，等你回来。"他把包递给杜景，跟他紧紧地抱了一下，没有再说什么，转身走了。

杜景注视着周洛阳离开的背影。周洛阳两手揣在运动服的兜里，气息还没完全平复，离开大厅时，他回了一次头，杜景却已过了安检。

在这之后，他们迎来了长达三年的离别。

杜景抵达马德里后，周洛阳给他打了几次视频电话，对面的他一切如常，穿着周洛阳给他买的夏装，在家里看书。

周洛阳问他什么时候回来，杜景的回答是："你需要我的时候，我就回来。"

周洛阳没有理会这句调侃，说："要开学了，需要帮你再请几天假么？"

"不用。你什么时候回学校？"

周洛阳说："下周一吧，我先找人把寝室收拾一下。"

杜景点头，挂了视频。

开学前一星期，周洛阳记得很清楚，那天也是一个黄昏，就像这天傍晚一般，夕阳透过那扇修不好的窗照进宿舍。如今在麻将馆中，阳光透过这扇灰蒙蒙的窗照进室内，过去与当下奇异地重合在了一起。

那天傍晚，周洛阳回到寝室，发现杜景与他拼在一起的床被恢复原位，衣服、运动鞋、书本、台灯……杜景所有的个人物品都被搬空了，借阅的书则回到了周洛阳的书架上。

周洛阳在窗前站了一会儿，然后打电话给杜景。抽屉里响起手机铃声，周洛阳拉开抽屉，看见自己买给他的手机正在里面响着。

屏幕上，来电显示：洛阳。

"你想听原因么？"杜景站起身，走到周洛阳背后，说。

"这不是第一次了。"周洛阳回头直视杜景，"说吧，当然，你不说，我也拿你没办法。你不怕死，也不怕失去我，你什么都不怕，说走就走，想做什么就做什么，我实在没什么能拿来威胁你。"

杜景说："你一直以来就是这样看我的？"

周洛阳说："有错么？"

杜景复又坐下，沉默了很久，仿佛一个即将被审判的人。周洛阳转头望向窗外，像回到了那天空空荡荡的寝室里，他有太多的话想问他，之前一直没有问，但该来的迟早会来。

后来，周洛阳去问辅导员，辅导员告诉他，杜景已经退学了，就在周洛阳回来的两天前，杜景亲自来办的退学手续，还清空了所有的东西。

"你觉得记忆会骗人么？"杜景忽然说。

"不明白。"周洛阳转过头，看着杜景。

杜景说："刚才我在想，我们会不会只是两个互不相识的陌生人，而我们所有的记忆都是人为制造后灌输进脑海里的信息？"

周洛阳不知该如何回答，也完全没想到杜景会用这句话来当开场白。

"病情影响的么？"周洛阳说。

"我知道你理解不了。"杜景无奈摇头，说，"任何人都理解不了。"

"不。"周洛阳本想说"我理解"，但他转念一想，决定说实话，"是的，我不理解。其实我大部分时候都无法理解你，是因为关心你，我才会说'我理解'，或者试图去理解，最后发现理解不了，转而愿意接受这一切。"

杜景没有回答，眼里有着悲哀的神色，嘴角却翘着，他难过地看着周洛阳。那一刻周洛阳又有点心疼。

"就像我不理解你为什么想带着我一起去死，"周洛阳自言自语道，"但我接受了。也许这就是你之前不辞而别的原因吧，我从来没有认真地理解过你，不是我不想，而是……算了，这种时候，该你来说。"

杜景说："而是因为我是病人，可我也关心你，我从来没有欺骗过你。"

周洛阳"嗯"了一声，没有反驳杜景。

杜景说："所以你觉得，只要是存在于记忆里的事，就是我们一起做过的，像那天环球影城的焰火。"

"我一直这么认为。"周洛阳说，"记忆对我而言是真实的，如果连记忆也不能相信，那就没有什么能相信的了。"

杜景说："如果你一直记得自己曾经做过一件事，可你又确信自己没有做过，这算是真实还是虚幻呢？"

周洛阳露出疑惑的神色，打量着杜景，杜景的话令他想起一个解释：人格分裂症。只有人格分裂，两个人格的记忆都保留在脑海中，偶尔混淆时，才会发生这种情况。但他知道杜景只是双相情感障碍，而不是人格分裂。

"你想解释什么？"周洛阳说，"你觉得你没有杀我的父亲，一切都只是记忆？可这不是记忆，杜景，这是被拍下来的事实。"

"不。"杜景说，"不全是因为这件事，洛阳，你见过素普。"

周洛阳看着杜景，杜景接着说："素普问过我，为什么我会离开中国，加入环太平洋探员协会，找到一份关于你家的卷宗。"

周洛阳说："你一直在找，是不是？找凡赛提之眼？"

杜景说："可在这之前，我为什么先认识了你呢？你觉得这是巧合吗？"

周洛阳忽然也觉得这有点不合常理，事实上他一直不明白杜景为什么会选择去当一名特工。按时间线来看，他们首先相遇，互相陪伴，杜景离开后加入探员协会，再在协会中查到周家掌握着奇特的秘密，之后回国加入昌意，回到他身边，最后顺理成章地得到凡赛提之眼。要把这一系列事情凑在一起，需要多少巧合？

"不。"周洛阳说，"我相信你是真的，杜景，不要乱开玩笑。"

周洛阳有了一个恐怖的猜想，难道在他们相遇之前，根本没有杜景这个人？所谓的大学室友不过是别人给他灌输的人为制造的记忆？

"我有照片。"周洛阳马上道，"我们以前的照片。"

杜景说："我也相信，我也相信，洛阳，那些都是真的。可是你看，你开始动摇了，你现在可以理解了。"

周洛阳看着杜景，不说话，他确实产生了动摇。

杜景说："如果我是假的，没有杜景，我拥有另一个身份，你现在还会相信我吗？"

周洛阳说："那就将错就错吧，我现在还是相信你……不，你给我解释清楚。"

杜景得到了他想要的答案，起身想靠近周洛阳，周洛阳却道："给我坐下，继续说。"

杜景说："四年前，也许是五年前，具体的时间我记不清了，某一天，我发现自己多了一段记忆，这段记忆是有关环太平洋探员协会的。"

"什么？"周洛阳回想起往事，说，"那不是咱们还在念书的时候吗？"

"对。"杜景说，"我从来没去过那里，从来没有。总部就在华盛顿，我记得

很清楚,一栋四层的小楼……我在查阅资料,看见了关于你曾祖父的记录,还有你父亲、你,但是记录上没有提到任何关于乐遥的事。"

"等等。"周洛阳已经混乱了,说,"什么意思?你确定……"

杜景比了个无意识的手势,说:"就像今年我突然发现,我记得两年后的某一天发生的某件事,记忆里,我当时确认过时间,确实是在两年后。"

周洛阳说:"你第一次想起未来,是在什么时候?"

杜景道:"我的病情暴露的那天,我很清楚地'想起'了未来,我决定保护你,因为你对我来说很重要。"

"不。"周洛阳已经完全混乱了,"所以你确认过吗,记忆里的场景是否真实?"

"确定。"杜景说,"我去确认了记忆里的那个地方,我相信了。接着,我想起了更多,包括我如何报名加入探员协会的过程。"

周洛阳说:"但那个时候你还在国内念书?!"

杜景说:"嗯,大二那年的暑假,距离我记忆里报名截止的时间已不到一个月。"

"于是你去了华盛顿,"周洛阳喃喃道,"想证实这一切。"

杜景说:"是的,我找到一家律师事务所,通过他们进行报名。因为家底很干净,我被选上了,他们主要测试了智商与身体条件,于是三天后,我回来处理了所有的事,离开了你。"

周洛阳说:"我以为你是因为……"

"因为什么?"杜景认真地说,"你问我当初为什么不告而别,我知道这样的答案你绝对不会相信。谁会相信一个人突然拥有了未来的记忆呢?"

"我以为你是因为觉得太依赖我,"周洛阳有点好笑,说,"才离开。"

"我本来就很需要你。"杜景说,"你说得对,既不想身陷其中,又想保护你,我才这么做。那段日子对我来说很难,我从没做过这种工作,全靠意志在支撑。我想回来,可我不断说服自己,一定要看到那段资料。训练课程有不少心理暗示,让我想起了更多混乱的有关未来的记忆。"

"可如果当时你不去协会呢?"周洛阳说,"未来就不会按照你记忆里的样子发展了吧?"

杜景道:"是的,我确实这样想过,也做了个实验。为了对抗这些混乱的记忆,有些事我没有去做。"

周洛阳:"?"

一段漫长的沉默后。

周洛阳说:"你没有去羽田机场。"

"我没有。"杜景说,"哪怕当时还不知道周嵩是你和乐遥的父亲。"

这一切实在是太匪夷所思了。杜景还在念书时便知道了未来他将加入探员协会,再依循自己的'记忆'踏上了这条路。但这看似最不合理的解释反而是最合理的,否则如何解释杜景一个普通大学生会知道探员协会,更阴错阳差地在协会里发现了关于周家的档案?

"这一切实在是太复杂了。"周洛阳道,在窗前坐了下来。

"你们还有四十分钟。"外面,王舜昌用扩音器说道。

"我拥有在羽田机场高速上朝你父亲的车开枪的记忆。"杜景说,"但在两年前的那一天,我又确实没有去过日本。"

"你有不在场证明吗?"周洛阳说。

杜景想了想,说:"没有,太久远了。"

周洛阳说:"当时你在哪里?"

"我在一个湖边,独自一人。"杜景说,"洛阳,你父亲对于当时的我来说,身份并不特殊……"

"我知道。"周洛阳马上说,"如果你当时知道他是我的父亲,车上还有乐遥,那么你一定会想方设法留下不在场证据,好向我证明。但当时,我的父亲只是你无数个任务里的一个普通人,你甚至不知道他与我有关,是这样不?"

"对。"杜景如释重负,说,"你相信我。"

"我当然相信你。"周洛阳说,"只要你说了我就相信。你只是有双相情感障碍,又不是有癔症。"

杜景捋了下头发,疲惫地闭上眼睛,叹了口气。

周洛阳说:"可是在机场租车的人又是谁呢?"

"我不知道。"杜景说,"但我猜测,也许是另一个时空的我。"

"平行时空吗?"周洛阳想起素普的话。

周洛阳现在大致明白了,他觉得这件事一定与凡赛提之眼有脱不了的关系。未来!他瞬间想到了一个可能,杜景的记忆说不定与未来有关!换句话说,这一切产生的原因当下还没有发生!会不会是未来的杜景通过凡赛提之眼回到了那一天?可是周洛阳又隐约觉得有点不对。

"杜景。"周洛阳恢复了以往的镇定,"我相信你的话了,咱们等不到午夜12点了,得想办法先离开这儿,他们很快就会冲进来。我知道只要时间回溯,这一切就相当于没有发生过,可是你有没有想过,万一他们收走了凡赛提之眼,再把它拆开研究,破坏了它的功能,回溯就不会发生了。"

"你说得对。"杜景睁开眼,打起精神,说,"我来想想办法,不能落在他们手里。我不知道王舜昌的消息是从哪里来的,但你的猜测很可能发生。"

周洛阳看向窗外,特警已经开始准备,再回头看杜景,他的眼神里有着茫然——他背负的太多了。他只比自己大一岁,却经受了这么多的考验,此时此刻,他仍肩负着让他们脱离危险的责任。杜景的意志实在太强大了。

杜景走向站在窗边的周洛阳,带着少许紧张,说:"所以你原谅我了?"

周洛阳哭笑不得。杜景朝他伸出手,等待着他的谅解,周洛阳握上他的手,然后紧紧抱了他一下。

"对不起。"周洛阳说,"你太累了,做这一切真的太累了。你早该找个时间告诉我的。"

"未来是不确定的。"杜景的心跳很快,瞳孔收缩,手上全是汗。周洛阳知道他正处于极度的不安与恐惧之中,每次安慰他的时候,杜景都有一点这种表现,只有今天尤其强烈。

"等等。"周洛阳注视着杜景的眼睛,说,"你确定该说的都说完了吗?我最后再确认一次。"纯粹出于直觉,周洛阳知道杜景也许还有什么话没说。

果然,杜景承认了,"我带着你几次踏入险境。"杜景喃喃道,"也许很不合常理,毕竟没有人会主动让自己要保护的人遭遇危险……"

周洛阳瞬间明白了:"因为你知道,不管怎么样我都不会死……为什么?"

杜景没有说话,侧头望向别处。

"你的记忆里……有我的死亡,对不对?"周洛阳说,"回答我,杜景!"

杜景再次看向周洛阳时,双眼通红,一句话都说不出来。周洛阳紧紧握着杜景的手,蓦地想起了他曾经说过的一句话。

"无论什么时候,我都不会用枪指着你。"

周洛阳曾想过,假如他与杜景调换位置,任何涉险的任务,他一定不会让杜景参与。

起初他只单纯地以为杜景离不开他,有他陪伴时,能发挥得更稳定。毕竟他们向来就是这样的,这也是信任的体现。直到今天,他才终于明白,杜景并非不想保护他,而是他早已知道自己会在什么情况下死去,在那天到来之前,他已无所畏惧。

"什么时候?"周洛阳说。

"回国正是因为那段记忆的涌现。"杜景放开周洛阳,低声说,"我知道不能再在协会里待下去了。"

周洛阳问的是根据杜景的记忆,自己会死在哪一天,杜景告诉他的却是回到他身边的原因。

"未来可以被改变，哪怕它成了既定事实的过去。"杜景说，"你害怕吗？"

"不。"周洛阳说，"一点也不，只是觉得有点……荒谬。"

"先离开这儿吧，我知道你一定有办法。"周洛阳望向窗外，自己的生死已不放在心上。

杜景看了眼表，还有十五分钟。

"牧野。"杜景说，"你的人呢？"他过去敲门，让牧野出来。

牧野说："商量完了？"旋即看了周洛阳一眼，周洛阳的表情很镇定。

"你们玩得挺大啊。"牧野又道，"哪怕现在让你们走，你们也离不开北京，时间拖得越久，你们就越没有胜算。"

杜景道："少废话，开始吧。"

牧野看了眼手机，上面是小弟们发来的信息。

"那祝你们好运吧。"牧野道。

最后十分钟，夜幕降临，杜景沿着侧门内的隐藏楼梯快步上楼。

"这儿还有个密室？"周洛阳开着手机上的手电筒照明，难以置信地说。

杜景说："预防有人抓赌，总要有所准备的。"

这个紧急出口通往三楼，杜景拿出牧野给他的钥匙，打开了三楼一间单位的门。

楼下，王舜昌下了最后通牒："……周洛阳、杜景，再不出来，我们就要武力突破了……"

"他们不敢惊动太多人。"杜景说，"不想把事情闹大，人手不够，没法封锁整栋楼。"

周洛阳关掉手电筒，上到阳台。阳台上有一根晾衣绳，一端在这边，另一端绑在对面居民楼的阳台上。楼里的住户大多在底下看热闹，杜景躬身走到阳台上，让周洛阳不要探头。旁边的居民楼里有昌意的探员在监视。

杜景与周洛阳一前一后，顺着晾衣绳飞快地滑向对面。

"你……"在对面楼监视的探员发现了他们。杜景顺势一招回旋踢，将他放倒，说："合作愉快。"

接着杜景松开晾衣绳，跳到阳台上，随后而至的周洛阳落地后打了个滚，站起身。

"牧野怎么会帮咱们？"

"他怕咱俩一起被抓，没人还钱。"杜景说，"走！来得及！"

周洛阳与杜景跑下楼梯，一辆车停在楼外，杜景拉开车门上车，驾驶座上坐着

牧野的心腹，那位戴眼镜的年轻人。

"两位好久不见，在下宗颂。"年轻人说，"现在去哪儿？"

"随便往哪儿开。"杜景说，"先离开主城区。"

宗颂打转方向盘，一脚油门开了出去。不远处，牧野举着双手从麻将馆里走了出来，被特警带走，其余人则展开了地毯式的搜查。王舜昌站在麻将馆里，难得地骂了句脏话。

华灯初上，宗颂看了眼导航，忠诚地执行老板交给他的任务，既没有问他们惹上了什么麻烦，也没有问他们接下来如何打算，只开车朝不堵的方向走。

周洛阳的心情还未能平复，偏头看着车外璀璨的繁灯，杜景则始终看着周洛阳的侧脸。等周洛阳从窗外收回目光，两人对视一眼，周洛阳什么也没有说，这一刻他反而释然了。

这时，车流明显慢了下来。

"临时岗哨。"宗颂说，"不知道是查你们还是查醉驾的。要冒险试试么？"

岗哨前的交警打着手电筒，照向经过的车辆，驾驶座、副驾驶座、后座依次查看，查一辆放一辆。

"查我们的。"杜景马上判断出来了，"我俩这就下车，麻烦你了。"

道路正中央，杜景打开车门，与周洛阳一起下车跑了，但这个举动瞬间就被交警察觉。

"是他们！找到人了！"

两人跑上路边，飞快地藏入了夜色。周洛阳的心快跳出来了，他想起那夜在香港的夺命狂奔，说："这次只要他们开枪，无论如何你都不能……"

"不会开枪。"杜景显然很有信心。

一时间，周洛阳感觉到处都是注视他们的目光。吃完晚饭的行人三三两两地经过路边，交警五步一哨、十步一岗，头顶还到处是摄像头，他们简直是在天罗地网之中奔逃。

周洛阳平时只觉得中国治安好，但一到这种时候，才发觉监控无处不在。

"还有多久？"周洛阳说，"我跑不动了。"

"三个小时四十五分钟。"杜景看了眼表，说，"他们拿到表以后，一定会第一时间去研究。有便衣！"

"不要袭警！"周洛阳说。

杜景一旦与便衣打起来，他们就没办法脱身了。

"进地铁站。"杜景搭着周洛阳，匆忙挤开几个人，进了地铁站。有地铁站作掩护，行色匆匆便不再可疑，周洛阳过路时还不住地朝被撞到的人道歉。

杜景打开检修用的安全门，与周洛阳闪身进去，说："走这里。"

两人在黑暗中沿着检修通道快步行走，杜景不时看表，周洛阳已经快没体力了，这场逃亡几乎耗尽了他全部的力气，而且他还没吃晚饭。

午夜12点还没有到，有生以来，周洛阳第一次觉得三个小时如此漫长。

"自从认识你……"周洛阳喘着气，"我的人生简直发生了天翻地覆的改变。没想到有一天，我会在北京的地铁站里逃亡……"

"对不起。"杜景说道，"要不是我，你不会遭遇这些。"

"这很好。"周洛阳说，"比普通人的生活充实多了。"他看了眼表——胜利在望，还有二十分钟。

"有人来了。"杜景听到了脚步声。

周洛阳说："地铁停开了，是例行检修吗？"

"是来抓我们的。"杜景从脚步的节奏判断，"你还能跑吗？"

周洛阳说："我实在跑不动了，我去引开他们吧……杜景，我们已经跑了将近六个小时……"

杜景坦然地说："那就走吧，没有关系了。"

两人离开检修通道，一出门，数把枪就抵上杜景的额头，突如其来的强光让周洛阳几乎睁不开眼。

"跟我们走。"王舜昌说，"不要再跑了，杜景，你应该知道，咱们之间的利害关系是最轻的。"

杜景没有回答，露出一个诡异的笑容。午夜12点整。刹那间，无数念头在周洛阳内心深处涌起又消失，就像面前刺眼的强光无声无息地暗了下去。

终于回溯了，周洛阳筋疲力尽。连续六小时的奔逃虽并未在他们身体上留下疲惫，心里的疲劳却还在。他们回到了家里，二十四小时后的一切都还是尚未发生的将来。

"我决定把从现在开始的每一天，"周洛阳说，"都当作最后一天来过。"

"我一直是这么做的。"杜景说。

第十四章 幕后

周洛阳坐到书桌前，打开台灯，开始思考。

这是梦境吗？周洛阳有时觉得，从杜景回到自己身边的那天起，所有的人与事就像一场扑朔迷离的梦。

杜景告诉他"有关未来的记忆"时，幻觉与现实，或者说未来与现在两个时空，不……过去、现在、未来这三个时空奇异地融合在了一起。假如真像素普说的，他们处在不同的平行时空，那么回溯之后，潜逃的杜景与自己在另一个时空里怎么样了？那个时空里还有他们吗？

一、王舜昌为什么会知道时间回溯的事？

二、另一个时空中的自己与杜景接下来会遭遇什么？

三、杜景为什么会有关于未来的记忆？

四、出现在羽田机场的人是谁？

五、凡赛提之眼是怎样运作的？

周洛阳在纸上写下五个问题,每一个都千头万绪,最终,他把最重要的点标记在了问题三。也许只要解答了这一个问题,其他的便会有线索。

杜景走近,看了乐遥的卧室一眼,那边很安静。

"你在写什么?"杜景说,并拿起桌上的纸。

"我没有你聪明。"周洛阳抬头,说,"只能先写下来,再一个个地想。"

杜景恢复了周洛阳最熟悉的模样,他坐下,看了一眼那张纸,说:"我也思考过这些,现在我有些头绪了。"

周洛阳说:"把你的猜测告诉我,现在我们之间没什么需要隐瞒的了。"

杜景说:"首先,王舜昌知道时间回溯,甚至明确地知道到我有这个能力,一定是有人告诉了他,否则他不可能注意到那个细节。"

周洛阳说:"那这个人是谁呢?我觉得不是素普,如果是,他就没有必要独自来见我。"

杜景说:"很合理。这个通报消息的人的目标只是我,不过他很快就会露面,我们可以先不管他。"

周洛阳"嗯"了一声。

"第二个问题。"杜景想了想,说,"过去的那个1月3日里的咱们怎么样了?"

"你觉得我们会在地铁站里凭空消失吗?"周洛阳说,"还是在那一刻,命运发生分岔,留下的咱们被抓,另一个时空里的我们则回到二十四小时前?"

"不。"杜景说,"不是这样。也许并没有平行时空,平行时空只是素普的推测。但我目前还没想清楚,之后再说吧。"

周洛阳点头,杜景又说:"第三个问题最重要,我有关于未来的记忆。起初我想不通,但得到凡赛提之眼后,我就明白了。"

"为什么?"周洛阳说。

"未来一定有一个突发事件。"杜景说,"因为这件装置,未来的我与过去的我的记忆发生了重叠。目前这个事件还没有发生,所以我们不知道产生的原因。"

周洛阳:"……"这是最合理的推测。

"每一次回溯,"杜景问,"是让我们的身体回来的么?"

"不。"周洛阳说,"不是。"

杜景问:"那么你觉得是什么?"

周洛阳说:"意识?可以这么说吧?或者感知?我明明经历了这一天,带着这一天的经历,回到了二十四小时前……等等!记忆!"

周洛阳明白了!穿梭时间是一种解释,或者……能不能有另一种解释?他们在

12点的刹那拥有了未来，或者说明天的记忆！那么杜景拥有"很久以后的某一天的记忆"，也同样可以用这个原理来解释！

"可是那些事真的发生了吗？"周洛阳又混乱了，如果没有发生过，不就意味着记忆是假的？

"发生了。"杜景说，"记忆与现实的偏差和相互印证就是证明。"

"那到底是什么原理？"周洛阳说，"这就是第五个问题。"

"这个还不清楚，事件发生在未来。"杜景起身拉开床头柜的抽屉，"近期应当还有一伙人会上门……"他的话头瞬间打住了。

周洛阳转头，见杜景坐在床边，看着空空如也的抽屉。

"不见了。"杜景说。

"乐遥？"周洛阳敲了几下隔壁卧室的门，想确认乐遥的安全。

杜景坐到餐桌前，看了眼手机，凌晨3点。

"是乐遥拿走了。"杜景说，"对方头脑非常清醒，在午夜12点前就让他带走了凡赛提之眼。"

"不可能！"周洛阳说，"杜景，你这么说我要生气了，他是我的弟弟！乐遥！快醒醒！"

杜景起身，找来钥匙，打开乐遥卧室的门。被子散乱，乐遥不在房中。

周洛阳："……"

杜景说："他在这之前就动过凡赛提之眼，正因为他是你的弟弟，我没有提出任何异议。"

周洛阳走到乐遥的书桌前，看见上面留了一张纸条。纸条是张地图，上面标记了地点，明显是乐遥的字。

周洛阳低声道："对不起。"

"没关系。"杜景说，"是我大意了，洛阳。"

周洛阳不知道该说什么。乐遥为什么要动这块表？他被威胁了？应该没有，他是可以向他们求助的，而且就算他被威胁，杜景也不可能察觉不出异样。

"他为什么要……"

"听我说，洛阳。"周洛阳避开杜景的目光，杜景认真地说，"不用道歉，也别想太多，找到他就知道了。"

"你说得对。"周洛阳说，"换衣服，我们一起去找他。"

两人上了车，系好安全带，杜景说："他现在一定在素普手里，素普既然找过你，也一定找过他,他的胆子实在太大了。"

"他认为你杀了我们的父亲。"周洛阳无奈,"他……他一定会听素普的!"

"我确实这么做了。"杜景说,"只是现在还没有。"

周洛阳说:"现在的你没有做,就是没有。"他仍没有想通杜景为什么会出现在羽田机场。虽然它对于现在的他们来说已成既定事实,但杜景是在未来的某一刻做了这个决定,对现在的他而言就是尚未发生。

"我怕这是个陷阱。"过了一会儿,周洛阳说。

"没有办法了。"杜景说,"凡赛提之眼在乐遥手上,不拿回来,我们就不能回到前一天,或者重复进行时间回溯。"

"素普一定知道凡赛提之眼的作用!"周洛阳瞬间明白了。

"是的。"杜景镇定地说,"果然比王舜昌还难对付。素普让乐遥在午夜12点前趁咱们不注意拿走凡赛提之眼,再在今天早上出门前把它放回原位。"

"可是他们既然得到了它,为什么不把它直接拿走?"

"因为对方不能确定哪一块是真的。"杜景道。

周洛阳忽然意识到了一个关键的问题:在背后操纵着这一切的人,真正的身份已经浮出水面了。

根据地图,他们在凌晨4点半时到了一栋楼前。这里是个中俄合作公司的办事处,也是俄罗斯驻中国北京的商会,里面十分安静,但灯火通明。

杜景与周洛阳沉默地对视一眼。保安早已收到指示,给他们放了行,杜景把车开进商会内。素普站在入口处,耐心地等待他们的到来。

"看来你们已经是第二次经历1月3日了。"素普说,"请进,斯瓦坦洛夫斯基正在里面等你们。"

"我说呢。"周洛阳道,"原来在半岛酒店接应你的人是他。"

走进二楼的大客厅,客厅内的四名保镖先搜了周洛阳与杜景的身。

"欢迎!欢迎!"斯瓦坦洛夫斯基叼着雪茄,说,"例行检查,确认你们没有带枪进来。"

"你想太多了。"周洛阳道,"中国有枪支管制。"

"周乐遥在哪里?"杜景沉声问道。

"你们是第几次来?"斯瓦坦洛夫斯基现在的汉语倒是非常流利,显然先前不通中文的样子都是装出来的。他仔细一想,便明白了,"第一次来?嗯,所以你们不清楚。"说着,他朝旁边的乌克兰美女示意,"莉莉。"

莉莉行了个礼，出去了。斯瓦坦洛夫斯基说："不要着急，既然是远·周的子孙，出于对我们两个家族的友谊的尊重，我不会伤害你们。"

斯瓦坦洛夫斯基打量着两人，又问："周老板，我的表修好了吗？"

"没有。"周洛阳掏出另一块凡赛提之眼的表身，朝他扔了过去。

斯瓦坦洛夫斯基神秘地一笑，说："我提醒过你，一定要小心谨慎，游客。"

周洛阳瞬间仿佛听到了另一个奇怪的声音，那熟悉的语气……

"你是支配者？！"周洛阳难以置信。

杜景："？"

"你们在密室里表现得很好。"斯瓦坦洛夫斯基笑道，"只可惜洪侯死了，我的赌注无法兑现，但不要紧，通过这一场游戏，我找到了家族的宝物，真是意外之喜……"

杜景沉声道："早在半岛时，你就注意到我们了。"

斯瓦坦洛夫斯基说："因为我看过洪侯发来的预选赛视频。"

所有的线索刹那间联系到了一起——斯瓦坦洛夫斯基本来就是暗网的顾客，在参加苏富比拍卖会前，便已看过预选赛的视频，认识了周洛阳与杜景！于是在拍卖会上，斯瓦坦洛夫斯基第一时间注意到了他俩，并私下通知了洪侯。同时，他还发现了杜景戴着凡赛提之眼。

"关于凡赛提之眼，我的家族里流传着一个传说。"斯瓦坦洛夫斯基说，"当初我的家族正是靠着它杀出重围，在十月革命之后发家，成为延续数代的大贵族。到我，已经是第三代了。"

"乐遥！"周洛阳忽然朝着厅堂入口喊道。

莉莉推着乐遥过来，保镖则推来沙发，斯瓦坦洛夫斯基说："各位请坐，我保证不会伤害你们，只要你们配合。"

杜景哪怕有通天的本事，也无法带着周洛阳两兄弟逃跑，毕竟乐遥根本没法跑。

"哥哥。"乐遥说，"你知道杜景做了什么吗？"

"不。"周洛阳说，"不是这样的，听我说，乐遥！你为什么不先来问我？！"

乐遥喃喃道："你不会相信的，你只相信杜景。"

"其他的事，还是回去以后再说吧。"杜景在沙发上坐了下来，没有看乐遥，沉声道，"继续说，斯瓦坦洛夫斯基，我很想知道真相。"

斯瓦坦洛夫斯基从口袋里摸出凡赛提之眼，放在面前的茶几上，说："这块表现在在我的手里，你们哪怕成功让时光倒流，回到这一天，依旧得不到它。"

"是的。"杜景承认了，说，"你很聪明，哪怕我们拥有让时光倒流的能力，你仍然步步为营,成功地破解了这个时间循环,从我们手中夺走了它。"

周洛阳被保镖挡住,无法接触到乐遥,素普更是在一旁把乐遥看得很紧。

斯瓦坦洛夫斯基咧嘴一笑,说:"看来杜先生对它真的很好奇,连自己的安危都不在意了。"

杜景沉默地注视着凡赛提之眼,没有说话。

"从哪里说起呢?"斯瓦坦洛夫斯基站了起来,一只手揣在裤兜中,另一只手拿着雪茄,他走到窗前,开始回忆往事,"你们还不知道它真正的名字,对不对?现在可以告诉你们了,它的名字非常拗口。"斯瓦坦洛夫斯基说了一串俄语,接着说,"翻译为中文,应当叫'光粒逆流转轮'。1920年,弗拉基米尔·伊里奇·乌里扬诺夫在十月革命后的第二年提出了有关超能力者的设想,并开始寻找时间、空间的相对关系。"

"在俄罗斯这是很普遍的现象。"周洛阳道,"我更关心你们家族是如何知道它的。"

斯瓦坦洛夫斯基说:"真正的光粒逆流转轮最初确实在我们的手里。斯堪的纳维亚教派没落之后,我的一位太曾祖母,是这么说的吧?将它交给了梵蒂冈教会。作为遗物,俄罗斯得到了它,并让工匠将它制成了一块手表。"

斯瓦坦洛夫斯基背对厅堂,叹了口气,说:"当然,他们没能研究出它的太多作用,甚至无法启动它,只知道它异乎寻常,是一件外星文明留在地球的强大武器。"

"后来物归原主,国家把它还给了我的祖父。"斯瓦坦洛夫斯基说,"一次调试时,曾祖父无意中启动了它,从此我们家族掌握了光粒逆流转轮的时间回溯能力。"

杜景说:"于是你的家族得到了雄厚的财物,称霸一方。"

"是啊。"斯瓦坦洛夫斯基转头,笑着朝他们眨了眨眼,"人生没有后悔药可吃,有时走错一步,就要粉身碎骨,但我的祖父从众多斗争中脱身而出,每一步都无比正确,最终带领我们家族走向了巅峰。"

"但看来他并不小心。"杜景已经猜到后面发生的事情了,"就像魔戒里的咕噜,这么重要的宝物,怎么能不谨慎看管呢?"

斯瓦坦洛夫斯基说:"你应该为中国人的智慧自豪,毕竟不是每个人都能想到,用一块仿制品来进行替换。毕竟我的祖父如此相信远·周,连最重要的秘密也对他坦诚,只是为了帮助他。但这块表,被神不知鬼不觉地调了包。"

周洛阳瞬间懂了。他的曾祖父周远在高加索地区经商,结识了斯瓦坦洛夫斯基的祖父,因缘际会,窥见了他的秘密,之后因贪欲作祟,制作了一块一模一样的凡赛提之眼,把真的换了出来。而斯瓦坦洛夫斯基的祖父发现后,已无法再回溯时间补救。

"真的很抱歉。"周洛阳说，"如果一切如你所说……"

"不。"斯瓦坦洛夫斯基说，"不需要道歉，周先生，我们家族早已看得很淡，说不定这反而是上帝的旨意呢？毕竟如此重要的武器掌握在我们手中，也许会在将来的某一天为家族带来覆灭的苦果，就像我在拍卖会上提醒你的。"

周洛阳没有说话，斯瓦坦洛夫斯基继续说："如果没有它，你们又怎么会被我盯上？周家遁去后，祖父逐渐解开心结，留下仿制品，权当一份来自朋友的纪念。多年后，我向环太平洋探员协会发起委托，让他们调查你的父亲，也即周嵩。"

乐遥与周洛阳沉默不语。

"是素普接了这份委托。"斯瓦坦洛夫斯基瞥了一眼素普，说，"不过，我们两家还是很有缘分的。"

杜景没有给斯瓦坦洛夫斯基更多蛊惑人心的机会，道："现在你拿到它了，你想做什么？"

斯瓦坦洛夫斯基按灭雪茄，神态自若地说："你们不会使用它，或者说，无法正确地启动它最重要的功能。"

周洛阳知道这块表一定还有奥秘，只是他们不会用而已。

杜景说："洗耳恭听。"

"当然，"斯瓦坦洛夫斯基又说，"关于它的力量，我也只是从祖父的日记上得知的。"他又坐了下来，拿起那块表，端详外围的转盘，"你们以为逆流仅仅发生在二十四小时之中吗？不，我亲爱的朋友们。"

这一刻，杜景与周洛阳屏住了呼吸，心跳近乎停止。

"看来你们没有试过。"斯瓦坦洛夫斯基说。

修好这块表后，除了上链，杜景不敢乱动它，生怕胡乱调试，又启动了什么麻烦的功能。

"让时针与表盘同时旋转。"斯瓦坦洛夫斯基说，"最终复位时，你将回溯无数个日夜，直到你选定的那一天。你可以回到过去，也可以前往未来。"

斯瓦坦洛夫斯基轻轻拉开上链钮，发出一声轻响。为了方便调试，凡赛提之眼已被卸去表带，此刻他将表身放在桌上，左手旋转外围的日期转盘，右手则小心地拧动指针旋钮。

"你确定？"杜景说，"你改变不了什么，至少改变不了当下。"

斯瓦坦洛夫斯基没有说话，动作只是稍稍一顿。

杜景又说："你只是在平行时空中穿梭，回到另一条时间线里的自己身上，不过是自欺欺人……"

"平行时空？"斯瓦坦洛夫斯基忽然笑了起来，说，"你们从远·周的记录中得到的解释是这个？"

斯瓦坦洛夫斯基停下动作，解释道："根本没有什么平行时空，你们还是没明白光粒逆流转轮的原理。你一直是你，我一直是我……我们的身体从来就没有穿梭过时间，被剥离这个维度的，只有……"说着，他抬起手，指了指自己的头，"灵魂，也即意识。"

刹那间，乐遥被绑架，凡赛提之眼落在敌人手中，甚至他和杜景的人身安全受到威胁……所有迫在眉睫之事都被脑海中出现的另一个念头压了下去。

"什么意思？"周洛阳疑惑地问，"没有平行时空？"

"没有。"斯瓦坦洛夫斯基笑着说，"你们将光粒逆流转轮的原理想得太复杂了。当然，它真正发挥作用的原理，也许比我们想象的更复杂。"

杜景正在思考如何从这乱局中脱身，并成功夺回凡赛提之眼。原本他们几乎没有任何胜算，但斯瓦坦洛夫斯基为他们创造了机会，眼下两块表并排放在一起，这是他们唯一的突破口。

但此时就连他也不得不按捺下动手的念头，斯瓦坦洛夫斯基将揭开一直以来令他们不解的谜底，而这谜底至关重要，一旦错过，他们也许就再也得不到答案了。

斯瓦坦洛夫斯基也不打算瞒着他们，哈哈一笑，说："时间线永远只有一条，但我们的灵魂脱离于时间线之外，位于比身体更高的维度中。不过嘛，我有一点不太清楚。"

斯瓦坦洛夫斯基看着杜景："你又是如何获得光粒逆流转轮认证的？"

周洛阳还有许多地方不明白，只想听斯瓦坦洛夫斯基继续说下去，这家伙却不再多说了。

杜景仿佛早知道斯瓦坦洛夫斯基会问出这句话，沉声道："需要我现场给你演示一下吗？"

斯瓦坦洛夫斯基没有回答，只与杜景安静地对视。

"你在怕什么呢？"杜景漫不经心地说，"还是你认为，这已经不是我们第一次来了，不想冒这个风险？"

斯瓦坦洛夫斯基下了个命令，保镖当即过来，用枪抵着周洛阳的头。

周洛阳："杜景！"

周洛阳不明白他们在说什么，但他知道杜景一定掌握了斯瓦坦洛夫斯基的弱点……是了！斯瓦坦洛夫斯基知道怎么启动它，却不知道要如何让它识别自己。

第一次启动凡赛提之眼，是杜景做到的。周洛阳也疑惑过，为什么被带回

二十四小时前的人只有他们俩?

"你可以不配合。"斯瓦坦洛夫斯基说,"而我,总会试出来的。我不介意在这里把你们直接驱逐出光粒逆流转轮的时间系统,否则一旦我启动时间回溯,所有曾被认证过的人都会跟着我进行穿梭……"

"……我可不想被你们坏了好事。"斯瓦坦洛夫斯基阴森森地说。

"等等!"周洛阳说,"什么意思?"他还没反应过来,这句话的信息量实在太大了。但杜景的动作更令他震惊,只见杜景一脸难以置信地望向乐遥,乐遥则怔怔地看着他们,没有说话。

下一刻,一枚飞弹呼啸而来,击穿商会二楼大厅的玻璃窗,在室内爆炸,发出轰然巨响!

杜景马上转身护住周洛阳,侧身一脚踹起茶几,茶几上的两块凡赛提之眼一起翻飞,斯瓦坦洛夫斯基与杜景同时上前,各自抓到了其中一块!

接着又有三枚飞弹射了进来,接连爆炸,四周震天价响。周洛阳第一次近距离接触这种毁灭性武器,耳朵差点就聋了,眼前全是烈火与浓烟。他知道一定发生了什么变故,说不定是杜景的安排。

"乐遥!"周洛阳在地上挣扎着起身,跟跄着朝乐遥先前所在的方向冲去,突然听见乐遥一声大喊,然后枪声大作。

"走!"杜景从身后抓住周洛阳,往反方向逃跑。两人从破了的玻璃窗突破,跳下一楼花园。

早晨7点,商会内的爆炸震惊了早起的人。杜景带着周洛阳从围墙翻了出去,周洛阳吼道:"乐遥还在里面!"

"只要时间能回去!"杜景说,"他不会有事!"

"格鲁特!"一个熟悉的声音喊道。

周洛阳抬头,见陆仲宇正在商会的后门外,他点击几下手机,收起无人机,大声道:"你们究竟在搞什么飞机?"

杜景怒吼道:"你还说!刚才那几下,你差点把我们给炸死了!"

陆仲宇说:"进不去!我只有自己一个人,知足吧!车给你们准备好了,先走!"

杜景带着周洛阳上车去,陆仲宇却上了另一辆车。杜景喘息着,那几枚飞弹爆炸产生的弹片从他的侧脸刮了过去,令他的额头满是鲜血。周洛阳还在回头看商会,杜景却给他系上安全带,一踩油门,两人脱逃。

"现在怎么办?"周洛阳问,"去哪儿?"

杜景扔出一块表,周洛阳接过,杜景一个急转弯,车险些侧翻。

"看看是哪一块。"杜景说。

"我不知道！"周洛阳拿着杜景抢回来的凡赛提之眼，说，"陆仲宇怎么来了？"

"我出门前通知他的！他还在单枪匹马地查暗网的用户。"杜景说，"斯瓦坦洛夫斯基是其中的一名用户，他想拿到几个暗网俱乐部的密钥。那小子太疯了，比我还疯，直接用无人机往商会里发射导弹……能用吗？得等中午12点了。"

"我无法判断这块表是不是咱们的，得找到修表工具。"周洛阳说，"大概率不是，因为它不走了。"

"斯瓦坦洛夫斯基拿出来的时候，"杜景说，"我注意到它已经停住了，我们还有机会。"

周洛阳又问："现在去哪儿？"

"店里。"杜景很快冷静下来，"应该把乐遥一起带出来，我实在没有办法同时照顾你们俩，我尽力了。"

周洛阳疲惫地说："乐遥为什么会……我的天啊！"

"素普一定给他看了你父亲死的时候的监控录像，"杜景道，"并与他做了交易，让他在午夜12点前将凡赛提之眼偷出来，只要不在咱们的手里，哪怕回到昨天的午夜，咱们也拿他们没有办法。"

周洛阳握着那块不知真假的凡赛提之眼，说："可是乐遥为什么会知道……"

"你还没明白吗？！"杜景在一旁大声道，"你弟弟擅自动了不止一次光粒逆流转轮！乐遥也被认证了！就像咱们一样！每一次我启动时间回溯，他在北京、在学校，一样也在不停地重复经历同一天！"

周洛阳有些害怕，下意识地与杜景对视。

"别激动，慢慢说。"周洛阳说，"我懂了，一定是素普先找到乐遥，乐遥便告诉了他自己经历的怪事。可是乐遥为什么不跟咱们说？！"

杜景道："只要是被这件装置认证过的人，不管时间在什么地方重启，他们都会在各自的位置被带回过去，所以斯瓦坦洛夫斯基首先要解决掉咱俩的认证，否则就算他拿到表，再回溯，表也不会在他的手中，他还是得来找咱们。"

"当心！"周洛阳突然喊道。

他们经过十字路口，闯了红灯，险些撞上左转的车辆，两人都出了一身冷汗。

"你还记得怎么完成第一次认证的吗？"周洛阳说，"把血擦一下。"

杜景右手开车，左手拿着纸巾按在自己额侧的伤口上，答道："先前想不通，但今天懂了……这是一个类似人脸识别系统的仪器，复位的瞬间将开始自动识别，只是人脸被改成了意识或者脑电波……"

"等等……等红灯。"周洛阳说,"别莽撞。"他打开收音机,听见早间新闻正在播报商会遇袭的新闻,又马上把它关了。

"当时咱俩在它附近,于是完成了认证。"杜景道,"我不知道乐遥在什么时候碰到它的……这产生了另一个问题,算了,太复杂了,先不想了。"

第十五章 回溯

他们开车回到店里时,蒋玉鹏正在开店门准备营业,周洛阳奇怪地看了他一眼,说:"你不是放假了吗?"

"什么?"蒋玉鹏一脸茫然,问,"老板要放我假?你们总算回来啦!"

周洛阳想起来了,他们之前回到了1月3日,杜景没有去昌意,从日本回来以后这是周洛阳第一次见蒋玉鹏!

"放你假。"周洛阳扶着杜景进店,杜景还在擦拭脸上的血。

蒋玉鹏惊了,说:"大老板,你没事吧?抽屉里有云南白药。"

"先回去休息吧。"周洛阳说,"去,这就去,这是为你好。"

蒋玉鹏知道杜景与周洛阳估计又摊上事了,这话是要保护他,于是点头,说:"我把店门给你们关上?"

"不能待在这里。"杜景环顾四周,说,"他们很快就会找过来,带上东西,我们回仓库去。"

斯瓦坦洛夫斯基一定查过他们,周洛阳只得拎上工具箱,再次上车。杜景安慰道:"皮外伤,没大碍。"

回到那间狭小的仓库,周洛阳开了灯,关上门。仓库内逼仄、昏暗,却打扫得很干净。

"万一拆坏了怎么办?"周洛阳说。

"拆开看看。"杜景说,"别动里头的东西,看一眼就把表盖盖回去,你能认出来吗?"

周洛阳也不确定。杜景为他清理了工作台,周洛阳心烦意乱,想到乐遥还在斯瓦坦洛夫斯基手里,当时一片混乱,他似乎看见弟弟从轮椅上摔了下来,只求千万别被流弹击中。

"如果不是呢?"周洛阳忍不住问了一句。

"如果不是,"杜景说,"就证明真正的那块在斯瓦坦洛夫斯基手里,他一定详细问过乐遥,确认过所有的细节。正常人会怎么说?"

周洛阳喃喃道:"乐遥不可能记得这么清楚,正常人碰上这种事,根本不会往表上联想,他只会回答自己无意中动过,具体动了哪些地方,他一定记不清了。"

"是的。"杜景说,"除了我。"

"你都记得?"周洛阳问。

杜景答道:"我本来也不是正常人,我是精神病病人。"

周洛阳哭笑不得,杜景这话让气氛轻松了少许。斯瓦坦洛夫斯基一定在他们来之前就再三盘问过乐遥……乐遥也许能勉强回忆起启动凡赛提之眼的经过,却是模棱两可的,斯瓦坦洛夫斯基才需要找杜景套话确认。换句话说,约他们见面的真正目的,斯瓦坦洛夫斯基前面说的所有信息,全是为了套取获得认证的方法!而一旦杜景告诉了他,斯瓦坦洛夫斯基就会把他们灭口!这厮太狡猾了!

杜景没有催促,耐心地等待着周洛阳。

"咱俩如果被杀会怎么样?"周洛阳忽然说,"哪怕斯瓦坦洛夫斯基先把咱们杀了,再回溯时间,回到我们还活着的那天,你我不就又出现了么?"

杜景在仓库里走了几步,答道:"他还有不少关键信息隐瞒着咱们,其中至少有一点与死亡有关。记忆……时间线只有一条,我想我大概能理清楚了。动手吧,看看是不是咱们的这块。"

周洛阳在仪器上插好镜片,右手持镊子,左手持特制的螺丝刀,小心地卸下表盖上的螺丝。

"来开奖吧。"周洛阳取下表盖时,两人屏住了呼吸。

"不是吗?"过了一会儿,杜景问。

"不是。"周洛阳失去了所有的力气,说,"这块表我拆过,我非常确定。完蛋了,另一块在斯瓦坦洛夫斯基手上,他迟早会试出来的。"他正想把表盖盖回去,杜景却道:"把它修好,再想办法。"

周洛阳根本没有心思再去碰它,但想了想,还是调节了传动轮与弓弦。

"有表带吗?"杜景拉开抽屉,找到两根表带。周洛阳接上表带,将修好的表递给杜景。杜景戴上表,在弹簧床上坐下,沉默不语。

"怎么办?"周洛阳问。

"我在想办法。"杜景说。

周洛阳没有打扰他。仓库目前还是安全的,乐遥应该没有告诉斯瓦坦洛夫斯基这里。可是乐遥为什么会听斯瓦坦洛夫斯基的?解释只有一个,他想回到车祸的那一天,挽救父母的性命。

杜景没再说话,但想必他比周洛阳更清楚,他甚至没有怪罪乐遥。

"我帮你上药。"周洛阳说。

杜景侧过头,把头凑到周洛阳身前,周洛阳拿着从店里带出来的云南白药,给杜景上药。他没有包扎,让伤口暂时敞着。杜景的发型是周洛阳带他去剪的,那天剪完,周洛阳还称赞他很精神。

仿佛感觉到周洛阳的目光,杜景转头与他对视一眼,眼神很复杂。

"在想什么?"周洛阳低声问。

"想过去,"杜景说,"想时间的重置,想我们的未来将发生什么。"

周洛阳放下药,说:"我没听懂他最后说的那段话。时间是单线的,不存在平行空间,穿梭时间的只是我们的意识,过去也即记忆,这些是什么意思?"

杜景想了想,解释道:"意识是超越我们所在维度的,这点我在华盛顿受训时也了解过一些。"

"所以呢?"周洛阳说,"这和时间有关系吗?"

"我们的身体却在这个维度。"杜景说,"因为是物质。人的意识依附身躯发挥作用,所以换个说法,意识只要在身体里,就会被现实世界的规则禁锢。"

周洛阳听明白了,杜景已经用最直白浅显的话来解释了。

"时间就像一条长河,裹挟着万物往下游而去,而它……"杜景用手指点了点表盘,"可以让我们的意识暂时脱离身体,就像暂时离开河流,到河面上来,原地等待,再沉入同一个坐标系内的河流的同一个位置,但这个时候,长河已流淌过一天。"

"我懂了!"周洛阳道。他们也许并没有进行所谓的"穿梭时间",而只是意识抽离,回到了前一天的自己身上!意识再度沉入时,带回了未来一整个二十四小时里的经验以及记忆!

他们看着杜景手腕上的另一块凡赛提之眼,这个时候,水滴型的指针卡在10点25分39秒处来回跳动,就像发条被卡住了一般。

"又坏了。"周洛阳沉声道。

"不。"杜景说,"斯瓦坦洛夫斯基正在调试。"

杜景望向四周,起身做了个实验。他轻轻推了一下悬挂在天花板上的垂灯,垂灯开始做简谐振动。周洛阳发现,那垂灯在荡下的过程中,忽然退回了不太明显的一段距离,又重新落下。

这个情景实在太诡异了,他们正在几秒几秒地经历时间的回溯,犹如置身于一个卡带的视频中,只是这一视频变成了现实世界!

"他在试凡赛提之眼的更多功能。"杜景喃喃道,"他从乐遥那里问出来了。"

突然,仓库里的光消失了,周洛阳在午夜家里的床上睁开双眼。

"杜景?!"周洛阳带着恐惧问道。

"我在这里。"杜景马上道。

他们俩同时回到了1月3日的0点,也即1月2日的午夜12点!

"换衣服!"杜景说,"马上离开家里!"

"为什么?!"周洛阳说,"明明还没到1月3日的午夜12点……"

杜景说:"之前我们触发的是像闹钟一样的定时功能,把回溯的起点定在了正午与子夜这两个特殊的时间点,但凡赛提之眼其实是可以随时随地发动回溯的!"

周洛阳换上衣服,打开乐遥的房门,里面依旧没有人,桌上放着商会的地图。杜景拿了车钥匙,说:"别看了!快下楼!"

"去哪儿?"周洛阳问。

杜景答道:"离开这里!斯瓦坦洛夫斯基很快就会找上门了!"

他们站在电梯里,周洛阳紧张无比,看着电梯不断下降。电梯里的楼层显示先是到了六楼,又回到八楼,再下到六楼。

"他还在调试。"杜景道。

这幕景象实在太诡异了,让周洛阳不寒而栗,但杜景紧紧握住了他的手,他们就像两颗无法对抗呼啸而来的时间长河的渺小石子。

到了地下车库,杜景上车去,周洛阳说:"现在要去哪儿?我们被困在这段时间里了!"

杜景说:"洛阳,听我说,我们还有机会。"

周洛阳也上了车,杜景却没有开车,说:"他一定会派人来抓咱们,无论回到午夜12点多少次,我们都不能落到他手里。"

刹那间，两人又回到了午夜12点的家里。

周洛阳说："这混账。"

杜景说："走！"

他们飞快下楼，斯瓦坦洛夫斯基显然还未能精准定位到某时某刻，只能不停地将时间回溯到午夜12点。

"我们要重复一样的事情多少次？！"周洛阳说。

"跑就对了！"杜景说，"直到他耐心耗尽！他抓不住咱们的！商会到你家有时间差，他在第一个午夜12点错过了部署，就注定抓不到咱俩！"

杜景把车开出车库，看见远处一辆黑色的大切诺基开了过来，但对方还没开到楼下，他们就逃脱了。对方一打电话朝斯瓦坦洛夫斯基汇报，斯瓦坦洛夫斯基便立马又把时间回溯到了午夜12点。他们只得第三次开始逃亡。

"这太荒唐了！"周洛阳把车钥匙扔给杜景。

杜景说："他很快就会知道，有些事哪怕不停回档重来，他也办不到，这是早就写好的游戏规则。"

再一次离开车库，这次杜景把车拐上了另一条路。

"他没有再回溯了。"周洛阳说，"但是麻烦也越来越大了。"

现在斯瓦坦洛夫斯基得到了认证，只要凡赛提之眼启动，他、杜景、乐遥与斯瓦坦洛夫斯基就会同时进行时间穿梭。

"他马上会采取另一个行动了。"杜景说，"如果可以，他会把时间定位到更早的时候。"

周洛阳一瞬间想起了许多事，但他没有打断杜景。

"这个时间节点一定是在我拿到凡赛提之眼之前……"杜景低声而快速地说，"甚至早于你得到它，只有这样，斯瓦坦洛夫斯基才不至于因时间回溯而让咱们夺回主控权。"

"对！"周洛阳顿时如梦初醒。

"你必须去回忆。"杜景说，"想清楚，这块表曾经属于谁？你爷爷？在他家里的什么地方……"

周洛阳说："在我爷爷手上，我可以确认，但至于在家里的什么地方……我得去找找……"

"不，不！"杜景说，"现在不重要，你只要回忆，不用马上想起来。我们万一因为时间回溯而分开了……"

周洛阳看着杜景，杜景停下车，看向他。

"等我。"杜景说,"我一定会来找你,无论回到什么时候。如果我们互相联系不上,就去长安古董店的仓库。"

"万一在咱们出生之前呢?"周洛阳问。

"长大以后,我也会来。"杜景的回答很坚定。

他们将车停在路边,这一刻他们什么都没法做,只能等待斯瓦坦洛夫斯基操控时间。周洛阳有种预感,杜景说得对,他们马上就要分开了——下一刻就要失散在时间的迷宫里,而他们现在什么也不能做,只能安静地等待那必将到来的结果。

斯瓦坦洛夫斯基将选择一个恰当的时间点,回退到某一天,来到中国,从周洛阳祖父的手中取回凡赛提之眼,并从那天开始真正地拥有它,开启他新的人生。

"我要去给你买个创可贴。"周洛阳看着杜景头上的伤口,血止住了,但他想把伤口贴起来。

"不用了。"杜景说,"很快我们就会在时间里分开。"

"不。"周洛阳道,"至少现在,我们什么都别想了。"

周洛阳下车,在路边的便利店里拿了杯热牛奶,杜景站在一旁,沉默地看着他。

周洛阳去结账,深夜的店员对他们的到来没有表示出丝毫的意外。但就在店员收钱时,杜景与周洛阳同时抬头,望向便利店墙上的时钟。

分针消失了,不,不是消失,而是转动得太快,化作一道虚影。时针也在飞快地旋转。万物静默,时间开始回退。

"等我。"杜景说。

"我等你。"周洛阳说。

周洛阳转身走向杜景,杜景也朝他走过来,但就在他们的手指即将触碰的那一瞬间,天地万物倏然全部消失。巨大的、无形的手将他们分开,分别扔进了回旋的、扑朔迷离的、浩大的时间迷宫里。

那是一种极度奇异的体验,与之前每一次回溯二十四小时的经历完全不同,周洛阳感受到时间正在飞快地流逝,犹如呼啸的狂风,穿过他的身体。诸多迷离的、混乱的记忆接连在他的脑海中闪过,碎片纷繁重叠于一处。突然"轰"的一声巨响,时间的巨浪击穿了他的意识。

四周光亮刺眼,周洛阳半晌说不出话来。早晨8点,他站在曾经的大学寝室里,两张床上空空如也,东西早已搬走。

周洛阳马上开始寻找手机,手机正放在书桌上充电。

"毕业。"周洛阳喃喃道,"5月13日。"杜景回国的一年多前。

"为什么选择这天?"周洛阳自言自语道。他走出寝室,敲开对面寝室的门,看见了对门的学长,与以前一模一样。

"哟,洛阳,要走啦?"学长拿着毛巾,说,"晚上一起吃个饭么?"

"不……不了。"周洛阳心神不宁,说,"有空了再吃吧,我还要回来的,先打个招呼。"

"什么时候的车?"学长问,"工作找好了吗?"

"先去北京吧。"周洛阳想起那一天,自己打算先回家待一段时间,再去看看祖父,但一天后,父亲就在羽田机场出了车祸。家人将父亲的死讯瞒着已有认知障碍的祖父,但祖父还是知道了。不久后,周家办了第二场葬礼,从此周洛阳几乎失去了全部,开始陪伴乐遥。

"你的手机在响。"学长提醒道。

周洛阳道过谢,转身回了寝室。是个陌生来电,他的心狂跳起来,接起电话,那边一阵沉默。

"喂?"周洛阳紧张地说,"是谁?"

还是没有人说话,周洛阳低声道:"说话,你是谁?打错了吗?"他开始回忆,曾经的5月13日,自己似乎也接到了这个陌生来电,当时也一样,电话里没有人说话。

不,等等,当时没有人给我打电话,可我为什么会有这样的记忆?周洛阳有点混乱,实在太奇怪了。

"是你吗?"周洛阳又问。

周洛阳低声说:"我在约好的地方等你,杜景。"

杜景挂了电话。周洛阳拿着手机站在寝室里,不久后,他背上运动挎包离校。

周洛阳坐最近的一班高铁回到了徽州,同时给父亲打了个电话——无人接听。

"快接电话……"周洛阳自言自语道,"接电话啊!"

父亲的电话怎么打也打不通,周洛阳又给乐遥打,乐遥那边也没有人接。

"乐遥。"周洛阳说,"你也回来了吗?你在吗?你们在什么地方?听到语音留言后尽快回复我。"

周洛阳挂了电话,望向落地窗外,天已经黑了。他又给祖父打电话,那边倒是接了,是他的姑姑。

"爷爷还好吗?"周洛阳问了几句祖父的情况,姑母简短地回答了,显然她最近几天并没有去看祖父,只将老人家扔给保姆照顾。

她问他什么时候回来,周洛阳本有许多话想问,最后却什么也没说。突然打电

话回家问一块表，太令人起疑了。他买了当天下午回北京的机票，夜晚10点降落在北京机场。

开机后，周洛阳再尝试着打父亲的电话，这次接通了。

"喂，洛阳？"

父亲的声音来得猝不及防，瞬间让周洛阳不知所措。

那声音原本已化作久远的记忆。最后一次与父亲通电话时，周洛阳的语气非常糟糕，因为他没有来参加儿子的毕业典礼。但周洛阳向来不太会表达激烈的情绪，心里有气却没有发泄，只和和气气地说了几句，并冷漠地挂掉了电话。这是他能表达的最大限度的愤怒。

"对不起。"周嵩在电话那头说，"今天已经毕业了吧。"

周洛阳站在人来人往的机场里，忽然哽咽起来，眼泪淌下，双眼通红。

"洛阳？"周嵩在电话那头问道，"没事吧？"

"没事。"周洛阳低声说。

周嵩听到大儿子的声音，带着歉疚说："你现在在哪儿？回家了吗？"

"在北京。"周洛阳原本有许多话想说，但在这一刻，脑海中却空空如也，"过来看看爷爷。"

"嗯。"周嵩说，"我刚谈完事，在开车回家的路上。乐遥和你阿姨去度假了，你考虑好我的提议了吗？"

在大学毕业前，周洛阳也与父亲通过一次电话，父亲提议他到东京去，协助他打理生意。周洛阳自然拒绝了，当时的他半点都不想为继母、弟弟打工，这令他觉得自己像个外人。于是周嵩退而求其次，让周洛阳带着他的朋友一起来日本旅行。这个朋友，说的是杜景。

"杜景走了。"周洛阳说。他跟父亲提过几次杜景的事，却没有告诉他杜景的名字。

"哦，他叫杜景吗？"周嵩说。

周洛阳知道周嵩正在车水马龙的夜里开车回家。

"开车注意点。"周洛阳说。

"不碍事，东京很堵。"周嵩说，"为什么走了？"

"退学了。"周洛阳说，"上一次说到他已经很久了，你怎么记得这么清楚？"

周嵩说："因为你从来不向我提起你的朋友，他是唯一的一个。"

父子二人都没有说话，在电话里沉默了一会儿后，周洛阳忽然说："爸爸。"

周嵩"嗯"了一声。周洛阳本想直接告诉他明天羽田机场的车祸，但事到临头，又不知如何开口。

"怎么了，儿子？"周嵩轻松地问。

"你……"周洛阳无法告诉父亲自己是从未来回来的，为了提醒他二十个小时后将会发生一起车祸，他和他的妻子会在车祸中丧生，只有小儿子活了下来，并落得截瘫的下场。

"你车上有交通平安的御守吗？"周洛阳问。

"有一个，在清水寺里求的。"周嵩说，"怎么了？为什么突然提到这个？"

"不……"周洛阳想了想，答道，"我昨晚做了一个梦，梦见你了。"

周嵩"嗯"了一声，周洛阳叹了口气，说："梦见你去羽田机场接乐遥和阿姨，回去的路上……"他用另一种方式提醒周嵩。

周嵩说："之后呢？"

周洛阳说："之后我收养了乐遥。"

周嵩笑了："他健康平安地长大了吗？"

周洛阳说："不算太健康，但终归是长大了。"

周嵩说："那就好。"

两人又沉默了一会儿，周嵩忽然说："我怎么觉得今天的你不太像你？"

"不像我还能像谁？"周洛阳说。

"像长大的你。"周嵩打趣道，"该不会是未来的你回到现在，来提醒我注意开车吧？"

周洛阳："……"

周嵩这话纯粹是无心之言，他片刻后又道："我会注意安全的，不为了我自己，也为了乐遥。"

周洛阳说："好。"

周嵩看着反光镜下挂着的御守，说："可是啊，儿子，佛家不也常说么，一切有为法，如梦幻泡影，如露亦如电……"

听到这话，周洛阳的眼前奇异地浮现了吴哥窟里梵天威严而庄重的面容。

"……无所谓生，也无所谓灭。"周嵩说，"如果命运真的如此，那么接受命运的安排才是最好的选择，对不对？"

周洛阳"嗯"了一声，父亲一向对许多事看得很开，感情、家庭对他来说，也用缘分二字就可以解释。

"没什么了。"周洛阳沉思片刻，说，"因为这个梦，所以我决定给你打电话。"

"ごめんなさい(对不起)。"周嵩忽然说了句日语，"没有去参加你的毕业典礼。"

"不、不。"周洛阳说，"没关系，真的没关系。我很高兴你们能把我带到这

个世界上来,我爱你,爸爸。"

周嵩那边安静了,周洛阳想了想,又说:"杜景也许明天会回来。"

周嵩说:"那你总得安排他过来见见面,喝杯酒。"

"好的。"周洛阳说,"只要有机会。"

"一言为定。"周嵩的声音带着笑意。

"一言为定。"周洛阳挂了电话。

周洛阳拿着手机,面朝长长的车流,光影晃动,犹如大千世界里梦幻的闪光。

他发现有三个未接电话,试着回拨,却是空号。是杜景吗?他心想,然后叫了出租车,直奔祖父家。

那栋单元楼一如既往。六楼,周洛阳在按下门铃前忽然有种不真实感——这一切是真的吗?他半晌不敢按下门铃,无数个念头逐一生出,又无声无息地湮灭。

回到这一天后,是不是一切都变得不一样了?斯瓦坦洛夫斯基的回溯是不是相当于无偿赠予了他们一次重新演绎人生的机会?

周洛阳沉吟片刻,最终还是按下了门铃。

"来了!"保姆过来开门,隔着防盗门看见周洛阳时,相当意外。

"是洛阳?"保姆说,"你怎么也回来了?"

"刚办完毕业手续。"周洛阳说,"爷爷还好吗?"

"刚睡下。"保姆说,"我去看看……"

"别叫他了。"周洛阳一阵风似的进去,轻手轻脚地打开房门,见祖父在床上睡着。祖父的面容如此熟悉,令周洛阳想起与他互相陪伴的无数个日夜。

周洛阳来到床前,跪了下来,握着祖父的手,安静地坐了很久。不知过了多久,周洛阳低声道:"爷爷,我还有很重要很重要的事情要办,我也希望……能和你待在一起。"

可人总会离开,大千世界,来来去去,万物川流不息,人生亦如是。

"我来找点东西。"周洛阳来到客厅,说。

保姆点点头,继续坐在沙发上织毛衣、看电视。

周洛阳进了书房,里面有祖父大半的藏品,另一部分在仓库里。

"在哪里呢?"周洛阳自言自语。他记得乐遥说过,父亲再婚,祖父去参加婚礼时还戴过这块表,但那已经是许多年前的事了。

他拉开书柜的门翻看,再看抽屉,最后转头望向保险柜。不,不在那里。他清楚地记得保险柜里是票据、房产证以及一些古董的鉴定证书,家里只有他和祖父知道密码。

"你在找什么？"保姆问。

"没什么。"周洛阳说，"你忙吧。"

他跪在保险柜前，按下密码，柜门弹开。他伸手进去摸了一圈，没有，但里头有曾祖父的那个黑皮笔记本。他翻了几页，忽然发现某个地方出现了不该出现的东西。

记录凡赛提之眼信息的第二页原本是残缺的，他曾经确认是被人撕掉了，但现在它还好好地存在着，上面写了满满一页的俄文——墨水字迹已有些褪色，是曾祖父留下的。

周洛阳撕下那一页，将黑皮笔记本放回保险柜，这一刻，两段时空仿佛奇异地重叠了。但他没有多想这个问题，接着彻底检查保险柜，发现了一张曾祖父周远的黑白照片。

曾祖父与他长得很像，也许正因如此，祖父才特别宠爱他。

周洛阳起身回到客厅，保姆抬头看了他一眼。他想问问那块表被收到什么地方去了，自从祖父生病，亲戚们就常来家里东翻西找，给保姆塞点钱，便堂而皇之地瓜分祖父的藏品。保姆一来不想管他们的家事，二来也没立场管。

然而，此刻周洛阳忽然想到了一个不合理的地方。

"为什么说'也'？"周洛阳想起开门时保姆说的话，"今天还有谁来过？"

"你弟弟和你阿姨。"保姆有点诧异，说，"你不知道吗？我以为你们说好了。"

周洛阳："……"

"还有谁？"周洛阳的声音发着抖，说，"我爸爸也来了？他们一起来的？"

"你爸没有回来。"保姆说，"那个日本小孩，他也在找东西，傍晚走的。"

"他带走了什么？"周洛阳问。

第十六章 执念

周洛阳快步下楼，夜色已深，他不住祈祷，快点，再快点……

破旧的仓库虚掩着门，周洛阳猛地撞了进去，里面一片漆黑，满是灰尘。他屏住气息，控制自己不要打喷嚏。

"乐遥，"周洛阳在黑漆漆的仓库里说，"你们在这里么？"

"乐遥？"周洛阳拿出手机，打开手电筒。

仓库和他第一次来收拾的时候一模一样，那天他与乐遥一起动手收拾了这个地方。这里剩下的东西已经不多了，祖父的保险柜之后会被挪过来。

他们在哪里发现的凡赛提之眼？周洛阳依稀记得似乎是在一个装鞋的纸盒里，但看样子乐遥已经来找过了。他会带父亲过来么？不，乐遥应当不会告诉父亲这件事，也即是说，他看完祖父回到酒店后，是独自一人来的。

乐遥也许不会在这里待太久，他对北京的环境不熟，找没找到都会尽快回去。

周洛阳走向架子，拿下最顶上的鞋盒。

"哥哥，你在找它么？"乐遥的声音在周洛阳背后响起。

黑暗里，乐遥拿着凡赛提之眼，表盘上荧光闪烁。

周洛阳停下了手里的动作："为什么这么做？"他没有回头，"为什么不和我们商量？"

乐遥没有回答，只是倔强地抿着唇。这个时候，他尚未瘫痪，没有坐轮椅，在黑暗里安静地站着。

周洛阳回头看向乐遥，手电筒的光芒照亮了他们身前的一小块地方。乐遥比他想象中的要高一些，应当有一米七以上了。

周洛阳十二岁以后就几乎没见过乐遥，再一次见时，他已经无法站起来了。现在骤然见到健康的乐遥，他有种奇怪的感觉。

"找你们商量，你会相信我吗？"乐遥低声说。

"为什么不相信？"周洛阳没有动手抢夺凡赛提之眼，而是低声道，"在你心里，哥哥就是这样的人吗？"

"不，不是。"乐遥答道，"我不相信杜景，他来到你身边是带着目的的。"

周洛阳沉默片刻，他想跟乐遥解释，却又无从说起。

"你误会他了。"周洛阳最后说，"你愿意听我解释吗？这里不是解释的地方，我们先出去，找个酒吧聊聊？我还没和你好好逛过北京呢。"

"他为什么没有和你一起来？"乐遥说，"他现在一定已经在路上了，对吧？"

周洛阳认真地看着乐遥。在手电筒光的照射下，乐遥的脸色有些苍白，但他是个很帅的小孩，穿着日本年轻人中很流行的一身衣服，他很瘦，头发有点长了，稍稍挡住了一侧的眉眼，带着淡淡的不安感。

"他到现在都还没有联系我。"周洛阳说，"乐遥，你想得到它吗？"

乐遥握着凡赛提之眼，把它放回外套兜里，没有回答。

周洛阳说："你很想回到过去，阻止那场车祸的发生，是不是？"

乐遥说："你们知道能回溯时间，但没有一个人告诉我，也不愿意为我做这件事。"

"不是的。"周洛阳解释道，"看来你对我们的误会很深，算了，既然不想出去，咱们就在这里谈谈吧，乐遥。我可以把事情原原本本地告诉你，最开始，我和杜景并不知道这代表着什么，只把它当作一个突发的诡异现象……"

乐遥走到一旁，周洛阳在弹簧床上坐了下来，说："……过来，乐遥，坐着说。"

"不。"乐遥说，"我想站着，我已经很久没有体验过站着的感觉了。"

周洛阳于是从他们拿到凡赛提之眼那天讲起，一直讲到现在，把一切都原原本本地告诉了乐遥。

"就是这样。"周洛阳说，"我没有骗你，你是我的弟弟。我没有不愿意回到过去，阻止那场车祸……"

"是啊。"乐遥说,"你什么也不知道,但杜景呢?他可是知道的。"

周洛阳:"……"

乐遥说:"他在回国后不久就清楚了,他知道这块表可以回溯时间,但他从来没有提过,也没有想过要回到过去,去阻止车祸的发生。"

周洛阳沉默了,他无法反驳乐遥。

"没关系。"乐遥说,"反正我已经得到它了,这已经与你们无关了。"

"你和斯瓦坦洛夫斯基做了什么交易?!"周洛阳的声音变得严厉。

乐遥避而不答,忽然说:"你的语气变了好多,哥哥,我们再见面后,你就像变了个人。"

"我……"周洛阳实在拿乐遥没办法,他解释过了,却发现根本无法说服乐遥。

"是因为我现在很好,对么?"乐遥说,"因为我没有坐在轮椅上,四肢健全,所以你的态度就变了,换了一副面孔。不像在照顾我的时候,因为可怜我,从来不朝我大声说话。"

周洛阳说:"你很陌生,乐遥。"

乐遥退后几步,退进了黑暗里,周洛阳却没有起身跟过去。

"你不应该是这样的。"周洛阳带着愧疚,在黑暗里小声道,"我一直以为你知道,哥哥爱你。"

乐遥没有回答。漫长的沉默后,周洛阳终于说:"把凡赛提之眼给我,好吗?"

"不。"乐遥说,"它现在在我手上了。"

周洛阳注视着黑暗中的乐遥,他知道斯瓦坦洛夫斯基一定与乐遥达成了某种协议——也许乐遥告诉他,自己知道这件东西的下落,并提出了条件。斯瓦坦洛夫斯基答应了他,于是让他回到北京,找到这块表,所换取的自然是……

"斯瓦坦洛夫斯基答应了我,"乐遥说,"不会再伤害你们。办完这件事以后,只要爸爸妈妈能活下来,我就会把东西交给他,这将是最好的结果。"

"你不能把表给他。"周洛阳说,"他会杀了你,杀了所有认证过的人!而且乐遥,你救不了他们的性命,除非你愿意杀人!"

黑暗里传来一阵声音,似乎是乐遥在快速退后。

周洛阳起身说:"等杜景来了,我们再想办法,现在先把它交给我。斯瓦坦洛夫斯基不可能放任你自己办事,他监视你的人很快就会来了。"

"离我远一点!"乐遥忽然道,"你想做什么?"

周洛阳知道乐遥根本不是他的对手,但他并未打算强抢,只期望能以兄长的威严逼迫乐遥将凡赛提之眼交出来。他缓慢地靠近弟弟,黑暗里,一拳带着风声袭来,他出拳格挡，意识到仓库内还有人！

"是谁？！"周洛阳喝道。

素普在黑暗里说："不要再坏我们的事了。"

周洛阳顿时明白了：斯瓦坦洛夫斯基果然不放心乐遥自己回来，他还认证了素普，并让素普负责接应乐遥！

然而还未完全想清楚，周洛阳便挨了一拳，被揍翻在床上。他翻身要冲出去，却被素普抓了回来，掀翻在地上。他听见乐遥惊慌地说："别下重手！"

素普随手捡起一个木雕，给了周洛阳后脑勺一下，周洛阳便昏了过去。

"他很快就会醒的。"素普说，"我不知道Vincent现在在哪儿，但他也很快就会过来，咱们得尽快离开。"

素普打开仓库里的灯，乐遥站在角落里，满脸惊惧。周洛阳额上全是血，昏迷在地。

凌晨时分，周洛阳醒了，发现自己被绳子捆着，侧身躺在酒店标间的一张床上。

素普披散着头发，正在电脑上调取羽田机场的监控记录，见他醒来，说："不要大喊大叫，我不想把你的嘴巴堵上。"

"乐遥呢？"周洛阳难得地保持了镇定，他知道杜景一定在赶来的路上。杜景没有给自己打电话，也许是因为探员协会监控了他的移动设备。

这是奇怪的一幕，时间回到一年多前，每个人都出现了不太明显的变化，时光的刻痕虽不至于大开大阖，却细水长流，哪怕一年的光阴，也有着细微的变化。

素普看上去比他们第一次见面时要年轻一些。

"他和你继母就住在这家酒店。"素普答道，"很快他们就会回东京去，Vincent哪怕来了也找不到你。你会在酒店里再待一段时间，我待会儿离开的时候会按下勿扰，不退房。乖乖接受现实吧。"

"他不会回去的。"周洛阳冷冷地说。

素普道："他会的，因为你父亲还在日本，在我主顾的监视之下。"

周洛阳刹那间明白了——乐遥有不得不回去的理由。斯瓦坦洛夫斯基在东京做好了部署，要求乐遥在羽田机场将手表交给他。之后乐遥便可改变过去，选择另一条路，与来接他们的父亲乘坐地铁离开羽田机场。

周洛阳轻轻挣扎了几下，绳子绑得不紧，却是用特殊的手法绑的，他无法挣脱。

"你觉得Vincent会来救你吗？"素普检查完监控，合上笔记本电脑，在转椅上转过身来，看着周洛阳，自问自答道，"我觉得他不会来，按照过去的发展，他不可能来。"

周洛阳盯着素普看。

"你现在相信我说的了？"素普又说，"接下来，Vincent会去羽田机场，在机场高速上追上你父亲的车，设法夺走那块表。"

周洛阳："……"

这一刻，先前所有的细节都在时间的力量下拼成了一块完整的拼图。羽田高速上的车祸，杜景的现身，车辆的追逐……

"时间的规则妙不可言。"素普喃喃道，"一切都在这无法挣脱的规律之下自行发展，最终导向那个必然的结果。"

"如果真是这样，"周洛阳说，"我们现在又是在做什么呢？你这就是自相矛盾了。如果过去、未来不能被改变，那么现在你做再多也是徒劳，该死的人终究会死。如果既定的事实能被改变，那么杜景很有可能会来，你还不能掉以轻心。"

"说到这个……"素普若有所思地说，"我倒是想问问你，周先生，你与Vincent不止一次使用了光粒逆流转轮，你们成功改变过二十四小时内发生的事么？"

"是的，在一定范围内。"周洛阳说，"但我们发现，有一件事是无论如何都改变不了的。"

"什么事？"素普脸色稍变，问道。

周洛阳没有回答，根据素普的表情，他发现斯瓦坦洛夫斯基有些事隐瞒着素普，或者，敌人一方并不清楚这个至关重要的点。

一段时间的安静后，素普又问："你觉得这是什么造成的呢？"

"你为什么给斯瓦坦洛夫斯基打工？"周洛阳反问，"我记得你是杜景的后辈，如果没有意外，你这个时候还在受训。"

"我也想回到过去，重新做出一次选择。"素普轻松地说，"很难理解吗，周先生？斯瓦坦洛夫斯基答应了我，他确实办到了。这个交易我一直想找你做，可惜你一而再，再而三地将我拒之门外。"

周洛阳说："现在我可以帮助你，你已经被认证了。"

"你不是在开玩笑吧？"素普失笑，"这个时候谈合作还有意义吗？"

两人再次沉默。

周洛阳说："你也有想救的人吗？"

素普说："告诉你实话也没有关系，我只想救我自己。认识你的那天，我已经被查出患了一种病，但时间回到当下，一切都解决了，只要我不去做一些事，这病就不会与我有关系了。"

"哦……"周洛阳明白了。他并不关心素普得了什么病，许多事就是这样，当初一念之差，一切便有了天翻地覆的不同。

"你还没有告诉我，"素普说，"什么事是无论如何也无法改变的。"

"没有什么。"周洛阳轻松地说，他知道素普被吊住胃口了，他只想拖延时间。

周洛阳不知道乐遥、素普与斯瓦坦洛夫斯基的约定，但根据乐遥的反应，他已能猜出一个大概——

1月3日清晨，他与杜景逃离商会，迫不得已扔下了乐遥。斯瓦坦洛夫斯基明白，除了当天凌晨，无论回到哪个时间节点，凡赛提之眼都不在他的手中，他必然需要大费周章地寻找。何况，他还没有获得凡赛提之眼的认证。

最终，斯瓦坦洛夫斯基与乐遥做了个交易，将回溯时间定在了一年多前的5月13日，当时乐遥与他母亲正好回国探望祖父，这是乐遥获得凡赛提之眼的唯一机会。

为了确保乐遥不被干扰，素普也被凡赛提之眼认证。作为协助斯瓦坦洛夫斯基找到这块表的报酬，素普得到一个改写过去的机会。

乐遥启动时间回溯，所有人被送回了过去。乐遥拿到表，素普则把手头未做完的事彻底做完，前来保护乐遥，确定他能带着凡赛提之眼离开中国，回到东京，拯救他的父母。

而斯瓦坦洛夫斯基一定在东京等着乐遥。只要父母安全，乐遥绝不可能再启动一次回溯，去面临未知的危险。事情结束后，乐遥把手表交给斯瓦坦洛夫斯基，从此彻底结束他们与它的纠葛。

素普说："这个时候撒谎可不太好，周先生，斯瓦坦洛夫斯基授意我瞒着你的弟弟，送你去见上帝，但我同情乐遥，所以不想动手。"

"当然我不介意动手。"素普说着，从包里拿出那把小巧精致的口红枪。

"凡赛提之眼最终落在斯瓦坦洛夫斯基手里。"周洛阳喃喃道，"你们觉得一切就结束了，是不是？"

素普注视着周洛阳。

"但是每当他重置时间，回到过去时，"周洛阳说，"所有曾经被认证过的人，包括你、我、杜景、乐遥……我们四个人都将在世界各地被强行带回过去。这是斯瓦坦洛夫斯基不想见到的，毕竟这将平添变数，你确定他不会在最后杀你灭口吗？"

素普忽然眯起了双眼。周洛阳从素普的表情判断，斯瓦坦洛夫斯基没有告诉他这个细节！素普是第一次进行时间回溯，他甚至不清楚回溯本身会带来多大的影响。

就在此刻，一声玻璃碎裂的巨响传来，杜景从阳台上冲破落地窗，带着万丈阳光扑了进来。素普起身，持口红枪转身时，杜景已侧身撞去。

"看了你的格斗课成绩。"杜景语气严厉地说，"既然不及格，就该乖乖留校

补考。"他扣住素普的手腕,一招单手过肩摔,修长的身躯甚至没有晃动,直接把素普从楼上摔了出去!

楼下一声巨响,接着车辆报警器狂鸣。

周洛阳怔怔地看着杜景。根据过去的时间线,这是杜景离开学校之后第一次与周洛阳见面。他穿着探员协会的制式西服,瘦且忧郁,脸上的伤痕尤其触目惊心,比周洛阳任何一次见到的他都更憔悴。

"你终于来了。"周洛阳说。

杜景走到床边,双膝跪了下来,他直着身体,沉默地注视着周洛阳。窗帘被风吹开,早晨的阳光洒在他们身上。

杜景与周洛阳快步离开酒店。

"乐遥拿到凡赛提之眼了!"周洛阳说,"你是怎么知道我在这儿的?"

杜景说:"我从协会里调用了他们回国住的酒店的记录,今天早上6点抵达这里,再一间一间地在阳台外偷窥,总算找到你了。虽然你父亲还在东京,权衡利弊后,我决定先来找你。"

"快走!"周洛阳已经听见警笛声了。

他们来到酒店大堂的安全门处,外头的保安正要进来,杜景把门一拉一关,顿时将保安撞了出去。

"不好意思。"杜景礼貌地道歉,然后扬长而去。

周洛阳:"……"

"我们现在回到一年多前了。"周洛阳见杜景拉开一辆跑车的车门,问道,"你……车从哪里来的?先去找乐遥!"

"他们已经走了。"杜景戴上墨镜,坦然道,"偷的,现在去机场,尽快截住他俩。安全带系上,要开始飙车了。"

一年多前的杜景,身上带着一股天不怕地不怕的痞气。

"可你怎么知道……"周洛阳系上安全带,杜景打转方向盘,上了高速,一脚油门把速度提到一百八十码。周洛阳顿时肾上腺素飙升,被座椅一推背,心跳到了嗓子眼。

"慢一点!"周洛阳道。

杜景:"时间就是金钱,时间就是生命。"

周洛阳:"……"

跑车呼啸而去。周洛阳翻开包,掏出从黑皮笔记本上撕下的那一页纸,说:"万一截不住乐遥呢？"

"远走高飞。"杜景说，"我们躲开斯瓦坦洛夫斯基。"

"太疯狂了。"周洛阳在手机上打开翻译器。这一页的俄文全是手写体，翻译软件难以辨识，译出来的内容断断续续。

杜景说："看什么？"

"我曾祖父的笔记……看车！"周洛阳抬头，瞬间色变，"要追尾了！"

跑车擦着一辆货柜车疾冲过去，杜景说："念。"

"我从……艾尔桑伦·斯瓦坦洛夫斯基，我的挚友手中得到了它。斯堪的纳维亚教派中的圣物……跨越时空……巨大力量的转轮……"

周洛阳说："这翻译太令人费解了……"

"继续。"杜景看了眼导航，还要十多分钟才能抵达机场。

"……时间的车轮滚滚向前，偶尔也会陷入泥潭，时间之轮的力量，将帮助人类重获新生……但我们唯一无法改变的，是生存与死亡……"

"生与死的献祭，是与教义之中的魔鬼做的交易……"周洛阳的声音发着抖，神情却变得凝重，"杜景，接下来是引用的教义内容：'要从死亡的制裁中逃脱，唯一的办法是为它献上祭品。善人与恶人，老者、妇人，孩子与青年，神一视同仁……'"

杜景表情平静地说："所以，若要在回溯的过程中挽救一个生命，就得牺牲一个其他的生命。很公平。"

"乐遥不知道这一点。"周洛阳说，"我提醒过他了。可这又是什么原理？"

"下车。"抵达机场，两人跑进候机大厅。

周洛阳看了眼航班信息，说："结束登机了。"他记得乐遥坐的是哪次航班。接到父亲讣告的那天，那一次航班他将一辈子记得。

杜景去柜台买票，二十分钟后还有一班。

"快。"杜景说，"来得及。"

上了飞机，空姐开始发放飞机餐，周洛阳心脏狂跳，众多念头疯狂涌来，一时淹没了他。

"接下来会发生什么？"周洛阳问杜景。

杜景调节好座椅靠背，躺在周洛阳身边，没有说话。

"素普说，"周洛阳接着说，"根据过去发生的事推测，你会在羽田机场被监控拍到，上车，追上我父亲的车，再朝乐遥开枪……"

"不。"杜景否决了这一猜测,"你就没想过另一个可能?"

周洛阳望向杜景。

"如果斯瓦坦洛夫斯基根本没打算让乐遥完成这件事呢?"杜景转头对周洛阳说,"这两天足够他进行部署,让他的手下埋伏在羽田机场,把凡赛提之眼明着抢过去。"

周洛阳仿佛明白了什么,声音发着抖:"也就是说,这场车祸的真正凶手很可能是斯瓦坦洛夫斯基!"

还有许多细节周洛阳没想通,杜景却道:"我睡会儿,到了叫我。"

"你失眠多久了?"周洛阳问。

杜景回道:"快一个月了。"

周洛阳从杜景的西服口袋里翻出他随身携带的药盒,里面已经空了。显然,杜景匆忙回国,未曾带上足够的药。

"这个时间乐遥一定已经出关了,而我的父亲正在机场等着接他们回家。"周洛阳与杜景抵达羽田机场,开始排队过海关。乐遥他们是日本本人,不需要像游客一样排队,比他们走得更快。

杜景站在到达大厅里,抬头看了眼柱子上的摄像头。

"你要去租车吗?"周洛阳感觉他们仿佛正一步步地踏入诡异的时空回旋。

"你觉得他会重蹈覆辙?"杜景摘下墨镜,现出迟疑的神色。

周洛阳说:"我如果是他,就会设法说服我父亲去坐地铁。"

杜景道:"斯瓦坦洛夫斯基不会让乐遥走,拿到表之后,一定会先杀了他。"

就在此时,远处传来枪响,到达大厅内响起疯狂的尖叫声。杜景色变,与周洛阳藏身柱后,两人朝外望去,只见警察、保安全部朝着地铁的方向跑去!

"在这里等着!"杜景马上道,继而冲了出去。

周洛阳没有听他的,跟着他向人群逃跑的反方向跑去。机场内发生了枪击案……但他并没有枪击案的记忆。究竟是谁?他很快找到了答案——他看见继母倒在血泊之中,不少人上前为她捂住胸口的枪伤。

杜景猜对了,刹那间,一幕景象浮现在周洛阳的脑海中——乐遥交出表,天真地以为交易完成了,斯瓦坦洛夫斯基的手下却马上拔枪相向。但继母保护了她的儿子,乐遥逃掉了,她却倒在了血泊之中。那么,凡赛提之眼现在在谁的手里?

"乐遥!爸爸!"周洛阳转身四顾,喊道,"乐遥!"

他看见一伙穿西服的俄罗斯人正快速跑走,但杜景随后冲上,一个翻身,将最后那人扳倒在地,并抢到了他手中的枪。

跑在前面的人立刻停下脚步转身，杜景毫不迟疑地开枪，放倒冲上来的人，然后就地一滚。顿时枪声大作，子弹横飞。

突如其来的枪战加剧了骚乱，玻璃门被逃命的人挤坏，人群相互推搡、踩踏，到处是伤员。

周洛阳不敢出声，只四处看。杜景则冷静地藏身柱后，调整弹匣，又开了两枪。

这时，周洛阳看见了父亲与乐遥。他们两人藏身于一部自动贩卖机后，父亲两手护住乐遥的头，哪怕这保护根本无法挡住子弹。乐遥不住流泪，望向母亲被枪杀的方向，浑身发抖，手中仍紧攥着凡赛提之眼。

周洛阳喊道："乐遥！"

周嵩听到声音，难以置信地抬头，朝周洛阳望来。

"爸爸……"周洛阳与周嵩对视。

"洛阳？"周嵩嘴唇颤抖，在混乱中做了个口型，似乎不理解大儿子为什么会出现在这里。

乐遥抬头，也看向周洛阳。周洛阳看着周嵩，这一眼仿佛跨越了时空，他的泪水不自觉地流淌而下。

"爸爸……"周洛阳哽咽道。

乐遥好一会儿才平静下来。周洛阳知道这不是叙旧的时刻，他朝乐遥伸出手。

"给我。"周洛阳无声地说，"相信我。"

乐遥看了一眼手中的凡赛提之眼，又看向周洛阳，然后摇了摇头，把表盘放在地上，左手控制日期转盘，右手控制指针旋钮。

"不，先不要这样！"周洛阳喊道。

周洛阳起身扑向乐遥，杜景在柱后探出头来，只瞥了一眼便飞身跃出掩体，在空中放枪，子弹飞向自动贩卖机。

刹那间，周遭光芒一收。周洛阳眼前景色流转，他回到了中国北京，酒店，早晨7点。

素普："……"

周洛阳："……"

素普："你们做了什么？"

周洛阳："快放了我……"

紧接着，杜景踹破落地窗冲了进来！

素普这次不敢再跟杜景动手，直接跑向房门，但杜景俯身扑地，抓住了他的脚踝。杜景猛地将素普拖倒，锁住他的脚踝，然后就地一蹬起身，拎着百余斤的成年人恍

若无物,又是一招单手过肩摔,把他砸向落地玻璃窗,砸出了酒店!

"乐遥回溯时间了!"周洛阳不明白乐遥为什么将时间回溯到了早上7点这个时刻,想来斯瓦坦洛夫斯基教给了他定位时间坐标的方法。

"这个时候他们已经出发,在去机场的路上了。"杜景说,"快走!"

杜景冲上车去,说:"乐遥没必要回东京……他在想什么?"

周洛阳焦急地说:"他如果不回去,我父亲就会落在斯瓦坦洛夫斯基的手里,他必须回去!"

七个小时后,羽田机场。

杜景与周洛阳刚出海关,又是一声枪响,一模一样的尖叫与混乱,但这一次,枪声来自另一个方向。

"出租车站。"杜景说,"跟我走。"

两人逆着逃跑的人群,向出租车站飞奔,与一伙俄罗斯人擦肩而过。杜景二话不说,直接出脚绊倒一个,然后夺过手枪,几下结果了这伙杀手。这里的枪声引起了更大规模的恐慌,连周洛阳也被震住了,近距离的枪响令他耳膜剧痛。

杜景没有废话,带着周洛阳躲到柱后。周洛阳四处寻找乐遥的下落,却看见了前来支援的俄罗斯杀手。

杜景:"他们在地铁站与出租车站都有埋伏,我猜对了,斯瓦坦洛夫斯基根本不想让乐遥救人。"

杜景又杀了几名杀手,伸手捂住周洛阳的眼睛,让他不要看那人间炼狱般的景象,然后怒吼道:"周乐遥!出来谈谈!你们跑不掉的!"

杀手越来越多,朝他们围拢过来。周洛阳探头看了一眼,四面八方全是穿着西服的斯瓦坦洛夫斯基派来的杀手。

"他们认得咱们。"周洛阳喃喃道。

杜景:"他现在一定躲在机场的某个角落。别忘了,他也跟着进行了时间回溯。"

杜景手中的枪已经没有子弹了,他随手把枪扔到一旁,转身单膝跪地,护住了周洛阳。

"时候到了。"杜景说,"这样很好,别的……我都不想管了。"

然而就在此刻,时间再次回溯,他们被拖进长河之中,逆流而上,再一次回到了早晨7点。

周洛阳:"……"

素普二话不说,起身便逃,冲向酒店房门。杜景踹破落地窗,第三次撞进房中。

只差那关键性的两秒，房门轰地关上，素普逃走了。

杜景追了几步，周洛阳说："别管他了，快给我松绑！乐遥又回溯时间了！"

杜景骂了句脏话，来到床前，说："我不要去东京了。"

周洛阳说："你疯了！快松绑！"

杜景撑着床，低头看着周洛阳，说："这几天躁狂犯了，我控制不住自己。"

"你可以的。"周洛阳感觉到了危险，他的手脚都被绑着，他知道杜景不是危言耸听，但他相信杜景能控制住。

"你可以的。"周洛阳再次说，"杜景，再坚持一会儿！"

杜景没说什么，最后解开了周洛阳的绳索。

"事不过三。"杜景道，带着周洛阳下楼，出门，上跑车，开往机场。

"必须抢在乐遥发动回溯之前拿到凡赛提之眼。"杜景在车上说。

"然后呢？"周洛阳说，"由咱们这边操纵时间？你记得斯瓦坦洛夫斯基是怎么做的吗？"

"大致记得。"杜景说。

周洛阳说："我也勉强记得，在机场你们枪战那会儿，我又看见乐遥用了一次。左手控制日期转盘，右手调指针旋钮，让日期转盘与指针同步旋转。可是你要怎么用它？"

杜景说："回到咱们在寝室认识的那天，马上去北京拿到它。"

"斯瓦坦洛夫斯基不会甘心的。"周洛阳说，"你、我、素普、乐遥、斯瓦坦洛夫斯基，我们会同时回到那时候。"

"素普不会再来了。"杜景说，"他的愿望已经实现，我们唯一要对付的就是斯瓦坦洛夫斯基。这样，拿到凡赛提之眼以后，咱们先找到他的藏身之处，他一定就躲在羽田机场里，因为他要第一时间拿到表。我们可以先在机场杀了他，拿他做个实验，发动回溯，看看是什么情况。最好的情况是，他的认证失效了，也没有了之前所有的回溯记忆。"

周洛阳一直在想，虽然不知道前两次乐遥用了什么办法说服父亲，但他可以肯定的是，乐遥让家人改坐地铁或是计程车都失败了，继母还是死了。斯瓦坦洛夫斯基骗了乐遥，让他把表拿到手，再夺过来，顺便杀他灭口。

"你的父亲与继母也许只能活一个，"杜景又说，"拿斯瓦坦洛夫斯基的性命当祭品的话。"

"杀手们呢？"周洛阳问。

杜景说："我一开始就杀了不少，这伙人搞不好都得死，成为连环车祸的牺牲者。"

周洛阳不禁感到毛骨悚然。

"你在这两年里,经常杀人吗?"周洛阳问。

杜景沉默片刻,答道:"不经常,但为了你,我心甘情愿。"

"如果那场车祸里你的家人只能活一个,你希望是谁?让你爸爸活下来吗?"杜景问。

周洛阳无法回答这个问题。

"不说的话,我就替你决定了。"杜景停下车。他们抵达机场,早上8点20分,阳光普照。

第十七章 死亡

东京，羽田机场，第三次过海关。

"事不过三。"杜景跟周洛阳强调。

"那是我爸。"周洛阳说。

杜景摘下墨镜，在队伍前面回头，低声而认真地对周洛阳说："他已经走了，离开你了，洛阳。"

周洛阳拿着手里的护照，翻来覆去地看，借以掩饰自己真正的情绪，哪怕这种小动作对杜景而言毫无作用。

事实上，那天乐遥的话确实掴了他一个耳光，乃至于他再见到父亲时，甚至不敢走到父亲面前好好地抱一下他。只因他心中有愧，哪怕一切重来，他依然没有决意去挽救父亲的生命。

"如果在车祸中身亡的是我，"杜景忽然问，"你也会这么做么？"

周洛阳想说"会"，但他很快改变了想法。杜景对死亡本就毫无畏惧，不舍的只有他周洛阳，于是他改口，回答："不会。"

队伍缓缓向前，周洛阳又想了片刻，最后说："你希望我这么做吗？"

杜景得到了一个最合适的答案，轮到他时，他走上前去，率先过了海关，周洛阳随之过去。

"我不知道。"杜景有点迷茫，对周洛阳说。

两人安静地等待片刻，时间已过，枪声没有响起。

"乐遥最终还是选择了去停车场。"杜景说，"我去租车，你在这儿等我，哪里都不要去。"

周洛阳忽然有种奇异的、莫名的感觉，无数个已发生的事实在此刻一瞬间化为虚假的记忆，清晰的、真实的历史线终于开始缓缓浮现。而另外两条重复的时间线倏然被收进了记忆里，他甚至无法判断这一切是否真的发生过，抑或只是大脑中自欺欺人的虚假记忆。

素普回来了吗？周洛阳不知为何有种强烈的预感，素普就在附近。他走到上一次父亲与乐遥躲藏的自动贩卖机前，买了两瓶饮料。这时，他收到杜景的消息，发来的是一个位置。

周洛阳抬头看向监控，心想：我会被监控拍到吗？如果被拍到，未来的素普将会发现监控视频里多了一个人，这便与已知的过去对不上了！但当他走出到达大厅时，一辆车停在路边，杜景摇下车窗。

周洛阳上车，喃喃道："难怪。"

"难怪什么？"杜景问。

"难怪素普给我看的监控视频里没有我。"周洛阳明白了，"因为我没有出现在停车场！"

"是的。"杜景漫不经心地说，"所以你打算道歉？我原谅你了。"

周洛阳确实打算道歉，为他看见监控视频后对杜景的愤怒与冷淡而道歉。但他转念一想，却更混乱了。

"可曾经的你确实是一个人来羽田机场的。"周洛阳说，"那个时候我不可能跟着你来，我刚毕业，还待在国内。"

一上羽田高速，杜景就把车速提到最高，轻巧地一打方向盘，超速行驶。

"没有什么曾经。"杜景说，"你口中的曾经就是现在。"

周洛阳不解："什么？"

时间长河中几乎所有悬而未解的谜团都对上了，唯独这一点对不上。按理说，周洛阳在毕业那天不可能突然前来日本，可是所谓的"那天"又切切实实地就是当下、眼前！因为他已经回到了过去。

"记忆里的过去，"杜景说，"就是真实的过去么？"

"否则呢？"周洛阳知道杜景一定想清楚了，只是不想干扰他的思考进程，"我现在非常迷茫，我们改变过去了么？"

"没有'我们'，只有'你'。"杜景随意地说，"这就是光粒逆流转轮的运作原理，你还不明白？"

"等等。"周洛阳示意杜景先别说。纵横交错的前因后果正在他的脑海中浮现，就像大海中露出脊背的岛屿，在那之下，是更为广袤的神秘陆地。

"只有两个可能。"周洛阳自言自语道，"一是我改变了过去，二是没有。"

"第一个可能。"周洛阳语速变快，很快就厘清了其中的关系，"这个过去里没有我，你与斯瓦坦洛夫斯基的人分别驾车追逐乐遥与我的父亲，在高速上枪战，酿成了车祸。现在我来了，会让所谓的'过去'，也即是'现在'变得不一样了。"

杜景没有说话，依旧专心地开着车。他连着超了六七辆车，在这一刻发挥了开车技术的巅峰实力。

"第二个可能。"周洛阳说，"我以为我回到了过去，改变了大家的命运，实际上我的回溯也注定了在历史中。"

"就像科幻片。"杜景说。

"但这是不合理的！"周洛阳说，"这里有 bug（漏洞）！因为在我的人生里，根本就不存在 5 月 13 日回到过去的这段记忆！一旦我重复一次一模一样的人生，我是不是接下来又将领养乐遥，成为他的监护人，一年以后与你再次相见，经历我们一起经历的事件，最终又回到这一天？"

"不对。"周洛阳有些不寒而栗，这意味着他被困在了一个为期一年多的时间圈环里，中间的任何一个微小念头都可能造成因果线的偏离。所以第二个假设，也即时间不容更改绝无可能。

"未来，或者说过去，是可以被改变的。"周洛阳想通了这一点，变得轻松起来。

"我以为你在余健强没有死的那天就想通了。"杜景答道。

"但是一切为什么又朝着看似不能被改变的方向发展呢？"周洛阳难以置信地说。

杜景看了眼油表，道："改变什么？"

周洛阳疑惑地看着杜景，道："过去。你想到什么了，杜景？"

"过去的参照点是什么？"杜景说。

周洛阳完全没听懂杜景的话，但他知道杜景一定不是故弄玄虚，而是在设法把复杂的东西给他解释清楚。

"过去的参照点是现在，杜景。"周洛阳说。

杜景认真地开着车，说："那么你所认知的过去发生在哪一天？"

"没有。"周洛阳隐隐约约触碰到杜景的思路了,"这一天还没有发生,或者说,正在发生……可是它明明发生了不是么?上一个5月13日,我很肯定它发生了,我在宿舍里收拾了东西,回了徽州的家,在家里收到了东京的唁电……"

"那是你的记忆。"杜景终于道出了真相,抬起一只手,点了点自己的额头,"你所知道的上一个'过去',它消失了,成了你的'记忆'。"

周洛阳:"……当心!"

杜景猛地一打方向盘,呼啸着又超过了一辆车。

周洛阳来不及与他继续分析了——他看见了父亲的车!

周洛阳马上给父亲打电话,环顾四周,果不其然,两辆黑色的六座奔驰正跟在父亲的座驾后,紧追不舍。

"怎么一直打不通?!"周洛阳说。

"别打了。"杜景把稳方向盘,说,"乐遥一定用过你爸爸的手机,把咱俩的号码都拉进了黑名单。"

周洛阳恍然大悟,早该换个电话试试,但乐遥这么聪明,理应也想到了这一点,说不定还做了别的手脚。

"乐遥!"周洛阳摇下车窗,但很快奔驰也摇下车窗。与此同时,杜景猛地一打方向盘,把周洛阳按在副驾驶座上,让他弯腰。

两车并行,奔驰车里出现了一根黑洞洞的枪管。杜景没有给他机会,一脚油门,瞬间超过了他们。

周洛阳抬头,听到一声不明显的枪响,子弹瞬间击碎了他们车的后视镜,后视镜飞了出去,撞在挡风玻璃上!

"乐遥!爸爸!"周洛阳转身,面朝车后窗。

杜景打开一个袋子,掏出一把手枪,淡定地摇下驾驶座的窗玻璃。

"哪儿来的?"周洛阳惊讶地问。

"机场厕所的水箱里找到的。"杜景说,"俄罗斯杀手不可能带枪入境,他们与本地的山口组有接触。"

杜景回身,稍稍放慢车速,周嵩的车马上擦着他们冲到前面去了。"砰"的一声枪响,后窗玻璃碎裂,他们的车在高速路上疾驰,犹如一颗带着闪亮的彗尾呼啸而去的彗星。

杜景说:"你来开车!"

两人解开安全带,换了位子,杜景检查手枪,朝后开了一枪。他们的车挡在两辆奔驰与周嵩的车之间,保护着乐遥与他的父母。几辆车速度越来越快,周洛阳祈祷父亲千万不要突然放慢速度，否则一定会追尾！

"砰"，又是一枪，子弹穿过后座，打在副驾驶座的椅背上。俄罗斯杀手持手枪从副驾驶座的窗口探出身子，连发数枪。

"我看不见前面！"周洛阳被杜景猛地按在方向盘上。

杜景没有回答，弯腰侧头。子弹如流星雨般向他们的车疯狂射来，车上到处都是弹孔。

杜景一只手按着周洛阳，另一只手持枪指向后方，看也不看，点射一枪。

"砰"的一声，车内硝烟弥漫，子弹旋转着飞出他们的车，射向后面的奔驰，打碎挡风玻璃，将开车的司机爆头。

刺耳的轮胎擦地声响起，奔驰失去控制，后车连环追尾，五六辆车全部撞在一起。奔驰则被后车铲得横飞到逆行道上，被对面的货车迎头撞上，瞬间成为废铁。

周洛阳心有余悸地抬头，杜景则坐正，为他系上安全带。

第二辆奔驰跟了上来，从右边超车，擦着他们提速，冲向周嵩的车！

杜景咬着子弹，调整弹匣，说："到另一边去。"

周洛阳说："已经最快了，租来的车速度不行。"

忽然，周嵩的车放慢了速度——落后少许，与周洛阳的车并行。刹那间，周嵩转头，与周洛阳对视。周洛阳看见了时光长河里的父亲，一切就像一场虚无的幻影，只有那眼神真实无比。

"爸爸！"周洛阳眼中含泪，朝他喊道。

周嵩做了口型，周洛阳看明白了。

"危险，快走。"

紧接着，奔驰也降速，两车夹着周嵩的车。杜景扳倒周洛阳的驾驶座，把他往后放，持枪倾身到车窗前，枪口指向周嵩。周嵩马上弯腰躲避。与此同时，另一侧奔驰的副驾驶座上架上了近三十厘米长的黑色枪管，双方同时开枪！

一声巨响，时间的流速刹那间变慢。驾驶座外幸存的另一个后视镜也被打得粉碎。

杜景毫不迟疑，连开数枪。周洛阳马上打转方向盘，加速。

"有防弹。"杜景说了三个字。

接着，两车同时超越了周嵩的车，周洛阳吼道："乐遥！让爸爸换道下高速！快走——"

又是一阵枪声，车身上已满是弹孔。

"最后一发子弹。"杜景持枪指向敌人的车轮。

然而就在这一刻，周嵩的车冲了上来。周嵩看了一眼周洛阳，点了点头，手上

第十七章 死亡

戴着光芒闪烁的凡赛提之眼。

周洛阳大喊道:"不——"

旋即,周嵩一打方向盘,朝奔驰撞去。

杜景吼道:"停车!点刹!"

周嵩的车在高速行驶的过程中侧撞上奔驰,两车冲上了防护带。杜景抓住方向盘,周洛阳连踩刹车,车身一个疾旋,险些侧翻。周嵩的车被奔驰杵得横飞起来,在高速路上翻滚,最后轰然坠地。周洛阳眼前一片漆黑,眼冒金星。

奔驰横车落后,更多的车撞了上来,连环车祸天摇地动,巨响声不绝。周洛阳的车撞在防护带上,世界安静下来。

不知过了多久,他听见杜景低声说:"洛阳?"

周洛阳不住喘气,睁开眼看着杜景,两人额上都淌下血来。

许久后,定下神来,周洛阳点了点头,示意没事。杜景打开车门,两人下车,周洛阳跟跟跄跄地走向周嵩倾覆的车。

继母躺在血泊中,头发散乱。乐遥艰难地爬了出来,抬头看了眼哥哥,大哭起来。

"爸爸……爸爸?"周洛阳拉开驾驶座车门,抱出了父亲。

周嵩躺在周洛阳的怀里,扯下满是血的凡赛提之眼,放在周洛阳手中。

"乐遥……"周嵩低声说,"在车上……都……告诉……我了。"

周洛阳:"……"

"走……快……走。"周嵩嘴里、鼻孔中全是血沫,"保护好……乐遥。"

杜景把乐遥抱了起来。

远处警笛声响,警察来了。车祸现场,到处都是尸体。

周洛阳紧紧握着父亲的手,抬头看着杜景。杜景放下乐遥,让他倚靠在周洛阳的怀里。周洛阳哭得不能自已,把凡赛提之眼递给杜景。

杜景跪在他们面前,温柔地看了周洛阳一眼。

警察朝他们快步跑来,拉起警戒线,杜景将凡赛提之眼放在血泊中。

"来吧。"杜景低声道,"不管我们将迎接什么样的未来。"

"杜景?"周洛阳的声音有点抖。

杜景左手旋转日期转盘,右手拧动指针旋钮,周嵩眼中最后一点生机缓慢消失的刹那,警察奔到他们面前的最后一刻——

时间开始倒转,吹过高速的风倒卷回去,落叶从地面飞起,回到树梢,飞扬的尘土落地。那一刻,距离凡赛提之眼如此近的周洛阳眼睁睁地看着它飞起,回到父亲的手腕上。

时光长河再度逆流，无数景象轰然一收，他们回到了羽田机场，海关的出口处。

"去找乐遥与你父亲。"杜景说，"我会为你杀光他们。"

杜景说毕，匆忙离开。周洛阳记忆里最后也最深刻的一幕，是杜景飞扬的西服。

枪声响起，猝不及防。这是他们第四次踏入同一条河流。

周洛阳四处寻找弟弟，在混乱的人群里大声喊："乐遥！乐遥！"

周嵩在躲避的过程中发现了大儿子，立马喊道："洛阳！"

周洛阳朝自动贩卖机跑去，逃跑的人实在太多了，他几次险些被推倒在地。

"别过来！"乐遥终于喊道，"哥哥！别再过来了！"

周嵩难以置信地看着乐遥，乐遥对父亲说："快把手表给我！"

"乐遥，你妈妈呢？！"周洛阳大声喊道。

"她在洗手间！"乐遥喊道。

周洛阳说："杜景去引开他们了，趁现在，你们马上走！"

枪声越来越近，一名俄罗斯杀手朝他们冲去，却被三十步外的一枪精准地打爆了心脏。鲜血喷出，引起了现场更大的骚乱。

周洛阳快步过去。乐遥的继母出了洗手间，提着手袋踉跄着朝他们跑来。紧接着，杜景持枪从另一个方向冲来。

地上躺着数具尸体，羽田机场的旅客已逃得差不多了，警报声狂响。

"把凡赛提之眼交出来……"杜景的声音戛然而止，并将枪口指向乐遥与周嵩。

周洛阳瞬间变了脸色，上前一步，挡在乐遥与父亲身前。

"杜景，"周洛阳说，"你怎么了？"

"她被打昏了，我在洗手间里发现了她。"杜景的声音很恐怖，握着枪的手不住发抖，枪口指向周洛阳，说话的对象却在周洛阳身后，"你是谁？"

"谁？"周洛阳茫然道，他看着拿着枪的杜景，不知为何想起了杜景说过的那句话——

"我永远不会拿枪对着你。"

刹那间，周洛阳仿佛预感到了，最终的归宿在此时此地毫无征兆地突然降临。

一把枪抵在周洛阳的背后，素普的声音响起："再见了，两位。"

周洛阳看着面前的杜景，下意识地点头。

"没事的。"周洛阳说。

一声枪响，素普开枪，子弹瞬间击穿了周洛阳的胸膛。周洛阳胸口喷出血液，在子弹的冲力下往前踉跄一步，扑倒在地。

他的胸口开了一个血洞,就这么直挺挺地倒在了杜景面前。杜景脑海中一片空白,眼睛刹那间失去了神采。

接着,素普将枪口转向杜景。

"不——"乐遥悲痛欲绝,狂喊一声,扑向素普。

素普只轻巧地给了他一拳,就将他制服,接着周嵩也在狂怒之下冲了上来。

"跑!"一片混乱中,乐遥喊道,"爸!你快跑!"

乐遥转身往机场外跑去,素普蓦然发现周嵩手腕上的凡赛提之眼不见了,顿时意识到是被乐遥拿走了,当即不再恋战,用枪指着周嵩的头,拖着他往机场外匆匆追去。

杜景跪在周洛阳身前,把他抱在怀里。

周洛阳已经死了。

"我很快就回来。"杜景小声道,"洛阳,你会活过来的。"

周洛阳侧躺在地上,越来越多的血蔓延出来,在他身边形成了一个殷红的血池。

"你先休息会儿。"杜景最后说。

杜景放下周洛阳,起身,神态如常地检查了手里的枪,转身看了眼他们来的地方。

他穿过机场到达大厅,前往出口,两名杀手迎面而来,杜景直接把他们一枪爆头。尸体倒下的前一刻,他轻巧地接过他们的枪。来到停着车的大路上,他直接给了奔驰一枪,拉开车门,里头司机刚架起 AK 便被他毫不留情地拖了下来。

又一声枪响,杜景将那摔倒在地的司机一枪击毙,他拿了 AK,却没有开车,耐心地在车后座等着。

有杀手听到枪声,从出口冲出来,杜景等在车后,一枪一个,又解决了两人。里头的人听见声音,不敢再出来,纷纷躲在玻璃门后。杜景将枪带绕在手腕上,单手持 AK,快步走近出口,展开枪战。

不到三十秒,玻璃门内全是血迹。他又连着数枪打碎了玻璃门,警察跑了出来,持枪指着他。

"不让袭警。"杜景自言自语道。他跃上车顶,翻身上了二楼,羽田机场的出发大厅内早已空无一人。

特警来了,枪声响彻出发大厅。杜景藏身在手办店内,等枪声一停,蓦地现身,两枪打中吊顶下的广告牌。广告牌轰然坠落,他借此做掩护,飞身跃过出发大厅,快步跑向 VIP 休息等候室。一名杀手从休息室里冲出来,杜景看也不看,抬手一枪,将他击毙在门口。

休息室里余下的三名杀手冲出,杜景跃过门外的迎宾柜台,朝下一枪,打死了埋伏在那里的一人，然后藏身于柜台后，根据枪声与脚步声判断开枪的时机。

枪声短暂地停顿了一秒，杜景探头，三枪打死最后的保镖，走进休息室。

斯瓦坦洛夫斯基身边已经没人了，他带出来的二十七人全部死在了杜景的枪下。

"Pri-Vet。"杜景说，"异教徒的神在召唤你。"

斯瓦坦洛夫斯基放下雪茄，笑着起身，抬起两手，正要说话，杜景把枪管塞进他的嘴里，一枪击爆他的后脑，干净利落，然后转身离开。

斯瓦坦洛夫斯基的增援来了，全是日本本地的黑社会，穿着西装，手持长刀与枪械。

杜景乘手扶电梯回到达大厅，单手垂在扶梯外，抬头看航班信息上的时间，同时开枪往下扫射。

子弹横扫而去，底下传来惨叫，特警手持防弹盾牌快步冲来，杜景一个翻身，展开双臂，从手扶电梯上飞身跃下，落下近五米距离，借助下坠的冲力踏碎到达大厅的便利店顶棚玻璃，带着"哗啦"一声巨响，落在便利店柜台前。

外头已开始封锁整个机场，杜景上了防弹奔驰，不管不顾地加速，拦路的警察往两边躲避。他猛打方向盘，架上 AK，两枪打碎出口的玻璃墙，把车开回了到达大厅，然后下车，抱起躺在血泊中的周洛阳，把他放在后座上，系上安全带，笑了笑，摸了摸他的脸。

"现在就去追他们。"杜景对周洛阳说。

周洛阳的血液已经凝固了，脸色带着尸体特有的惨白，胸口的血洞甚至能现出支离破碎的心脏。杜景脱下西装外套，盖在周洛阳的身上，开车撞碎了另一面玻璃墙，碾过花圃，沿着人行道冲了出去。

奔驰撞飞了高速公路的拦杆，抵在前面等待打卡的车的车尾上，然后强行把两辆车推开。司机用日语破口大骂，奔驰却开到最大马力，飞驰上了高速。

"听歌吗？"杜景自言自语道。他翻了下车上的 CD，接入手机蓝牙，播放了 *Stan*。

Dido 略带磁性的女性嗓音响起，天际层云阴沉厚重，云下雷鸣隐隐，瞬间风雨大作，杜景开的车，朝着黑暗与地狱而去。

第十八章 时间之轮

死亡是什么？在这一天前，周洛阳从未想过。

胸口被击穿的那一刻，他产生了奇异的念头，他似乎还活着，也许以另一种方式。身体死去的刹那，他清楚地看见了杜景的表情，他甚至想走上前去，摸摸他的脸颊，触碰一下他脸上的伤痕。但随着他往前走的动作，他感觉到自己沉重的身体不受控制地扑倒下来，仿佛灵魂离开了躯壳。

"杜景，"周洛阳说，"我……死了吗？"

忽然，四周射出万丈光芒，涟漪从脚下荡开，所有的景象都消失了。唯一留下来的就只有光，光芒无边无际，化作千万个同心环，就像行星的陨石环一般，形成了一个奇异的圆盘。

"这是什么地方？"周洛阳诧异道，"杜景呢？杜景！"

他发现脚下的"地面"闪烁着无数复杂的景象，高速上飞驰的车辆，照进寝室的阳光，幽暗复杂的地下迷宫……只不过，这些场景内没有一个人。

一道射线从他的脚下发出，穿越无数个同心环，指出一条道路。周洛阳转过身，面朝另一个方向，千万个同心环便自动带着他旋转，将既定的道路重新嵌合，亮起的路上，景象通过旋转，始终保持一致。那是他所经历的人生。

他看向远处那千万个同心环的中心。中心是一个发光的原点，原点上悬浮着一枚光体。圆盘上有着无数闪烁的光粒，犹如宇宙的光尘，汇作龙卷风状，散向更外围广袤的黑暗空间中，照亮了这奇异的黑暗世界。

"人呢？"周洛阳说，"这到底是哪儿？杜景！你在吗？"

"思维电波编译，地球生命体，智慧生命X7型。成功编译。你好，周洛阳，这是光粒流束。"一个声音道，"也即你们这个物种所说的'时间'。"

周洛阳："谁？！是谁在说话！"

他转身朝着声音的来处奔去，奇异地发现自己的身体轻巧了许多，再低头看时，发现自己成了光体形态。

是灵魂吗？周洛阳心道。

他跨过一道又一道的同心环，走过犹如年轮一般的时间世界，来到那奇异的原点前，只见原点上悬浮着一枚小小的蓝金色的齿轮，齿轮散发着柔和的光。在那道光中站着另一个光体，不是杜景，眉眼间依稀有那么一点周洛阳的模样。

"你……你是谁？"周洛阳诧异地问，"你是这里的鬼魂吗？"

那鬼魂看了眼周洛阳，尚未回答，周洛阳忽然想起那天看见的黑白老照片。

周洛阳顿时震惊了："太爷爷？！"

"模式接入，智慧生命体思维沟通模仿，样本，X7型，编号700396404U7，思维模仿成功。"鬼魂说，"我只是使用了周远的形象。"

周洛阳看了眼悬浮的齿轮，再看"周远"的鬼魂。

"我有权限使用历任监护者经过采样后的形态。""周远"又说，"修正者，如果你需要，我可以变换形态，与你进行有效沟通。"

周洛阳看着那鬼魂忽然变成了杜景的模样。

"监护者？"周洛阳说，"修正者？这些是什么？"

"接入光粒逆流转轮权限，进行控制作业的智慧生命体，换个说法，也即你们所谓的'主人'。"话音刚落，那鬼魂又变成了一名高鼻深目的俄罗斯人，再变为一个身着长袍的北欧人，它接连变换形态，最后变成一个长相有些奇异的人。

"这是我初始化以后最初的使用者。"鬼魂说，"也即第一任监护者。"

"你是这个光粒逆流转轮……"周洛阳说，"是这个仪器的人工智能，我懂了！"

那个人比杜景更高大，目测有一米九多，周洛阳看见他的第一个念头是："这不像地球人。"他肤色白皙，五官混合了高加索人与蒙古人的部分特征，手脚长度、身材与体格却有非洲人的特点。

"他是谁？"周洛阳预感自己也许即将解开一个非常复杂的谜，"是他把你带到地球上来的吗？"

"检索不到资料库内对应的信息。"鬼魂答道。

周洛阳说："杜景不知道怎么样了……得快点回去。可是我已经死了吗？我还能回去吗？"

"光粒流束与你身体所在的空间有维度差。"鬼魂答道，"这里没有快与慢的分别，也没有时间坐标。"

周洛阳大致明白了，他绕着那高大的鬼魂转了一圈，抬头与他说话太难受了，便道："你还是变成周远吧，变成我太爷爷。"

鬼魂听话地变换形态。周远与周洛阳的身材相仿，周洛阳满意地说："这样就不费劲了。我该叫你什么？你就是它？"说着，指向那枚悬浮在空中的小小齿轮。他尝试着碰了一下，然后握住它，齿轮纹丝不动。

"正确。"鬼魂答道，"接入光粒逆流转轮系统，是否开始格式化，重新设置监护者与修正者？"

"格式化是什么？"周洛阳问。

"开启格式化，预备重设修正者。"

"等等！"周洛阳马上道，"别继续，先放着，暂停。"

"权限开放，可随时使用。"鬼魂道。

周洛阳意识到自己不能乱动，否则很可能导致严重的后果。

周洛阳自言自语道："你一直能感知到我和杜景的存在，是么？"

"正确。"鬼魂答道。

周洛阳现在倒不急着出去，他曾看过有关四维、五维，甚至更高维度的科幻视频，大致能明白，在这里，时间就像空间一样，既连续又可逆，也即是说他不管在这里待多久，只要能找到那个时间点，便能回到某个确定的时间，过去、现在，甚至未来。

不，已经没有所谓的"现在"了，一旦来到这里，他的整个人生就成了圆盘上一段一段的区域，就像在"地面"年轮上点亮的景象一般。

这圆盘实在是太壮观了，周洛阳开始慢慢理解每一个景象背后的意义——旋转的同心圆盘，或者说年轮，代表低维度，也即他曾经待过的现实世界。每个人都是年轮中的一部分，他们在时间里诞生，化作一道射线，朝年轮外圈发射，点亮沿途经过的所有事件，缔造每个人的一生历史，直到抵达结束区域……

"那些从圆盘里释放出来的发光的东西是什么？"周洛阳问，"是灵魂吗？"

"确切地说，是意识波。"鬼魂回答道，"意识波依附于低维度中的物质生命产生，生命消亡后，意识波失去载体，离开该维度，朝更高维度进行释放。"

"它们会去哪儿？"周洛阳又问。

"检索不到资料库内的该信息。"鬼魂答道。

它也不知道，它是负责控制时间的……周洛阳心想，嗯，是了。

"可我为什么没有……没有被释放出去？"周洛阳问。

"你是修正者。"鬼魂道，"这是修正者生命形态差异化的表现。第一任，也即原始修正者，添加了多个地球生命体形式，让他们获得部分操控核心的权限，以驱逐原始监护者，也即'第七日'行动。"

周洛阳又听到这个名字了，修正者形态差异化？他非常肯定自己是地球人。是了……他忽然猜到了什么，也许曾经操控这个装置的最初拥有者，他们的生命形式与地球人是不一样的！说不定他们的灵魂可以随时离开肉体，进入时间齿轮，回溯时间。所以他被认证，灵魂便相当于获得了脱离身躯来到这里的一部分权限，因此没有升往更高的维度去。

"修正者是做什么的？"周洛阳又问。

"修正者协助监护者。"鬼魂答道，"监护者负责监控时间流的走向，修正者负责修正实验历史，以获得准确数据。"

"监护者是谁？什么样的数据？"周洛阳不禁问道。

海量的信息已经让他快要无法处理了，但在灵魂状态下，脱离肉身的局限后，倒没有了先前费脑子的痛苦。

"现任监护者是杜景。"鬼魂答道，"实验结果在 D 模块汇总，建议接入 D 模块进行查询。"

周洛阳："……"

周洛阳又有了别的念头，问："为什么乐遥、斯瓦坦洛夫斯基他们也能启动时间回溯呢？"

"检索权限写入日志与操作记录……"鬼魂答道，"检索中……CXI3920 坐标，监护者 A1 写入二级权限，利用此权限，让多名地球生命体 X7 型能获得逆流能力。"

"啊。"周洛阳明白了。时间之轮的某一任主人放开了一小部分权限给地球人，让他们获得穿梭时间的能力。

他转头望向远处，再看自己的脚底。"地板"是玻璃似的材质，里面是一个深邃的、靛蓝色的旋涡。

这是宇宙的起点，也是时间的原点。整个浩大空间的俯瞰图就像挂在长安古董店里的唐卡一般，时间从原点爆发，激起一圈又一圈的涟漪，形成宇宙的年轮。每

一个人都是年轮上背着圆心往外延伸的线，从某一个环起始，在另一个环内终结。他们的意识波离开死亡的身体，升往更高的维度，跨越这茫茫的宇宙，去往连时间之轮也无法回答的，某个终极。

"所以，我作为修正者，是可以选择回去的。"周洛阳说。

"也可以解除权限，"鬼魂道，"进行意识波的维度跃迁，具体操作方式：在意识波形态下接入光粒逆流转轮，完成格式化，放弃权限后，将开始跃迁。"

周洛阳心道幸好刚才没乱动宇宙原点的齿轮……

周洛阳抬头看着那绚烂的灵魂之风，笑了起来，说道："现在还是算了，等到以后的某一天，我与杜景一起回来的时候。我总觉得，我的人生还有很长、很长，虽然在你的眼里只是一瞬间。"

"光粒逆流转轮上的线段，起点与终点坐标相距确实不远。"鬼魂道，"比起宇宙的尺度，量级是十的负三十一次方。"

周洛阳一直知道人生于天地之间，就像白驹过隙，但当这宏大的时间年轮出现在他的面前，而每个人的一生都化作了年轮上短短的线段时，他还是觉得震撼。

"你可以陪我去么？"周洛阳说。

"请。"鬼魂道。

"为什么意识波的离开是确定的？"周洛阳又忍不住问，"如果一个人在既定的二十四小时内死去，要挽救他的生命，就必须让另外一个人去死？"

"因为开启维度跃迁的出口恒定。"鬼魂道，"第一任监护者以地球自转速度为区间，设定了区间内的出入接口，开启后完成意识波释放。"

"也就是说，第一次一旦造成死亡……"周洛阳旋即意识到，在这里根本没有"第一次""第二次"之分，因为时间已经变成了可度量的年轮区间，在某个区域开启两个维度交汇的通道后，这个通道就一直存在。人的生命线段来到此处，自然会从通道内释放出去，离开现实世界。

他低头看，也发现了，一些线段来到某个定点，就会被释放出去。

"杜景？"周洛阳从思考中清醒过来，看着不远处的另一个灵魂。

杜景尚未明白这是什么地方，怔怔地看着周洛阳，继而奔向他。周洛阳本以为他们会穿过彼此的身体，没想到他们竟触碰到了彼此的实体！

"你怎么也来了？！"周洛阳紧紧地抱了他一下。

"这是什么地方？"杜景问道。

霎时，在意识波状态下，他们无需开口，身体便发出光芒，缠绕，交会。那一刻，周洛阳接收到了海量的信息——素普劫持了周嵩与乐遥，杜景驾驶防弹车追上高速，与素普展开了激烈的枪战……车辆侧翻，杜景成功一枪击毙了素普。

素普死去的瞬间，车辆失控，引发连环车祸，杜景马上横过车身，拦在路上。素普的车撞上杜景的车，最后艰难停下。

杜景从车里抱出了乐遥与周嵩，周嵩还活着，乐遥也还活着。他从素普的尸体上摘下凡赛提之眼，放在地上，朝它开了一枪。

凡赛提之眼瞬间破碎，零件四射，齿轮闪着光飞出。杜景抬手，将它抓住。

警车来了，上百名特警重重围住他们。在周嵩与乐遥的注视下，杜景回到车上，拉起周洛阳的左手，两人一起握着那枚时间齿轮。接着，他举起枪，指向自己的太阳穴。

一声枪响，杜景扣动了扳机。

随之而来的，是要将周洛阳淹没的无数回忆，过往诸多景象犹如走马灯般展现在他面前。在往事涌入意识的刹那，周洛阳终于真切地感觉到，他和杜景之间的羁绊竟能爆发出如此炽热的能量，像群星在广袤的深空中爆发，拖着尾焰呼啸而来。

那一刻，杜景与周洛阳身上发出强光，横扫了周遭区域。

杜景也从周洛阳那里读到了所有的信息，大致明白了经过，这时他们一起抬头，望向齿轮。在意识波状态下，不必开口，他们便能明白对方所思所想。

"你想回去吗？"杜景问，"回到现实世界，还是放弃所有的权限离开这里？"

周洛阳明白杜景的意思：回到他们相依相伴的现实世界，还是一起去往更高的维度？

"我不知道。"周洛阳说，"你呢？"

杜景道："你来决定吧。去哪里都可以，活着也可以，死去也无所谓。"

鬼魂："接入光粒逆流转轮系统。权限已开启，是否开始格式化，重新设置监护者与修正者？"

"是。"斯瓦坦洛夫斯基的声音突然响起。

周洛阳与杜景倏然转头，一起奔向悬浮在原点的蓝金色齿轮。

刹那间，蓝金色齿轮发出强光，能量犹如飓风横扫而去。

杜景道："什么人都能重设系统？！"

"我刚才不小心开了权限！"周洛阳道，"快去关了它！"

霎时，无数个同心环组成的年轮开始解体，错落旋转，一圈绕着一圈，最后化作一个迷宫般的巨大天球。

"格式化开启。"鬼魂道，"进度：10%。"

轰然巨响，一个巨大的旋转着的时间环将两人一撞，兜进了现实世界的未来里。

杜景与周洛阳在灵魂状态下看着高楼大厦拔地而起，穿梭的磁悬浮轨道纵横交错。忽然，一阵狂风扫过。

"太阳电离场！"杜景立马护住周洛阳。只一刹那，时间环过去，两人脱离现实世界，一起飞向那错落旋转着的天球核心。

杜景带着周洛阳四处躲避撞上来的时间环。

"当心！"周洛阳喊道。

"格式化进度：20%。"鬼魂的声音响起。

两人避无可避，又撞上一道时间环，被拖进了不久后的未来。夜晚霓虹闪烁，但只是一瞬间，杜景便已找到逃离的方法，将周洛阳拖了出来。

他们在一道又一道横飞的巨大时间环中逆流而上，不断接近天球的核心。公元5世纪的年轮呼啸着撞来，杜景化作流星，带着周洛阳从天顶坠向中世纪欧洲的大地，教堂的尖顶一掠而过，北欧的天空跳跃着一千五百年前的绚烂极光。

一声震响，两人再次穿出无涯的时间之河。

"格式化进度：30%。"

又一时间环迎面扫来，周洛阳飞过娑罗双树的树顶，穿出。越是靠近内围，时间环旋转的速度便越慢，时间的跨度却越长，每跨过一个时间环，上千年乃至近万年的光阴转瞬而过。

"恐……恐龙！"周洛阳大喊道。

奇异的嘶吼声中，杜景抓住了周洛阳的手，化作一道光，从恐龙聚集的白垩纪里冲了出去。再一眨眼，群峰耸立，火山喷发，绿色的茂密植被直达天际，大海如一锅沸腾的汤。

"寒武纪。"杜景道。

他们在时间年轮的圈环中穿梭，上亿年的时光凝缩成了一个个瞬间。

电闪雷鸣，天色昏暗，地球上只有大片的海洋。

"生命快要出现了。"一个男性的声音忽然在周洛阳耳畔响起，不是鬼魂，更不是杜景。

"你听见了么？"周洛阳问。

杜景说："是谁？"

他们在奇形怪状的闪电之间穿梭。

"氨基酸开始形成……"另一个男性的声音道。

再一眨眼，地球变成了巨大的火炉……

他们在时间巨环中跨越了足足数十亿年。

"格式化进度：60%……"

一枚天体被旋转的熔岩地球抛了出来，太阳收缩，再膨胀，喷发，形成横扫一切的强大太阳风，瑰丽而壮观。

"70%……"

"杜景——"周洛阳大声道。

"80%……"

来自宇宙的强大粒子开始干扰两人的意识波，导致周洛阳感觉到自己的灵魂能量正在不断地被削弱。杜景忽然靠近他，两人的意识波在此刻融于一体，带着闪烁的光芒穿过太阳风。

下一刻，世界倏然安静下来，所有的东西开始解体，化作无数粒子，朝某个点飞去。宇宙的原点即将到来，时间开启之处，万物因果射线最初的端点。

"90%……"

一声巨响后，杜景与周洛阳飞向原点上悬空的齿轮，斯瓦坦洛夫斯基与素普的灵魂正连接在时间齿轮上。

就在宇宙大爆炸的时空奇点出现时，杜景修长的手指碰到了时间齿轮。

"格式化中止。"杜景有力的声音响起。

"执行。"鬼魂道。

"驱逐接入方。"杜景说，"切断联系。"

又一声巨响，斯瓦坦洛夫斯基与素普在即将成功的最后一刻，被时间齿轮产生的强大斥力推飞出去。旋转的天球完全静止，继而朝着同一水平方向一收，所有错落的同心环再次收回他们脚底，形成先前的巨大平台。

斯瓦坦洛夫斯基狼狈不堪地挣扎着站起来，杜景与周洛阳并肩站在时间齿轮前。

斯瓦坦洛夫斯基说："你们也回不去了，大家都死了。"

"没有上帝，也没有天堂。"斯瓦坦洛夫斯基忽然苦笑道，"人死后，原来只有这样的一个世界。"

"那可不一定。"周洛阳说，"你看这些灵魂都去了哪儿。不过我想，你应该是上不了天堂了。"

"那是我们家族的东西。"斯瓦坦洛夫斯基说，"来做个交易吧，你们到底要怎样才愿意把它还给我？"

周洛阳道："你还不明白吗？斯瓦坦洛夫斯基，你看这没有尽头的时间，一千年，一万年，甚至几十亿年的光阴，都只是年轮上的一小段，你的家族只是无垠时间之海中的一滴水而已。"

斯瓦坦洛夫斯基的灵魂光芒闪烁，缓慢后退。而此刻，素普正从背后不断接近杜景与周洛阳，仍在妄想把时间齿轮抢到手。

杜景忽然道："光粒逆流转轮，命令，释放该意识波。"

"监护者命令执行。"鬼魂的声音响起。

素普大喊一声，无法控制地化作光尘卷向上空！

周洛阳回头，只看见素普消失的最后一刻那心有不甘的眼神。

斯瓦坦洛夫斯基马上举起双手，示意杜景不要乱来。

"让我回去。"斯瓦坦洛夫斯基说，"我保证不会再来找你们了，我恳求你，Vincent。"

杜景看着斯瓦坦洛夫斯基，片刻后，杜景把手按在时间齿轮上，把它摘了下来。

周洛阳试过拿它，却根本拿不动！杜景居然可以，是因为他是监护者么？

接着，杜景把它放到周洛阳的手里，让他握着。

杜景朝斯瓦坦洛夫斯基走去，斯瓦坦洛夫斯基不住后退，从奥陶纪退到新生纪，从古典到文艺复兴，再到现代。而周洛阳依旧站在原点上，远远地看着他们。

"我恳求你，Vincent……我恳求你，不要让我去一个未知的地方，没有神，甚至没有恶魔……"斯瓦坦洛夫斯基的声音带着恐惧，而杜景依旧没有说话。

斯瓦坦洛夫斯基也许自知必死，语气变得和缓起来："你有精神病，是不是？Vincent，你应该理解我的选择、我的痛苦。"

"你也有吗？"周洛阳嘲讽道，"可我怎么觉得看上去不像？"

"你想回到什么时候？"杜景说，"看看你的脚下，都过去了。"

人类社会的年轮闪烁着光芒，杜景做了一个动作，无数景象便漂浮而起。

斯瓦坦洛夫斯基忽然迷恋地看着眼前的一切，自嘲道："我记得你是双相情感障碍，躁郁症，是不是？"

杜景没有回答。

斯瓦坦洛夫斯基继续说："你是否觉得，我们口中曾经的那个国家，就像一个患双相情感障碍的病人？时而狂躁，时而抑郁，时而冷漠，时而疯狂……它就像我们的爱人，看似不可理喻，却只有爱人才能真正理解它。"

"不。"斯瓦坦洛夫斯基喃喃道，"我们甚至无法理解它，只能无条件地接受这一切。所以哪怕明知它将走上自毁的道路，也不死心地为了延长它哪怕一天的生命，而做出不可挽回的事。"

杜景抬起一只手，虚虚地按在面前，冷漠地说："这求情你觉得管用么？"

周洛阳说："我觉得不太管用。"

"精神的残疾与生俱来。"斯瓦坦洛夫斯基唏嘘道，"人是这样，国家也是这样，

永远也治不好，你看，就像你这副冷漠的面孔。"

周洛阳说："我不奢望他痊愈，只希望他能长久安好罢了。"

杜景回头，看了眼周洛阳。周洛阳知道杜景一定明白了他内心的想法——他从来没想过要让杜景变成什么样，是彻底痊愈，像个健康人一般，抑或被改造成他满意的样子，甚至从未想过杜景是不健康的非正常人。世上有这么多人，每个人都是独一无二的。

"让他走吧。"周洛阳说。

"光粒逆流转轮，监护者命令，"杜景说，"去除此意识波权限，进行释放。"

"不——不！"斯瓦坦洛夫斯基顿时哀号起来，却一瞬间化作光尘，升起，飞向广袤的宇宙深空。

世界再次安静下来，杜景做了个简单的手势，之前升起的一幕幕景象又回到时间年轮中。他回到原点，来到周洛阳身前，周洛阳手握时间齿轮，抬头看着他。

"想好了吗？"杜景问。

"想好了。"周洛阳说，"我还是想回去，等下一次我们回到这里，再去那个未知的世界吧，你觉得呢？"

"那就走吧。"杜景说，"我们一起。"

周洛阳把时间齿轮交给杜景，杜景想了想，又说："光粒逆流转轮，解除除了我与修正者，余下所有意识波的一切权限。"

"执行。"鬼魂道，"人类个体9327DAS4430意识波内存分离并予以修正。"

"谁？"周洛阳忽然想起了一个人，"乐遥吗？"

杜景与周洛阳停下脚步，周洛阳想起了有关记忆的问题，依稀明白了什么。

灵魂可以离开身体所在的维度，而同心环在时间的单向行进中可以被不断修正。每一个过去一旦被更改，时间环就会旋转一个极小的角度，偏离原本的生命轨迹，在他的意识里掠过后，所保存下来的只有记忆。

"我明白了。"周洛阳喃喃道，"大致明白了。"

他说不清细节，却隐隐约约地感觉到了，记忆里所有的经历都真实地发生过，只是随着年轮的旋转被推向另一边，失去了光芒。

但有关乐遥的一切……他的记忆会被抹除吗？

杜景和周洛阳沿着他们的生命射线走向无数个时间环拼接成的远方。

"这是你的小时候。"周洛阳觉得很有趣。

"嗯。"杜景说，"你的呢？"

"在另一边。"周洛阳望向不远处。

他们的人生轨迹分别从两个点出发，朝着某个既定的点前去，如此坚决，哪怕天地尽陨，时光倒流，也无法阻止他们命运的交会。交会之后，一同经历了一段人生，射线分开，但很快再度会合于一处。

杜景说："朝咱们认识的那一天走，不要迷失了方向。"

"不。"周洛阳在还未交会的命运轨迹前停下脚步，说，"我忽然想去这里。"

那是在他们相识的大半年前，周洛阳看见了杜景描述过的景象，他对鬼魂说："我们想在这里回到现实世界里去。"

"执行命令。"鬼魂道，"降维启动。"

轰然声响，周洛阳与杜景同时失重，一起坠入了现实世界——

西班牙，格拉纳达，巴萨山脉，悬崖。

法拉利上，杜景左手按着方向盘，右手按下播放键。

周洛阳落在了副驾驶座上，这一刻他还是灵魂状态，但他惊讶地发现，握着时间齿轮的左手仿佛超越了维度的限制，触碰到了车的实体。

杜景蓦然转头，但副驾驶座上空无一人。

"洛阳？"杜景喃喃道。

Eminem 的 *Stan* 响起，杜景没有迟疑，一踩油门，冷漠的双眼望向道路尽头的悬崖。

法拉利风驰电掣，发出三百二十码的怒吼，犹如创世纪深空宇宙爆发之声。排气管响起音爆的轰鸣，沿着斜坡喷出一团绚烂的尾焰。在 Eminem 节奏感极强的歌声中，飞向如血的夕阳，沉入世界尽头。

然而下一刻，灵魂状态的周洛阳伸出手指，按住了杜景的手机屏幕，点击"切歌"。

Eminem 的歌声被收进时间的尽头，杜景倏然睁大了双眼。

"任时光匆匆流去……"周洛阳知道杜景听不到他的声音，但还是转头，认真地说，"……人生几何能够得到知己。"

法拉利飞出悬崖的刹那，《任时光匆匆流去》的前奏响起，周洛阳转身抱住了杜景。时间的流动仿佛放缓，跑车飞过高空，在四句歌词放完，副歌唱响的刹那，飞向对面的断崖。

杜景仿佛感觉到了什么，放开方向盘，双眼望向前方，在最后一刻，将手放在了胸口。

一声巨响，法拉利一头撞上断崖，从山崖上飞速坠落，周洛阳与杜景同时飘了起来。

"等我。"杜景喃喃道，"我会去找你。"

又一声巨响，法拉利落地，杜景一头撞在挡风玻璃上，法拉利刹那间撞成了废铁。

周洛阳找到废墟之中的杜景，他横过鼻梁的那道伤痕正在不断往外淌血，左腿以一个奇异的姿态折着，就像被摔下山坡的一棵坚韧的树。

周洛阳喊道："杜景，快醒醒！"

他按下杜景的手机，拨了急救电话。电话接通了，他焦急地大喊，那边却听不见。但很快，急救机构定位了手机的所在地，直升机飞来，将杜景救走。

"杜景，杜景！"周洛阳仍是虚幻的灵魂状态，一路跟着杜景的病床，直到他被推进了ICU里。

周洛阳握着时间齿轮，那一刻，仿佛听见了命运之轮旋转的声音。

在那宏大的时间年轮上，同心环错落转动，开始修正。周洛阳与杜景命运轨迹原本的交错点隐没，犹如拼图板上的画面，数道时间环错开旋转，重新拟定交会轨迹。

无数回忆在生命之海中涌现，周洛阳握着时间齿轮，回到了高考的最后一天。

"考得怎么样啊？"方洲过来，朝周洛阳笑道。

这是一个下着小雨的下午，最后一门考试结束，周洛阳还有点没回过神来。

"回到母校了？"周洛阳说，"怎么是这一天？"

"什么？"方洲没听清楚。

周洛阳马上道："没什么。"

"来我家玩吧。"方洲说，"庆祝一下。"

周洛阳左手拿着一个透明塑料袋，他看了一眼，里面装着填答题卡用的铅笔、中性笔，右手揣在裤兜里，掏出来一看——蓝金色的时间齿轮。他忽然笑了起来，看了看玻璃窗上自己的身影，还是高三时的青葱模样。

方洲问："傻笑什么？"

周洛阳笑着笑着，想起了一件事。

"我的手机呢？"周洛阳去领回手机，沉吟片刻，拨通了记忆里的号码，却是个空号。接着，他拨了另一个号码，那边是个日本女人的声音。

"我是洛阳。"周洛阳不安地问，"爸爸呢？"

那边没有说话，片刻后，另一个声音接了电话。

"是乐遥吗？"周洛阳说，"我是哥哥。"

"哥哥，"乐遥会说中文，"怎么了？你的考试结束了吗？"

"没……没有，是的，结束了。"周洛阳有点语无伦次，示意方洲稍等。

那一刻，时间年轮缓缓转动，同心环在周洛阳的生命轨迹上旋转错开，重新嵌合，无比坚定地笔直向前。

"爸爸的电话为什么是空号？"周洛阳问。

"爸爸已经去世了。"乐遥说，"去世一年了。"

"是吗……"周洛阳说。

方洲见周洛阳的表情有点不对，便掏出烟盒，递给他一根，并为他点上。周洛阳在考场的楼梯拐角处抽了几口，有点伤感地说："是啊，我想起来了。"

一段记忆涌入他的脑海——一年前，父亲载着继母与弟弟出门，遭遇了车祸，父亲去世了，继母与弟弟却毫发无伤地活了下来。

"对。"周洛阳说，"嗯，没事，我也许是备考压力太大了。"

"哥哥，你还好吗？"乐遥倒是很懂事，保持着一贯以来的尊敬，"你现在一个人吗？"

周洛阳说："嗯……不算，是的，是一个人。"

"我刚才突然很想你。"乐遥说，"不知道为什么。你暑假会过来看我的吧？"

"会的。"周洛阳叹了口气，说，"会。我爱你，乐遥。挂了。"

"嗯。"乐遥没有再说什么。

方洲看了眼周洛阳手里的时间齿轮，问："这是你的幸运物吗？哪儿来的？"

"太爷爷给的。"周洛阳想了想，答道。

"没事吧？"方洲说。

周洛阳说："你先走吧，晚上我过去的话，会给你打电话。"

方洲没有勉强，知道他需要人陪时一定会说，于是拍了拍他的肩膀，独自走了。

周洛阳在操场上坐了快半个小时，盛夏的校园被一场雨淋得生机勃勃，清新的气息令人心旷神怡。这一刻他什么都没有想，仿佛那些过去尽数化作了不真实的记忆，像是一场梦，而当下就是当下，唯有当下，才是真实的。

直到考生全走光了，周洛阳才慢慢地走出来。他不知道杜景的电话，杜景也不知道他的，他们甚至无法联络上彼此。要到三个月后，他们前往大学报到，进入那间命中注定的寝室，他才能看到脸上带着伤痕，在风雨里努力关上窗户的杜景。

你现在还好吧？周洛阳心想，都骨折了，一定很痛。

"外面那疯子还没走。"几个女孩说，"好吓人啊，他要干吗？"

周洛阳听到这话，一怔，继而加快脚步向外跑去。

那个人站在校外的小卖部前，头发剪得很短，鼻梁上的伤尚未完全愈合，手腕上打着绷带，双眼直直地盯着每一个离开学校的男生。

周洛阳站在马路对面，与他对视，眼里满是震惊。

他们发现彼此了，于是他大步朝他走来。

"我叫杜景。"他说,"休伤生杜景死惊开的杜景。"

他答道:"我叫洛阳,洛阳亲友如相问的洛阳。"

"我知道。"杜景说。

夏日雨后的风卷着湿漉漉的绿叶飞扬,时间年轮最后一次旋转,错开,又嵌合,两条生命轨迹的相遇已被改写。

新的生命轨迹闪耀着金光,笔直地射向远方,射向那无边无际的广阔天地,跨越光阴的罅隙,追寻着天地万物一白驹的足迹,直到岁月结束之地,时与空的尽头。

—正文完—

一

  那年高考结束后,风雨大作,一场来自太平洋的飓风从东南沿海登陆,呼啸着席卷了全城,水汽在徽州被山峦阻挡,化作倾盆暴雨,无情地从天上倒下来。
  周洛阳与杜景见面后,阳光洒下不到半小时,便迎来了第二场雨水的浇灌。
  "你们徽州的气候都这么神奇么?"雨水声太大,杜景只能用浑厚的声音努力在周洛阳耳畔喊道。
  "还好了!"周洛阳说,"至少比你们马德里好!"
  杜景鼻梁上贴着创可贴,打着伞,带着周洛阳在大雨中行走。
  两人到达公交车站时都已全身湿透。旁边有不少等车的学生,纷纷朝他们投来好奇的目光。周洛阳明显是个高三学生,而杜景却一副富二代、社会人的模样。
  "你的法拉利呢?"周洛阳旁若无人地问道。
  "撞得稀烂。"杜景仿佛早预料到周洛阳会这么问,从口袋里拿出一片红色的铁片,递到他面前,"留给你当纪念。"

周洛阳笑了起来。公交车到站了,他与几名刚考完的同学打了个招呼,杜景朝众人礼貌地点头:"谢谢你们照顾他。"

周洛阳:"……"

所有人都现出惊讶的神色。

"上车!"周洛阳有些尴尬,粗暴地对杜景说。

杜景收伞,周洛阳刷了两次公交卡,两人坐到最后一排。前面的学生们还不时回头打量他们。

杜景的头发半湿,搭在额前,与周洛阳大一认识他时一样,不禁觉得很好笑。

"笑什么?"杜景神态自若地挽起衬衣袖子,稍稍侧过身,挡住车窗外不时飘进来的雨水。

"笑一只古牧。"周洛阳说。

傍晚,风雨越来越大,周洛阳一脚踹开家门,带着杜景回到家中。两人身上还在往地上滴水,打湿了门厅。

杜景捋了下头发,看了看四周,说:"还是这样。"

"我们没有分别很久。"周洛阳说,"以绝对时间来算,只有一天。"

"对我而言,已经过去四个月了。"杜景说。

周洛阳忽然想起,陪伴杜景在惊天动地的歌声里开车飞出山崖时,正是西班牙的春季。其后,杜景在病房内躺了足足三个月,以顽强的意志再一次战胜死神,拖着尚未痊愈的身体来到他的面前。

周洛阳笑了起来,说:"快洗澡吧,别着凉了。"

杜景示意周洛阳看扔在一旁的手机,说:"方洲他们在等你庆祝呢,洗完澡一起去吗?"

周洛阳想起来了,原本高考结束后,他跟方洲他们几个去KTV庆祝,之后在狂风暴雨里各奔东西,深夜4点才回到家,而家里空空荡荡,只剩他一人咀嚼着那终于到来的寂寞。

现在,他就这样凭空多出来一个没有人认识的朋友。

"怎么介绍?"周洛阳云淡风轻地问。

"来自未来的朋友。"杜景懒洋洋地回答。

真酷……周洛阳心想,一个来自未来的朋友,科幻感十足。

"病情怎么样了？"洗完澡后，周洛阳换上T恤，坐在沙发边的地毯上，想叫个外卖，杜景则躺在沙发上玩手机。

周洛阳在重逢后第一次问杜景的病。

"我不知道。"杜景说，"不过也许能控制住，过段时间再在国内检查一次。"

周洛阳起初抱着一点希望，也许去了一次光粒逆流转轮的虚空世界，杜景会恢复。但现在看来，还是没用。

"没关系。"周洛阳又说，"身体上的伤没事了吗？我应当去照顾你的。"

"是我让你回到这个时间点来的。"杜景说，"你必须完成学业，参加高考。"

周洛阳这才知道，原来一切都是杜景的安排。

他看了会儿手机上的外卖，拍拍杜景，说："吃比萨吗？"

"什么都可以。"杜景说，"台风天别折腾人了，自己做饭吃吧。"周洛阳便打消了念头。

杜景围上围裙，尝试用冰箱里仅剩的午餐肉、葱、鸡蛋做出了一道菜来，味道不大好，却也能将就。

晚饭后，周洛阳又坐在沙发前的地毯上，挨个回消息，告诉他们自己不去唱歌了，外头风雨太大。

"现在做什么？"周洛阳问杜景。

杜景答道："看你，我都可以。"

周洛阳又听到了这句话，他俩只要在一起，杜景就会把几乎所有事情的决定权都交给他。

"我们可以有个全新的约定吗？"周洛阳说。

杜景看着周洛阳，扬眉。

"你如果有想做的事，"周洛阳说，"不要顾忌我，先说出来。其实很多时候我想……"

"当然。"杜景自然知道周洛阳的意思，他们之间可以不用太客气。

周洛阳点点头。杜景说："你为什么喜欢坐在沙发前面，而不喜欢坐在沙发上？"

周洛阳也不知道为什么。忽然，院子里传来倒车声，他反应过来，是来客人了，便起身去开门。

"洛阳！"

"是你啊！"周洛阳说，"怎么招呼也不打就来了？"

"想给你个惊喜嘛。"哪怕狂风呼啸、暴雨倾盆，也无法阻止方洲想与挚友在这个历史性的夜晚相聚的一颗心。

方洲带着几个与周洛阳玩得好的朋友，买了比萨、炸鸡和啤酒，准备来周洛阳家通宵打游戏，开体感热舞游戏派对。但进门看到坐在沙发上的杜景时，所有人都愣住了。

方洲看了看杜景，又看向周洛阳，说："你……表哥？亲戚？这谁？"

周洛阳知道方洲所有的亲戚，方洲自然也知道他的。怎么凭空多出了这么一个人？

"这……"周洛阳看着众人，"我朋友，杜景。"

杜景大方地说："你们好，随便坐。"说完起身，去厨房拿杯子了。

方洲原本计划给周洛阳一个惊喜，没想到自己反被周洛阳给了个惊喜，家里的气氛顿时变得有点尴尬。

"开游戏么？"周洛阳说，"还是唱歌？"

杜景过来把音响打开，随口说："方洲考得怎么样？"

方洲问："你……多大了？在哪儿上学？"

杜景说："比你们大一岁，刚回国，准备读国内的大学，和洛阳同一所。"

众人寒暄了几句，周洛阳知道不用太担心杜景的病情，他并不排斥与朋友们相处。

"我去开啤酒。"杜景说，"怎么喝？加块柠檬？"

众人便点头。方洲实在太惊讶了，这个人他居然从来没有听周洛阳提过！他们从幼儿园时就认识了，这是非常不合理的！

厨房里传来杜景开瓶盖的声音。

"他究竟是什么人？"方洲难以置信地问，"从哪儿来的？怎么凭空冒出来了？他要做什么？"

这是谁？从哪里来？要到哪里去？面对方洲充满终极哲理的灵魂三问，周洛阳一句都无法回答，同时拒绝回答。

"不重要，"周洛阳最后道，"操心好你自己吧。接下来的几年里，不要总是换对象，找个人好好过日子，否则你会很空虚的。"

二

如果时光倒流，一切重来，你会怎么做？

周洛阳从前很少想这个问题，哪怕回到过去，他也不知道该做什么。但现在他发现自己突然多出了好几年的光阴，而这一切都拜时间齿轮，或者说杜景所赐。

他们仍在十八岁，人生最美好的年华，却已拥有未来几年所有的记忆。那夜，杜景接过麦克风，唱了首《我只在乎你》，让周洛阳蓦然想起他们在大阪环球影城跨年的那个夜晚。一切都如此不真实，一切都尚未发生，未来尚有诸多可为之事。

我要改变么？在歌声中，他做了一个决定。

既然重新活一次，就顺其自然吧。所谓顺其自然，不是等待曾经发生过一次的事再次发生，毕竟斯瓦坦洛夫斯基、素普等麻烦已经解决了，杜景也不再是一名探员，与昌意更没有关系。注定的事不会再发生，所以周洛阳大可以安排他们的未来。

暑假开始后，周洛阳终于从繁重的课业里解脱，迎来人生的新阶段。

"我得回北京一趟。"周洛阳对杜景说。

杜景自然没有阻止，说："我也想探望你的亲人。"

这个时间，周洛阳的祖父还在。杜景买好高铁票，陪周洛阳回到北京。

祖父正在卧床养病，精神却很好，他看着周洛阳的双眼，忍不住说："你长大了。"

周洛阳笑道："认识了杜景之后，我成长得很快，爷爷。"

祖父没有多问他们是如何认识的，倒是问了许多杜景家里的事，他非常喜欢杜景。

周洛阳想了想，说："爷爷，我现在毕业了，我觉得我可以负责打理店里了。"

"可以。"祖父也有考虑这件事。

周洛阳又说："我想暂时把店开到杭州去。"

祖父没有异议，他看得很开，明白该放手的总归要放手，索性直接让周洛阳去历练。

于是周洛阳与杜景商量一番，决定将店迁到杭州，入学后就申请半走读，自己与杜景负责看店，一切稳定后，再将祖父接到杭州疗养，陪伴他度过人生的最后时光。

盛夏之末，北山路蝉鸣声不绝，周洛阳与杜景走过漫布林荫的道路，为他们的新店选址。

周洛阳记得上一次他们走过这条路时，谈到店的事，杜景还生气了。杜景想让他把店迁来杭州，他喜欢杭州，但周洛阳要照顾乐遥，有太多的顾忌，选择了北京。

"如今你的愿望成真了。"周洛阳跳起来,摘下头顶的一片树叶。

杜景没有说话,接过周洛阳递来的树叶,今天的他很安静,周洛阳问:"不舒服吗?"

"有一点。"杜景说,"但最近好多了,你没发现么?"

确实如此。周洛阳明显地感觉到,杜景的病情大为减轻了,抑郁发作时没有太严重的反应,也不再将自己封闭起来。躁狂发作时,杜景能更好地克制自己。如今,他的病情犹如被周洛阳分摊掉了,身体的痛苦依旧,精神上的磨难则由一道无形的灵魂链接缓慢地引向周洛阳的意识世界,得到了疏导。

杜景拿着周洛阳递给他的树叶,自己也随手摘了一片,凑在唇前试了下音,轻轻地吹了起来。

音调很美,悠扬婉转,周洛阳听出来杜景吹的是他们以前都很喜欢的一首歌——Viva la Vida,中文意思是"生命万岁"。他曾经送过杜景这首歌的CD,用意不言而喻。

Viva la Vida 的曲调回荡在北山路上,不知何处传来悠远的钟声,西湖畔竟还有一座隐秘的古刹。

"这里很好。"杜景说。

暑假的第一个月,长安古董店分店选定地址,周洛阳租下西湖畔的铺面。北京的主铺面没有退,杜景亲自去北京,将贵重的古董随身带回,余下的则由物流公司运回。

八月份,店铺简单装修完毕,却暂未开张,接下来他们要入学了,还有军训。

"今天是咱们正式认识的那天。"

台风又来了,周洛阳记得很清楚,那天他被暴雨淋得全身湿透,撞开宿舍的门,就见到了杜景。

杜景已换上了西装,恢复了曾经的模样,彬彬有礼地说:"是的。"

周洛阳很珍惜重来一次的大学时光,虽然他并不想把所有功课从头再念一遍,但大学生活总是美好的。他依旧做大学生的打扮,运动服,运动裤,不愿显露出半点成熟。

杜景却我行我素,恢复了在昌意当高管时的装扮,做了几身西装制服,剪了头发,额发撩上去以后更显得精神、锐利、沉稳。虽只比周洛阳大一岁,但他本来气质就很成熟,看上去像比周洛阳大了五六岁。

"怎么了?"杜景说。

周洛阳哭笑不得:"有必要这样么?"

"习惯了。"杜景说。

"等你穿着这么一身,去教室里上高等数学的时候,"周洛阳幸灾乐祸道,"我看你怎么装下去。"

杜景说:"一起出去吃饭?"

"咱们还没认识呢。"周洛阳提醒道,"不要太铺张浪费,杜总,就不能等一会儿么?"

新店的装修保持了和曾经的北京长安古董店一样的格局,整个店内全是滴答作响的时钟,秒针、分针与时针规律地走动着,指向他们在命运的安排下相逢的那一刻。就像两颗必将相撞的流星,拖着尾焰,呼啸着从宇宙诞生之日,从世界的两个尽头飞来,轨迹早已注定,宿命已被谱写,最终迎来惊天动地的撞击。

杜景站在店铺门口,5点55分,56分……59分。

6点,店内的钟一起敲响,犹如交响乐曲。

周洛阳从衣兜里掏出一块上了表链的手表——凡赛提之眼,亲手将它戴在杜景的手腕上,说:"送给你的,权当咱们的见面礼。"

"谢谢。"杜景低声说。

周洛阳笑道:"走吧。"

他们在暴雨中出门,快步冲过植物园,被雨水淋得浑身湿透,在宿舍楼下领回行李,打开宿舍门,杜景第一时间过去堵上被狂风吹开的窗户。

寝室内已被他们提前打扫过一次,看着熟悉的大学寝室,周洛阳心想:老天,真是太疯狂了——我居然要重新过一遍大学的日子。

数日后,开学,军训。这段日子对杜景来说是最难熬的,因为他必须与许多人待在一起,周洛阳劝他申请不参加军训,杜景却坚持要去,毕竟周洛阳必须要军训,杜景自己一个人待在寝室里,只会更难受。

周洛阳只要有时间就会去看他,杜景被安排在班级门口站岗,深夜里,周洛阳在底下拍蚊子,再抬头看杜景,觉得很有趣。

"没事吧?"周洛阳猜测杜景也许已经转了几次阶段。

"比以前好多了。"杜景答道,"别担心,回去睡吧。"

足足半个月的军训,周洛阳随时注意观察杜景,幸而最终平安无事地度过了。回校后,两人在寝室里待了将近一个星期,各自班上的同学连他们是谁都不知道。

"杜景?我记得你是我们班上的,对吧?"杜景的班长过来登记,恰好在楼下

碰上来帮周洛阳买烟的杜景,好奇地打量他。

杜景客气地点点头,付了钱。

"我总觉得你看上去不像大学生。"班长说。

杜景今天心情不错,难得地多说了几句:"我有一颗少年的心,所以在遭受社会的毒打后,决定回来读大学。"

班长又说:"常常不见你,来参加聚餐吧。"

杜景说:"最近没空,你们吃吧。"他把聚餐费付了,带上买的东西,回寝室去了。

"要去开店了……"周洛阳慵懒地睁开眼睛,秋日的阳光照得他有点昏眩。

杜景回到宿舍后,又躺回了床上。

周洛阳摸摸他的头,有点担忧。他觉得最近杜景的情况不太好,按时间来算,也该转阶段了。虽然每天都监督杜景吃药,周洛阳却知道杜景仍然容易在深夜里醒来,偶尔还会睡不着。

"没事吧?"周洛阳问。

杜景答道:"有一点,但我相信会好的。"

回忆起他们初识的那段时光,周洛阳意识到,在这个秋天,杜景原本会发病不止一次。但每当他问起时,杜景的回答都是比从前轻多了。如果这不是对周洛阳的安慰,那就是说当初他的病情远比周洛阳所察觉的更严重。

事实上,事情没有朝着周洛阳期望的方向发展。数日后,杜景忽然安静了下来,周洛阳知道他开始转阶段了。周洛阳只能按照原本的方式来处理,不打扰他独处,并陪伴着他。

躁狂发作时,杜景的攻击性很强,但面对他时仍然保持了温柔,只是温柔里带着不容置疑的支配感。躁狂让杜景觉得"心脏快跳出来了",仿佛内心有一股冲动的烈火,随时要将他拖进深渊,迎接最终的毁灭。但转到抑郁相时,周洛阳就毫无办法了,抑郁会让杜景没有力气,甚至看不到未来的希望。

"我也许该去找份工作。"杜景说。

"我们还在读大学。"周洛阳每天都会走过去抱他一下。

"我现在一事无成。"杜景说,"当昌意的探员至少是有意义的。"

"你一直是个英雄。"周洛阳认真地注视他的眼睛,那双眼如此深邃,如此痛苦,却又如此明亮,让他为之动容,"无论你从事什么职业,过什么样的人生。"

杜景沉默地看着周洛阳。

"我怕我照顾不好你。"杜景说,"我想把一切都给你,可是我什么也没有。"

周洛阳没有安慰他，也没有说自己不在意。

"我觉得我们总会找到活着的意义。"周洛阳说，"来，穿好衣服，咱们去店里吧，我喜欢看你穿运动服的模样。"

杜景没有拒绝，被周洛阳拉了起来。他们离开学校，穿过植物园，往西湖走去。杜景仍然表现得很正常，或许他已经习惯了。他就像个可靠的朋友，却因病情而内心比平时更脆弱一些。

有时周洛阳也在想，杜景什么地方最吸引人呢？

也许对他来说，正是杜景那阳刚的气质和内心的敏感与不安形成的剧烈的反差。

"好些了。"杜景忽然道。

新鲜的空气有助于调节体内的激素水平，对杜景而言，自然的环境与寺庙的钟声确实有不少用处。

周洛阳很清楚，杜景这一次病发很大一部分原因是他的迷茫。离开昌意，结束时间齿轮引发的一系列动荡后，该如何重新经历他的人生，这是杜景必须考虑的问题。

"我总在想，如果没有凡赛提之眼，没有时间齿轮的影响，咱俩只是两个普通得不能再普通的平凡人，在成为大学室友的这四年光阴里，会成为相互依靠的朋友吗？"

"你觉得呢？"杜景恢复了不少。

"我觉得会的。"周洛阳想了想，又说，"毕业以后，就要面对许多问题，咱们要去做什么，过什么样的生活。"

这对许多人来说也许根本不成问题，许多事可以一边做一边想，但对双相情感障碍患者来说不行，杜景一定会思考更多。

"我会想清楚的。"杜景说。

"可以当志愿者，"周洛阳说，"或者自然学家，或者别的什么，甚至如果你不排斥，还可以当个诗人。"

杜景想起了自己的父亲，他那疯子般的形象既令他抗拒，又让他觉得亲切。周洛阳非常了解他，没有回避那些往事。

"我的本能让我想当狮子、狗，"杜景说，"或者其他犬科动物。"

周洛阳哈哈大笑，杜景却开始跑步，说："到店里去，开始。"

"等等！"周洛阳马上追了上去。

杜景的意思是，每个人活在世界上，都必须在社会里找到自己的位置，这毋庸置疑。但对他而言，与周洛阳相处，他既可以是凶猛的看守领地的野兽，也可以是温柔的大型宠物，这取决于他的本能。杜景的痛苦源自自己的本能与不得不去考虑的现实之间形成的断层，他必须从中找到共处之道。

周洛阳跑得筋疲力尽，杜景推开店门。

"好累！"周洛阳说，"军训结束后我明明在寝室里休息了六七天！"

"你太缺乏锻炼了。"杜景从储藏室的纸箱里拿出矿泉水。

周洛阳喝过水，在那面时光之墙前坐下，检查抽屉里的时间齿轮。它一直在这里，治安很好，不用怕被偷。如果再有人想将它据为己有，周洛阳宁愿给对方，也懒得再去折腾了。

杜景在时光中静坐，犹如冥想一般。周洛阳没有打扰他。

从他们再相遇的那天起，始终有一个念头在周洛阳的脑海中盘桓。在那虚空之中，光粒逆流转轮的本体告诉他，时间齿轮是一个地外文明设备的一个组件，那么会不会还有别的组件在这个世界上？这些组件是否能改变一个人？在地球的某个角落，是否还有人拿到了其他的部分？

"你在做什么？"杜景回过神来，看见周洛阳正对着时间齿轮在玩手机。

"没什么。"周洛阳收起手机，想了想，还是朝杜景解释了自己的想法。

"所以呢？"杜景认真地问。

周洛阳也说不清楚，杜景道："找到其他的组件有什么意义？"

"也许能……"周洛阳说，"改变什么。"

杜景没有问周洛阳希望改变什么，很明显，困扰他们的问题只有一个。

"我以为你早就忘了它。"杜景说。

"没有忘。"周洛阳说，"我无法保证我不会像斯瓦坦洛夫斯基一样不顾一切地去做不该做的事，只为了挽回某些东西。"

杜景沉默不语。周洛阳想到斯瓦坦洛夫斯基的疯狂，如果同样的事情发生在自己身上，自己也有那么做的理由呢？

杜景眼神温暖，周洛阳与他眼神一接触，便知道他最难熬的时候过去了，这一次病情发作，又顺利度过了。

"我很感动。"杜景忽然说，"洛阳，我很感动。"

周洛阳说："你感动什么？那纯粹是因为我的自私，我不愿再失去。"

杜景说："依旧很感动。"

周洛阳觉得，他的性格深处不是没有阴暗面，只是许多时候，他没有接受考验的机会。

"也许我的潜意识里希望最好有个人把这东西拿走，"周洛阳说，"这样就不会有问题了。"

周洛阳还觉得，杜景也是个不稳定因素，谁也不知道万一在未来有什么考验，他会不会重启时间齿轮。

"有个办法。"杜景想了想,说,"让我想想……但绝不可能公告全世界,并将它的前因后果写出来。"

"那样也不会有人相信的。"周洛阳说。

杜景拿起周洛阳的手机,沉吟。环太平洋探员协会里周父与他的记录都随着过去的更改而消失了,不久前他们还在报纸上看见了斯瓦坦洛夫斯基猝死的讣告,证明这一切真的告一段落了。但当初周家与斯瓦坦洛夫斯基家族的一些记录还在,时间齿轮仍然有被盯上的可能。关键是现在表与时间齿轮已经分离了,再碰上麻烦,他们不能用回溯时间的方式逃脱,必须很谨慎。

"如果是一个机构呢?"杜景说。

"给他们。"周洛阳说。

"如果是个不干好事的机构呢?"杜景又问。

"扔西湖里。"周洛阳说,"就此结束。我知道你有办法,你总是比我缜密。"

杜景说:"你说对了。"

不管那些猜测,怎么想都是将时间齿轮扔进大海最合适,但周洛阳内心深处仍然存了一线希望:这件超越人类智慧的产物仍有其他的组件在地球上,或许能改变他与杜景的困境。

杜景找到大学时他们常去的论坛,发了个帖子。

"你在做什么?"周洛阳说。

"试探。"杜景不再是探员,却依旧有着极其敏锐的洞察力与近乎无懈可击的判断力。

"试探谁?"周洛阳瞬间紧张起来。

"试探这个世界,把认知的触角伸出去。"杜景说,"我预言了一场球赛的比分。"

"这么快吗?!"周洛阳更紧张了,说,"是不是还要再商量一下?"

杜景修长的手指放在帖子的"删除"位置上,扬眉示意。

"算了。"周洛阳说,"就这样吧。"

杜景沉默片刻,忽然道:"我觉得我找到意义了,洛阳。"

"什么意义?"周洛阳不明白。

"我们可以去寻找这个世界上光粒逆流转轮的其他组件。"杜景说。

周洛阳哭笑不得:"打消这个念头吧,杜景,这不是什么好主意。"

"我想问问大家,如果你获得了能让时间回到二十四个小时前的机器,你会怎么用？"

9月17日，杜景在他常去的一个小众论坛上发出一个帖子，预测了皇家马德里的一场球赛。很久以前，他与周洛阳一起看了这场球赛，比分记得尤其清楚。

周洛阳总觉得他这么做与其说是寻找这世界上还可能存在的其他奇迹，不如说是为了给自己一个交代。

地球上有一亿四千九百万平方公里的陆地，三亿六千一百万平方公里的海洋，四十六亿年的演化历史，六十亿有着不同肤色、生活在不同文化中的人。杜景所做的事无异于站在地球上朝茫茫的宇宙喊话，等待星河彼岸的另一个文明听见他的声音——几乎百分之百不会得到任何回应。

很快，周洛阳便忘了这件事。

这年冬天，就像当初他们在寝室里度过的第一个冬天一样，杜景仍在断断续续地忍受病痛的折磨，就像盗窃天火的普罗米修斯一般，被秃鹫啄食灵魂。

杜景实在忍受不住时，就会打开浴室里的冷水龙头，任凭刺骨的水浇在自己身上，再大口地喘气，偶尔击打瓷砖，用身体的疼痛来遏制躁狂。久而久之，浴室的整面瓷砖墙被打出了犹如蛛网般的裂纹。

抑郁时，杜景会躺在床上，整夜睁着眼，看着天花板。这个时候，周洛阳会用投影仪在天花板上投放一部黑白片，有时是黑泽明的《七武士》，有时是卓别林的默片。

人活一辈子要受这么多的苦，周洛阳想起净慈寺的大师第一次看见杜景时跟他说的"众生皆苦"。然而，正因这痛苦，他们在难得的平静时光里才能真切地感受到幸福。犹如酷寒后，千万生命刺破冰层，在 *Viva la Vida* 的乐声中，它们肆意生长，直至占据他们的整个世界。

次年5月，杭州烟雨蒙蒙。

周洛阳没有太用心照顾古董店，店里的进账却也能支撑两人的学费。杜景花光了他所有的钱买下这个铺面，结果经过一轮房价疯涨，这块小地方的房价已经涨了将近两倍。周洛阳简直哭笑不得，辛辛苦苦开店还不如卖了铺面赚钱。

昨天晚上，他做了一个非常奇怪的梦，梦见自己在一个孤独的星球上，架起一架天文望远镜，朝向太空，寻找杜景的身影，期待看见他穿着宇航服漂浮在星河里。但当他凑近望远镜时，看见的却是另一幕景象：在一个满是熔岩的星球上，肩负天球的上古巨人阿特拉斯在火海中挣扎，高达机器人、展开黑暗翅膀的撒旦、蜿蜒飞行的蛇神正朝阿特拉斯发起围攻。

这个奇怪的梦在醒来后逐渐被遗忘，唯一让周洛阳印象深刻的是那块表，他曾经在另一段记忆里，将肩负天球的阿特拉斯送给了残疾的弟弟周乐遥。

"哥哥。"最后，在那个星球消失的前一刻，乐遥突然转过头，朝向天文望远镜的方向，仿佛知道周洛阳一直在看他。

"给他们吧。"乐遥轻轻地说。

周洛阳从睡梦中蓦然惊醒。杜景也马上醒了，看了他一眼。

周洛阳说："做了个奇怪的梦。"

杜景没有多问，准备起床，开始新的一天。

周洛阳在店里找到了那块表，取出来擦拭，决定过段时间将它寄去日本，当作弟弟的成人礼礼物。

门铃响了。

"怎么了？"周洛阳抬头望向店外。

杜景今天有课，周洛阳与他约好晚上出来吃饭，便先到店里等候。周洛阳已经锁了门，杜景狂按门铃，他正要开门时，杜景却等不及，绕到后门，一阵风似的冲了进来。杜景一身运动服，简直是飞奔过来的，身上全是汗水，背脊已湿透。

他给周洛阳看他的手机屏幕，上面是大半年前他在论坛上发帖后，收到的唯一一条私信：光粒逆流转轮。其下是个定位地址：一个水上乐园。日期，具体时间。再下，则是一行新注册的签名档，图片是阿特拉斯，文字是：肩负天球与宇宙，面朝世界的终极。

周洛阳与杜景对视一眼。

"去赴约吗？"周洛阳问。

"去。"杜景说，"我来替你安排。"

三天后，杜景与周洛阳抵达北京，并雇用了保镖，以免再一次发生斯瓦坦洛夫斯基式的事。

"你怎么知道这种渠道的？"周洛阳难以置信。

杜景抬手点了点自己的脑袋，哪怕不再是探员，国内安保公司的联系方式他也还记得。对方非常专业，没有问任何多余的话，也半点不奇怪为什么两个大学生需要随身保护。

杜景则亲自充当了保镖队长，换上西装，戴上墨镜。

"我就在你身后。"杜景说。

周洛阳则换上衬衣与西裤，来到对方所说的水上乐园。他期待着看见在游泳池水吧里抽雪茄的中年人，又或者外国人，但事实与他所设想的完全不一样。

一排保镖排开，杜景从墨镜后扫了池里那几人一眼。

四个青年，各自穿着沙滩裤，身材都很好，年纪最大的那个大哥哥模样的人看上去顶多二十七八，年纪最小的像个大学生，长相比周洛阳还嫩一点。他们正在打水上排球，其中一名男生气场有点强，眼里却带着笑意，转头望向周洛阳。

"快看。"那最小的青年发现了周洛阳，同时提醒众人。

"几位……"周洛阳有点疑惑。

池中，气场最强的青年从水里跃起，现出英气的眉眼、高挺的鼻梁、红润的嘴唇，鼻尖上挂着的水滴还折射着阳光。

"周昇。"那青年说。

杜景在墨镜后睁大了双眼。

"我叫周洛阳。"周洛阳总觉得似乎在哪里听到过这个名字，还不止一次。

另外三名青年都出了水池，一个皮肤白皙、长相俊美、眼神温柔的青年笑道："我以为你不会来。"

"我做了一个梦。"周洛阳想了想，说，"但我相信那是真的，乐遥让我把它交给你们。我从它身上得到了太多，却也失去了太多……现在物归原主了，谢谢你们。"

周昇接过时间齿轮，充满疑惑地用手指拈着它，对着阳光端详。

周洛阳瞬间想起来了！

"你……昌意的周昇？！"周洛阳道。

"哟，"周昇笑道，"原来我这么出名吗？找个地方，大家坐下一起聊聊吧。"

三

水上乐园的咖啡店里，那四人穿上衣服，加上周洛阳与杜景，各自坐下，过往行人忍不住多看了他们两眼。

那温柔的青年笑道："我突然感觉咱们像个什么男团。"

众人都笑了起来。周洛阳看出他们没有任何敌意，与杜景交换眼神。这些人里，只有杜景穿着西服，犹如一群年轻小伙子的经纪人。

"先自我介绍一下吧。"周洛阳没有太提防他们：一来大家年龄相近，二来以周昇的身份，想必不会算计他们。更何况时间齿轮已经交给他们了，他与杜景还有什么能被算计的？

周昇正要开口，周洛阳却率先表现出了诚意。

"我是周洛阳。"周洛阳自我介绍道，"在杭州念大一。"

"难怪。"那看上去年纪最大的青年插话道，"看起来挺小。"

"但感觉你很成熟。"周昇说。

"因为我实际上已经二十多岁了。"周洛阳道，"某件事令我的时间倒流了几年。"

周洛阳的模样带着大一学生的青涩，说话却已不像个小年轻。

没有人说话，周洛阳又道："我家从事钟表维修行业，我在杭州开了一家古董店。他叫杜景，是我的朋友。"

杜景没有多说什么，朝众人点头。

"周昇。"周昇正式介绍自己，"在昌意事务所工作。"周昇穿着白衬衣，敞着脖颈的两枚领扣，露出漂亮的锁骨。他的手臂十分有力，虚握在一起的双手骨节分明，周洛阳看在眼里，知道他一定学过武术，那是经常练拳击的手。

周昇身边那温柔的青年说："我叫余皓，之前做过记者，现在研究生在读。"余皓穿着简单的白T恤与黑短裤，面前放着一个小小的相机包。他的眉眼很俊秀，一眼看去，周洛阳忽然有种治愈感，仿佛他只带着微笑坐着，就能散发出一股让人平静的气场。如果杜景的室友是这样的男生，会不会对他的病情更有帮助？

"欧启航。"最小的青年看模样与周洛阳差不多年纪，他说，"物理学本科，在北京上学。"

"我叫陈烨凯。"最后那年近三十的男人说，"我是余皓的导师，心理学方向，平时没事瞎指导他们闯祸。"

众人又笑了起来。

陈烨凯很儒雅，像是他们的智囊，穿着一件长袖衬衣，衣袖卷到手肘处，散发着一股知识分子特有的自信与谦和。

"心理学？"周洛阳有点意外。

"心理学。"陈烨凯认真地答道，又看了杜景一眼。他与周洛阳仿佛在这短短的瞬间形成了默契。

"我认识你。"杜景忽然开口道，"但你不认识我。"

"哦？"周昇笑道，"说说？"

杜景说："同事。我在李良意的办公室里看到过你的照片。"

周昇的脸色变了，道："你也是探员？"

"你的下一任。"杜景答道，"在另一条时间线里。"

这话一出，所有人都震惊了！欧启航马上道："还记得吗，我说过什么？是有可能的！"

"不。"周洛阳知道杜景的话让他们误会了，马上澄清道，"关于时间，它也许不是你们想的那样，它很复杂……"

"等等。"周昇抬起手，示意他先停下，似乎已经理解了其中的秘密。他盯着杜景，说："你多大？"

"十九。"杜景说，"身体年龄。"

"十九岁不可能进昌意。"周昇说，"你俩是从未来回来的？在那个未来里，你进了事务所？！"

这个解释实在太震撼了，他们一时忘了说话，都看着杜景。

"是的。"杜景说，"根据命运的安排，我将在四年后加入昌意，那个时候你已经走了。"

周昇眼下还在昌意上班，余皓马上道："他为什么离开？"这个选择也许意味着某种危险，他必须搞清楚。

周洛阳看了眼余皓，又看向周昇，周昇点头道："没错，我俩一起的。"

"没有特别的危险。"周洛阳说，"至少表面上他们告诉我没有。"

"庄力说你辞职满世界玩去了。"杜景补充道。

余皓怀疑地看着周昇，周昇无奈地一笑，摸了下自己的头，说："最近确实有这个想法。"

众人又静了片刻。余皓说："你们也认识庄力？"

"他是我的下属。"杜景说，"或者说，四年后，他会成为我的下属。"

"那小子容易闯祸。"周昇不知想到了什么，笑道，"多谢你照顾了。"

"不客气。"杜景礼貌地说。

此时，一名年轻人来了，正是庄力。于是他们停下了交谈。庄力把周昇的运动包递给他。

"今天没什么事。"周昇对庄力说，"你先回去吧。"

庄力看见杜景时，表情短暂地露出一丝迷茫，似乎对杜景有似曾相识的感觉。周洛阳笑了起来，在重来一次的时光里看见曾经认识的人，让他有种奇怪的感觉。

"好。"庄力说。

余皓又说："这两天小力你放假吧。空了我给你打电话。"

"好的！"庄力马上道，自己去玩了。

"你还会进昌意么？"周昇又问。

"大概率不会了。"杜景说，"当探员并非我的理想。"

"我也不。"周昇想了想说。

这时，众人已经消化了周洛阳与杜景的话，都看着桌上的时间齿轮。

"所以你们是从未来来的？"欧启航疑惑道，"这个仪器……可以让人穿越时间吗？"

"严格说来不算穿越时间。"周洛阳解释道，"真正跨越了比较长的时间，只有这一次……陈……陈老师，您还好吧？"

"没什么。"陈烨凯马上抬头，说，"你叫我凯凯吧。我可以触碰它么？"

"当然。"周洛阳说，"已经交给你们了。"

陈烨凯拿起时间齿轮，对着阳光端详。

余皓又道："所以穿越时空是可能的。"

欧启航道："但是每一次穿越一定会造成平行时空，就像咱们分析的那样，否则你无法解释祖父悖论……"

"不。"杜景微微皱眉，"不是你们想的那样。我们没有任何人真正地穿越了时空，时间只有一条线，就像只有一条河流，在不同节点落脚的，是这里……"杜景又指了指脑袋，"意识。"他本以为周昇他们能解答时间齿轮的来历，但没想到他们对此一无所知，也许他们找错了人。

"稍等！"周昇说，"现在我们面临的问题实在太复杂了。既然要聊，就放下所有的顾虑好好聊一聊吧。听我的。"

大家便不再发表意见。

周昇说："谁先说？我们先说，还是你们先说？"

欧启航掏出一个小小的圆盘，放在桌上。

"这是什么？"杜景皱眉。

周洛阳说:"果然还有其他组件!"

"脑电波集成中继器。"周昇说,"我们叫它'金乌轮',是我小时候得到的。"

陈烨凯起身,去吧台拿了个酒瓶回来,说:"玩真心话大冒险如何?"

气氛一下子变得轻松起来。杜景会意,伸手旋转酒瓶,酒瓶在桌上转了几圈,指向余皓。

"那么我先说吧。"余皓便开始讲述有关金乌轮的故事。周洛阳听得毫不费力,不愧是当记者的,讲述起来非常有条理。

"你们的故事比我们的跌宕起伏多了。"杜景听完后,说道。

周洛阳问:"你们是怎么知道它还有别的组件的呢?"

"到你们了。"余皓笑道,旋转酒瓶,酒瓶最后指向杜景。

杜景深吸一口气,想了想,要聊凡赛提之眼与光粒逆流转轮,就不得不提及许多他们的往事,这对他来说多少有点难为情。

"我来说吧。"周洛阳知道杜景不喜欢向不熟悉的人袒露心声。

"不。"杜景说,"我说。"

沉默片刻后,杜景说:"这要从许多年前开始说起,按绝对时间算,我们才刚认识不到一年,但实际上,我们已经一起度过了漫长的时光……"

接着,杜景开始讲他的病,讲他与周洛阳是如何在一个暴风雨的傍晚里相遇的。其余的人安静地听着,没有打断杜景。杜景说了很久,才到凡赛提之眼的出场。

陈烨凯点了份比萨,众人喝着咖啡,时间在杜景的诉说里一点一滴地过去。最后,周昇开始提问,对他们在时间年轮上的经历尤其关注。

欧启航说:"潜意识世界的终点,最后一层。"

"可那一层是反过来的。"余皓说。

"对。"陈烨凯说,"你不停地下潜,潜到意识海洋的最深处,最后犹如沙砾般漏向海底的空间,被全部收进了吸积盘里,再从那里被释放出去……"

周洛阳不太明白,陈烨凯便向他们解释:"这是我们先前的一个推测。"

"在那里没有时间。"欧启航说,"这也与我们推测的一致。"

夜幕降临,海边升起了星辰。

众人短暂地沉默后,周洛阳说:"它的名字也是它自己告诉你的?"

"对。"周昇说,"吃点烧烤吗?"

"我不能再吃了。"余皓说,"这么看来,我们谁也不能穿越时间,只能让意识回到过去的自己身上。"

"明白了。"欧启航说,"但只有意识,也能改变很多事情。"

"建议你最好不要。"周洛阳提醒道,"因为你不知道会造成什么样的后果。"

大家都没有说话,沉默地思考着。

"想也没办法。"周昇说,"虽然这里有两名监护者、两名修正者,我们分别在不同的时间里得到了仪器的授权,但它们现在都无法正常发挥作用了。"

杜景去点了烧烤,回到桌前,转动酒瓶,酒瓶指向欧启航。

"我没有什么可说的。"欧启航说,"不过可以为你们提供一点关于这套设备的研究心得。"

夜幕降临,欧启航抬头,望向浩瀚的星空,六人在银河之下变得无比渺小,仿佛是广袤宇宙中一粒不起眼的尘埃。

"目前得知,组件至少有五个部分。金乌轮,即意识波中继器;时间齿轮,也即光粒逆流转轮,除此之外,还有磁束反射镜、能源物质转换核、D模块。"欧启航说,"它们可能是另一个久远的文明带到地球上来的重要仪器。"

"远古时代么?"周洛阳问。

"更远。"欧启航说,"我不知道你所说的'远古'是指什么时候,如果是历史定义的公元前3000年那个时代,那可还要远得多啦。"

"恐龙还在的时候。"周洛阳笑道。

"更早。"欧启航说,"根据你们在时间年轮里听见的时空回音判断,那句'生命快要出现了',应当在氨基酸被合成之前,甚至……在地球刚成形,或者没成形的时候。"

杜景突然想到了一个非常严重的问题。

"嗯。"周昇说,"造物主。"

这意味着什么?地球原生生命的诞生有外来者的干涉?甚至地球上所有的低熵体都是造物?!这将颠覆整个人类的认知!人类自诩万物之灵,若某一天发现自己只是其他文明的造物,这会引起什么样的轰动?!

"不……最好不是。"周洛阳道,"我始终认为,它是外星人无意中留下来的……"

"是又有什么关系呢?"陈烨凯忽然说,"我们是'他们'的造物,'他们'又是另外一些东西的造物,我们也有我们的造物。你看,人类不也创造了许多东西么?"

周昇道:"我知道这么说很难接受,我们从情感上也不愿意承认,因为这意味着我们不是独一无二的。"

"我去海边走走。"余皓起身说道。

"我陪你去。"周昇说。

大家坐了足足七个小时,从午后坐到繁星满天,都得起来稍微活动一下。

光粒逆流转轮依旧放在桌子的正中央，欧启航想了想，说："说不定找到能源转换核，就能给所有的组件充电，让它们恢复完好的状态。"

　　陈烨凯说："恢复了有什么用？你要坐着它们的飞船，去寻找我们的造物主么？"

　　欧启航一笑，也起身前往海边。

　　周洛阳与杜景仍然坐着，对视了一眼。

　　"听了一个很好的故事。"杜景活动着脖颈，说，"不枉此行。"

　　陈烨凯却依旧沉默，在那夜色里，周洛阳仿佛看见了他身上的一丝忧郁——那是重新燃起的希望又被浇灭的伤感。

　　"你还好吧，凯凯？"周洛阳问。

　　"这个称呼很亲切。"陈烨凯轻松一笑。此刻的桌畔只剩下他们三人，他没有谈自己的事，反而望向杜景，说："你有比较严重的困扰。"

　　"是。"杜景冷淡地承认了，他虽然没有明说自己是双相情感障碍患者，在诉说故事的过程中，大家却都听出来了。

　　"金乌轮也许能通过梦境为你做一点力所能及的治疗。"陈烨凯说，"大概率无法根治，但运气好的话，说不定能缓解病情。你愿意试试么？"

　　周洛阳："你……认识黄霆么？"

　　"他是我最好的朋友。"陈烨凯说，"你们见过面？啊，是了，你说的那个国际刑警就是他。"

　　杜景没有回答，陈烨凯喝了口啤酒，耐心地等待他的答复。周洛阳的心狂跳起来，说不定，这将是杜景病情的一个重要转机！

　　"为什么？"杜景却道，"看你不像喜欢多管闲事的人。"

　　"因为我总忍不住想治疗别人。"陈烨凯说，"本来金乌轮已经几乎完全沉眠了，那天它感应到了光粒逆流转轮，就像无线充电一样，获得了少许能量。我想，说不定它能发挥少许作用，前提是你们俩愿意把它交给小欧研究。"

　　周洛阳说："我已经把它给你们了。"

　　"每个人都有自己的宿命。"陈烨凯说，"你选择它的时候，它也选择了你，这是一个双向选择。周昇当然不会把它据为己有，它还是你的，只是我们也许会借用以研究。"

　　杜景说："研究什么？你们想知道什么？真相？"

　　"我现在反而觉得没有什么所谓的真相。"陈烨凯叹了口气，说，"许多事不知道也许要比知道了好……不过，你可以考虑一下。"说着，他站起身，走向不远处的沙滩。

周洛阳与杜景坐在餐桌前的蜡烛旁，烛光映照着杜景帅气的脸庞。杜景手指扣在一起，仿佛在向那蜡烛许愿。

"你想试试么？"周洛阳说。

"你觉得呢？"杜景说，"我听你的。"

杜景把他的未来与命运交给了周洛阳，让他决定。

周洛阳说："试试吧。"

杜景略微点头，站起身。周洛阳也起身，和杜景一起到沙滩上去。退潮时，海水温柔离去，现出大片沙地，上面点缀着海藻与贝壳的遗体，就像镶嵌于天穹的繁星。

远处传来余皓的大喊，他差点被周昇扔进海水中去。而另一边，陈烨凯赤着脚，穿着西裤与衬衣，两手揣在裤兜里，孤独而安静地站在潮水的分割线上，注视着大海的尽头。

杜景在沙滩上坐了下来，说："那名老师的爱人死于抑郁症。"

"你又知道？"周洛阳坐在杜景身边。

"有些事不用说出来，"杜景淡淡地说，"灵魂上也会有共鸣。"

过了一会儿，欧启航跑了过来，推了陈烨凯几下，陈烨凯便转身，佯装愤怒地去追他。两人跑开了，剩下周洛阳与杜景安静地坐在沙滩上。

交出时间齿轮后，杜景与周洛阳回到了杭州。

这个学期，周洛阳把已经学过的内容重新学了一遍，简直像是开挂了，很轻松就完成了学业，杜景也是如此。

大多数时候，他们已经不必那么努力，但周洛阳与杜景还是重新加入了射箭社。

"今年暑假去哪儿？"周洛阳复习完期末的课程后，询问杜景。他现在能明白杜景的心情了，第一次读大学时，杜景已经学会了大部分的知识，总觉得上课是在浪费生命。现在周洛阳有了切身体会——重复一次已做过的事既乏味且浪费时光，但不按部就班地读大学，又不知道要去做什么。他开始理解杜景多年前的心态了，现状确实令人焦虑。

"去北京？"杜景有了明显的变化，自他们俩上次谈话之后，他不再像从前一般不提出任何意见，"你觉得呢？"

"北京有消息么？"周洛阳说。

杜景给周洛阳看欧启航发来的照片。上次见面后，余皓拉了一个群，他们就在群里聊天。

照片上，时间齿轮成了基座，另外那枚组件则悬浮在基座上，发出很淡的蓝色光芒。

"这叫什么来着?"周洛阳已经忘了。

"金乌轮。"杜景答道,"脑电波集成中继器。"

暑假去北京吗?但周昇没有邀请他们,先前分别时说好的是一有进展就通知他们的。

"你的情况呢?"周洛阳又问。

"不算太好。"杜景如实回答,"但可以控制住。"

杜景开始自修自然学与人类学的课程,这曾经是周洛阳的无心之言,但余皓提出了一个设想,也许与大自然打交道,能让杜景的病情有所缓解。

"我去考试了。"周洛阳说。

杜景准备从转椅上起身,周洛阳走上前去,让他坐着。

"你会好的。"周洛阳摸了摸他的头,说。

"嗯。"杜景点头。

周洛阳在考场上做完了第一个学年的卷子,距离考试结束还有四十多分钟,他便趴在桌上睡了一会儿。夏日午后的蝉鸣与窗外的阳光让他的内心躁动,不安在他半睡半醒之间缓慢地发散出去。

突然,教室四周的墙壁、玻璃窗缓慢地瓦解为像素,朝着四面八方飘飞开去。

阳光照在他的身上,所有的建筑尽数瓦解为碎片,又在夏日的烈阳之下重构。过山车掠过云端,旋转木马发出叮叮当当的声响,到处响起欢呼声,白日焰火在蓝天下闪烁,喷出五颜六色的烟雾。动漫角色正在大路上游行,法拉利过山车呼啸着冲上云端,再从万丈高空坠下,远远传来游客们的尖叫……

这个梦真是太奇怪了。

周洛阳站了起来,发现自己置身于一座城堡的顶层露台上,身上的运动服套装变成了贵公子般的西装、衬衣、领带,外加单片金边眼镜,头上还戴着一顶圆筒礼帽。

他抬头望向悬挂在天空中的太阳,金光万丈,却丝毫不刺眼。太阳吐着温和的火焰,这熟悉的轮廓……周洛阳依稀想起在哪儿见过它,对了,是金乌轮!

"周昇?"周洛阳喃喃道。

"哎——"一个开朗的声音带着笑意应道,"听到你的呼唤了!"

筋斗云从太阳中飞来,带起又一阵热烈的欢呼。地面上,游客纷纷翘首望着。

余皓穿着一身西服,展开背后三双洁白的翅膀,从空中降下。

"真美好的梦。"余皓对周昇说,"你看吧,我就说了,他的梦境没有阴暗面!"

"不一定。"周昇穿着一身铁铠甲,没有戴头盔,红发犹如燃烧的火焰,他踩在筋斗云上，绕着游乐场飞了几圈，"是人就一定有阴暗面，只是他隐藏得很好而已。"

"喂！"周洛阳不悦道，"你们……在做什么？不对，这是我的梦？"

"对！"周昇打了个响指，铁手套发出铿锵的声音。

周洛阳说："我得回寝室去了。你在做什么？你们是真实的？"

余皓说："不用着急，金乌轮充上能量了，拜时间齿轮所赐，还能用几次。"

周昇说："小欧通过共振，再次短暂地激活了它。"

周洛阳根本不明白他们在说什么，一脸茫然。

余皓又说："你会变魔术吗？你是个魔术师啊！太帅了！你的梦境简直让人羡慕。"

"呃……"周洛阳退后半步，在周昇与余皓的打量之下一时有点不知所措。

周昇又说："他一定有'游戏人间'的自我暗示。"

"这都是什么和什么？"周洛阳道，梦境带给他的不真实感与周昇、余皓二人这充满了违和感的对话给他造成了幻觉般的不自在，但一切又显得如此融洽。

"魔术师啊。"周昇说，"世界的魔术师，也许你真的能变出什么了不得的戏法，好，就这样吧。"

周洛阳还在担心他的考试，余皓却说："梦境里时间的流逝和现实不一样，待会儿你自己会醒，不用紧张。"

"等等！"周洛阳摘下单片眼镜，拿在手里，说，"给我解释清楚，你们在做什么？"

"你睡着了。"周昇说，"你在做梦，我们进入了你的梦中，还不够清楚吗？"

周洛阳语塞。

余皓说："变个戏法，来杯咖啡？"

"我……"周洛阳十分茫然。

"这是你的世界，你说了算。"周昇说，"会变戏法吗？"

周洛阳哭笑不得。余皓指了指他的帽子，周洛阳忽然心中一动，戴好单片眼镜，摘下帽子，把手伸进帽筒中，抓到一个东西，往外一拉。

面前出现了一张茶桌，三张椅子，一套咖啡茶具。

"哟——"周昇与余皓像小孩一般拼命鼓掌。

周洛阳有点不好意思，拈着礼帽，朝他们鞠躬行礼，仿佛真的变了一个魔术。旋即他意识到不对，马上道："给我解释清楚！"

周昇坐下，余皓开始做手冲咖啡，解释道："别着急，坐吧。"

余皓开始解释——每个人都有属于自己的梦，梦境中，有着主人对表象世界的认知重构之后重新被解读的精神碎片。这些碎片化为"认知上的实体"，构筑了一个又一个的梦境。每个人都有属于自己的独一无二的梦境，而在这个世界里，梦境的主人将是主宰这里的最高神，也即创造之神，并获得自我暗示与肯定。

周洛阳的身份是魔术师，同时也是这个游乐场梦境的主人。但这并不意味着周洛阳在这里没有敌人，梦境里还存在一个人内心深处的阴暗人格。阴暗人格与主人格之间常常发生争斗，甚至在一些梦境里，阴暗人格还会占上风，改造整个精神世界。

正如时间齿轮有回溯时间的功能，而周昇与余皓持有的金乌轮也有着独特的功能，那就是将不同的人的精神世界连接在一起，筑起桥梁，供他们在无数个梦境中穿梭。

"所以你们经常去别人的梦里？"周洛阳问。

"梦境有特别的功能，"周昇说，"它象征一个人的精神世界，包括潜意识。一旦你对它进行了改造，就会让梦境的主人形成新的心理暗示，改变他的人生。"

"所以……"周洛阳明白了。陈烨凯曾经提议通过梦境来缓和杜景的病情，对双相情感障碍患者而言，生理问题只能通过服药来控制，金乌轮却能有效地安抚他的精神。

"每个人都有属于自己的图腾。"周昇抬头，环顾四周，却没有发现什么特异的地方，"这是'我'之所以成为'我'的原因，即自我认定。"

周洛阳迷惘地点了点头。

余皓却也发现了，问："你……没有图腾？你的图腾在哪儿？"

"图腾是什么样的？"周洛阳问。

"不好说。"周昇说，"也许是发光的标记，也许是一件象征物，甚至是一个人。余皓，他好像真的没有。"

"这很重要么？"周洛阳摘下帽子，说，"是它？"

"不是。"余皓说。

三人坐了一会儿，周昇与余皓脸上的疑惑比周洛阳更多。

周洛阳最关心的是他们要如何通过梦境来治疗杜景，于是问："我们要怎么治疗杜景呢？"

"去他的梦里。"周昇道，"凯凯让我们俩先别过去，先来你这儿看看。"

余皓向周洛阳解释："他的梦境不会像你的这样祥和。"

"一定的。"周洛阳说。

周昇说："到他的梦中去，找到梦里的他，协助他夺回图腾。"

周洛阳说："接下来会发生什么？"

"我不知道。"周昇摊手，"我从来没有进过双相情感障碍患者的梦，也说不好会发生什么事。"

余皓问:"你想试试看么?"

周洛阳想问杜景的图腾是什么,这一套机制又是建立在什么原理之上……但这些问题恐怕连余皓与周昇也无法回答。

"会对他有伤害么?"周洛阳又问。

"我想大概率不会。"余皓答道,"毕竟按我们之前的经验,只会朝好的方向发展。"

周昇说:"我觉得咱们才是最危险的。"

杜景的梦境说不定狂风呼啸、暴雨倾盆、电闪雷鸣……但周洛阳愿意冒这个险。

"如果失败了呢?"周洛阳问。

"理论上,普通人如果在别人的梦境里死了,将坠进潜意识里,永远醒不过来。"周昇摸了摸头发,"不过我是监护者,余皓是修正者,不用担心。"

"杜景也是监护者。"余皓提醒周昇,不可掉以轻心。

"你决定吧。"周昇对周洛阳说。

"谢谢你们。但是……为什么?"周洛阳忽然道。他们不过是素不相识的陌生人,为什么会冒着这么大的风险来帮助杜景?

周昇与余皓相视一笑,余皓说:"不为什么。"

"不为什么。"周昇重复道,"这就是监护者和修正者的责任感吧。本来我以为这担子已经放下了,但就在你们最后一次使用光粒流……光子逆流……叫什么来着?这名字真拗口。"

"光粒逆流转轮。"余皓笑着说。

"对。"周昇正色道,"就在你们最后一次使用它的时候,这东西的能量增强了,连带着金乌轮也被远程充电,现在金乌轮看上去还能再工作一段时间。"

"缘分吧。"余皓说,"为了证明这不是你的幻觉,待会儿醒来后,我会给你发消息。"

热闹的游乐场里响起了一阵悦耳的铃声,铃声越来越大,与考试结束的铃声融合在了一起。

周洛阳猛地惊醒,坐直,眼神带着迷茫。

"交卷,不要再写了。"监考老师说。

四

回到现实,那个诡异的梦逐渐变得模糊,周洛阳快记不清梦里的细节了,他下意识地摸出手机,看了一眼。

周昇在群里发了条消息:魔术师从他的礼帽中变出了一只兔子。

这是《苏菲的世界》里的一句话。周洛阳猛地抬头,都是真的!

"杜景,"周洛阳在烈日下狂奔回寝室,喊道,"杜景!"他推开门,宿舍里开着空调,冷气扑面而来。

杜景坐在书桌前的转椅上,望着窗外的阳光发呆。周洛阳没有惊动他,转身关上门,然后来到转椅前,单膝跪地。

"你没事吧?"周洛阳抬头看杜景。

杜景的眼神有些涣散,轻轻摇头。转阶段了,周洛阳心道。

"没事的。"周洛阳没有告诉他梦里发生的事。杜景竭力伸手,摸了摸周洛阳的头。

"你休息会儿。"周洛阳起身,努力表现如常,没有再打扰杜景。

周昇又在群里发了条消息:什么时候开始看你们的时间安排。

周洛阳回答:杜景考完了,我刚考完最后一科,随时都可以,但是现在情况有点麻烦。

陈烨凯:?

周洛阳看了眼杜景,杜景仿佛封闭了自己。中午周洛阳离开寝室时便觉得杜景不太对劲,现在看来,杜景那时已经感觉不好了,只是不想影响周洛阳考试,所以没有告诉他。

周洛阳想了想,选择如实告知他们:我们现在无法交流,他正处于转阶段的自我封闭时期,也许要等他恢复了。

陈烨凯:这是个好机会。

余皓:也可能会刺激到他,让病情变得更严重。

周昇:你愿意试试看么?

周洛阳实在拿不定主意,陈烨凯又解释道:在处于抑郁状态的梦境中,如果夺回图腾,也许能让他清醒过来。

余皓发了一句话,却又马上撤回了,看得出他有不同的意见,但在这点上,他没有反驳陈烨凯。

周洛阳:所以我们可以在杜景抑郁发作时进入他的梦?

陈烨凯:@余皓,如果觉得不安全,可以随时撤退,等待他好转,这样呢?

余皓：这是我们未知的领域，我建议慎重。

欧启航：你们让洛阳决定吧。

周洛阳看着杜景，夕阳照进来，落在他的侧脸上。

"我替咱们决定了。"周洛阳说，"我知道你会同意的。"

杜景转头，看了周洛阳一眼。

周洛阳在群里问：我现在要做什么？

陈烨凯：躺到床上，用舒服的姿势入睡。还要确保接下来至少十二个小时没有人来敲门叫醒你们。

周洛阳把杜景拖到床上，脱下他的外衣。杜景闭着眼睛，任他施为。

欧启航：我在外面替你们监控金乌轮，先不进去了。

周昇：行，通道要在洛阳的梦里才能开启，希望一切顺利。

周洛阳在寝室门外贴了一张"已外出"的纸条，回到床上躺下，盖上被子，拿起手机。夕阳渐隐，屏幕上的光亮映照着他的脸。

余皓：睡不着的话，可以试一下安眠药。

周洛阳：应该可以，其实我今天挺困的，试试看吧。

说完这句话，他就闭上双眼，放下手机。

杜景的心跳就像大地的脉搏，将强有力的生命力输向他的整个精神世界。周洛阳知道，他想活下去，他想治好自己的病，就像一枚被埋在土壤里的沉睡的种子，始终等待着破土而出，长成参天大树。

夜间的游乐场灯火辉煌，焰火一轮又一轮地绽放。天空中出现了一轮皎洁的满月。

"简直是模范梦境！"陈烨凯驾着一条银色的巨蛇从天上飞来。

"……你这也太暴露了！"周洛阳说，"梦境里的着装都这么中二的吗？"

"现实里天天戴着面具已经很累了！"陈烨凯在游乐场外围绕了一圈，欣赏着周洛阳的梦境，飞过来时险些被焰火打中，"梦里偶尔中二一次又有何妨？"

陈烨凯成了印第安大酋长，戴着羽冠，上半身赤裸，下半身则穿着战裙，腰间系着腰带和皮套，佩着一把沙漠之鹰和一把银色的小飞刀。

"他们呢？"周洛阳已经能接受这离奇的梦了。

陈烨凯将他的坐骑停在城堡外，那是一只玛雅传说里的羽蛇神。

"还在努力入睡。"陈烨凯说，"余皓的作息太日夜颠倒了。"

周洛阳摘下礼帽，从里头揪出桌椅，用咖啡招待他们。陈烨凯便在桌前坐了下来。

"那个小朋友呢？"周洛阳还挺喜欢欧启航的，虽然了解不多，但他觉得欧启航有一点点像杜景——某些时候的孩子气的杜景。

"他在替咱们监控金乌轮的波动。"陈烨凯说完,接过工具,开始做手冲咖啡。

"余皓也会。"周洛阳说。

"他是我徒弟,我教的。"陈烨凯说,"徒弟总是做得比师父好。"

周洛阳笑了起来。两人看着透明手冲壶里的咖啡,周洛阳忽然道:"你是不是也有得了双相的朋友?"

"你就是以前的我。"陈烨凯说,"但我是个糟糕的人,我做不到像你这样,我的灵魂卑劣、自私又怯懦。"

陈烨凯看着周洛阳,说:"但你有希望。无论如何艰难,答应我,都一定要走下去,不要放弃,哪怕有伤痛,幸福也远比痛苦多。"

这一刻,周洛阳忽然觉得,世界上至少有一个人是真正理解他的处境的,仅凭这一句话,就足够他们成为知己。

这些年,他身边的人都很难真正理解他陪伴杜景的心情,他从不觉得杜景是拖累,他的烦恼只有如何让杜景好受一些。

"谢谢你。"周洛阳说。

"是我该谢谢你。"陈烨凯笑了笑,"我一直想有这么一个机会,如今你给我了。"

月光下,余皓与周昇飞来。

"不好意思!"周昇说,"洗了个澡!"

人暂时齐了,余皓说:"我们还有两名伙伴,作为场外援助,暂时先不喊他们进来。"

"你们是什么团队?"周洛阳说,"那种四处出击帮助别人的组合?"

周昇说:"以后可以考虑,什么监护者、修正者天团之类的,你要加入我们么?"

陈烨凯说:"得打开一个通道,到杜景的梦里去。"

"是。"周洛阳说,"你们来指挥吧,我什么都不懂。"

"简直是个模范梦境。"周昇审视着整个游乐场,"你比我们可阳光幸福多了,美好的小孩。"

"我不是……"周洛阳说,"当然也有烦恼……别再说这个了,我的梦就这么好么?"

"是我们见过的人里,"余皓说,"最好的。"

陈烨凯说:"能从银月轮里过去么?"

"不。"周昇说,"金乌轮得到充能,现在不再沿用从前的机制了……咱们首先要找到洛阳与杜景的联系。"

周洛阳安静地听着。

余皓说:"这个游乐场的印象是从哪里来的,你还记得么?如果是你和杜景一起去过的地方,那么游乐场里一定有与杜景的梦境的联系。"

周洛阳想了想,没想明白。周昇解释道:"打个比方,你们一起经历过某件事,你的梦里有这个场景,他的梦境里也许会出现同样的场景,这两个同样的场景让你们的精神世界互相连接,我们打开一扇门,走过去,也许就能到他的梦里。"

周洛阳点头,说:"我第一次去他家,西班牙,后来我们在巴塞罗那逛了法拉利公园。"这对他来说确实是非常重要的记忆。

他想了想,又说:"焰火广场,也是很重要的地方。"

"很完美。"周昇打了个响指,思考片刻,说,"那我们去广场中央看看?"

"等等。"周洛阳开始明白梦境里的逻辑了,他望向远方的过山车,过山车轨道的尽头被云雾笼罩着。

"我想我知道怎么去他的梦里了。"周洛阳喃喃道。

法拉利过山车有三排,周洛阳来到过山车前,游客便开始欢呼,仿佛他们即将去做什么伟大的事情一般。

"这些都是你梦境里的NPC。"余皓笑着说,"看来他们确实很爱戴你这个魔术师。"

"我以前的外号是中央空调。"周洛阳有点尴尬,解释道,"如果我猜得没错,这就是通道了。"

陈烨凯翻身跃上最后一排,周洛阳坐在第一排,余皓与周昇坐在中间。

"准备好喽!"方洲穿着工作人员的制服,站在操控台前,说,"享受你们的旅程吧!"

"那是谁?"周昇懒洋洋的,一手手肘搁在椅背上,往后靠着。

余皓:"等一下,没有安全带吗?"

陈烨凯:"你有翅膀怕什么?"

"一个很要好的朋友。"周洛阳轻轻摘下礼帽,向给他们送别的游客致意,大声道,"开始吧!"

方洲拉下了操纵杆。下一秒,所有人同时疯狂大喊,过山车被直接弹射了出去!那是全世界最快的过山车,周洛阳只坐过一次,那滋味他一辈子都不会忘。

周昇怒吼道:"疯了——"

余皓:"啊啊啊——"

陈烨凯:"太快了——"

周洛阳带着幸灾乐祸的表情大笑道:"比我们上一次坐的还要快……"

众人的声音同时消失了，过山车冲进云雾里，停了下来。周洛阳的心快要跳出来了，但轨道到这里就消失了，他们被推到了一个发射平台上，过山车车头朝向一片迷雾——

"哦不好……"就连周昇也有些恐惧，"我申请下车……"

那一刻，周洛阳知道通道尽头等待着他们的是什么了，他看见了迷雾那一边若隐若现的断崖。

"嗡"的一声，过山车产生了音爆，再一次将他们弹射进了迷雾。周洛阳只觉得眼前一黑，意识刹那间消失了。

周洛阳猜对了，这确实是通往杜景梦境的入口。过山车在空中解体，重新组合，犹如变形金刚，变成一辆加长版的法拉利，将四人狠狠地甩在座位上。

它的排气管拖着蓝色的氮火，发出惊天动地的咆哮，犹如彗星般划破虚空，射进无边的黑暗。

紧接着，它一头撞上了迎面而来的悬崖！所有人又同时尖叫起来。余皓手中出现银白色的权杖，他将那权杖一抖，变作两把长刀，将它们钉在了崖壁上。

周昇抓住余皓，陈烨凯抓住周昇，另一只手揪住了周洛阳的衣领。

法拉利坠入深渊，良久，没有任何声响。

四人就这么吊在了崖壁上。

"你们的翅膀呢？"周洛阳抬头问道。

"这是别人的梦！"余皓低头道，"杜景还没对我们形成印象！我就说了要多接触再进来的！"

"不要给他解释了！"周昇道。

陈烨凯："洛阳可以！他可以的！"

周洛阳："我感觉你们不怎么靠谱……"

忽然，四人同时往下一坠，又同时大喊起来。

周洛阳道："陈老师！你别放手啊！"

"变魔术！"陈烨凯道，"快！不管变出什么！"

周昇大声道："你在杜景的潜意识里一定是无敌的！他无论如何都会保护你！快……"

周洛阳摘下礼帽，在里头摸索。

余皓拉着三个人，说："我快坚持不住了。"

"这是梦啊！"周洛阳道，"梦里也会有重力吗？！"

"别说了！快啊——"周昇看着钉在崖壁上的长刀不断下滑，"哆啦A梦！从百宝袋里拿点儿什么出来！"

就在四人即将坠落的那一瞬间，周洛阳在他的礼帽里摸到了东西，大喊一声："我变！"

"轰"的一声，一只巨大的兔子从礼帽里冲了出来。那是一只垂耳长毛兔，它拍打着双耳接住了四人，不断上升，飞向悬崖边缘。

"呼……"周昇爬到兔子背上，周洛阳骑着兔子脖颈，陈烨凯与余皓一人扒着一边耳朵。

周昇："这是什么安吉拉宝贝兔……"

"安哥拉长毛兔。"周洛阳简直对这伙人没脾气了。

"我看我们要不还是先回去吧，等拟个周全的作战计划再……"余皓说到一半，忽然停了。

垂耳兔飞上高空，他们得以俯瞰杜景的整个梦境。没有人说话。

那是一个荒凉的浮空岛，岛屿面积很小，四面八方悬浮着崩坏了的土地，不少落石正缓慢地从岛屿底部脱离，解体，最后坠入黑暗的深渊。浮空岛外是无休无止的雷电，破碎的石柱与台阶漂浮在空中。

浮空岛上空风雪不息，岛屿正中央有一座被冰雪覆盖的黑暗殿堂，殿堂顶端悬浮着一个黑洞，黑洞正在朝外释放闪电，闪电无情地粉碎一切被它接触之物。

"真是太糟糕了。"陈烨凯道。

垂耳兔悬浮在空中。这一轮闪电暂时停息，黑洞却已经在酝酿下一轮了。

"这个梦境……很糟糕么？"周洛阳问。

其余三人都没有说话，望着远方。

"比你们之前碰上的呢？"周洛阳说。

周昇的声音变得凝重："最糟的，没有之一。"

"梦境里没有 NPC，"余皓说，"这象征他的世界抗拒几乎所有的人。"

"图腾还是个黑洞。"陈烨凯说。

"他的世界正在崩坏。"周昇说，"比我们想象的严重许多。"

周洛阳学着他们用梦境的逻辑来理解，问："是不是每一次发病或转阶段，都会造成这座岛的面积缩小？"

"也许你是对的。"陈烨凯说。

垂耳兔缓慢降落。岛屿的面积实在太小了，他们距离中央殿堂已经不到一公里了。

"我们必须先找到他，"余皓说，"然后暂时撤退。"

周洛阳面朝高处的黑洞，缓慢地走向那座破毁的殿堂，仿佛感觉到有什么正在呼唤自己。他明白，这就是杜景的精神世界，也许它曾经是完整的，但双相情感障碍造成的痛苦化作闪电，将它摧得支离破碎，如今，整个世界正在步入毁灭。

当整座岛屿坠入深渊的那天，就是杜景迎来人生终点之时。

"我记得你们说过，要先找到他在这个世界上仍有希望的人格。"周洛阳说，"可是这里一眼就能看到头，那个象征光明的人格会躲在哪里呢？"

"避风港。"余皓望向周昇，"可是我找不到避风港，只看得见 BOSS 在的地方。"

那座破败的殿堂也许正被杜景的阴暗人格所占据。

"不。"陈烨凯说，"杜景的梦境不同于我们以往进入的任何一个，你不能用寻常的思维来判断……"

"如果我没猜错……"陈烨凯说，"这座殿堂就是唯一的避风港，阴暗人格已经获得了主控权，他只能带着图腾躲在这里……"

"老师，你为什么会知道？"余皓说。

陈烨凯："我猜的，如果龙生还在，也许他的梦也是这样。"

"是的。"杜景沉重、沙哑的声音从天空传来，"这就是我的所有，洛阳。"

所有人都警惕起来，周洛阳喊道："杜景！"

"是我。"杜景的声音回荡在这末世里，"你想看看我么？我不想见他们，洛阳，你一直知道的。"

周洛阳望向周昇三人。沉默中，余皓说："我建议咱们还是先撤退。"

周洛阳道："我听说不管是谁，在梦里都不会撒谎，是么？"

"不错，"陈烨凯道，"人是不会在梦里撒谎的。"

周洛阳说："所以无论他告诉我什么，一定是现实里他从未说出口的真心话。"

没有人回答。紧接着，杜景低沉的声音从殿堂内传出："洛阳。"

周洛阳转身，朝那黑暗殿堂走了一步。刹那间，岛屿将周昇、陈烨凯与余皓弹飞出去，周洛阳则按住自己的礼帽，被黑洞强大的吸力拉进了殿堂！他听到的最后一句话是："小欧！把我们叫醒！"

漫天雷霆覆盖了岛屿。

周洛阳被拖进黑暗殿堂，天地间顿时安静下来。面前是黑暗的王座，王座上挂着冰雪，杜景穿着黑暗骑士的铠甲坐在王座上，他的脸庞已经腐烂，残破的身躯上挂着腐烂的肉块，漆黑的内脏脱出腹腔，垂落在身侧，眼球注视着周洛阳，口中发出恐怖的声音。

"你……来了。"杜景缓缓道。他拄着锈迹斑斑的重剑从王座上走下来，走向周洛阳，身上的精钢铠甲哗啦作响。

"杜景……你……为什么？"周洛阳震惊了，他万万没想到杜景在梦境里的形态竟是一只亡灵！

周洛阳原以为他们已经走过了人生最艰难的关隘，走进了阳光，却没想到那只减缓了杜景自我毁灭的速度！

亡灵骑士杜景朝他伸出手，周洛阳非但没有闪躲，反而不顾一切地冲上前去，抓住了他的手！

杜景发出低沉的咆哮声，低头看着周洛阳，说："我的世界……即将毁灭。你……给了我你的图腾，让它支撑着这座岛屿，但末日终将来到……"

"你答应过我的……你答应过我，当我决定离开这个世界时，你会陪着我，让我带着你的图腾坠进万丈深渊，如今，你后悔了吗？"

"洛阳。"一个声音忽然在周洛阳耳畔响起，是欧启航。

紧接着周昇焦急的声音响起："你们的梦境是连通的，把他拖回去！拖到你的游乐场去！"

"什么？"周洛阳转头问道。

杜景仿佛听不见欧启航、周昇说的话，但看见周洛阳转头，他的表情登时变得狰狞。

"你后悔了吗？！"杜景歇斯底里地朝周洛阳吼道，"你后悔了！你不愿意和我一起死！让他们滚！让他们都给我……"

"三、二、一！"陈烨凯的声音响起。

下一刻，周洛阳伸手抱住杜景已经腐朽的身体，说："我没有后悔过。"

杜景愣住了。

"轰"的一声巨响，殿堂与岛屿全面崩塌，杜景开始挣扎，周洛阳却紧紧地抱住他。他们旋即与黑洞一同被狂风卷起，一轮银月在崩毁的梦境中闪现，将他们吸了进去！

"杜景！"周洛阳在狂风中喊道。

"撑住！"陈烨凯大喊道，"我们马上就来！"

周洛阳与杜景化作流星破开空间，回到了周洛阳的游乐场梦境里。杜景茫然地环顾四周，放开周洛阳，飞身而起。

黑洞也跟了过来！它释放强大的引力，使得游乐场的过山车轨道断裂、破碎，NPC 们四处逃亡。

"人呢？！"周洛阳喊道，却没有人回应。

蓦然来到另一个世界，杜景充满恐惧。他抬起手遮挡头顶炽热的阳光，吼道："不——让我离开！"

"你拿回图腾了吗?!"余皓最先飞了进来。

欧启航随后进来,喊道:"现在要怎么办啊?你们不该出这馊主意的!周洛阳的图腾还不知道在哪儿呢!"

周昇吼道:"困住他!不管怎么样,先困住他!"

周洛阳怔怔地看着这一切,周昇喊道:"你一定把你的图腾给了杜景!别怕!只要它在你手里,你就对这里有绝对的控制权!"

"把你的一切都给我!"杜景用恐怖的声音咆哮道,"你答应过我的,你答应过……和我一起……坠进那万劫不复的……黑暗!"

杜景残破的身躯在太阳光的照射下腐烂得更严重了。陈烨凯驾着羽蛇神飞来,一枪击中杜景。

"别这样!"周洛阳怒了。

"他不会死的!"周昇吼道,"他只能在他的世界里死去!控制住这里,别被他传染了!"

陈烨凯:"怎么连他的图腾也带过来了?!"

周洛阳摘下礼帽,将它翻转。帽中喷出磅礴的光芒,光芒洒下,游乐场开始自动修复。

然而杜景举起手中重剑,指向天空,黑洞破了,一片黑暗之中,余皓竭力发出强光,丢出匕首。

周昇踏着筋斗云飞来,手中幻化出金箍棒,怒吼道:"吃我一记当头棒喝——领导之怒火!"

周洛阳:"……"

余皓:"……"

杜景一怔,被金箍棒打中,重剑顿时脱手。

"趁现在!"一架高达飞来,朝着杜景一顿狂轰滥炸,"把他的黑洞收走!"

周洛阳推动礼帽,喷出巨大的引力旋涡,卷住黑洞,将杜景带到这个世界的图腾夺了过来!然而下一刻,黑洞竟冲破礼帽飞了出来,游乐场顿时陷入一片黑暗。

余皓竭力丢出权杖,权杖化为一轮银月,照亮了这个世界。

杜景嘶吼着挥出一剑,然后化作一道黑影冲向周洛阳。

周洛阳怔怔地看着瞬间来到自己面前的杜景,伸手握住了他举起的重剑。手掌被划破,鲜血涌出,顺着剑身滑落到杜景的身躯上,灼起白烟。

"他怕你的血!"周昇道,"他是亡灵!"

周洛阳霎时明白了,杜景潜意识中最担心的是他受伤!

"我没有，"周洛阳说，"我从来没有后悔过，只是……"

杜景咬牙切齿，一动不动地盯着周洛阳。

"我只是舍不得……"周洛阳低声道，"绝不是贪恋我自己的生命……既然你坚持，那么就……现在吧。"

旋即，周洛阳夺过重剑，反手从杜景背后一剑刺向自己！这一剑同时刺穿了他们两人的身躯，周洛阳的鲜血刹那间溅了杜景满身，杜景顿时狂吼起来。

"不——别这样！"除了陈烨凯，其他三人立即冲了过来，他们没想到周洛阳竟如此决绝。

"他们不明白。"周洛阳低声说，继而松开手，任由自己与杜景被重剑串在一起，"也许没有人能明白……"

寝室里，沉睡中的杜景和周洛阳同时呼吸一紧，杜景的睡姿发生了改变，他蜷起身子，犹如漂浮在无尽宇宙中的星辰胎儿。

梦境里，所有人都愣住了。在那近乎凝固的时间里，杜景腐烂的身躯沾上周洛阳的鲜血后，腐肉开始剥落，他们头顶的黑洞也被控制住了。

紧接着，杜景的身躯开始以飞快的速度进行修复！生命力在他与周洛阳的身体内流转，刺穿他们身躯的重剑化作光粉，温柔地回到周洛阳手中，变成了一根魔术师手杖！

杜景的眼神逐渐恢复了清澈，"我……以守护你为毕生使命。"他望向天空说道，"我宣誓成为你的守护骑士，直至你不再需要我的……那一天。"

周洛阳笑了起来，说："这就是你的光明人格与阴暗人格的斗争，我总算懂了。"

周洛阳的鲜血为杜景的身体注入了强大的、生生不息的力量，甚至连他的铠甲都焕发出金光。

周洛阳优雅地退了一步，杜景在空中朝周洛阳单膝跪下，一只手按在胸前，周洛阳举起魔术师手杖，在他的肩头上点了一下。

然后，周洛阳高举手杖，损毁的游乐场开始复原，太阳一如既往地悬挂于苍穹。

"又是一名圣骑士。"陈烨凯说，"我记得有一个人，曾经也立誓想当一名守护公主的骑士。"

"哥哥吗？"余皓笑着说，"这也是许多男生内心深处的愿望吧。"

杜景说："我无法离开你，一旦离开你的光辉，我就失去了自己。"

"我明白。"周洛阳说，"我接纳你的一切，我始终陪在你的身边，杜景。"

说完，周洛阳举起手杖指向天空，苍穹顿时裂开，破碎的浮空岛竟破开空间来到了周洛阳的梦境！

"梦境的……互融吗？"余皓难以置信地说。

这是他们得到金乌轮以来从未见过的壮丽景象！一个人的梦境世界竟能够毫无障碍地接受另一个人的梦境的入侵，并通过这种方式完成了互融！

那破碎的浮空岛在阳光照耀之下竟开始自行修补！黑洞分解成无数闪着五颜六色的光芒的颗粒，围绕着整个游乐场，再一同升起，化作焰火，灿烂绽放！

身穿圣骑士铠甲的杜景站起身，周洛阳手中再次出现了他的魔术师礼帽，他戴上礼帽，朝众人躬身。落幕。

宿舍里，周洛阳与杜景几乎是同时醒来。

"我……"杜景经过了短暂的迷茫后，回过神来。

"你还是你，我还是我。"周洛阳侧头，笑了笑，说，"我还以为咱们会变成一个人。"

"什么一个人？"杜景不解道。

电话响了起来，是周昇。

"你没事吧，周洛阳？"周昇问。

"还好。"周洛阳说。

"你们的精神世界融合了！"余皓在那边说，"有什么后果吗？一个意识、两具躯体么？"

"没有啊。"周洛阳又看了杜景一眼，确认他们还是彼此独立的。

杜景问："你们在做什么？"

"小欧想要给你们做个测试。"余皓说，"我们现在去买票，见了面再说吧。"

翌日，杭州西湖岸边，柳浪闻莺。

众人面面相觑，陈烨凯说："你们的梦境已经融合到一起了？"

"嗯。"杜景疑惑地问道，"所以我们俩一旦做梦，就会出现在同一个梦境里？"

"是这样。"欧启航说，"只是……深层意识的影响原理非常复杂，一定不止这样。"

"我不在乎。"杜景云淡风轻地说，"我真的不在乎。"

"好吧。"欧启航说，"我准备把这个当作新的课题，精神世界居然是可以融合的。"

周昇说："你们需要再观察一段时间，如果觉得有不妥，就马上告诉我们。"

杜景点了点头。不久，众人散后，周洛阳看了杜景一眼，微微一笑。

"我现在能感觉到。"周洛阳说。

"能感觉到我在想的事情么？"杜景喝了口龙井，平淡地说。

"不，"周洛阳说，"不能知道你在想什么，但是能体会到你的情绪波动。"

杜景看着周洛阳，说："我也感受到了，你很高兴。"

"你的抑郁，你的焦躁，现在我都能直接体会到了，"周洛阳疑惑地看着杜景，"对你来说，痛苦有减轻么？"

那是非常淡的不易察觉的一种情绪牵连，仿佛杜景的不安化作了实体的溪流，在他们的精神世界之间流动。

"减轻了，是吗？"周洛阳追问道，注视着杜景的双眼，"你的病痛现在有我分担，所以你的症状减轻了，对不对？"

杜景没有避开周洛阳的眼神，点了点头。

周洛阳说："我的幸福和欢乐你也能直接体会到，对不对？"

"我说不清楚，"杜景不安地说，"但是……是的，如果你愿意让我一起分享。"

周洛阳笑了起来，杜景说："我必须控制住自己，不能让你体会到太多我的负面情绪，这会把你也一起拖进来。"

"不，"周洛阳说，"来吧，都来，我想与你一同承担，这是真正的一同承担，我将尽我所能，给你我所有的力量。"

盛夏的风吹过西湖湖畔的柳树，周洛阳伸出了手。

—全文完—

作者
非天夜翔

选题策划
知音动漫图书·时代坊

封面图
Claire Choo

插图
冰冻文

装帧设计
王钰

策划编辑
付阳

出版社
中国致公出版社

总出品
湖北知音动漫有限公司

图书在版编目（CIP）数据

天地白驹.下 / 非天夜翔著.-- 北京：中国致公出版社，2021

ISBN 978-7-5145-1840-5

Ⅰ.①天… Ⅱ.①非… Ⅲ.①幻想小说－中国－当代

Ⅳ.①I247.5

中国版本图书馆CIP数据核字(2021)第047827号

天地白驹.下 / 非天夜翔 著
TIANDI BAIJU

出　　版	中国致公出版社	
	（北京市朝阳区八里庄西里100号住邦2000大厦1号楼西区21层）	
出　　品	湖北知音动漫有限公司	
	（武汉市东湖路179号）	
发　　行	中国致公出版社（010-66121708）	
作品企划	知音动漫图书·时代坊	
责任编辑	付　阳　邓　苗	
责任校对	邓新蓉	
装帧设计	王　钰	
印　　刷	长沙鸿发印务实业有限公司	
版　　次	2021年8月第1版	
印　　次	2021年8月第1次印刷	
开　　本	710mm×1000mm　1/16	
印　　张	17.5	
字　　数	322千字	
书　　号	978-7-5145-1840-5	
定　　价	42.80元	

版权所有，盗版必究（举报电话：027-68890818）

（如发现印装质量问题，请寄本公司调换，电话：027-68890818）